# 국역 주곡유고

# 舟谷遺稿

舟谷 朴致和 著

朴鍾宇 譯注

보고사

# 범 례

- 이 책은 주곡(舟谷) 박치화(朴致和 : 1655~1722) 선생의 시문집인 『주곡유고(舟谷遺稿)』를 역주한 것이다.

- 『주곡유고(舟谷遺稿)』의 판본은 필사본(筆寫本)과 정초본(正草本)의 2종이 있는데, 문집의 간행을 위해 작성된 정초본을 번역 대본으로 하고 필사본을 대조하였다.

- 전체적으로 직역을 원칙으로 하였고, 일부 문맥이 매끄럽지 못한 부분은 의역을 하였다.

- 이해의 편의를 위해 가능한 현대 한글로 번역하였고, 어려운 한자어가 쓰인 곳은 주석을 달았다.

# 차 례

◉ **七言絕句 칠언절구**

◉ **七言律詩 칠언율시**

## 사부詞賦

## 주곡유고 · 권2

### 문文

## 의疑



## 서書

## 전箋



## 서序



## 기記



## 명銘



## 발跋

## 잡저 雜著



## 부록 附錄

# 주곡유고 서문

대체로 반드시 후세에 전해져야 할 작품은 반드시 그 사람이 있은 후에야 가능하다. 이른바 그 사람이란 노왕(盧王)·교도(郊島)[1]와 같은 대단한 작가들을 능가함을 이르는 것이 아니라, 온화하고 유순한 덕성과 해박한 학문을 본래 근본으로 두고 있음을 이른다. 나는 주곡 박공(朴公)의 유고가 거의 그 경지에 가깝다고 말하겠다.

공의 후손 장주(璋柱)가 내 친구 사문(斯文) 고재붕(高在鵬)을 통하여 내게 서문을 써줄 것을 부탁하였다. 내가 살펴보니 공은 26세에 진사시에 합격하고 박학(博學) 유아(儒雅)하여 성균관에서 앞선 이가 없었으며, 집에서 지내며 사람을 대하는 데에 한결같이 이전 성현이 남긴 법규를 준수하였다. 손재(遜齋) 박광일(朴光一)[2] 등 여러 공들과 더불어 도의(道義)로써 사귀었고, 성명(性命)의 근본과 사물의 은미함을 궁구하여 스스로 터득하고, 얼음처럼 맑고 옥같이 깨끗함을 갖추

---

1) 노왕(盧王)·교도(郊島) : 노왕(盧王)은 중국 당나라 초기의 대표적 시인인 노조린(盧照鄰)과 왕발(王勃)을, 교도(郊島)는 중기의 대표적 시인인 맹교(孟郊)와 가도(賈島)를 가리킴.

2) 박광일(朴光一) : 1655(효종 6)~1723(경종 3). 조선 후기의 학자. 본관은 순천(順天). 자는 사원(士元), 호는 손재(遜齋). 사헌부장령 상헌(尙憲)의 아들이며, 어머니는 장택 고씨(長澤 高氏)로 부민(傅敏)의 딸이다. 1701년(숙종 27) 천거로 내시교관(內侍教官)·시강원자의(侍講院咨議) 등에 제수되었으나 모두 사퇴하였음. 송시열(宋時烈)의 문하에서 수학하였고 권상하(權尙夏)·정호(鄭澔) 등과 교유하며 학문 연구에 힘썼음. 진천사(眞天祠)·남강사(南康祠)에 봉향됨. 저서로 『손재문집』이 있고, <근사록차기(近思錄箚記)>·<우암선생어록(尤庵先生語錄)> 등이 있음. 시호는 문숙(文肅)임.

니 유림들이 칭찬하였다. 이것이 모두 공이 경서를 연구하고 도를 지키는 능력 때문이다. 그리고 그것이 발휘되어 시문이 된 것, 곧 〈박명사(薄命辭)〉·〈망미인사(望美人辭)〉 등 사부(辭賦)와 같은 것은 사람들이 또 굴원(屈原)의 〈천문(天問)〉·〈이소(離騷)〉[3]와 함께 겨룰 만하다고 여긴다.

애석하도다! 공의 자손이 영락하니 수집하여 다 전할 수 없었다. 그러나 공이 공이 되는 바는 또한 알 수 있도다. 후세에 읽는 사람이 반드시 공을 모범으로 삼아서, 덕이 있는 말은 반드시 전해진다는 것을 안다면 다행한 일이 되리니, 어찌 다만 박씨 가문 하나에서 그칠 뿐이랴? 공의 휘는 치화(致和)이고, 그 선조는 충주(忠州) 사람이다.

신미년 11월 16일에 광산(光山) 김민수(金敏洙)[4]는 서문을 쓴다.

## 舟谷遺稿序

夫必傳之作, 必有其人然後能之. 所謂其人者, 非謂陵駕乎盧前王後郊寒島瘦, 而謂和順之德博洽之學, 自有其本也. 余於舟谷朴公遺稿, 殆近之云. 公後孫璋柱, 介余友高斯文在鵬, 屬以弁卷之文.

余觀公二十六中進士, 博學儒雅, 泮中莫先, 居家接人, 一遵前哲遺規, 與朴遜齋光一諸公爲道義交, 性命之原萬物之微, 窮索自得, 至有以氷清玉潔衣領, 儒林贊之者, 是皆公窮經守道之力, 而若其發

3) <천문(天問)>·<이소(離騷)> : 중국 사부(辭賦) 문학의 대가인 굴원(屈原)의 대표작.

4) 김민수(金敏洙) : 『사마방목』에 따르면 1875년에 태어나 고종(高宗) 31년(1894) 갑오(甲午) 식년시(式年試)에 합격함. 본관은 광산(光山), 거주지는 진산(珍山)임.

之爲詩文則, 如薄命望美人等辭, 人又以爲與天問離騷, 可得以並轡迭馳.

惜乎! 其子孫零替, 不能收輯而盡傳也. 然公之所以爲公, 則亦於乎可知. 後之讀者, 必以公爲柯則, 而知有德之言之爲必傳焉, 則其爲幸, 奚但朴氏一門而已哉! 公諱致和, 其先忠州人也.

歲在辛未復月哉生魄, 光山金敏洙序.

# 주곡유고(舟谷遺稿) 권 ❶

# 시(詩)

## 오언절구(五言絶句)

**〈夜吟〉** 〈밤에 읊다〉

星斗滿青天　별들이 푸른 하늘에 가득하니,
淸光不讓月　맑은 빛은 달빛에 못지 않도다.
沈吟行小庭　나직이 읊으며 작은 뜨락 걷노라니,
人語夜深歇　사람들 말소리 밤 깊어 그쳤구나.

**〈贈桂谷柳先生汝梓〉** 〈계곡 유여재에게 주다〉

白首吾無志　흰머리 되도록 나는 뜻을 둔 것 없네만,
青雲子有緣　청운의 꿈은 자네에게 인연이 있을지라.
課功須努力　학자의 과공(課功)은 모름지기 노력할 일이니,
獻賦及芳年　글을 지어 바쳐 젊은 시절에 뜻을 이루게나.

**〈次朴士元咏菊〉** 〈박사원(朴士元)[5]의 〈영국〉시에 차운하다〉

最憐霜下傑　가장 좋은 건 서리 맞은 국화가
獨向歲寒開　홀로 추운 시절에 피어남이라.
三嗅馨香泣　세 번 향기를 맡으니 눈물이 나는데,[6]

---

5) 박사원(朴士元) : 박광일(朴光一, 1655~1723). 사원(士元)은 그의 자(字). 조선 후기의 학자. 본관은 순천(順天). 호는 손재(遜齋).

6) 세 번 ~ 나는데 : 두보(杜甫)의 <추우탄(秋雨嘆)> 시에 "당 위의 서생이 속절없이 머리 세니, 바람 임하여 꽃다운 향내를 세 번 맡고 우노라(堂上書生空白頭, 臨風三嗅馨香

浩歌引滿盃　호탕하게 노래하며 잔을 채워 마시세.

【<咏菊>】 【박사원의 <영국>시】

蕭灑閑園菊　한가한 뜨락에 산뜻한 국화가
馨香霜後開　향기 머금고 서리 뒤에 피었네.
最喜淸夜月　맑은 밤 달빛이 가장 좋으니,
呼酒擧陶盃　술을 가져다 잔 들고 마셔보세.

## <過仙人洞有感> <선인동(仙人洞)[7]을 지나다 느낀 바 있어>

麥浪漲虛谷　보리의 물결은 빈 계곡에 넘치는데,
仙庄但舊墟　신선의 집은 단지 옛 터만 남았네.
靑山無語立　청산은 말이 없이 서 있으니,
遺事問樵夫　남긴 사적은 나무꾼에게 묻노라.

## <嘆黨禍> <당파(黨派)의 화를 탄식하며>

予聖爲時病　우리 성군께선 시병(時病)[8]이라 하셨거늘,
雌雄莫辨烏　까마귀 암수조차 분별하지 못하겠네.[9]
誰能醉夢覺　뉘라서 능히 취몽(醉夢)[10]에서 깨어나리오,

---

泣.).”라는 시구를 차용한 것임.

7) 선인동(仙人洞) : 전남(全南) 영암군(靈巖郡) 서종면(西終面)에도 선인동이라는 옛 지명이 있는데, 시에 나오는 지명과 같은 것인지는 분명하지 않음.

8) 시병(時病) : 유행병. 당시 당파가 나뉘어 일어난 정치적 혼란을 비유한 말임.

9) 까마귀 ~ 못하겠네 : 최해(崔瀣)의 <차운답정재물(次韻答鄭載物)> 시에 “남의 허물 드러냄으로 곧음을 삼고, 좋은 것은 혼자 하며 공된 것을 독차지하네. 멀고 먼 백 년 뒤에는 까마귀 암수를 분별치 못하리라(訐人以爲直, 專美而擅公. 悠悠百歲下, 莫辨烏雌雄.).”라고 하였는데, 무질서한 세태를 단적으로 비유한 말임.

志士但長吁　뜻 있는 선비 다만 길게 탄식할 뿐이로세.

〈苦雨支離不覺詩成〉 〈궂은 비 지리한데 모르는 사이 시가 지어지다〉

簷鈴亂入耳　처마 풍경 소리 어즈러이 귀에 들려오고,
凍雨日垂垂　차가운 비는 날마다 주룩주룩 내리는도다.
濕烟吹不起　젖은 연기는 바람 불어도 일지 않는데,
赤脚口還欹　맨 다리에 입도 다시 기울었구나.

〈添線〉[11] 〈동짓날〉

天心今乃見　천심(天心)은 이제야 비로소 알겠으니,
瑞日忽臨簷　상서로운 햇빛이 문득 처마에 임하였네.
地底穉陽動　땅 낮은 곳에 어린 양기(陽氣)[12]가 움직이고,
宮中彩線添　궁중에서는 고운 색실을 늘려가는도다.
揆功勤可貴　공을 헤아림에 근면함을 귀하게 여길만하니,
量影戱還嫌　그림자 헤아리며 놀기도 도리어 싫어지네.
故事因成俗　옛 일은 이로 인하여 풍속을 이루는데,
流傳歲幾淹　흘러 전하여 해는 얼마나 오래 지났나.

---

10) 취몽(醉夢) : 여기서는 정신을 차리지 못하고 술 취한 듯 꿈 꾸는 듯한 모습을 말함.

11) 첨선(添線) : 동지(冬至)를 의미함. 중국 진(晉)·위(魏) 때에 궁중에서 해그림자를 재면서 동지가 지난 뒤에는 매일 붉은 실을 조금씩 늘려 갔던 데에서 유래함. 『사문유취(事文類聚)』

12) 어린 양기(陽氣) : 『주역(周易)』의 이치에, "음(陰)이 성(盛)하면 양(陽)이 녹지만, 음이 극도로 성하면 양기(陽氣)가 새로 돋아난다." 하였는데, 이것은 '치양(穉陽)이라.'라고 하였음. 이런 이치로 음이 가장 성한 동지의 때에 어린 양기가 생기기 시작한다고 함.

**〈次方丈山朴友士元 三首 附元韻〉** 〈방장산(方丈山)[13]에서 친구 박사원(朴士元)의 시에 차운하다. 3수. 원시를 첨부함〉

迢迢方丈洞　아득히 먼 방장산 골짜기에서
聞道幽居便　도를 들으며 그윽히 지내니 편하네.
積翠生簷外　푸른 기운은 처마 바깥에 생겨나고,
層陰落案邊　층층 그늘은 책상 가에 떨어지네.
溪流回且抱　냇물은 돌아 또 싸안고 흐르고,
岳勢斷還連　산 형세는 끊어졌다 다시 이어지네.
久宿誅茅計　오래 묵으며 띠집 지을 계획 세우다가,
今年又去年　올해를 보내고 또 내년이로세.

**【元韻】** **【박사원의 원시】**

寄身仙峽裏　신선의 골짜기에 몸을 부쳐 두고서,
深覺靜中便　고요한 가운데 편함이 있음을 깊이 깨닫네.
水綠軒窓外　물은 헌창(軒窓)의 밖에 파랗고,
山青几案邊　산은 궤안(几案)의 가에 푸르도다.
危峰高月小　위태로운 봉우리에 높은 달은 작고,
幽逕細雲連　그윽한 길에 가는 구름은 이어있도다.
寂寞寬閑地　적막하고 한가로운 이곳에서
琴書送暮年　거문고와 서책으로 저문 해를 보내네.

谷空跫響斷　골짜기 텅비어 발자국 소리 끊어졌는데,
深夜虎來嘷　깊은 밤중에 호랑이 와서 울부짖네.
地僻心無僻　땅은 궁벽하나 마음은 궁벽하지 않고,

---

13) 방장산(方丈山) : 삼신산(三神山)의 하나로 우리나라 지리산(智異山)의 별칭이기도 함.

山高志又高　산은 높으며 뜻도 또한 높도다.
樵鎌時手荷　나무하는 낫을 때때로 손에 들고,
臼杵亦躬操　절구질도 또한 몸소 한다네.
選勝雖無酒　좋은 경치에서는 비록 술은 없어도,
琴書可以遨　거문고와 서책으로 즐겁게 놀 수 있다오.

【元韻】【박사원의 원시】

江碧蛟龍產　강물 푸른 곳에 교룡이 태어나고,
山深熊虎嗥　산 깊은 곳에 곰과 범이 울부짖네.
茅茨靑嶂合　띠풀 집은 푸른 산에 합하였고,
蘿帳白雲高　여라 장막에 흰 구름이 높도다.
羲易先天劃　복희는 선천(先天)의 괘획(卦劃)[14]으로 역(易)을 만들었고,
回琴陋巷操　안회는 누항(陋巷)[15]에서 오현금(五絃琴)을 탔다네.[16]
避喧非避世　시끄러움을 피함이지 세상을 피함은 아니니,
無事事遊遨　일이 없는지라 노니는 것을 일삼는도다.

短短垂霜髮　짧디 짧은 흰머리 드리우니,
居然已禿翁　어느새 벌써 독옹(禿翁)[17]이로세.

---

14) 선천(先天)의 괘획(卦劃) : 중국 송(宋)나라 때 소강절(邵康節)이 『주역(周易)』의 괘도(卦圖)를 해설하고 선천도(先天圖)와 후천도(後天圖)를 구분하여, "복희씨(伏羲氏)의 팔괘(八卦)는 선천(先天)이요, 주문왕(周文王)의 팔괘는 후천(後天)이라."라고 하였음.

15) 누항(陋巷) : 누추한 마을의 거리. 공자(孔子)의 제자인 안연(顏淵)은 벼슬하지 않고 시골에 있어 집이 매우 가난했으므로 빈궁한 것을 가리킨다.

16) 안회는 ~ 탔다네 : 삼천 명의 제자가 행단(杏壇)에 입시(立侍)한 가운데 안회(顏回)는 오현금(五絃琴)을 타고 증점(曾點)은 거문고를 뜯었다고 전함. 행단(杏壇)은 공자가 제자를 가르치던 유지(遺址)로서 택반(澤畔) 가운데 높은 곳임. 『장자(莊子)·어부(漁夫)』

17) 독옹(禿翁) : 늙어서 머리가 빠지고 정계에서 실권도 없는 사람을 말함. 중국 한(漢)나라

文章吟咏裡　문장은 읊는 속에 있고,
人事是非中　사람 일은 시비 중에 있도다.
未悟存心妙　마음을 보존하는 묘함을 아직 깨닫지 못하니,
寧閑涉世工　차라리 세상을 살아가는 방법을 막으리라.
尋眞猶不晩　참된 것을 찾는 일 여전히 늦지 않았으니,
前路與天通　앞 길이 하늘과 더불어 통해 있다네.

【元韻】 【박사원의 원시】[18)]

寂寞閑園午　적막하고 한가한 동산의 한낮에,
沈吟老病翁　나직이 읊는 이는 늙고 병든 늙은이로다.
捲簾山色裡　산빛 속에 주렴을 걷고,
倚枕水聲中　물소리 중에 베개를 벤다네.
綠樹鸎歌滑　푸른 나무에 꾀꼬리 노래 매끄럽고,
虛簷燕語工　텅빈 처마에 제비 지저귐이 공교하네.
衲僧來報我　납의(衲衣)[19)] 입은 중이 와서 내게 알리기를,
雲去洞天通　구름이 가자 동천(洞天)[20)]이 통해 있다고 하네.

---

무안후(武安侯) 전분(田蚡)이 보영(寶嬰)을 비난하면서 붙인 호칭에서 유래한 말임. 『사기(史記)·위기무안후열전(魏其武安侯列傳)』

18) 이상의 시는 박광일(朴光一)의 「산중즉사(山中卽事)」임. 원래의 출전은 『손재선생문집(遜齋先生文集)』 권1, 『한국문집총간(韓國文集叢刊)』 171, 민족문화추진회(民族文化推進會) 영인본(影印本), 13면 참조.

19) 납의(衲衣) : 승려의 별칭. 승려는 세상 사람들이 내버린 낡은 천조각을 누덕누덕 기워서 옷을 만들어 입는다는 뜻에서 나온 말임. 납자(衲子) 혹은 납승(衲僧)이라고도 함.

20) 동천(洞天) : 동천복지(洞天福地)에서 온 말임. 동천복지(洞天福地)는 신선이 사는 곳에 있다는 36동천(洞天)과 72복지(福地)로, 천하의 절승(絶勝)을 의미함.

**〈題戚弟吳仲若客堂〉** 〈친척 아우 오중약의 객당에 쓰다〉

食實根宜漑　열매를 먹으려면 뿌리에 물을 주어야 하고,
滋蘭草欲鋤　난초를 심으려면 풀을 김매야 하는도다.
靑氈詩禮在　유물[靑氈][21]로는 시례(詩禮)의 가학(家學)이 있고,
桂谷亦匡廬　계곡(桂谷)도 또한 광려산(匡廬山)[22]이로다.
百年基善地　백 년의 좋은 땅에 터를 잡았으니,
軒砌一番新　집의 섬돌은 다시 한번 새로워졌네.
人家方有子　인가에 이제 막 자식을 두었고,
道在豈憂貧　도가 있으니 어찌 가난을 걱정하리오.

**〈閑中述懷〉** 〈한가로운 가운데 회포를 적다〉

希賢事已晩　현인(賢人)을 바라다[23] 일이 벌써 늦었으니,
破卷舌徒耕　책을 버려두고 부질없이 설경(舌耕)[24]하네.
作賦無楊意　부를 짓되 양웅(楊雄)[25]의 뜻은 없고,
爲農學孔明　농사를 짓되 공명(孔明)[26]을 배우는도다.

---

21) 유물[靑氈] : 『진서』 「왕헌지전(王獻之傳)」에, "밤에 재실에 누웠는데 도둑이 방안에 들어와서 물건을 모두 훔쳐 가니, 헌지는 천천히 말하기를, '도둑아, 푸른 털 방석[靑氈]은 내 집 유물이니 두고 가거라." 하였다. 청전(靑氈)은 집에 대대로 내려오는 귀한 물건이나 가업(家業)을 가리키는 말임.

22) 광려산(匡廬山) : 광산(匡山). 중국의 여산(廬山)을 말하는데, 옛날 은자(殷者) 광유(匡裕) 선생이 이 여산에 숨어서 글을 읽으며 지냈기 때문에 여산을 광려산(匡廬山)이라고 부르게 되었음.

23) 현인(賢人)을 바라다 : 『통서(通書)』 「지학(志學)」에 "성인(聖人)은 하늘[天]을 바라고, 현인은 성인을 바라고, 선비는 현인을 바란다."라고 하였음.

24) 설경(舌耕) : 입, 즉 혀를 놀려서 먹고 산다는 말임.

25) 양웅(楊雄) : 양웅(揚雄)이라고도 함. 중국 전한(前漢) 촉군(蜀郡, 지금의 四川省) 성도(成都)의 학자이자 문인. 자는 자운(子雲). 어릴 때부터 배우기를 좋아했고, 많은 책을 읽었으며, 사부(辭賦)에도 뛰어났음.

經營謀亦拙　삶을 경영하는 데 계획이 또한 졸렬하여,
環顧悔方生　돌아보건대 후회가 이제 막 생겨나네.
別有閑中趣　각별히 한가로운 가운데의 의취(意趣)가 있으니,
原頭活水淸　원두(原頭)에서 활수(活水)가 맑다네.[27]

## 〈金上舍聖川袖拙字詩三十韻見示, 因發其意依其韻酬之〉 〈상사 김성천이 '졸자시(拙字詩)[28] 30운(韻)'을 꺼내어 보여주니, 이에 그의 뜻을 나타내고 그의 시운(詩韻)에 의거하여 답하다〉

君詩本非拙　그대의 시가 본래 졸함이 아니라,
長句皆韻拙　장구(長句)의 시가 다 운이 졸하다오.
肆筆而成章　제멋대로 붓을 놀려 문장을 이루고,
立言則近拙　말을 세운 즉 졸함에 가깝다네.
以拙額其齋　졸(拙) 자로 집 이름을 편액하였데,

---

26) 공명(孔明) : 제갈량(諸葛亮). 공명(孔明)은 그의 자(字). 시호는 충무(忠武). 중국 낭야군 양도현(琅邪郡 陽都縣, 지금의 山東省 沂水縣) 출생. 호족(豪族) 출신이었으나 어릴 때 아버지와 사별하여 형주(荊州 : 지금의 湖北省)에서 숙부 제갈현(諸葛玄)의 손에서 자랐음. 후한 말의 전란을 피하여 벼슬하지 않고 시골에서 농사를 지으며 지냈으나, 명성이 높아 와룡선생(臥龍先生)이라 일컬어졌음.

27) 원두(原頭)에서 활수(活水)가 맑다네 : 원두(原頭)는 근원이고, 활수(活水)는 살아 흐르는 물을 말한다. 중국 송(宋)나라 주자(朱子)의 시에, "반묘만한 모난 못 거울처럼 열렸으니, 하늘 빛 구름 그림자 함께 배회하누나. 저에게 어떻게 이처럼 맑게 됐느냐 물었더니, 원두에서 활수가 오기 때문이라네.(半畝方塘一鑑開, 天光雲影共徘徊. 問渠那得淸如許, 爲有原頭活水來.)"라고 하였음.

28) 졸자시(拙字詩) : 졸(拙) 자로 운을 맞춘 시. 이 시의 운자는 모두 졸(拙) 자를 쓰고 있는데, 작자가 졸함을 지키는 수졸(守拙)의 삶을 추구하고 있음을 강조한 것으로 보인다. 수졸은 자신의 소박한 본성을 지키면서 전원(田園)에 돌아가 사는 것을 말한다. 도잠(陶潛)의 시에 "남쪽 들판 언저리 황량한 밭을 일구고서, 졸렬한 본성 지키며 전원에 돌아와 사노매라.(開荒南野際, 守拙歸田園.)"라는 구절이 있다. 『도연명집(陶淵明集)』 권2 「귀전원거(歸田園居)」.

齋拙人不拙　집이 졸함이지 사람이 졸함은 아니도다.
世間作僞徒　세간에 거짓된 무리들이 만들어져,
心勞而日拙　마음을 수고롭게 하면서 날로 졸하구나.
眞拙不稱拙　진정으로 졸함은 졸하다 일컫지 않으니,
不拙若自拙　졸하지 않다함이 절로 졸함과 같다오.
所以拙韻意　졸(拙) 자로 시운(詩韻)을 삼은 뜻은,
强之以爲拙　꿋꿋하게 졸함을 하려는 것이리라.
拙有好意思　졸함에 좋은 뜻이 있으니,
守分乃爲拙　분수를 지킴이 바로 졸함이라.
人避我則趨　남들은 피하지만 나는 쫓아가니,
愚直終歸拙　우직하게 하다 끝내 졸함에 귀착하네.
世方競馳騖　세상 사람들은 빨리 달리는 것을 다투지만,
喜靜亦云拙　고요함을 좋아하니 또한 졸하다 하겠지.
勿爲機心動　기심(機心)[29]의 작동을 하지 마시게나,
巧者勞於拙　교묘한 자는 졸한 자보다 수고롭다오.
思古賢聖人　옛 성현들을 그리워하는데,
道大守以拙　도는 크지만 지키는 것은 졸함으로 하였지.
從知本分內　진작부터 알았네 본분의 안에,
日用行事拙　날마다 쓰고 일을 행함이 졸함을.
不加毫末足　조금이라도 더할 만한 것이 없으니,
萬善由此拙　온갖 선함이 이 졸함에서 나온다네.
若比於虛遠　만약 텅비고 먼 것에 견주어보면,

29) 기심(機心) : 교사(巧詐)한 마음을 의미함. 도르래를 이용해서 물을 쉽게 퍼 올리는 법을 설명하는 자공(子貢)에게 농부가 해 주는 말 가운데 "기계(機械)가 있으면 반드시 기사(機事)가 있게 마련이요, 기사가 있으면 반드시 기심(機心)이 생기게 마련이다."라는 내용이 있음. 『장자(莊子)·천지(天地)』

便覺吾道拙　곧 내 도가 졸함을 깨닫게 되네.
拙猶人無及　졸함은 외려 남이 미치지 못할 것이니,
安可厭此拙　어찌 이 졸함을 싫어하겠는가?
心拙且安之　마음이 졸하고 또 편안히 여기니,
身世莫歎拙　신세가 졸하다 탄식하지 말 일이라.
吾亦好拙者　나도 또한 졸함을 좋아하는 사람이니,
元不讓君拙　원래 자네의 졸함에 양보하지 않았다네.
一生拙已多　한번 나서 졸함이 벌써 많으니,
言拙行亦拙　말이 졸하고 행동도 또한 졸하도다.
滅跡名利塗　명예와 이익의 길에 자취를 없애니,
自知進取拙　나아가고 취함이 졸함을 절로 알겠구나.
恒抱朝夕念　항상 가슴에 품고 아침 저녁으로 생각하니,
人笑營爲拙　사람들은 삶을 경영함이 졸하다 비웃네.
居然筋力衰　어느새 벌써 근력이 쇠한지라,
且憂耕田拙　또 밭 가는 일 졸함이 근심스럽도다.
出入還非時　들어가고 나오는데 다시 제때가 아니니,
轉覺交遊拙　교유(交遊)가 졸함을 되려 깨닫겠네.
居室善苟完　사는 집이 잘 그런대로 갖추어졌는데,[30]
鳩亦哂吾拙　비둘기는 또한 내가 졸하다며 비웃네.
拙久成吾癖　졸함이 오래되어 내 고질이 되었으니,
行藏偕此拙　행장[31]이 다 이렇게 졸하도다.

30) 사는 집이 잘 그런대로 갖추어졌는데 : 『논어(論語)・자로(子路)』 8장에 다음과 같은 기사가 보인다. 공자(孔子)께서 위(衛)나라의 공자(公子) 형(荊)을 두고 다음과 같이 논평하셨다. "그는 집에 거처하기를 잘하였다. 처음 가재도구를 소유했을 때에는 '그런대로 이만하면 모여졌다.'하였고, 다소 갖추어졌을 때에는 '그런대로 이만하면 갖추어졌다.'하였고, 많이 가지고 있을 때에는 '그런대로 이만하면 아름답다.'하였다.(子謂衛公子荊, 善居室. 始有, 曰苟合矣, 少有, 曰苟完矣, 富有, 曰苟美矣.)"

非無闡幽志 천유[32]의 뜻이 없는 것은 아니지만,
未及頌吾拙 내 졸함을 노래하는 데는 미치지 못하네.
見君所爲詩 그대가 시 지은 것을 보노라니,
君行獲我拙 그대의 행함이 내 졸함을 얻었구려.
君雖用自號 그대가 비록 자호(自號)로 쓰지만,
未可獨專拙 졸함을 독점하는 것은 가당치 않네.
歲晩同出處 만년에 출처(出處)를 같이 하며,
與君共分拙 그대와 더불어 함게 졸함을 나누리라.
終始各努力 시종일관 각자 노력을 하여서,
愼勿失此拙 삼가 이 졸함을 잃지 마세나.
爲君張大之 그대를 위해 기세를 장대하게 하여,
和韻三十拙 30자 졸(拙) 자의 운에 화답하네.

<閭里怨> <시골 마을의 원망>

脫粟佐山菜 탈속반(脫粟飯)[33]에 산나물을 먹는데,
寒儒分亦甘 가난한 선비는 분수를 또한 달게 여기네.
窮閻多怨咎 곤궁한 마을에 원망하는 소리 많으니,
肉食可懷慙 고기 먹는 사람[34]은 부끄러워 할 만하네.

---

31) 행장(行藏) : 『논어(論語)·술이(述而)』 10장에 "공자(孔子)께서 안연(顔淵)에게 일러 말씀하셨다. "써주면 도(道)를 행하고 버리면 은둔하는 것을 오직 나와 너만이 이것을 지니고 있을 뿐이다."(子謂顔淵日, 用之則行, 舍之則藏, 惟我與爾有是夫.)"라는 말에서 나온 것으로, 사람의 처신을 가리킨다.

32) 천유(闡幽) : "『역(易)』은 과거를 드러내고 미래를 보여 주며 은미한 것을 드러내고 숨겨진 것을 밝혀 준다.[夫易, 彰往而察來, 而微顯闡幽.]"라는 말이 나옴. 『주역(周易)』「계사전(繫辭傳)」 하(下)에 보인다.

33) 탈속반(脫粟飯) : 애벌 찧은 쌀로 지은 밥. 겨우 껍질만 벗긴 쌀로 지은 밥이란 뜻으로 거칠고 변변찮은 음식을 의미함.

〈碧苔洞主人寄書謝相忘詩以報之〉 〈벽태동 주인이 사례하는 편지를 보내와 '상망시(相忘詩)'로 답하다〉

顔色猶能記　그대의 얼굴 빛 여전히 생생하고
德音久未忘　나눴던 좋은 말 오래도록 잊어지지 않네
平生傾遡意　평생토록 힘썼던 마음은
一一結中腸　하나하나 마음속에 새겨두리라

〈遣懷〉 〈회포를 풀다〉

白日懸天高　밝은 해는 하늘 높이 걸려 있고
人間夜色逃　밤이 되자 사람들은 각자 집으로 향하네
魂淸自無寐　정신은 절로 멀쩡해 잠도 오지 않는데
簷外響松濤　처마 바깥엔 송도(松濤)소리가[35] 울리도다

〈詠懷〉 〈회포를 노래하다〉

冠巾緣病廢　벼슬은 병 때문에 그만두고
佔畢遣愁多　대충 글 보며 수심 보내는 날만 많구나
方覺無閒緒　비로소 한가로움에 단서가 없음을 알겠으니
吟哦度歲華　세월의 아름다움만 노래하리라.

---

34) 고기 먹는 사람 : 많은 봉록을 받는 고급 관리들을 말함. 『춘추좌전(春秋左傳)』 장공(莊公) 10년에 "조귀(曹劌)가 나라를 위하여 출전하려 하자 고장 사람들이 '고기 먹는 자들이 잘할 텐데 관계할 게 뭐 있소?' 했다."라고 하였음.

35) 송도(松濤) : 바람이 소나무 숲 사이에 불면 마치 파도소리와 같이 들린다 하여 '송도(松濤)'라 함.

## 칠언절구(七言絶句)

**〈下第還鄕途中望詩山有懷崔文昌〉** 〈과거시험에 낙방하여 고향에 돌아오는 길에서 시산(詩山)을 바라보니 최문창(최치원)이 생각나 적다〉

詩仙去後無消息　시선(詩仙)은 떠나가 아무 소식 없는데
千載山名但宛然　천년 동안 산 이름만 그대로 남아있네
祗是詞人懷古意　다만 시인의 옛 뜻 생각하다
同時恨不問朝天　같은 때 천자에게 조회하지 못한 게 한스럽도다

**〈與同年諸友吟〉** 〈동년의 여러 벗과 읊다〉

杷盃哦詩一榜同　술잔 기울여 시를 읊던 동년들
非爲文苑較才雄　문학으로 재주의 뛰어남 비교하진 않았지
丁寧此日聯名意　정녕 이런 날 이름을 함께 했던 뜻은
休使他時賦谷風　다른 때 곡풍(谷風)[36]을 짓지 말자는 것

[벗들이 화운한 시]

題名雁塔昔年同　안탑(雁塔)[37]에 이름 적은 옛 동년들
筆力今辰果孰雄　필력은 지금 누가 최고인지
言志休論工且拙　언지(言志)의 공졸은 논하지 마시고
杏壇願學古人風　원컨대 행단(杏壇)[38]의 옛 사람 풍취만 배우

---

36) 곡풍(谷風) : 『시경(詩經)·패풍(邶風)·곡풍(谷風)』에 "習習谷風, 以陰以雨."라는 구절이 있음. 「모서(毛序)」에 "谷風, 刺夫婦失道也."라 하였음.

37) 안탑(雁塔) : 탑의 이름으로 지금 섬서성 서안시 남쪽 자은사(慈恩寺) 안에 있으며, 대안탑(大雁塔)이라고도 함. 당대(唐代)의 신진 선비들이 늘 이곳에 이름을 적어 두었으므로 이를 비유하여 한 말임.

38) 행단(杏壇) : 행단은 孔子가 제자들을 모아 수업하고 강의하던 곳. 여기에서는 공자와 같은 학풍을 가리킴.

시게.

– 이세위(李世瑋)

諸君氣義自相同　여러분들의 기의(氣義)는 절로 서로 같고
況復文詞富且雄　또 문사(文詞)는 넘치고 뛰어나네.
不佞幸添蓮榜會　저는 다행히 연방(蓮榜)에 참여하여
强將詩句玷高風　억지로 시를 지으니 고풍에 누 끼치지나 않을까.

– 이주명(李柱明)

良宵好會九人同　좋은 밤, 좋은 모임 아홉 사람 함께하여
把酒談詩氣且雄　술잔 잡고 시를 읊으며 기웅(氣雄)을 담론하네
卷裡題名良有意　책 속에 여러 이름 훌륭한 뜻 지니고서
論交不愧古人風　고인의 풍취에 부끄럽지 않은 사귐 논하네.

– 이익량(李翊良)

二百人中九箇同　이백인 가운데 우리 동년 아홉 사람
樽開壁水氣偏雄　절벽 물가에 술판 벌여 기웅을 겨루네
名題一軸詩題後　한 축(軸)에 이름 적고 시를 적은 뒤
留與他時作古風　훗날에 함께 고풍의 시를 지으며 머물렀다 하리

– 홍가상(洪可相)

論交只爲榜年同　동년들과 함께 교유를 논하며
題軸休誇筆力雄　시를 짓지만 필력의 자웅은 자랑치 마소서
最是樽前今日醉　술잔 앞에서 오늘 가장 취하고는
勝遊無讓古人風　멋지게 노닐었다 고인의 풍취에 양보치나 마시게

– 박광오(朴光五)

一夜清遊九友同　한 밤 중 청아하게 노니는 아홉 동년
醉來藻思問誰雄　취하여 누가 문장력이 최고인지 묻네
聯名序齒仍相勖　나이대로 이름만 적을 뿐
莫學炎凉末路風　시끄러운 세상의 풍취는 배우지 마시게
– 조명원(趙鳴遠)

九人樽酒好相同　아홉 동년 술 마시며 서로 좋으니
摠是前年入穀雄　모두가 이전 해 곡식 바친 웅재들
醉後題名詩又足　취한 뒤 이름 적으며 시 또한 만족하며
長懷共付杏壇風　긴 회포 모두 행단(杏壇)의 풍취에 부치네
– 양우철(梁禹轍)

自喜蒹葭玉樹同　염가(蒹葭)같은[39] 제가 옥수(玉樹)같은 동년들과 함께하며
一宵相對摠豪雄　한 밤을 호웅(豪雄)들과 상대하니 절로 기쁘네
清詩和罷仍題軸　청아한 시로 화답하고 곧 축에 이름 적으며
好會猶追古代風　좋은 모임 여전히 옛 풍취 쫓았다고 하리
– 성임(成任)

### 〈舟谷吟〉 〈주곡을 노래하다〉

花山北走介山高　개산(介山) 높으니 꽃핀 산 북쪽으로 달아나듯
山勢逶迤水勢豪　산세(山勢)는 구불구불 수세(水勢)는 호방하네
下看行舟柁櫓壯　아래를 바라보니 가는 배의 노는 힘찬데

---

39) 염가(蒹葭) : 염가(蒹葭)는 비천한 초목(草木)으로써 보통은 자신의 겸사(謙辭)로 많이 사용됨.

幾時風力劈波濤　어느 때 풍력이 파도를 가르며 가나

〈有感〉 〈느낀 바 있어〉

琪花瑤草澗邊宜　아름다운 꽃과 풀 시냇가에 피어 있고
滿壑幽香只自知　골짜기 가득 그윽한 향기를 나만 아노라
無限世間桃李樹　무한한 인간 세상 복숭아와 살구나무에서
五侯門下競誇奇　오후(五侯)[40]의 문하들 다투어 기이함 자랑하네

〈閒中述懷〉 〈한가함 속에서 회포를 적다〉

世間萬事與心疏　세간의 온갖 일이 마음에서 멀어져
歸臥山村護弊廬　산촌에 돌아와 누워 폐진 초려 보전하네
牢落幽懷向誰說　뇌락하고 깊은 회포 누구에게 말할까
只從編簡拂衣魚　다만 책으로 엮어 의어(衣魚)나[41] 덮어야지

〈次射會唱酬詩〉 〈사회(射會)의 창수시에 화운하여〉

腰間蓬矢手桑弓　허리에는 봉시(蓬矢)요, 손에는 상궁(桑弓)

40) 오후(五侯) : 공・후・백・자・남(公侯伯子男) 다섯 등급의 제후(諸侯)를 말한다. 또 동시에 똑같이 봉후(封侯)된 다섯 사람이라는 뜻으로, 이런 경우가 역사상 몇 차례 있었는데 여기서는 후한 환제(桓帝) 연희(延熹) 2년(159)에 조칙을 받들어 대장군 양기(梁冀)와 그 도당을 소탕하고 봉후된 선초(單超) 등 중상시(中常侍) 5인을 가리킨다. 이로부터 환관이 권력을 장악하고 불법을 자행하여 조정이 어지러워졌으므로 당시 사람들이 "한 명의 장군이 죽고, 다섯 명의 장군이 나왔다.(一將軍死, 五將軍出.)"고 비꼬았다고 전한다. 『후한서(後漢書)』 권78 「환자열전(宦者列傳)」.

41) 의어(衣魚) : 자복(紫服)과 어대(魚袋)를 말하는 것으로 벼슬을 상징함. 당나라 제도에 3품 이상의 관복은 자색이다. 또한 황제의 명령으로 자복과 동시에 어대를 하사하여 은총으로 받든다.

射法曾聞六藝中　활 쏘는 법 일찍이 육예(六藝) 가운데 있다 들었네
揖讓而升仍下飮　읍(揖)하고 사양하고서 올라가 내려와 술을 마시니[42]
至今君子有遺風　지금 군자의 유풍(遺風)이 있다네

**〈贈碧苔洞主人〉** 〈벽태동 주인에게 시를 지어 주다〉

竹林深處是君家　죽림의 깊은 곳이 바로 군자의 집
雲宿前溪石逕斜　앞 시내엔 구름이 묵고, 돌길은 비탈져 있다네
乘閒每叩山庵客　한가할 때면 매양 산의 암자에 나그네들 문 두들기고
入夜笻音響月華　밤이면 지팡이소리 달빛과 함께 울리네

**〈秋夜閑吟〉** 〈가을 밤 한가로워 읊조리다〉

商飈捲暑夜凄淸　시원한 바람 더위를 물리쳐 밤에는 서늘하기만 하고
雲散瑤空霽月明　아름다운 하늘엔 양떼구름 달 밝은 밤이로다
癡坐寒齋人語靜　멍하니 시원한 집에 앉았으니 사람 소리 고요하며
懶尋詩句已忘情　천천히 싯구 탐닉하니 이미 마음을 잊네

**〈在佛庵寄胤上人〉** 〈불암(佛庵)에 있는 윤(胤)상인(上人)에게 부치다〉

驚起山禽喚友音　친구를 부르니 산새는 놀라 날아가고
別懷還惹靜中心　이별의 마음 도리어 고요함 속에 생기는구나

---

42) 읍하고~마시니 : 『논어(論語)・팔일(八佾)』 7장에 다음의 기사가 전한다. 공자(孔子)께서 말씀하셨다. "군자(君子)는 다투는 것이 없으나, 반드시 활쏘기에서는 경쟁을 한다. 상대방에게 읍(揖)하고 사양하며 올라갔다가 활을 쏜 뒤에는 내려와 술을 마시니, 이러한 다툼이 군자(君子)다운 다툼이다.(子曰, 君子無所爭, 必也射乎. 揖讓而升, 下而飮, 其爭也君子.)"

庭梅落盡無人見　뜨락의 매화 모두 떨어져 보는 사람 없고
洞裡白雲深復深　골짜기 속 흰 구름만 다시 깊어지네

〈答朴友景迪求楚辭註〉 〈벗 박경적(朴景迪)이 '초사주(楚辭註)'를 구하여 답하다〉

子厚當年倣楚聲　자후(子厚)는[43] 당년 초사를 모방했으니
千秋我亦寄餘情　천년이 지난 후 나 역시 남은 정한 부쳐보네
沉吟未得騷人趣　깊이 읊조려도 시인의 뜻 얻지 못하리니
待取先賢訓詁明　선현의 명쾌한 훈고를 기다리겠노라

〈入山〉 〈산에 들어가다〉

雨餘羸馬懶翻蹄　가랑비에 수척한 말 발길 더디고
石路雲深轉覺迷　돌길에는 구름 깊어 길조차 잃겠네
行盡清溪人不見　발걸음 다한 곳 맑은 시내에 사람은 보이지 않고
暮鍾鳴處樹陰低　나무 아래 그늘엔 해질녘 종소리만 울리도다

〈贈敏性上人〉 〈민성(敏性) 상인(上人)에게 주다〉

靈山遺教久迷人　영산(靈山)의[44] 가르침 사람들 미혹한 지 오래
豪士千秋染跡頻　천년동안 호사(豪士)들 잦은 발자취로 가득했다네

43) 자후(子厚) : 유종원(柳宗元, 773~819)을 말함. 유・도・불(儒道佛)을 참작하고 신비주의를 배격한 자유・합리주의의 입장을 취했던 중국 중당기(中唐期)의 시인. 『천설(天說)』, 『비국어(非國語)』, 『봉건론(封建論)』 등이 그의 대표작으로 꼽힌다. 자구(字句)의 완숙미와 표현의 간결・정채함은 특히 뛰어난 것으로 평가된다.

44) 영산(靈山) : 도가(道家)의 봉래산(蓬萊山)을 말한다. 따라서 여기에서는 도가를 가리키는 말로 쓰인 것이다.

似子英才尤可惜　그대 같은 영재(英才)는 더욱 애석할 뿐이니
況聞家世本垂紳　하물며 집안 대대로 벼슬을 했음에랴.

### 〈獨宿龜山精舍待主人〉 〈혼자 귀산정사(龜山精舍)에 묵으려 주인을 기다리다〉

雨後春山藥苗肥　비 내린 뒤 봄 산엔 약묘(藥苗)들 더욱 자라는데
主人何處久忘歸　주인은 어느 곳에서 한참동안 돌아올 일 잊고 있나.
虛堂寂寞還無寐　텅 빈 집 적막하고 또 잠도 오지 않는데
窓外梅花點點飛　창밖의 매화꽃들이 송이송이 날리는구나

### 〈遣響〉 〈견향〉

格律淸奇語法新　격률이 청아하고 기이하며 어법 또한 새로우니
詩家獨數晩唐人　시가(詩家)들 유독 만당인(晩唐人)이라 하네
晴窓一讀神飄逸　비개인 창에서 책을 읽으니 정신은 표일하여
若挾飛仙出八垠　마치 나는 신선을 끼고 여기저기[八垠][45] 노니는 듯

### 〈品彙〉 〈품휘〉

晩唐詩格各殊科　만당(晩唐)의 시격(詩格)은 각기 빼어나
可見當時作者多　당시 시인들 볼만한 이 많다네
編第不參遺響後　편제(編第)에 참여하지 않고 견향(遣響)한 뒤
想應餘恨在楊家　남은 한을 부쳐 양가(楊家)에 두노라

---

45) 팔은(八垠) : 팔방과 같은 뜻으로 쓰인다. 『魏書 · 高允傳』에 "四海從風, 八垠漸化."라 하였다. 唐나라 시인 杜甫의 「寄薛三郎中據」에 "賦詩賓客間, 揮灑動八垠."라 하였다.

### 〈龍頭齋宮勝集〉 〈용두재의 궁승집〉

誰知好會占龍頭　누가 좋은 모임 용두(龍頭)를 알리오
巧實思名意欲羞　잔뜩 꾸민 이름 생각하면 뜻은 부끄럽기만 한데
半醉忽然豪興發　반쯤 취하여 홀연히 호기를 부려보니
此身如得九天遊　이 몸 마치 구천(九天)에서 노니는 듯하네

### 〈內洞齋宮小集〉 〈내동재의 궁소집〉

半夜偸閒興已闌　한밤 중 한가로워 흥취가 무르익으니
手談情語劇團欒　정겨운 말과 바둑 두기에 즐겁기 그지 없구나
山外只愁徵糴吏　산 밖에서는 세금 걷는 관리의 근심만이 있으니
叫呼閭里敗人歡　울부 짖는 마을에서는 관리들만 즐거워 한다네

### 〈秋城途中秋夕〉 〈추성(秋城)[46]을 가는 길에 추석(秋夕)이라 느낀 바 있어〉

提壺絡繹道中人　길 가운데 사람들은 끊임없이 술잔 들며
一縷香烟起古原　한 줄기 향(香) 연기 고원(古原)에서 피어나네
惟俗亦知追遠意　오직 풍속이 조상에 대한 생각에 있음을 알겠으니
太師遺化至今存　태사(太師)께서 교화를 펴사 지금까지 보존되었다네

### 〈以詩慰任友客中喪馬〉 〈시를 지어 벗 임객중(任客中)이 말[馬]을 잃음을 위로하다〉

悠悠禍福本相因　끝없는 화복은 본래 서로 연유하는 것이니

46) 추성(秋城) : 전라도 담양(潭陽)을 가리키는 말이다.

妙理曾聞塞上人　묘한 이치 일찍이 변방 사람까지 들렸네[47]
歸着櫪下何須歎　돌아가 말구유 밑을 보며 어찌 탄복만하리오
西出光山有此身　서쪽 광산(光山)에 나오면 이 몸 있는데.

## 〈遣懷〉 〈견회〉

항왕(項王)

過人才氣似非偶　남보다 뛰어난 재기(才氣) 짝이 없는 듯하니
天意生公爲沛龍　하늘의 뜻이 공에게 내려 패룡(沛龍)이 된 것이라네
八載橫行成底事　팔년 동안 횡행하며 일을 이뤘으니
合稱漢氏一先鋒　한(漢) 왕조의 선봉장이라 부르네

한신(韓信)

居楚何官漢不容　초(楚)에서 벼슬도 못하고 한(漢) 역시 받아들이지 않으니
淮陰釣伴可相從　회음땅에서 낚시하며 서로 따를 만했네[48]
如何緩步寒溪月　어째서 찬 계월(溪月)을 천천히 건넜나
誤落蕭何禍網中　잘못하여 소하(蕭何)의 화망(禍網)에 걸렸으니[49]

---

47) 끝없는~들렸다네 : 새옹지마(塞翁之馬)의 고사를 말함.

48) 회음땅에서~따를만했네 : 진(秦)나라 말 난세에 한신은 처음에는 초(楚)나라의 항량(項梁) ・항우(項羽)를 섬겼으나 중용되지 않아 한왕(漢王:高祖 劉邦)의 군에 참가하였다. 승상 소하(蕭何)에게 인정을 받아 해하(垓下)의 싸움에 이르기까지 한군을 지휘하여 제국(諸國) 군세를 격파, 군사면에서 크게 공을 세움으로써 제왕(齊王), 이어 초왕(楚王)이 되었다. 그러나 한제국(漢帝國)의 권력이 확립되자 유씨(劉氏) 외의 다른 제왕(諸王)과 함께 차차 권력에서 밀려나, BC 201년 회음후(淮陰侯)로 격하되었다. 1,2구는 이것을 두고 한 말이다.

49) 잘못하여~걸려들었으니 : 한신은 소하에 의해 죽음을 당하였으므로 이렇게 말한 것이다.

장량(張良)

| | |
|---|---|
| 漢王豈是使張良 | 한왕(漢王)은 어찌 장량을 부렸나 |
| 合說張良用漢王 | 장량의 합설(合說)을 한왕이 쓰기 위해서라네 |
| 已報君仇吾願畢 | 이미 군왕의 복수를 갚았으니 그만두기를 원하노라 |
| 邦家草創卽尋常 | 나라만 창건하고 보통으로 살았으면. |

제갈공명(諸葛孔明)

| | |
|---|---|
| 輟耕只爲答三顧 | 밭 갈다 말고 삼고초려 응답했으니 |
| 成敗當年已了然 | 성공과 실패가 당시에 명백했었네 |
| 盡悴生前吾事畢 | 생전에 마음을 다해 나의 일 마쳤으니 |
| 不須祈命彼蒼天 | 저 하늘에서는 명(命)을 빌 필요 없다네 |

악무목(岳武穆)[50]

| | |
|---|---|
| 沮背孤忠死不渝 | 외로운 충성은 죽음조차도 넘어서지 못하고 |
| 貞操亦見却名妹 | 정조(貞操) 또한 저명한 여인보다 나았네 |
| 南轅未北豈天意 | 남원(南轅)[51]이 북쪽이 아닌 것 어찌 하늘의 뜻이겠나 |
| 無奈君臣和字愚 | 군신(君臣)간에 글자로 화답하는 어리석음 어찌할까 |

관운장(關雲長)

| | |
|---|---|
| 華燭達朝節已苦 | 화려한 등불 잡고 조정에 왔으나 부절은 벌써 다했고 |

50) 악무목 : 악비(岳飛, 1103~1141)를 말한다. 중국 남송(南宋) 초기의 무장(武將)이자 학자이며 서예가이다. 북송(北宋)이 멸망할 무렵 의용군(義勇軍)에 참전하여 전공을 쌓았으며, 남송(南宋) 때 호북(湖北) 일대를 영유하는 대군벌(大軍閥)이 되었지만 무능한 고종과 재상 진회에 의하여 살해되었다.

51) 남원 : 거원(車轅)이 남쪽을 향하고 있으므로 '거향남행(車向南行)'이라고 말하는 것이다.

| | |
|---|---|
| 獨行千里勇尤雄 | 홀로 천리를 달렸으니 용맹만큼은 으뜸이라네 |
| 鯨鯢未血人先死 | 경예(鯨鯢)는[52] 피 흘리지 않았는데 사람이 먼저 죽였으니 |
| 天意茫茫不可窮 | 하늘의 뜻은 아득하여 궁구할 수 없는 것. |

굴원(屈原)

| | |
|---|---|
| 菌桂胡繩世未知 | 균계(菌桂)[53]와 호승(胡繩)[54]은 세상을 알지 못하니 |
| 蕙纕蘭佩莫誇奇 | 혜양(蕙纕)[55]과 난패(蘭佩)는 자랑하지 마라 |
| 醉生夢死滔滔是 | 취하면 살고 꿈꾸면 죽는 것이 끊이지 않으니 |
| 何不高飛學色斯 | 학색(學色)이 이와 같은데도 어찌 높이 날지 못하나 |

가의(賈誼)

| | |
|---|---|
| 漢文不是楚懷昏 | 한나라의 문장이 초(楚)의 회혼(懷昏)만 있는 것은 아닌데 |
| 賈誼何心學屈原 | 가의(賈誼)는 어찌 굴원을 마음속에 배웠나 |
| 長沙一賦多哀怨 | 장사(長沙)에서 지은 부(賦)는 애원(哀怨)이 많지만 |
| 憂國傷時只大言 | 나라와 시대를 걱정함이 대언(大言)이라네 |

---

52) 경예(鯨鯢) : 고래를 말하는데 수컷을 '경(鯨)'이라고 하며, 암컷을 '예(鯢)'라고 한다. 보통은 흉악한 사람을 비유적으로 말할 때 사용한다. 『좌전(左傳) · 선공 12년(宣公十二年)』에 "古者明王伐不敬, 取其鯨鯢而封之, 以爲大戮."라는 글이 보인다.

53) 균계(菌桂) : 향목(香木)의 이름으로 『이소(離騷)』에 "雜申椒與菌桂兮"라는 글이 보인다. 이주한(李周翰)이 주를 달기를 "椒、菌桂皆香木."이라 하였다.

54) 호승(胡繩) : 향초(香草)의 이름이다. 『이소(離騷)』에 "矯菌桂以紉蕙兮, 索胡繩之纚纚." 이라는 구절이 보인다. 왕일(王逸)이 주를 달기를 "胡繩, 香草也"라 하였다.

55) 혜양(蕙纕) : 향초(香草)로 만든 패대(佩帶)를 말한다. 『이소(離騷)』에 "旣替余以蕙纕兮, 又申之以攬茝."이라 하였다.

〈宿習灘夢誦書史感而賦之〉 〈습탄(習灘)에서 묵다가 꿈에서 경서와 역사를 외우던 중 감복하여 적어두다〉

書能博古又通今　경서는 예나 지금이나 두루 통하고
外此曾無可用心　이런 책들 일찍이 없었으니 마음 쓸 만하네
老去精神徒眷眷　늙었으나 정신은 도리어 멀쩡하니
翠籤黃卷夢猶尋　점치는 책이나 도가·불가서는 꿈에서나 찾네

〈弊箒歎〉 〈비[箒]가 닳음을 탄식하다〉

弊箒千金競欲售　폐진 비를 천금에 다투어 사려하니
看他笑罵卽從他　저들을 비웃고 꾸짖다가도 저들을 따르네
希音自古無人和　드믄 소리 예로부터 화답한 이 없지만
巴唱多於白雪歌　백설가(白雪歌)[56]엔 창수한 이 많네

〈郢客歎〉 〈영객의 탄식〉

孤吟白雪孰知音　외로이 백설가(白雪歌)를 읊조리나 누가 지음(知音)인가[57]
天地沈沈日欲陰　천지는 침침하고 해는 져 어둠 내리네
獨抱靈操空悵望　홀로 지조를 지키며 공연히 애달파 하는데

56) 백설가(白雪歌) : 거문고 곡조, 또는 가곡(歌曲)을 가리킨다. 춘추 시대 초(楚)나라의 대중가요인 '하리(下里)'와 '파인(巴人)'은 수천 명이 따라 부르더니, 고상한 '백설(白雪)'과 '양춘(陽春)'의 노래는 너무 어려워서 겨우 수십 명밖에 따라 부르지 못하더라는 이야기가 송옥(宋玉)의 「대초왕문(對楚王問)」에 나온다. 『문선(文選)』 권23.

57) 외로이~지음인가 : 백설가는 하리가(下里歌)나 파인가(巴人歌)와 대칭되는 매우 품격 높은 노래로, 특히 지기(知己)끼리 시를 주고받을 때 흔히 인용되는 노래이므로 이렇게 말한 것이다.

正聲無古亦無今　바로 이 소리는 예나 지금이나 변함없는 것.

**〈訪桂谷書室贈柳生汝梓〉** 〈계곡서실을 방문하여 류여재에게 주다〉

絶壑唅呀護草廬　깊고 긴 계곡은 초두막 집 보호하는 듯
石泉決決近階除　샘솟는 석천수는 계단 가까이 흐르네
遊心千古靜觀地　천고를 노니는 마음으로 고요한 가운데 땅을 바라보니
不獨匡山能讀書　둘러싸인 산속에선 홀로 책 읽는 것이 아니구나

**〈自嘲〉** 〈스스로를 비웃다〉

依山矮屋僅容膝　산에 의지한 작은 집 겨우 무릎을 용납하니[58]
敗壁罅窓豈庇風　무너질 듯한 벽에 갈라진 창이 어찌 바람을 막겠는가
世莫我知猶不慍　세상이 나를 알아주지 않아도 성내지 않으며[59]
一生黃卷沒頭中　일생 동안 글 읽는 일에만 몰두하리라.

淸齋入定卽幽禪　청아한 집에서 입정(入定)하니 마치 그윽한 스님과 같고
瞪視還如泥塑然　바로 바라보면 도리어 진흙 인형 같구나
悲興來時猶不覺　슬픔과 흥취가 이는 때가 외려 불각(不覺)이니
精神只在敲椎邊　정신은 다만 고퇴(敲椎)의 부근에 있는 것이라

58) 용슬(容膝) : 협소한 땅을 말한다. 중국 진(晋)나라 시인 도잠(陶潛)의 「귀거래사(歸去來辭)」에 "倚南窓以寄傲, 審容膝之易安."이라 한 용례가 있다.

59) 세상은~않으니 : 『논어(論語)·학이(學而)』 1장에 다음과 같은 공자(孔子)의 기사가 전한다. "사람들이 알아주지 않더라도 서운해하지 않는다면 군자(君子)가 아니겠는가.(人不知而不慍, 不亦君子乎?)"

### 〈月夜獨坐〉 〈달 뜬 밤에 홀로 앉아〉

| | |
|---|---|
| 自然群動各從偶 | 자연은 모든 만물 움직여 각각 짝을 이루는 것 |
| 德必有隣本不孤 | 덕은 반드시 이웃이 있어 본래 외롭지 않은 것이라.[60] |
| 最是淸風迎白月 | 가장 맑은 바람 흰 달을 맞이하니 |
| 此間未可亦無吾 | 이 사이 할 수 없이 나 또한 없다네.[61] |

### 〈述懷〉 〈회포를 노래하다〉

| | |
|---|---|
| 朝纔稀粥夕甘眠 | 아침엔 겨우 죽이나 먹었는데 저녁엔 편히 자니 |
| 夢入羲皇混沌天 | 꿈에서 희황제(羲皇帝)의 혼돈의 세계 들어가네 |
| 覺罷此身猶季世 | 꿈에서 깨자 이 몸은 여전히 말세(末世)에 있으니 |
| 鑿耕歌曲更何年 | 농사짓고 노래하는 일 어느 해 다시 하랴 |

### 〈贈洪典籍士肯入京〉 〈전적(典籍) 홍사긍(洪士肯)이 서울에 간다고 하길래 시를 적어 주다〉

| | |
|---|---|
| 治民不見爲民憂 | 백성들 다스린다며 백성들의 근심은 돌보지 않고 |
| 何事于今作廟謀 | 무슨 일로 지금 묘당(廟堂)의 계획을 만드나 |
| 君到朝廷如問俗 | 조정에 도착하여 임금이 풍속을 물으면 |
| 試言殘戶困誅求 | 시험 삼아 폐진 마을의 가렴주구(苛斂誅求)나 말해 주오. |

---

60) 덕은~것이라 : 『논어(論語)・이인(里仁)』 25장에 “덕(德)은 외롭지 않아, 반드시 이웃이 있는 것이다.(德不孤, 必有隣.)”이라는 구절이 있다.

61) 이 사이~없다네 : 자연과 하나된 물아일체(物我一體)의 경지에 대해 노래하고 있음.

기이(其二)

彈冠今日向西笑　관 털고 오늘 서쪽 향해 웃으니
滿路青雲擁馬頭　길 가득 푸른 구름이 말 머리를 감싸네
洛下應多舊相識　도성엔 응당 예부터 서로 아는 이 많으니
且言蒲柳已望秋　갈대와 버들이 벌써 가을을 만났다고 말해주오[62]

〈贈別朴友士元歸方丈舊居〉 〈박사원이 방장(方丈)의 옛 거처에 돌아간다고 하기에 이별하며 주다〉

前生應未了塵緣　전생이 응당 세속과 연유되진 않았으니
暫屈仙蹤出世間　잠깐 신선 따라 세상을 나가 보네
欲問參同眞契事　참동(參同) 진계(眞契)의 일을 묻고자
倏然遐擧白雲邊　잠깐 흰 구름 가에 높이 올라가 보노라

〈癸巳冬聞監賑御史過西倉〉 〈계사(癸巳)년[63] 겨울에 감진어사가 서창(西倉)을 지난다는 소식을 듣고〉

國從周制尙文具　국가는 주(周)나라 제도를 좇아 문(文)을 숭상하나
虛僞成風世欲衰　허위로 풍속을 만드니 세상은 쇠퇴하기만 하네
反本培根惟在質　근본을 되돌리고 뿌리를 배양하는 것은 오직 자질에 달려 있으니
賑民亦豈以名爲　백성의 구휼에 어찌 명성에만 힘쓰나

---

62) 갈대와~말해주오: 체질이 매우 유약함을 비유한 말로 보인다. 중국 진(晉)나라 때 고열(顧悅)이 간문제(簡文帝)와 같은 나이로 머리가 일찍 희었으므로, 간문제가 이르기를, “경이 어찌하여 먼저 희었는고?”라고 하니, 고열이 대답하기를, “포류(蒲柳)의 자질은 가을을 바라만 보고도 잎이 떨어지는 것입니다.”라고 한 데서 나온 말이다. 『세설신어(世說新語)・언어(言語)』.

63) 계사(癸巳)년 : 1713년

### 〈次唐人除夕韻〉 〈당인(唐人)의 제석시(除夕詩)에 차운하다〉

非關守歲已無眠　해를 지키는 것과 관계없이 어느덧 잠은 사라졌지만
夢裡親顔亦漠然　꿈속에선 어버이 얼굴 아득하기만 하네
昔日春輝終未報　지난 날 봄빛으로 끝내 보답하지 못했는데
草心餘恨又明年　초심(草心)의 남은 한은 또 다음 해에.

### 〈吳仲若家中作〉 〈오중약(吳仲若)의 집에서 짓다〉

悠悠莊蝶曉來迷　아득한 장자의 꿈[64]에 새벽에 돌아오는 길 잃고
踏菜非羊果是鷄　채소밭엔 양이 아닌 과연 닭이라
肺氣能蘇脾欲健　폐기가 소생하니 비장(脾臟)도 건강해지려 하고
不須起立費提携　세울 필요 없이 끌어다 썼네

### 〈到忠祠〉 〈충사(忠祠)에 이르러〉

老栢喬松襯作林　오랜 측백나무와 높이 솟은 소나무로 숲을 이루고
嵬然廟貌閉寒陰　엄숙한 사당엔 찬 그늘만이 가득하네
江河不廢名猶在　강하(江河)는 사라지지 않고 이름 역시 남아있어
百世淸風起懦心　영원한 맑은 바람에 나약한 마음 일으키리

### 〈讀谿谷文〉 〈계곡(谿谷)의 글을 읽고〉

黃卷平生髮已蒼　백발이 될 때까지 쓴 평생의 누런 책

---

64) 장자의 꿈 : 『장자(莊子) · 제물론(齊物論)』에 "昔者, 莊周夢爲胡蝶, 栩栩然胡蝶也. 自喩適志與, 不知周也。俄然覺, 則蘧蘧然周也. 不知周之夢爲胡蝶與, 胡蝶之夢爲周與？ 周與胡蝶, 則必有分矣. 此之謂物化."라고 하였다.

龍蛇歲暮可深藏　걸출한 인재의 글이라 세모(歲暮)에 깊이 간직할 만하네
回看藝苑無心久　예원(藝苑)을 돌아보니 무심한지 오래
晩學谿翁亦太枉　만학(晩學)의 계곡(谿谷) 역시 크게 어긋났다네

**<七夕偶題>** <칠석날 우연히 짓다>

蓬萊弱水三千里　봉래(蓬萊)의 약수(弱水) 삼천리
閶闔天門隔九重　구중(九重)을 사이에 두고 하늘의 문은 열고 닫히네
還感鵲橋今日會　다시 오작교에선 오늘 만나리니
年年尙許一番逢　해마다 한 번의 만남은 허락하는구나

**<過永平松亭口號>** <영평(永平)[65]의 송정을 지나가다>

十里長松遠作林　십리 길 높은 소나무 멀리까지 숲을 이루고
稠枝密葉滿堤陰　빽빽한 가지와 잎은 제방까지 그늘을 만들었네
憑誰喚做明堂用　어느 누가 소리쳐 명당을 만들었나
謾慰行人暍死心　폭염에 지친 행인을 위로해 주니

**<述懷>** <회포를 적다>

一年强半在山中　일년 중 반 이상은 억지로 산 속에 있는데
世事浮雲過太空　뜬 구름 같은 세상사는 태반이 공허한 것.
快意淸心還有術　맑은 마음 결의에는 또한 방법이 있는데
漆園虛羨御冷風　어두운 동산은 시원한 바람을 괜스레 부러워하네

65) 영평(永平) : 경기도에 있는 영평현을 말함.

〈庭畔老梅〉 〈뜰 가운데 오래된 매화〉

| | |
|---|---|
| 競凌瘦骨影尤奇 | 앙상하고 수척한 가지는 그림자 더욱 기이해 |
| 曾向西湖健步移 | 일찍이 서호를 향해 옮겨 심어 놓았지 |
| 臘雪纔消魂欲返 | 납월에 눈 내려 이제 시들지만, 혼은 돌아오리니 |
| 芳隣獨有主人知 | 방초들이 이웃해도 홀로 있음을 주인은 안다네 |

〈擬古閨思〉 〈규사(閨思)에 의고하여〉

| | |
|---|---|
| 雁獨來時客未歸 | 기러기만 홀로 돌아올 제 객은 오지 않으니 |
| 掩扉秋月擣寒衣 | 사립문 닫힌 가을 저녁 겨울옷 두들기네 |
| 誰憐夜夜啼紅頰 | 붉은 뺨 밤마다 우는 이 누구인지 가련하기만 |
| 聞道關山久被圍 | 오랫동안 관산에 갇혀있다는 말 들었다네 |

〈乙未歲盡日次唐人除夕韻〉 〈을미(乙未)년에[66] 하루가 다 지나가자 당인(唐人)의 제석시(除夕詩)에 차운하여〉

| | |
|---|---|
| 萬事傷心故不眠 | 모든 일에 마음이 아파 진실로 잠을 이루지 못하고 |
| 强云守歲亦凄然 | 억지로 해를 지킨다 말하지만 쓸쓸하기만 하네 |
| 傍人莫說資身策 | 주변 사람들 자신을 저버릴 수 있는 비책 있다 말하지 마소 |
| 自斷此生幾十年 | 이 삶의 수십년은 스스로 결정짓는 것이니. |

〈擬古宮怨〉 〈궁원(宮怨)에 의고하여〉

| | |
|---|---|
| 金魚心鎖滿宮埃 | 금빛 물고기 모양의 자물쇠 꼭꼭 잠겨 궁 안엔 먼지만 |

66) 을미(乙未)년 : 1715년.

가득
燕蹴飛花鳥啄苔　제비 날고 꽃은 드날리는데 새들은 이끼만 쪼고 있네
送盡三春人不見　삼년이 다 지나가도 사람들은 보이지 않으니
昭陽歌吹過墻來　소양가(昭陽歌)[67] 부르며 담장을 지나가네

기이(其二)
含嬌粉黛懶治粧　어여쁜 분대(粉黛)로 느긋하게 치장하는데
聽說華筵設未央　듣자니 화려한 경연장 아직 마련되지 않았다고 하네
寂寂長門門獨掩　적적한 긴 문들은 홀로 닫혀있어
中宮持勅下昭陽　궁 가운데 칙서잡고 소양으로 내려보내네

**〈擬古秋思〉** 〈추사(秋思)에 의고하여〉

忽聞新雁渡江來　갑자기 새 소식이 강을 넘어 오고
應帝雲中尺素回　구름 사이 황제의 응답은 소폭의 비단으로 돌아오네
顚倒出門看漸遠　문을 나가 점점 멀어짐을 보고서
數聲雪月但流哀　눈 위의 달빛 속에 여러 소리 구슬프게 퍼지네

**〈新雁問答〉** 〈새소식에 대한 문답〉

問汝南歸過月支　네게 묻기를 "남쪽으로 돌아가 월지(月支)를 지나
戍樓征客寄書誰　변방 누각의 정객(征客)은 누구에게 편지를 부치냐"
고 하네
答云徑取雲中路　답하기를 "지름길을 택해 구름 사잇길로

---

67) 소양가(昭陽歌) : 소양은 세시(歲時)의 이름으로 십간(十干) 가운데 계(癸)의 별칭이다. 『이아(爾雅) · 석천(釋天)』에 "[太歲]在癸曰昭陽"이라 하였다. 따라서 소양가는 이 시기에 부르는 노래를 지칭하는 것으로 보인다.

避繳潛來人不知 주살을 피하며 몰래 오니 사람들은 모른다"라 하네

**〈征婦怨〉** 〈출정 보낸 아낙의 원망〉

別後空閨歲月多 이별 뒤 텅 빈 규방에서 많은 시간 보내고
暗消紅玉斷無他 어둠이 사라지면 붉은 옥 같은 모습에 정성스런 마음 뿐 다른 재주 없다오
夢魂不道沙場遠 꿈속에 혼은 사장(沙場)이 멀다고 말하지 않는데
夜半姮娥過玉何 한밤 중 항아(姮娥)가 옥하(玉何)를 지나가네

**〈歎趙括〉** 〈조괄(趙括)을 탄식하며〉

但鼓平生膠柱瑟 다만 평생토록 교주고슬(膠柱鼓瑟)하며 사니[68]
不知兵算變通時 병사들 부릴 줄 모르고 때때로 변통(變通)만 하네
長平坑鬼曾何罪 장평(長平)에 묻힌 혼[69] 일찍이 무슨 죄가 있나
無奈昏君謾被欺 어리석은 군주에게 헛되이 속임만 당하니 어찌하겠는가

---

68) 평생토록~교주고슬하며 : 『사기(史記)·염파인상여열전(廉頗藺相如列傳)』에 진(秦)나라가 조나라를 침략하면서 첩자를 보내어, '조나라의 염파(廉頗)장군은 늙어서 싸움을 하기 두려워하므로 두렵지 않지만, 다만 혈기왕성한 조괄(趙括)이 대장이 될 것을 두려워하고 있다'는 유언비어를 퍼뜨렸다. 이 유언비어를 들은 조나라 왕은 명장인 염파 대신 조괄을 대장으로 임명하려고 했다. 그러자 대신 인상여(藺相如)가, "왕께서 그 이름만을 믿고 괄을 대장으로 임명하려는 것은 마치 기둥을 아교로 붙여놓고 거문고를 타는 것과 같습니다. 괄은 단지 그의 아버지가 준 병법을 읽었을 뿐, 상황에 맞추어 변통할 줄 모릅니다.(王以名使括, 若膠柱而鼓瑟耳. 括徒能讀其父書傳, 不知合變也.)"라고 조언한 고사가 전한다.

69) 장평(長平) : 조괄(趙括, ?~기원전 260년)은 중국 전국시대 조(趙)나라의 장군으로 장평전투(長平之戰)에서 진나라(秦)의 백기(白起)에게 패해 전사했다.

**〈歎豫讓〉** 〈예양(豫讓)을 탄식하며〉

| | |
|---|---|
| 范家臣作智家臣 | 범씨(范氏)의 가신이 지백(智伯)의 가신이 되어[70] |
| 曾是事讐叛主人 | 일찍이 복수하였으니 주인을 배반한 것. |
| 塗厠伏橋吁已晩 | 변 바르고 다리 밑에 엎드렸다가 이미 늦음을 탄식 해도[71] |
| 盡忠何待待吾身 | 충성을 다해 나의 몸 기다리지 무엇을 기다리나 |

**〈邯鄲賈〉** 〈한단(邯鄲)의 상인〉

| | |
|---|---|
| 大賈邯鄲學種玉 | 한단의 큰 상인은 종옥(種玉)을[72] 배워서 |
| 蚌胎纔滿入崤函 | 진주[蚌胎] 겨우 채우자 효함(崤函)[73]에 들어갔네 |

---

70) 범씨의~되어 : 처음에 진의 경(卿)이었던 범(范)씨・중행(中行)씨를 섬겼으나, 뒤에 지백(智伯: 이름은 瑤)의 신하가 되어 총애를 받았음을 말한다.

71) 변~탄식해도 : 예양(豫讓)은 "선비는 자기를 알아주는 이를 위하여 죽는다."하고 보복을 맹세한 뒤 죄인으로 가장하여 비수를 품고 조양자의 변소에 잠입하여 그를 죽이려다가 발각되었으나 조양자는 그를 의인(義人)이라 생각하고 석방하였다. 그 뒤 예양은 몸에 옻칠을 하여 나환자로 변장하고, 벙어리・거지의 행세를 하며 다시 기회를 기다렸다가 조양자가 외출할 때 다리 밑에 숨었다가 그를 찔러 죽이려고 하였다는 이야기를 말한다.

72) 종옥(種玉) : 구슬을 심는다는 뜻으로, 아름다운 여인을 아내로 맞이하는 것을 이르는 말. 『수신기(搜神記)』에 전한다. 한(漢)나라 때의 일이다. 양공옹백(楊公雍伯)이라는 사람이 있었다. 효성이 지극하기로 소문이 나 있었다. 부모님이 돌아가시자 무종산(無終山)에다 장사를 치렀다. 그런데 그 산은 아주 높고 물이 없었다. 그가 우물을 파 지나가는 사람들이 물을 마시게 하였다. 3년이 지난 어느 날이었다. 한 나그네가 물을 마신 후, 품속에서 돌 하나를 꺼내어 양공옹백에게 주며, "이것을 심으면 아름다운 옥이 될 것입니다. 그러면 당신은 그것으로 아름다운 아내를 얻게 될 것입니다"라고 하였다. 그는 이것을 심었다. 그로부터 수 년이 지나, 양공옹백은 북평(北平)의 서씨(徐氏)에게 아주 아름다운 딸이 있다는 소문을 들었다. 그는 그 딸을 자기의 아내로 맞고 싶었다. 그는 서씨를 찾아갔다. 서씨는 이렇게 말하였다. "백옥 한 쌍을 가져오면, 내 딸을 주겠소." 양공옹백은 옛날 나그네의 말이 떠올랐다. 재빨리 돌을 심어 놓았던 곳으로 가 땅을 파보았다. 그 돌은 어느새 백옥 다섯 쌍이 되어 있었다. 그것으로 아내를 얻었다. 그가 돌을 캔 곳을 사람들은 옥전(玉田)이라 하였다.

73) 효함(崤函) : 효산(崤山)과 함곡(函谷)을 가리킨다.

六王未畢秦先喪　여섯 왕 아직 끝나지 않았는데 진이 먼저 잃었으니
冥報昭昭此可監　죽어서도 상세히 이 일을 살필 만한 것이라

**〈歎閏三月〉** 〈윤 삼월에 탄식하며〉

常時氓俗奏艱食　늘 백성들 먹고 살기 어렵다 아뢰었건만
況是窮春月又加　하물며 궁핍한 봄이 한 달 더 있음에랴
不獨黃楊人亦厄　황양목(黃楊木)[74]뿐 아니라 사람 역시 어려우니
三旬飢事也應多　한 달 동안 배고픈 일 또 많겠네

**〈詠葡萄〉** 〈포도를 노래하다〉

天子亦爲口腹累　천자 역시 음식을 자주 먹어야 하니
遠征西國索葡萄　멀리 서쪽 나라 갈 때 포도를 찾도다
爭如白谷閑居士　다투기를 마치 백곡(白谷)의 한가로운 선비처럼 하니
自占桂林風味饒　우리나라 풍미(風味) 넉넉함을 절로 차지하겠네

**〈次外峙鄭友因演成七疊贊咏酒德〉** 〈외치(外峙) 벗 정인연(鄭因演)이 일곱 번 주덕(酒德)을 찬미하며 지은 시에 차운하여〉

但願昏冥不願醒　다만 혼명(昏冥)을 바라지, 깰 것은 바라지 않으니
眼無可見耳無聽　눈도 볼 수 없고 귀도 들을 수 없네
醉鄕自覺乾坤大　취하여 절로 천지의 큼을 알겠으니
此老於人又逕庭　이 노인 남들과는 다르구나[逕庭[75]].

---

74) 황양(黃楊) : 전설에 의하면, 황양목(黃楊木)은 1년에 겨우 1촌(寸)씩 자라는데, 윤년(閏年)을 만나면 자라지 않을 뿐만 아니라 도리어 1촌이 줄어든다는 데서 온 말로, 전하여 사람이 곤경(困境)에 처한 것을 비유한다.

| | |
|---|---|
| 日把深盃笑楚醒 | 날마다 술잔 잡으며 웃고 깨어 있으며 |
| 言從身外不須聽 | 대화해 보지만 몸 밖의 것은 들을 필요 없다 하네 |
| 掇英只有東籬菊 | 꽃은 져도 동쪽 울타리에[76] 국화가 있으니 |
| 秋意濃濃入小庭 | 가을의 뜻 농롱(濃濃)[77]하게 작은 뜨락으로 들어가네. |

| | |
|---|---|
| 盡日閑情倚半醒 | 하루 종일 한가한 마음으로 반쯤 깨어 있고 |
| 松濤和雨滿清聽 | 청아한 송도(松濤)소리와 비 소리가 가득하네. |
| 華堂客散良宵入 | 나그네는 좋은 밤 아름다운 집에 투숙하여 |
| 勸酒猶看月在庭 | 술잔 권하며 뜰에 비친 달 감상하네. |

| | |
|---|---|
| 喪我誰能辨醉醒 | 애달픈 나 누가 취성(醉醒)을 분별하리오. |
| 疾雷鳴處亦無聽 | 우당탕 번개 쳐도 들리지 않는데. |
| 熙熙皥皥歸元古 | 화락하고 자득하여 원 태고로 돌아가 |
| 身世葛天又大庭 | 이 몸 갈천씨와[78] 큰 뜨락에 두네. |

75) 경정(逕庭) : 과차(過差)와 같은 말임. 또한 곧장 가고 돌아보지 않는다는 뜻도 됨. 『장자(莊子)·소요유(逍遙遊)』에 "大有逕庭, 不近人情."이라는 용례가 있음.

76) 동리(東籬) : 중국 진(晋)나라 도잠(陶潛)의 「음주(飮酒)」시 다섯 번째 작품에 "採菊東籬下, 悠然見南山."이라는 구절이 보인다. 훗날 국화를 심은 곳을 대체로 동리(東籬)라 한다.

77) 농롱(濃濃) : 『시경(詩經)·소아(小雅)·여소(蓼蕭)』에 "기다란 저 쑥에 이슬이 짙게 떨어졌네(蓼彼蕭斯, 零露濃濃.)"이라 하였다. 농롱(濃濃)은 빽빽하고 두터운 모양을 말한다.

78) 갈천(葛天) : 갈천씨(葛天氏)가 있던 시대를 말한다. 갈천씨는 전설상 인물로 먼 고대의 황제 이름이다. 『사기(史記)·사마상여열전(司馬相如列傳)』에 "奏陶唐氏之舞, 聽葛天氏之歌."라는 구절이 있다.

〈士論乖激將成黨禍閒居竊歎〉 〈사론(士論)이 괴격(乖激)하여 장차 당화(黨禍)가 일어나려 하는데 가만히 탄식만하다〉

| | |
|---|---|
| 百世公心並日明 | 오래도록 공평한 마음 해와 함께 빛나리니 |
| 一時浮議任人情 | 한 때의 부질없는 의론 인정(人情)에 맡기네 |
| 蚩蚩小子休開笑 | 어리석은 그대들 웃지마라 하니 |
| 阿好之言豈重輕 | 아부하고 듣기 좋은 말 어찌 경중이 있으리 |
| | |
| 左右餂言啓進塗 | 좌우의 속이는 말들 진흙길을 열었으니 |
| 背公死黨日奔趨 | 그대들 배신하고 무리들 죽이며 날마다 어지러운 걸 |
| 心喪舌存還可笑 | 마음 깊은 상심에 할 말은 남아 도리어 웃으니 |
| 白癡之外摠朱愚 | 백치(白癡)가 아니면 모두 주우(朱愚)[79]인데. |

〈擬古悲秋〉 〈비추(悲秋)에 의고하여〉

| | |
|---|---|
| 落葉流風雁呌霜 | 바람 불어 낙엽지고 서리에 기러기는 울부짖는데 |
| 洞天悴栗月荒凉 | 동천(洞天)[80]도 생기 없고 달도 황량하기만 하네 |
| 蕭蕭鬢髮寒如雪 | 소소한 머리 찬 것이 마치 눈과 같아 |
| 龜伏泥塗六用藏 | 거북이처럼 진흙에 엎드려 육용(六用)[81]이나 감춰야지 |

79) 주우(朱愚) : 주(朱)는 '주(侏)'와 통한다. 지혜가 짧고 얕으며 우매하고 우둔한 사람을 말한다. 『장자(莊子)·경상초(庚桑楚)』에 "南榮趎曰, '不知乎, 人謂我朱愚, 知乎, 反愁我軀'."라 하였다.

80) 동천(洞天) : 도가(道家) 용어로 신선이 사는 곳을 뜻하는데, 인간 세상에는 모두 36개의 동천이 있다고 전한다. 『술이기(述異記)』 권하(卷下).

81) 육용(六用) : 불가(佛家)의 용어. 6식(識)을 낳는 여섯 개의 뿌리 즉 육근(六根)으로 안근(眼根)·이근(耳根)·비근(鼻根)·설근(舌根)·신근(身根)·의근(意根)을 말한다.

〈聞疏儒名呼宰相而詬辱備至可駭〉 〈소유(疏儒)들이 재상을 호명하고 헐뜯고 모욕하는 것이 지극하여 놀랄만 하다는 말을 듣고〉

無忠無敬又無憚　충심도 없고 공경도 없고 또 꺼리는 것도 없어
偸薄餘風犯上訕　투박한 여풍으로 윗사람 헐뜯고 범하네
章甫靑襟徒竊號　장보(章甫)[82]의 푸른 옷을 한갓 훔쳐 부르더니
嗜名趨利使人汗　명리(名利)만을 좇아 사람들에게 땀 흘리게 했다네

〈順天命〉 〈천명을 따르다〉

逐貧賦後送窮文　가난을 좇다 부(賦)를 지어 궁핍한 글 보내니
堪笑退之學子雲　웃으며 물러나 자운(子雲)[83]을 배우네
天命豈容人費力　천명이 어찌 사람의 힘으로 되나
塞翁達識我曾聞　내 일찍이 변방의 늙은이가 식견 능하다 들었다네

〈飢歲冬雷〉 〈궁핍한 해 겨울에 우레가 치니〉

曄曄電光虩虩雷　쾅쾅 번개 치고 번쩍번쩍 우레 치니
嚴冬未必不爲灾　엄동설한에만 재앙이 있는 것은 아니구나
上天憂愛無人識　하늘의 근심과 사랑을 사람들 모르니
何處窮民告此哀　어느 곳에 궁한 백성들이 이런 슬픔 고할까

---

82) 장보(章甫) : 장보(章父)라고도 한다. 중국 상(商)나라 시대의 일종의 관(冠). 또는 유자(儒者)의 관(冠)을 말하기도 함.

83) 양자운(揚子雲) : 양웅(揚雄)을 말함. 전한(前漢) 말의 학자 겸 문인. 주요저서로는『태현경(太玄經)』과『법언(法言)』등이 있으며 많은 부(賦) 작품도 남겼다고 함.

### 〈流民歎〉 〈유민탄〉

飢色瘦容犢鼻褌　배고픈 기색 수척한 얼굴에 쇠코잠방이 입고선
手持瓢子滿村村　손에는 표주박잡고 마을마다 돌아다니네
若令畵手摸今日　만약 그림을 잘 그린다면 금일 풍경 그리지 마소
到處誰非安上門　도처엔 누구도 편안히 있지 못하니

### 〈崇姪進旨酒詩以志喜〉 〈조카가 맛 좋은 술을 올리니 시로써 기쁨을 적다〉

冬日翻看過夏酒　여름 지나 맛보는 겨울날의 술
勿云佳味獨非時　좋은 맛 유독 때때로 있다 말하지 마소
枯容不覺回春色　마른 얼굴 회춘한 것도 알지 못하고
寒雪樽前却歛威　찬 눈은 술동이 앞에 도리어 기세 꺾이네

### 〈有所思〉 〈생각나는 게 있어〉

渭川寒月映鬔鬆　위천(渭川)의 찬 달 더벅머리 비추고
岐下時時一夢通　갈래 길 아래선 때때로 꿈을 꾸네
何日風雲能感會　어느 날 풍운의 꿈 이뤄 감복시킬까
只看怪物臥隆中　단지 괴이한 물체 보며 융중(隆中)[84]에 누우리

---

84) 융중(隆中) : 융중(隆中)은 산 이름이다. 중국 호북성(湖北省) 양양현(襄陽縣) 서쪽에 있다. 동한(東漢) 말 제갈량(諸葛亮)이 이곳에서 은거하였기 때문에 와룡(臥龍)에 견주어 이렇게 말한 것이다.

### 〈杞憂〉 〈괜한 걱정〉

春無雨露秋無霜　봄날엔 이슬내리지 않고 가을엔 서리도 없는데
萬物何緣長又成　만물은 무슨 연유로 성장하고 만들어지나
刑政未淸民不遂　형정(刑政)이 청렴하지않아 백성들도 따르지 않으니
古今一理可詳評　고금의 모든 이치 자세히 평가할 만 하네.

### 〈窮民怨〉 〈궁민의 원망〉

炊薪如桂米如玉　섶나무는 계수나무 같고 쌀은 옥과 같은데
聖代誰知有此憂　성대(聖代) 중 누가 이런 근심 아는지
民情欲訴還無處　민심은 기소(起訴)하고 싶으나 도리어 살 곳 없으니
但仰蒼蒼怨且尤　다만 하늘만 바라보며 원망하고 또 원망하네

### 〈大牢祀闕里〉 〈궐리묘(闕里廟)에 대뢰(大牢)로 제사하다〉

干戈甫定祭文宣　무기를 내려두고 문선왕(文宣王)에 제사 지내니
開濟規模最豁然　아름다운 [開濟][85] 그 모습 활짝 트였네
只恨三章約法日　다만 한스러운 건 한(漢)나라 삼장약법(三章約法)의 말이니
挾書一律尙依前　협시률(挾書律)은 여전히 의구하네

---

85) 개제(開濟) : 형용(形容)·정조(情操)·지향(志向)·개통(開通) 등이 아름답고 좋은 것을 말한다. 중국 당(唐)나라 두보(杜甫)의 시 「촉상(蜀相)」에 "三顧頻繁天下計, 兩朝開濟老臣心."이라는 구절이 보인다.

### 〈陵不如勃〉 〈능(陵)은 발(勃)만 같지 못하여〉

| | |
|---|---|
| 勃死倘於呂氏前 | 발(勃)이[86] 행여 여씨(呂氏)[87] 앞에서 죽는다면[88] |
| 安劉一說定茫然 | 안유(安劉)의[89] 일설은 .망연히 정해진 일 |
| 軍門左袒還多幸 | 군문(軍門)의 좌단(左袒)은 도리어 다행이지만 |
| 此輩神謀摠欲權 | 이 무리들은 모두 권세를 잡고자 도모하는 것이라. |

### 〈窮冬感懷〉 〈혹독한 겨울에 느끼는 바 있어〉

| | |
|---|---|
| 簷間黃雀凍仍饑 | 처마 중간에 참새들 추위에 얼고 또 굶주리며 |
| 疏翮稀毛倦不飛 | 성근 날개에 듬성듬성한 털은 날기도 힘든 듯 |
| 想見溝中多白骨 | 생각해보니 도랑엔 시체들 많은데 |
| 爾禽微小又何啼 | 너희처럼 작은 참새들 어찌 우는가 |

### 〈警夢孫浪遊〉 〈몽손(夢孫)의 낭유(浪遊)를 경계시키며〉

| | |
|---|---|
| 世間何事不虛事 | 세간에 어떤 일인들 헛된 일이 아닌가 |
| 虛事之中最浪遊 | 헛된 일 가운데 최고는 떠돌아 다니는 일. |
| 到老一名終未立 | 한 이름 늙으면 끝내 세울 수 없으리니 |
| 蠢然奚異被衣牛 | 발버둥친 들[蠢然][90] 쇠덕석에 앉는 것과 무엇이 다른가 |

---

86) 발(勃) : 주발(周勃)을 말한다.

87) 여씨(呂氏) : 고조(高祖:劉邦)의 황후 여후(呂后)를 말한다.

88) 발이~죽는다면 : 주발(周勃)은 진평(陳平)과 함께 여씨(呂氏)의 난을 미연에 진압하고 한나라 왕실을 안정시켰음. 『사기(史記)・진승상세가(陳丞相世家)』

89) 안유(安劉) : 한나라 초 상산(商山)의 사호(四皓). 진(秦)나라 말엽 상산(商山)에 은거한 동원공(東園公), 녹리선생(甪裏先生), 기리계(綺裏季), 하황공(夏黃公)을 말한다.

90) 준연(蠢然) : 움직이는 모양을 말함.

**〈戒無心讀〉** 〈무심(無心)하게 글을 읽는 것을 삼가며〉

人誰不學聖賢書　사람이 누가 성현을 글을 배우지 않는가
日用酬應之所於　늘 주고 받는 글인데
口自咿唔心未覺　입으로 떠들고 마음으로 깨닫지 못하면
罔功奚翅漏巵如　힘쓴 공이 막혀 새는 잔과 같으니 어찌 그치겠는가 [奚翅][91]

**〈歎衰〉** 〈쇠함을 탄식하다〉

古人事業動風聲　옛 사람의 일은 진동하는 바람소리
陶鑄唐虞志半生　반평생 뜻이 요순시대처럼 다스림에 있었네
筋力居然容易變　근력이 약해져 쉽게 변하는데
化兒於此太無情　이에 조물주는 무정하기만 하네

**〈擬古白石歌〉** 〈백석가(白石歌)[92]에 의고하여〉

擊釖高歌行路難　칼날 부딪치니 행로난(行路難)[93]을 소리 높이 노래

---

91) 해시(奚翅) : '해시(奚啻)'라고도 한다. 뜻은 '하지(何止)'와 같다. 『맹자(孟子)·고자 하(告子下)』에 "取食之重者與禮之輕者而比之, 奚翅食重?"이란 용례가 있다.

92) 백사(百舍) : 중국 춘추(春秋) 시대에 영척(甯戚)이 수레 아래에서 소를 먹이다가 제 환공(齊桓公)이 나오기를 기다려 쇠뿔을 두드리며 노래했다는 상가(商歌)를 가리킨다. 이 노래를 일명 반우가(飯牛歌)라 하는데 그 가사에 "남산에 깨끗한 돌이여, 흰 돌이 다 닳도록 요순 같은 임금을 만나지 못하였으니 짧은 베 홑옷은 정강이도 못 가리네. 어둑한 새벽부터 깊은 밤까지 소를 먹이노니 긴긴 밤은 어느 때나 밝아올꼬.(南山矸, 白石爛. 生不遭堯與舜禪, 短布單衣不掩骭. 從昏飯牛薄夜半, 長夜漫漫何時旦.)" 하였다. 제 환공이 이 노래를 듣고 영척을 불러 이야기해 보고 좋아하여 그를 재상으로 기용하였다. 『예문유취(藝文類聚)』 권94에 수록되어 있다.

93) 행로난(行路難) : 세상길이 험난함을 읊으면서 이별의 슬픔을 노래한 악부가사(樂府歌辭)의 이름이다. 진(晉)나라 포조(鮑照)가 처음 지은 뒤로 수많은 작품이 나왔는데 그중에

| | |
|---|---|
| | 하는 듯 |
| 眼前突兀起南山 | 눈앞 남산(南山)은 우뚝 솟아있네 |
| 下多白石重重險 | 내려올수록 하얀 돌 겹겹이 험하니 |
| 跬步何如百舍間 | 반걸음은 백사(百舍)[94]인데 어찌 하겠는가 |

## 〈續五噫歌〉 〈속오희가(續五噫歌)〉

### 歎學 배움을 탄식하다

| | |
|---|---|
| 讀破經書早自期 | 경서를 독파하기로 일찍이 스스로 약속했는데 |
| 古人志業何能爲 | 고인의 지업(志業)을 어떻게 능할 수 있겠나 |
| 年年枉費精神去 | 해마다 부질없이[枉費][95] 정신 줄 놓아 버리고 |
| 學未通方最一噫 | 천지를 통하는 법을 배우지 않은 것 하나의 탄식. |

### 歎窮 궁함을 탄식하다

| | |
|---|---|
| 觀我髫齡落筆時 | 어릴 적[髫齡][96] 붓을 떨어뜨릴 때를 생각해보니 |
| 長楊獻賦未應遲 | 장양(長楊)[97]의 부(賦)에도 바로 응수 했을 걸 |
| 蓬萊弱水十千里 | 봉래산의 약수(弱水)는 십천리에 있고 |
| 青鳥茫茫還一噫 | 청조(青鳥)는 망망(茫茫)하니 또 하나의 탄식. |

### 歎貧 가난을 탄식하다

| | |
|---|---|
| 錯料文章能救飢 | 졸렬한 문장으로 배고픔 구제해달라 힘썼지만 |

---

서도 이백(李白)의 '행로난'이 가장 유명하다.

94) 백사(百舍) : 백리일숙(百里一宿)의 준말로, 매우 긴 거리에 더딘 걸음을 비유적인 말이다.

95) 왕비(枉費) : 공비(空費)나 백비(白費)와 같은 말로 쓸모 없이 써버린 것을 말한다.

96) 초령(髫齡) : 머리가 더부룩하게 난 어릴 적 시절을 말함.

97) 장양(長楊) : 길게 뻗은 버들을 뜻하기도 하지만, 여기에서는 중국 한대(漢代) 양웅(揚雄)의 『장양부(長楊賦)』를 말한다.

三農食力未曾知　　농민[三農][98]의 고통은 일찍이 알지 못했다네
大人之事平生志　　대인(大人)의 일과 평생의 뜻이
晩學樊遲足一噫　　이에 있는데 늦게 배운 것 또 하나의 탄식.

**歎老** 늙음을 탄식하다

老人還憐病亦隨　　노인은 병들고 늙어가 도리어 불쌍한데
此翁白髮舊童兒　　이 늙은이 백발이지만 옛날엔 아이였었지
光陰忽忽今如昨　　빨리 가는 세월에 오늘이 어제 같으니
虛送芳年又一噫　　헛되어 방년을 보낸 일이 또 하나의 탄식.

**歎世** 세상을 탄식하다

逖矣淳風不復吹　　아득한 순풍(淳風)은 다시 불지 않으니
出門悵望我何之　　문 밖에 나가 어디 갈지 창연히 바라보네
栖栖未得安身地　　가려해도 이 몸 편히 둘 곳 없어
行路難時亦一噫　　때때로 어려운 행로 또한 하나의 탄식.

**〈飯牛歌〉** 〈반우가(飯牛歌)[99]〉

中夜悲歌牛口下　　한밤 중 슬픈 노래 소의 입에서 나오니
歌聲半雜嚙蒭聲　　노랫소리가 꼴 먹는 소리와 반쯤 섞여 있네
世間誰是夷吾婦　　세상의 어느 누가 내 아내를 욕하리오
此曲當年已有情　　당년의 이 노래 벌써 인정이 있었는데.

---

98) 삼농(三農) : 옛날 평지(平地), 산구(山區), 수택(水澤) 등에 거주하던 사람을 말한다. 훗날은 대체적으로 농민을 가리키는 말이다. 『주례(周禮) · 천관(天官) · 대대(大宰)』에 "一曰三農, 生九穀."이라는 글이 있다.

99) 반우가(飯牛歌) : 소의 뿔을 두드리며 부르는 노래라는 뜻. 이 노래는 위나라 사람인 영척(甯戚)이 제 환공(齊桓公)에게 벼슬을 구하기 위하여 자신이 기르던 소를 몰고 가 제 환공의 수레 밑에서 소의 뿔을 두드리며 불렀던 노래이다. 모두 3수이다.

### 〈喜見兒輩張燈讀書〉 〈등불 밝혀 글을 읽고 있는 아이들을 보고 기뻐서〉

| | |
|---|---|
| 收拾精神夜氣淸 | 밤기운이 청아하여 정신 가다듬고 |
| 講書評理轉分明 | 글을 강독하며 이치를 논하니 도리어 분명해지네 |
| 南山豹隱無多日 | 남산에 숨은 표범[豹隱][100] 많은 날 있지 않으리니 |
| 忽到槐黃已有聲 | 홀연히 과거시험[槐黃][101] 이르렀다는 소리 벌써 들리네 |

### 〈哀我民斯〉 〈우리 백성들을 애달파하며〉

| | |
|---|---|
| 誣上欺民無不爲 | 임금을 속이고 백성들 속여 뭐든 하니 |
| 承流宣化亦何知 | 전통의 계승과 교화의 펼침 또한 어찌 알겠나 |
| 回瞻下邑滔滔是 | 아랫마을 둘러보니 복받치는 마음 끝없어 |
| 哀我蒼生遠玉墀 | 조정[玉墀]에서 멀어지는 우리 백성들 애달파하네 |

### 〈視兒輩家訓〉 〈아이들에게 가훈을 보여주며〉

| | |
|---|---|
| 家世中原自有法 | 대대로 집안에는 절로 법이 있으니 |
| 至今憐德不憐錢 | 지금 덕(德)만을 사랑하고 돈은 신경쓰지 말거라 |
| 平生用力文章境 | 평생토록 문장에만 힘써서 |
| 只取兒曹護靑氈 | 다만 취할 것은 너희들이 청전(靑氈)[102]이 되는 일 |

---

100) 표은(豹隱) : 벼슬을 하지 않음을 비유적으로 하는 말. 중국 한(漢)나라 유향(劉向)의 『열녀전(列女傳)・도답자처(陶答子妻)』에 보면 "妾聞南山有玄豹, 霧雨七日而不下食者, 何也？欲以澤其毛而成文章也, 故藏而遠害."라는 글이 보인다.

101) 괴황(槐黃) : '괴화황(槐花黃)'을 말한다. 초시(初試)는 괴황나무가 누렇게 되는 가을에 보통 치뤄지기 때문에 과거시험이 닥쳤을 때를 비유적으로 괴황이라고 한다. 송(宋)나라 범성대(范成大)의 「송유당경호조탁제서귀(送劉唐卿戶曹擢第西歸)」의 시 가운데 "槐黃燈火困豪英, 此去書窗得此生."라는 시구가 있다.

이니라.

**〈讀訥齋集有感〉** 〈눌재집(訥齋集)[103]을 읽고 느낀 바 있어〉

| | |
|---|---|
| 文山苦節杜陵句 | 고절(苦節)스런 많은 글 두릉[杜甫]의 싯구 같고 |
| 華使當時有哀章 | 화려했으나 당시의 애달픈 문장으로 지었네 |
| 山河間氣歸天久 | 산하(山河) 사이의 기운 하늘로 돌아간 지 오래니 |
| 但把遺編仰末光 | 다만 남은 글로 마지막 빛 우러 보네 |

**〈讀烟波詩〉** 〈연파시(烟波詩)[104]를 읽고〉

| | |
|---|---|
| 尙記少微星動日 | 어렸을 적 별이 태양을 돈다는 말 여전히 기억나고 |
| 沙湖玉峀考槃時 | 사호(沙湖)와 옥수(玉峀)에 때로 즐거움 넘쳤네[考槃][105] |
| 裝丹載月平生志 | 달을 머리에 얹어 붉게 꾸미는 평생의 뜻 |
| 詩入楓宸聖主思 | 시인은 풍진(楓宸)에 들어가 임금을 생각하네 |

---

102) 청전(靑氈) : 푸른 집이나 푸른 양탄자 등 출세를 뜻하는 용어로 많이 사용되고 있으나, 여기에서는 교수(敎授)로서 강학(講學)하는 것을 말하는 것으로 보인다.

103) 눌재집(訥齋集) : 눌재(訥齋) 박상(朴祥, 1474~1530)의 문집. 박상은 조선 중기 중종 때의 문신으로 16세기 호남지역 사림을 대표하는 인물이며 문장가로 이름을 떨쳤고 당대의 사가(四家)로 칭송을 받았다.

104) 연파시(烟波詩) : 『눌재집』에 연파시라는 제목으로 연작한 시가 있는데 이것을 가리키는 말이다.

105) 고반(考槃) : '고반(考盤)' 또는 '고반(考磐)'이라고 한다. 『시경(詩經)·위풍(衛風)·고반(考槃)』에 "산골 시냇가에서 한가히 소요하나니, 현인의 마음이 넉넉하도다.(考槃在澗, 碩人之寬.)"이라 하였다.

### 〈讀思庵集〉 〈사암집(思庵集)[106]을 읽고〉

| | |
|---|---|
| 牛栗齊名已可敬 | 우률(牛栗)[107]이란 이름 나란히 하여 공경할 만한데 |
| 作魁奸黨又何傷 | 간당(奸黨)의 우두머리로 만드니[108] 또 어찌 상심 않겠나 |
| 亦知僞學能傳道 | 역시 위학을 알면서도 능히 도(道)를 전수하였으니 |
| 不獨千秋一紫陽 | 천년동안 주자[紫陽]는 단 한번도 외롭지 않겠네 |

### 〈讀栗谷行狀〉 〈율곡의 행장을 읽고서〉

| | |
|---|---|
| 金聲玉振鳳鸞姿 | 금 같은 소리 옥 같은 진동 봉황의 자태로다 |
| 復見東周文王玆 | 다시 동주(東周)의 문왕(文王)이 이곳에 있는 것 같구나 |
| 首陽山外石潭上 | 수양산 밖 석담(石潭) 가에 |
| 百世淸風不盡吹 | 백대의 맑은 바람 끝없이 부는구나 |

### 〈讀牛溪行狀〉 〈우계의 행장을 읽고〉

| | |
|---|---|
| 簡近於雍魯近參 | 간소함이 옹용(雍容)에 가깝고 노둔함은 참오(參悟)에 가까우니 |

---

106) 사암집(思庵集) : 박순(朴淳, 1523~1589)의 문집. 박순은 조선 중기의 문신이며 학자이다. 서경덕(徐敬德)의 문인으로 명종(明宗) 때 우의정·좌의정에 이어, 선조(宣祖) 때 영의정으로 14년간 재직하였다. 동서(東西) 당쟁 속에서 이이·성혼을 편들다 서인(西人)으로 지목되어 탄핵을 받고 은거했다.

107) 우율(牛栗) : 우계(牛溪) 성혼(成渾, 1535~1598)과 율곡(栗谷) 이이(李珥, 1536~1584)를 가리키는 말이다.

108) 간당의~만드니 : 당쟁이 심할 때 이이와 성혼을 편들다 서인(西人)으로 지목되어 탄핵 받은 일을 가리킨다.

石潭早契子淵心　석담(율곡)께서 일찍이 자연(안회)의 마음 이해하였지
愼思明辨孜孜業　신중히 사색하고 밝게 변별하여 힘써 익힌다면[109]
誠意關頭路已尋　마음을 진실되게 하는 관문도 길은 머지 않으리

〈讀退溪諡狀〉 〈퇴계의 시장(諡狀)을 읽고서〉

沈潛理窟返天眞　이학(理學)에 깊이 빠졌다 천진(天眞)에 되돌아와
行止由吾不在人　나가고 멈춤을 자신에게 두고 남에게 두지 않았도다
千古斯文還有託　천고의 사문(斯文) 도리어 부탁했으니
四賢遺業一時新　사현(四賢)이 남긴 업적 한 시대에 새로웠다네

〈讀存齋往復書〉 〈존재(存齋)[110] '왕복서(往復書)'를[111] 읽고〉

陶山當日遜師席　당일 도산에선 스승의 자리 공손히 하고
志氣淸明見道高　지기(志氣)를 청명히 하여 도(道)의 높음 보였네
講說諄諄翻舌處　반복하며 강설하며 이야기 하던 곳에서
邃言妙理析秋毫　깊은 말 묘한 이치 세세히 분석했다네

---

109) 신중히~익힌다면 : 『중용(中庸)』에 "博學之, 審問之, 愼思之, 明辨之, 篤行之."라고 한 데서 나온 표현이다.

110) 존재(存齋) : 기대승(奇大升, 1527-1572)의 호다. 조선 중기의 문신이며 성리학자이다. 본관은 행주이며, 자는 명언(明彦), 호는 고봉(高峯) 또는 존재(存齋)다. 이황(李滉)의 문인이다.

111) 왕복서 : 3책으로 구성된 책으로 퇴계(退溪) 이황(李滉)과 고봉(高峯) 기대승(奇大升) 두 선생의 서간문(書簡文)을 모은 책이다.

### 〈高霽峰〉 〈고제봉(高霽峰)[112]〉

學士何曾學劍術　학문하는 선비가 어찌 일찍이 검술을 배웠나
只緣大膽激丹衷　단지 대담하여 충심[丹衷][113]이 솟구쳤을 뿐
常山義氣文山節　상산(常山)의 의기와 문산(文山)의 충절로
視死如歸又見公　죽음보길 아무렇지 않게 여겨도 다시 공을 볼 수 있네

### 〈朴懷齋〉 〈박회재(朴懷齋)[114]〉

發軔初年入德門　초년에 덕을 세우는 문에 나가
欲將斯道覺斯民　사도(斯道)를 백성들에게 깨우치려 했네
義膽忠肝嗟已老　의담(義膽)과 충간(忠肝) 벌써 늙음을 탄식하나
舍生報國得苔軒　목숨 바쳐 보국하여 태헌(苔軒)[115] 얻었네

### 〈金忠勇〉 〈김충용(金忠勇)〉

復見東瀛大鵬擧　다시 동해[東瀛]에서 큰 봉새 나는 것 보니
忽驚廊廟玉枝生　갑자기 조정에선 옥의 가지가 생겼나 놀라네.
千秋寃血至今碧　천년의 원통한 피가 지금도 벽에 있으니

---

112) 고제봉(高霽峰) : 고경명(高敬命, 1533-1592)을 말한다. 조선 중기의 문신・의병장. 본관은 장흥(長興). 자는 이순(而順), 호는 제봉(霽峰)・태헌(苔軒)이다. 시・글씨・그림에 두루 능하였으며, 저서로는 시문집인 『제봉집(霽峰集)』, 광주(光州) 무등산(無等山)의 기행문인 『서석록(瑞石錄)』, 각처에 보낸 격문을 모은 『정기록(正氣錄)』 등이 있다. 시호는 충렬(忠烈)이다.

113) 단충(丹衷) : '赤誠之心'을 말한다. 즉 忠誠의 지극한 마음을 뜻한다.

114) 박회재(朴懷齋) : 박광옥(朴光玉, 1526-1593)을 말한다. 조선 중기의 문신. 본관은 음성(陰城). 자는 경원(景瑗), 호는 회재(懷齋). 저술의 일부가 『회재유집(懷齋遺集)』에 전한다.

115) 태헌(苔軒) : 고경명(高敬命)을 가리킨다.

志士忠臣氣不平　지사(志士) 충신(忠臣)의 기는 편치 않은 것.

### 〈鄭景烈〉 〈정경렬(鄭景烈)〉

智謀雄勇揜前後　지혜로운 모략과 뛰어난 용맹으로 전후 이끄니
萬里風聲草木知　먼 곳 바람 소리에도 초목들 알았지
若非當日揚威武　만약 당시 위용 드날리지 않았다면
南服應爲辮髮兒　남쪽에 복종하여 머리 땋은 아이가 되었으리

### 〈警夢孫收放心〉 〈몽손(夢孫)이 방심하기에 경계하게 하며〉

草沒神明舍內外　풀은 쓰러져도 정신은 집 안팎에서 맑게 해야 하는데
主人遠出不曾廻　주인은 멀리 나가 일찍이 돌아오지 않네
何時淨掃靈臺上　어느 때 다투어 영대(靈臺)[116] 위를 깨끗이 쓸까
整理晴窓依舊開　맑게 개인 창을 정리하며 예전처럼 열어 두리

### 〈古鏡詞贈夢孫〉 〈고경사(古鏡詞)를 지어 몽손에게 주다〉

懷中曾有一明鏡　마음 속 일찍이 밝은 거울 하나 있어
幾日埋光古匣塵　며칠 동안 숨겨두니 오랜 갑속에 티끌 같네
携出今朝磨復拭　오늘 아침 꺼내 들어 다시 닦아보니
宛然澄澈舊精神　완연히 옛 정신 맑아지도다

---

116) 영대(靈臺) : 『시경(詩經) · 대아(大雅) · 영대(靈臺)』편에 "영대를 세우려고 경영하시니, 백성들이 달려들어 하루도 못 되어 완성했네.(經始靈臺, 經之營之, 庶民攻之, 不日成之.)"라는 구절이 있다.

**〈聽夢孫讀仲虺誥有感〉** 〈몽손이 중훼고(仲虺誥)[117]장을 읽었다는 소리를 듣고 느낀 바 있어〉

| | |
|---|---|
| 唐虞禪後見征伐 | 요순임금이 선양한 뒤 정벌(征伐)을 보니 |
| 事變時移未易評 | 일의 변화와 시대가 바뀐 것을 쉽게 평가 할 수 없네 |
| 殷王慙德何須說 | 은왕(殷王)의 참덕(慙德)을 말할 필요 있는가 |
| 太古軒皇已用兵 | 태고의 헌황제(軒皇帝)도 이미 무력을 썼는 걸[118] |

**〈格物勉夢孫〉** 〈몽손(夢孫)에게 사물에 궁구할 것을 권면하다〉

| | |
|---|---|
| 早識曾書入德路 | 일찍이 덕에 들어가는 길이 책에 있음을 알았으니 |
| 却從物理做工夫 | 또한 사물의 이치에 따라 공부해야 한다 |
| 一一果能尋討去 | 일일이 찾아 토론하며 과정을 살펴야하니 |
| 自然心事不糊塗 | 저절로 심사(心事)는 애매하지 않은 것이라 |

**〈致知開發夢孫〉** 〈몽손(夢孫)에게 치지(致知)로써 개발(開發)하다〉

| | |
|---|---|
| 已將明處照昏處 | 이미 밝은 곳으로 어두운 곳 밝히니 |
| 萬象莫逃寶鑑中 | 모든 상은 보배로운 거울 사이를 벗어나지 못하네 |
| 酬酢無窮千變地 | 변화가 무궁한 곳에서 수작(酬酢)하니 |
| 一朝方寸豁然通 | 하루아침에 마음이 활연히 트이네 |

---

117) 중훼고(仲虺誥) : 『서경(書經)』 가운데 「상서(商書)」편 「중훼지고(仲虺之誥)」를 말한다. 중훼는 신하의 이름으로 해중(奚仲)의 후예이니, 탕(湯)의 좌상(左相)이 되었다.

118) 태고의~썼는 걸 : 헌황(軒皇)은 황제(黃帝) 헌원씨(軒轅氏)를 말한다. 헌원(軒轅)이라는 이름은 수레와 수레끌채라는 뜻으로 그가 수레를 발명했다는 신화의 내용과 관련되어 있다. 그리고 황제(黃帝)가 동쪽으로 진출하여 염제(炎帝)를 물리치고 연맹을 결성하였으며, 구려족(九黎族)의 우두머리였던 치우(蚩尤)와 탁록(涿鹿)에서 싸워 이긴 뒤 신농(神農)을 대신해 연맹의 우두머리가 되었다는 내용이 기록되어 있다. 필자가 말하는 헌원의 무력이란 바로 이것을 말한다.

〈誠意更勗夢孫〉 〈몽손에게 성의(誠意)로 더욱 힘쓰게 하다〉

賢賢易色古人訓 어진 이를 어질게 여기고 색을 바꾸는 것[119]은 고인의 가르침이오
到此工夫是勿欺 공부가 이런 경지 오르는 것이 바로 물기(勿欺)니라
慥慥一心尋正路 모든 마음 독실하게 하여[慥慥][120] 바른 길 찾는다면
邪思妄念豈能移 사악한 생각과 망령된 생각이 어찌 나의 마음 옮기겠는가

〈正心望夢孫〉 〈정심(正心)할 것을 몽손에게 바라다〉

無僻無偏坦蕩蕩 한쪽으로 치우치지 말고 광대하게 생각해야 하며
惟精惟一執中時 오직 정신을 하나로 하여 때때로 그 가운데를 잡아야 하리[121]
沛然從此誰能禦 패연(沛然)히 이를 따르면 누가 막을 수 있나
推去修齊次第爲 정심(正心)을 먼저 해야 수신(修身)과 제가(齊家)를 할 수 있는거라

---

119) 어진 이를~바꾸는 것 : 『논어(論語) · 학이(學而)』 7장에 "어진이를 어질게 여기되 색(色)을 좋아하는 마음과 바꿔하며, 부모(父母)를 섬기되 능히 그 힘을 다하며, 인군(人君)을 섬기되 능히 그 몸을 바치며, 붕우(朋友)와 더불어 사귀되 말함에 성실함이 있으면 비록 배우지 않았다고 말하더라도 나는 반드시 그를 배웠다고 이르겠다.(賢賢易色, 事父母, 能竭其力, 事君能致其身, 與朋友交, 言而有信, 雖曰未學, 吾必謂之學矣.)"라고 하였다.

120) 조조(慥慥) : 독실한 모양을 가리킨다.

121) 오직~하리 : 『서경(書經) · 대우모(大禹謨)』 15장에 "인심(人心)은 위태롭고 도심(道心)은 은미하니, 정(精)하게 하고 한결같이 하여야 진실로 그 중도(中道)를 잡을 것이다.(人心惟危, 道心惟微, 惟精惟一, 允執厥中.)'라는 구절이 있다.

**〈修身聳動夢孫〉** 〈수신(修身)을 몽손에게 경계시키다〉

存諸中者發於外 마음에 있는 것을 밖으로 내어
敬眞義方可飭身 경(敬)의 참 뜻이 몸을 경계할 만하네
粹面光輝還盎背 밝은 빛이 얼굴에도 나타나고 등에도 서려있으니
淸明志氣儼如神 청명한 지기(志氣)는 그 엄함이 귀신과 같네

**〈戒夢孫審取舍〉** 〈몽손에게 취사(取舍)를 살필 것을 경계시키며〉

種學績文判作二 종학(種學)과 속문(績文)을 나누어 둘을 만드니
吾寧爲彼不爲玆 내 어찌 저를 위하고 이는 위하지 않으랴
尋章摘句徒勞耳 대문이나 따고 구절이나 찾는 일은 한갓 피로한 일
大筆縱橫理達時 종횡으로 큰 붓 달려 때때로 이치에 통달하거라

**〈賦人字警夢孫〉** 〈'인(人)'자를 주며 몽손을 경계시키며〉

圓顱横目孰非人 둥근 머리에 째진 눈이지만 누구인들 사람이 아니랴
人道能行是乃人 사람의 도리를 행함이 바로 인(人)이라
須向人中理會去 반드시 사람들 가운데 이치는 모이고 사라지니
到玆方信汝爲人 이에 이르렀다면 비로소 네가 사람이 되었음을 믿을 수 있겠구나.

**〈利慾難防〉** 〈이욕(利慾)은 막기 어려운 것〉

志爲惰卒氣矯帥 뜻이 끝내 게을러져 기(氣)를 바로잡으나
追逐交征利慾間 이욕(利慾) 사이에서 지기(志氣)는 갈마들 뿐
何日天君斯赫怒 어느 날 천군이 성내어 이를 밝혀

義干仁鹵壓如山　의(義)의 방패와 인(仁)의 소금으로 산처럼 제압하리

〈心難安靜〉 〈마음이 편치않아 안정을 취하며〉

半畝方塘止水盈　밭두둑 못에 물 채우길 멈췄더니
風波日起面無平　풍파가 매일 일어 얼굴엔 수심만 가득하네
若爲淘去塵埃氣　만약 마음속의 티끌을 모두 제거한다면
萬象姸媸莫遁形　예쁘고 험한 온갖 상은 형체를 감출 수 없으리

〈世故惱人〉 〈세상을 괴로워하는 사람〉

雖欲無爲自有爲　비록 무위(無爲)하고자하나 유위(有爲)로부터 하며
日來憂冗奈天爲　날마다 쓸데없이 근심만하니 하늘이 어찌 하겠나
若知苦海人能渡　만약 고통의 바다에서 인간들이 잘 이겨낼 줄 알았다면
仰壁觀心亦可爲　벽을 보고 마음을 바라보며 또 할 만한데.

〈病中示夢孫〉 〈병중에 몽손(夢孫)에게 시를 지어 보이다〉

貧病相仍忍久飢　가난하고 병들며 배고픔 참은 지 오래
暮年懷緖鬢先知　모년에 회포를 펼칠 때 머리가 먼저 아네
此間差可寬心處　이 사이 마음을 너그럽게 할 수 있는 곳에서
執冊兒孫跪讀時　아이와 책 잡고 때때로 글을 읽네

〈冬夜卽事〉 〈겨울밤의 즉사시〉

風鳴簷外冷侵戶　처마 끝에선 바람 소리 울리고 냉기가 문에 들어오며

| | |
|---|---|
| 月闖雲間影射階 | 달은 구름 사이와 계단을 비추네 |
| 悄悄寒廳誰與晤 | 차디찬 마루에서 근심하며 누구와 만날까 |
| 擁衾中夜不成懷 | 한 밤 중 이불 잡고선 회포 풀지 못하네 |

**〈民情無路上達〉** 〈백성들 마음 임금께 오를 길어 없어〉

| | |
|---|---|
| 朝粥其無夕粥何 | 아침 죽도 없는데 저녁 죽은 어떻게 하나 |
| 子輿難發石聲歌 | 그대들은 수레타고 석성가(石聲歌)만 어지러이 불러라 |
| 飢餓出戶雖能未 | 배고파 집을 나오니 누구인들 그렇지 않겠는가 |
| 奈彼浮雲蔽日多 | 저 뜬 구름이 해를 가린 날 많은 것 어찌 하겠나 |

**〈大寒大雪〉** 〈대한에 큰 눈이 내려〉

| | |
|---|---|
| 北風號怒凍雲凝 | 북풍이 노여운 듯 불어 구름마저 얼게 하고 |
| 臘月行人口産氷 | 납월에 행인들은 입에서도 얼음 생기네 |
| 積雪休嫌深尺許 | 눈이 깊게 쌓여도 불평하지 말게나 |
| 可占嘉瑞祝年登 | 새해가 오는 것을 축하하는 기쁜 징조이니 |

**〈讀月沙李公奏文〉** 〈월사(月沙)[122] 이공의 주문(奏文)을 읽고〉

| | |
|---|---|
| 積謗如山誣大東 | 산처럼 비방(誹謗)이 쌓여 나라마저 속였다 하나 |
| 血心抗疏達天聽 | 혈심으로 항소하여 임금 은총까지 입었네 |
| 文章小技人誰訾 | 문장의 작은 재주를 누가 헐뜯는가 |

122) 월사(月沙) : 이정귀(李廷龜, 1564~1635)를 가리킨다. 월사는 그의 호이다. 조선 중기의 문신이며, 글씨에 뛰어났고 신흠(申欽), 장유(張維), 이식(李植)과 함께 조선 중기 4대 문장가로 일컬어진다.

能辨中興第一功　중흥에 힘쓴 것 제일의 공로인데.

〈聽夢孫讀書傳盤庚篇有感〉 〈몽손(夢孫)이 서전(書傳)의 반경(盤庚)[123]편을 읽었다는 소리를 듣고 느낀 바 있어〉

君民情義自無間　군민(君民)의 정의(情義)에는 절로 틈이 없는 법
言語諄諄達肺肝　언어가 정성스러워 가슴 깊이 이르네
上世雍容好氣像　상세(上世)는 좋은 기상(氣像)만을 허락하니
今於篇內宛然看　지금 반경편 안에 있음을 완연히 보네

〈因感四皓事〉 〈사호(四皓)의 일에 느낀 바 있어〉

秦項紛爭視若浼　진항(秦項)의 분쟁은 좋지 않은 듯 보이니
有芝當日傲龍顏　당시 지초가 용안(龍顔)을 업신여긴 것이라
如何誤落韓人術　어찌 한인(韓人)의 기술을 잘못 떨어뜨려
一屈仙蹤浪下山　모두가 낭산(浪山) 아래로 신선 자취 따랐나

〈感古引〉 〈감고인(感古引)〉

眼底玄花鬢上逢　눈 밑 어지러운 꽃 살쩍과 만나니
百年事業一朝空　백년의 사업은 마치 하루아침 공허함 같구나
向來銳氣消磨盡　지난번 빼어난 기운들 갈마들어 사라지니
出入騷壇似夢中　시인들 모임에 참여함이 마치 꿈과 같네

---

123) 반경(盤庚) : 『서경(書經)』 가운데 한 편을 가리킨다. 반경은 양갑(陽甲)의 아우이다. 『좌전(左傳)』에는 「반경지고(盤庚之誥)」로 되어 있다.

### 〈蟄龍歎〉 〈서려 있는 용의 탄식〉

| | |
|---|---|
| 興雲作雨杳無期 | 구름 일어 비를 만들 아득한 기약도 없고 |
| 爛死沙泥未可知 | 모래톱과 진흙에서 죽을지도 알 수가 없네 |
| 擊破滄溟如得力 | 힘을 얻은 듯 큰 바다에서 용솟음쳐 |
| 疾雷驚電震天時 | 무서운 우레와 놀랄만한 번개로 때때로 하늘을 진동하고파 |

### 〈紫芝歌〉 〈자지가(紫芝歌)[124]〉

| | |
|---|---|
| 邈邈雲山歌紫芝 | 아득한 운산에는 자지(紫芝)의 소랫소리 |
| 不知今世是何時 | 지금 세상이 어느 때인지 알 수가 없네 |
| 瑤壇乍罷羲皇夢 | 아름다운 시단 잠시 끝나자 희황(羲皇)[125]의 꿈으로 |
| 消息來從天子兒 | 세상 소식은 천자(天子)의 아이로부터 오는 것. |

### 〈鹿門眞隱〉 〈녹문진은(鹿門眞隱)〉

| | |
|---|---|
| 謾敎荊帥發戲欷 | 헛되이 가시밭 길 앞장서니 탄식만 나오고 |
| 盡室隱時已見幾 | 집에서 은거할 때부터 이미 기미 보였지 |
| 如何獨聽阿卽去 | 어찌하여 홀로 듣고 떠나가 버렸나 |
| 落鳳坡頭死不歸 | 봉황새 언덕 머리에서 떨어져 죽어 돌어오지 않네 |

---

124) 자지가(紫芝歌) : 진(秦)나라 때 난리를 피해 남전산(藍田山)에 들어가 은거했던 상산사호(商山四皓)가 불렀다는 노래를 말한다.

125) 희황(羲皇) : 전설 속의 인물인 '복희씨'의 다른 이름

〈梁甫吟〉 〈양보음(梁甫吟)[126]〉

| | |
|---|---|
| 閒時釣渭或耕莘 | 한가로운 때 위수에서 낚시하고 혹 밭을 갈며 |
| 羽扇綸巾鏟彩人 | 깃 달린 부채와 두건 두르니 멋 부리는 사람일세 |
| 梁甫吟成時不會 | 양보음이 완성되어도 모이지 않으니 |
| 謾教家弟護松筠 | 가제(家弟)들로 하여금 공연히 송균을 보호하도록 하네 |

〈公孫布被〉 〈공손포피(公孫布被)〉

| | |
|---|---|
| 欲欺世者自欺心 | 세상을 속이려는 자 자신의 마음도 속이니 |
| 矯餙虛名失本心 | 헛된 이름으로 잔뜩 꾸며 본심을 잃네 |
| 公孫布被何須說 | 공손포피를 어찌 말할 필요 있는가 |
| 人面依然摠獸心 | 전과 다름없는 얼굴은 모두 금수의 마음인데. |

〈聽夢孫讀說命因感夢卜事〉 〈몽손(夢孫)이 열명(說命)편[127]을 읽고 몽복(夢卜)의[128] 일화에 감동하였다는 얘기를 듣고서〉

| | |
|---|---|
| 千古賢王指幾屈 | 천고의 어진 임금 몇이나 꼽을까 |
| 其間名世亦多多 | 그 사이 세상에 이름 있는 자는 역시 많았는데 |
| 如何夢卜風雲會 | 몽복(夢卜)의 일로 풍운의 꿈 모이니 어떠한가 |

126) 양보음(梁甫吟) : 제갈량(諸葛亮)이 지은 양보음이 유명하며, 훗날 이백과 두보 역시 이 제목으로 시를 지었다.

127) 열명(說命) : 『서경(書經)』 「상서(商書)」 가운데 한 편이다. 고종(高宗)이 부열(傅說)에게 명(命)한 말을 기록한 것이다.

128) 몽복(夢卜) : 주(周)나라 문왕(文王)이 점복(占卜)하여 여상(呂尙)을 얻었다는 전설을 가리킨다. 그러므로 '몽복(夢卜)'은 제왕이 어진 재상을 얻었을 때 비유적으로 사용하는 말이다.

只見殷宗不見他　다만 은(殷)나라에서만 보일 뿐 다른 데서는 보이지 않네

**〈聞景始輩登魚寺作文酒會可佳〉** 〈경시(景始)년에 친구들과 등어사(登魚寺)에서 글을 짓고 술을 마시는 모임이 좋다는 말을 듣고〉

手携佳妓坐山樓　아름다운 기녀 손잡고 산자락 누각에 앉아
把酒吟詩亦勝遊　술 마시고 시 읊으니 또한 즐거운 노님일세
老夫欲躡淸塵去　늙은이도 마음의 티끌을 없애고자 하여
物色應分一半留　물색을 응당 나누니 반만 남았구나

**〈夜深無寐〉** 〈밤이 깊어 잠이 안와〉

月蹴夜光囚暗室　달 빛 줄어 집안은 온통 어둡고
風排雪氣鑽寒窓　바람은 눈 기운 밀어내고 찬 창문에 침입하네
讀書聲歇孤燈死　글 읽는 소리 멈추고 외로운 등불도 꺼
悄悄有懷不可雙　근심 가득 그윽한 마음 두 번 다시 없어야 해

**〈歎借乘今無〉** 〈수레를 빌렸으나 지금 없어 탄식하다〉

有馬借乘最細事　수레를 빌려 탄 일은 가장 소소한 것
亦曾夫子嘆今無　부자(夫子) 또한 지금 없음을 탄식했었네
流俗但知爲我好　유속(流俗)이란 다만 자신이 좋아하는 것을 하는 것임을 알겠으니
一毛之愛摠楊朱　한 털의 사랑도 모두 양주(楊朱)[129]의 영향.

---

129) 양주(楊朱) : 양주(BC 440 ?~BC 360 ?)는 중국 전국시대의 학자로 자기 혼자만이

**〈聽夢孫讀書傳微子篇因慨然有感〉** 〈몽손(夢孫)이 서전(書傳)의 미자(微子) 편[130]을 읽었다는 말을 듣고 개연(慨然)히 느낀 바 있어〉

王子遺言痛至今　왕자(王子)가 남긴 말 오늘날에도 애통하니
父師行遯更悲心　부사(父師)의 은둔도 더욱 슬픈 마음 드네
三仁惻怛同歸一　삼인(三仁)[131]은 애달프게 함께 하나로 돌아갔으니
重爲剖丹淚欲淫　거듭 단을 쪼개어 눈물로 구제하고자

**〈白雪樓〉** 〈백설루(白雪樓)〉

七子文章聳一代　일곱 명의 문장가 한 시대 풍미하며
藝林豪氣吐崢嶸　예림 중 호기는 으뜸이라 자부했네
郢中遺響無人和　영 땅의 견향에 화답한 이 없는데
尙揚元龍白雪名　오히려 득도하여[元龍][132] 백설이란 이름 걸었네

---

쾌락하면 좋다는 위아설(爲我說), 즉 이기적인 쾌락설을 주장했다. 지나침을 거부하고 자연주의를 옹호하였다. 이것은 노자사상(老子思想)의 일단을 발전시킨 주장이었다

130) 미자(微子)편 : 『서경(書經)』「상서(商書)」 가운데 한 편이다. 미(微)는 국명이고 자(子)는 작위(爵位)이다. 미자는 이름이 계(啓)이니, 제을(帝乙)의 장자이며 주의 서모(庶母)형(兄)이다. 미자가 은나라가 장차 망하려 함을 애통하게 여겨 기자(箕子)와 비간(比干)에게 상의하였는데, 사관이 그 문답한 말을 기록한 것이 바로 이 미자편이다.

131) 삼인(三仁) : 세 명의 어진 사람을 말하는 것으로 은말(殷末)의 미자(微子), 기자(箕子), 비간(比干)을 말한다. 『논어(論語)·미자(微子)』 1장에 "미자(微子)는 떠나가고 기자(箕子)는 종이 되고 비간(比干)은 간(諫)하다가 죽었다. 공자(孔子)께서 말씀하셨다. '은(殷)나라에 세 인자(仁者)가 있었다.'(微子去之, 箕子爲之奴, 比干諫而死. 孔子曰, 殷有三仁焉.)"라고 하였다.

132) 원룡(元龍) : 황제를 가리키는 말로 쓰는데, 도교(道敎)에서는 '득도(得道)'의 별칭으로 쓰이기도 한다.

### 〈竹林七賢〉 〈죽림칠현(竹林七賢)〉

| | |
|---|---|
| 爭把淸談傲濁世 | 타투어 청아함을 논하며 세상이 탁하다 업신여기며 |
| 啣盃高致自稱賢 | 고상한 흥취에 술 마시며 자칭 현인이라 하네 |
| 虛僞成風曾不悟 | 헛되고 거짓된 풍격 이루고도 일찍이 깨닫지 못하니 |
| 陸沈神器是誰愆 | 은거하는[陸沈][133] 신기(神器)는 누구의 잘못인가 |

### 〈落花巖〉 〈낙화암(落花巖)〉

| | |
|---|---|
| 嗚咽寒江亡國恨 | 찬 강에서 망국의 한을 목 놓아 울며 |
| 昔時紅粉已塵沙 | 옛날의 붉은 화장 이미 모래톱의 티끌이 되었네 |
| 滄茫古跡巖無語 | 창망한 고적엔 바위만이 소리 없이 있어 |
| 誰餙佳名揭落花 | 누가 아름다운 이름을 낙화암에 새길까 |

### 〈勸學詩示夢孫〉 〈권학시를 지어 몽손에게 보여주다〉

| | |
|---|---|
| 日用當行摠在書 | 일상 생활의 모든 것 모두 책에 있으니 |
| 人而不學面墻如 | 사람이 배우지 않으면 담장을 마주하는 것과 같은 것 |
| 早從壯歲須勤力 | 젊을 때엔 일찍이 부지런히 힘써 |
| 經訓菑畬耐可鋤 | 경서의 가르침 근본으로 삼으면[菑畬][134] 참고할만 하단다 |

133) 육침(陸沈) : 은거함을 비유적으로 쓰는 말이다.

134) 치여(菑畬) : 밭을 가는 것을 말한다. 백성들의 근본이 밭을 가는 것이므로 사물의 근본에 비유하여 사용되기도 한다. 당(唐)나라의 문인 한유(韓愈)의 「부독서성남(符讀書城南)」라는 시에 "문장이 어찌 귀하지 않으리오, 경서의 가르침은 전답과 같은 것이라네.(文章豈不貴, 經訓乃菑畬.)"라고 하였다.

**〈孤蘭操贈夢孫〉** 〈'고란조(孤蘭操)' 몽손에게 주다〉

庭有孤蘭性則芳　뜰에 있는 외로운 난 본성은 아름다워
蓬蒿蕪穢久埋光　쑥과 잡풀에 섞였으니 오래도록 그 빛 묻혀 있네
淸風若捲塵埃氣　맑은 바람이 티끌의 기운을 쓸어버리면
莖葉煌煌日吐香　경엽(莖葉)은 성대하고 아름다워 해를 향해 향기 뿜을텐데

**〈天人相須之理〉** 〈하늘과 인간이 서로 필요한 이치〉

漆室欲明燈吐炎　암흑 같은 방에 등 밝히려 불 켜보니
虛堂生白月臨簷　텅 빈 당에 밝은 빛 생겨 마치 달이 처마에 걸린 듯
人功天理應相待　인간은 힘써도 천리를 응당 기다려야 하는 것이나
茅塞山谿可用鎌　변방의 띠 집, 산과 시내를 힘써 가꿔도 좋은 것

**〈聽夢孫讀泰誓篇〉** 〈몽손이 태서(泰誓)편을[135] 읽었다는 말을 듣고〉

鳴條牧野事前後　목야(牧野)[136]에 바람불어 가지 울리던 일 전후
春雨秋霜氣像殊　봄 비와 가을 서리 그 기상 빼어나네
不待自然黃熟落　스스로 그렇게 기다리지 않아도 누렇게 익으면 떨어

---

135) 태서(泰誓) : 『서경(書經)』의 「주서(周書)」 가운데 있는 한 편명. 『국어(國語)』에는 「태서(太誓)」로 되어 있다. 무왕이 은(殷)을 정벌하니 사관이 군사들에게 맹세한 말씀을 기록하였는데, 맹진(孟津)에서 크게 모였으므로 책을 엮은 자가 인하여 태서(泰誓)라고 이름지은 것이다.

136) 목야(牧野) : 고대의 지명으로 지금 중국 하남성(河南省) 기현(淇縣) 남쪽에 위치하고 있다. 주(周)나라 무왕(武王)이 은나라의 제후들과 이곳에서 모여 주(紂)를 크게 무찌른 곳이다. 『서경(書經)』의 「목서(牧誓)」편에 "갑자일(甲子日) 매상(昧爽)에 왕(王)이 아침에 상(商)나라의 교(郊)인 목야(牧野)에 이르시어 군사들에게 맹세하였다.(時甲子昧爽, 王朝至于商郊牧野, 乃誓.)"라고 하였다.

지니
千秋志士起長吁 천년의 지사(志士) 길게 탄식하네

〈聽夢孫誦堯舜典〉 〈몽손(夢孫)이 요순전(堯舜典)[137]을 외웠다는 말을 듣고〉

虞夏之文卽可考 우하(虞夏)의 글은 깊이 생각할 만하니
風雲盛會幾千年 풍운의 성대한 모임 거의 천 여년 되었지
雍容氣像如親見 온화하고 큰 기상 마치 앞에서 보는 듯하여
拚卷時時發慨然 책 잡고 때때로 격분을 떨쳤네

〈詠懷寄山陽任友用涉〉 〈산양에 있는 벗 임용섭(任用涉)에게 부치는 영회시〉

임용섭은 경인(庚寅)년 봄에 가솔들과 함께 이곳에 집을 옮겨 살고 있었다. 병인(丙寅)년 겨울엔 다시 돌아왔기 때문에 네 수를 지어 나의 뜻을 부친다.
任査於庚寅春, 携家眷移寓於此. 丙申冬, 又大歸. 故聊以四首詩寄意.

歲暮幽懷不在他 한 해 저물 때 그윽한 마음 다른 곳에 없어
故人消息問如何 고인의 소식만 어떠냐고 묻네
仙庄野外謾回首 부질없이 고개 돌려 신선의 별장 들 밖에서 찾는데
落日寒江生白波 찬 강엔 해 지며 흰 물결 생기는구나

137) 요순전(堯舜典) : 『서경(書經)』의 「우서(虞書)」편에 있는 요전(堯典)과 순전(舜典)을 말한다.

玉女依俙月下逢　옥녀(玉女) 같은 사람을 달 아래서 만났는데
遽然一夢失相從　하룻밤의 꿈처럼 갑자기 헤어지네
歸來悵悵心如結　슬픈 마음으로 돌아오지만 그 마음 맺은 듯한데
回首雲山幾萬里　운산(雲山)에 머리 돌리니 만 여리나 되는구나

累世通家契分增　여러 대 세상과 교유하며 출세하길 맹세했으나
妙年同榻又詩朋　젊은 시절의 동년들 모두 시우(詩友)되었네
中間伍擧逢聲子　중간에 다섯 벗들 모두 출세하였으니
此日乖張說未曾　이런 날 괴로움은 말할 필요 없으리

長鋏歸來食有魚　긴 칼 차고 돌아오는데 먹을 고기 있고
大盤能記故人無　큰 소꾸리는 있으나 친구 없음 생각나네
吟病三冬雖爽口　삼년간 병세 읊조리니 비록 입은 개운하고
只憐道味腹偏鯁　다만 도(道)의 참 맛이 뱃속에 있음을 아끼노라

**〈丙申除夕〉** 〈병신(丙申)년 제석(除夕)에〉

憶曾守夜愛無眠　일찍이 추억하며 밤 새워 잠 못잠을 좋아하나
遺俗秪今謾愴然　지금의 유속(遺俗)은 슬프기만 하구나
齒筭偏從愁裡積　나이를 먹을수록 근심만 쌓이니
六旬已去又三年　육순(六旬)은 벌써 가고 또 삼년이 흘렀다네

世間萬事若春眠　세간의 만사는 마치 봄날의 잠만 같고
莊蝶徒老栩栩然　장주의 꿈처럼 달려가는 늙은이는 자득한 듯.
壯行幼學渾無賴　어릴 적 배움과 자랄 때 행함이 혼연하여 의지할 곳 없는데

虛負浮生半百年　뜬구름 같은 인생 반이나 남았구나

不學仙家千日眠　선가(仙家)는 배우지 않고 천일 동안 잠만 자도
蟪蛄天地乍依然　천지의 혜고(蟪蛄)[138]는 예전과 다름없는 법
飄花墜葉同歸盡　바람 불어 꽃잎 떨어져 모두 사라지니
莫把大年較少年　늙은 세월을 젊은 시절과 비교할 것 없다네

雖逢酣眠自不眠　비록 단 잠 만나도 절로 잠을 못 이뤄
病懷牢落更淒然　뇌락한 병 생각에 다시 쓸쓸해.
亦知守夜終無益　역시 밤을 지킨다 해도 끝내 무익한 것이라
只祝重逢此丙年　다만 이 병신(丙申)년을 다시 만났으면 하는 바람.

**〈誦杜律有感〉** 〈두율(杜律)[139]을 외우고 느낀 바 있어〉

語不新奇老不休　언어가 신기하지 않은 데도 늙어서도 그치지 않았으니
草堂詩聖亦曾愁　초당의 시성(詩聖)은[140] 역시 일찍이 수심만 가득했었구나
平生技癢難醫處　평생의 기양(技癢)[141]은 고치기 어려운 것
除却吟哦奈百憂　노래로 풀었는데도 모든 근심 어찌 할 수 없구나

---

138) 혜고(蟪蛄) : 쓰르라미. 매미의 일종으로 몸체는 작고 입은 길며 황록색이다. 『장자(莊子)·소요유(逍遙遊)』에 "하루살이 버섯[朝菌]은 저녁과 아침을 알지 못하고 쓰르라미[蟪蛄]는 봄과 가을을 알지 못한다.(朝菌不知晦朔, 蟪蛄不知春秋.)"라고 하였다.

139) 두율(杜律) : 이 책은 중국 당(唐)나라의 시성(詩聖)인 두보(杜甫)의 칠언율시(七言律詩)를 중국 원(元)나라의 학자 우집(虞集)이 주(註)를 붙이고 해설한 것이다.

140) 초당의 시성 : 두보를 말함.

141) 기양(技癢) : 지니고 있는 재주를 쓰고 싶어서 마음이 간질간질함.

〈重寄山陽任友〉 〈다시 산양에 있는 벗 임군에게 부치다〉

病裡顰呻豈有他　병 중에 신음만 하는데 어찌 다른 것이 있으리오
一心如結奈君何　맺은 듯한 우리 한 마음 그대 어찌합니까
何處浮生無聚散　뜬구름 같은 인생 어느 곳에도 모이고 흩어짐 없는데
只憐此別亦奔波　다만 가련한 건 이 이별 역시 세찬 파도 같은 것

月能遍照兩鄕情　달빛은 두루 두 고향의 마음을 비추는데
人獨離愁各不平　사람들의 이별하는 시름은 모두 다르구나
嚶嚶鳴鳥尙求友　애달파 우는 새소리는 벗을 구하는 듯하니
爭耐春山伐木聲　봄 산의 나무 베는 소리 어이 견디랴

曾說重來不話別　다시 돌아오라 거듭 말해도 이별은 답이 없으니
音容杳杳久還迷　아득한 소식 오래도록 돌아오지 않네
秪今恨負河梁餞　다만 지금 물가에서의 이별이 한스러우니
垂柳橋邊尙帝悽　다리 끝 늘어진 버들만이 여전히 처량하구나

〈病中寄山陽〉 〈병중에 산양에 부치다〉

仙軿更入稻魚鄕　신선수레 타고 다시 쌀과 어물이 풍족한 고을로 들어
　가니
風味應知一倍長　풍미가 한층 좋으리라 생각되네
咬得菜根猶做事　채소뿌리만 먹어도 만사를 처리할 수 있건만
況君鮮食氣能强　하물며 그대는 신선한 음식으로 기운도 세어졌겠지

### 〈絶筆二絶〉 〈붓을 던지며 두 수를 적다〉

| | |
|---|---|
| 眼前連失膝前兒 | 눈앞은 계속 무릎 앞의 아이도 볼 수 없고 |
| 動欲狂奔靜欲痴 | 움직일 땐 광분하는 듯 조용할 땐 어리석은 듯 |
| 蒼者忍於窮獨我 | 하늘은 궁한 나를 참아줬으니 |
| 無生然後可無知 | 무생(無生)의 뒤에야 무지(無知)할 수 있는 것. |

| | |
|---|---|
| 棄吾去者不須念 | 자신을 버려 떠나는 자 생각할 필요도 없으니 |
| 天理人情奈自然 | 천리와 인정이 어찌 스스로 그러하겠는가 |
| 九曲剛腸應寸斷 | 아홉 구비의 강직한 기질 응당 마디마디 끊으리니 |
| 夜深無寐眼生泉 | 밤이 깊어 잠 못 이루면 눈 앞에 구천이 보이네 |

### 〈自挽細君因致意兩兒〉 〈스스로 아내를 애도하며 두 아이에게 뜻을 보이다〉

| | |
|---|---|
| 羨君今日脫然行 | 오늘 자유롭게 된 그대 부러워 |
| 知有雙兒次第迎 | 두 아이 불러 이를 알게 하네 |
| 泉臺至樂應融洩 | 저승[泉臺]에서의 지극한 즐거움 응당 유동적이겠지만 |
| 猶勝人間泣獨煢 | 오히려 인간 세상에서 외로이 홀로 우는 것보다 낫겠지 |

| | |
|---|---|
| 未知矯飾亦人事 | 겉만 꾸민 것과 사람 일은 알 수 없으니 |
| 易直慈良只學機 | 평이함과 정직, 사랑과 어짐 등 그 틀만 배웠기 때문이라 |
| 平生貧鬼緣無盡 | 평생토록 가난한 영혼 그 인연 끝이 없지만 |
| 尚看山壇澆奠稀 | 여전히 산단(山壇)을 바라보며 희망을 빌어보네 |

〈挽朴載中允叔〉 〈박재중윤숙(朴載中允叔)을 애도하며〉

平生允叔是吾友　평생토록 윤숙(允叔)은 나의 벗이라
語到江山自詫師　그의 말이 자연을 스스로 스승 삼았다 자랑하였네
世誼重重知不汎　세교(世交)가 두터워도 넓지 못함을 알겠으니
新交眷眷亦多私　부지런히 새로 사귀어도 사사로움은 많구나[142)]

〈病中望月有感〉 〈병들어 달을 바라보다 느낀 것이 있어〉

天開地闢幾多時　천지가 개벽된 지 오래지만
桂魄氷輪宛舊儀　달[桂魄][143)]의 빙륜(氷輪)은 여전히 옛 모양이라.
萬古風霜猶自保　만고의 풍상(風霜) 여전히 스스로를 보전하니
廣寒兎藥是良醫　광한(廣寒)[144)]의 토약(兎藥), 이것이 바로 좋은 치료.

〈題感贈夢孫〉 〈몽손에게 주며 느낀 바 있어 짓다〉

寂寂杏壇嘗獨立　고요한 행단에 일찍이 홀로 서서
鯉庭誰是過而趨　공리(孔鯉)의 뜰에 종종걸음으로 지나는 이 누구인가[145)]

---

142) 이 작품은 뒤에 있는 칠언율시(七言律詩)에 수록된 수련(首聯)과 함련(頷聯)이다.

143) 계백(桂魄) : 계수나무의 넋이란 달을 가리킨다. 중국 당(唐)나라 때의 시인 낙빈왕(駱賓王)의 「상축아왕명부(傷祝阿王明府)」라는 시에 "嗟乎, 輪銷桂魄, 驪珠毀貝闕之前, 鬥散紫氛, 龍劍沒延平之水."이란 시구가 유명하다.

144) 광한(廣寒) : 당 현종(唐玄宗)이 일찍이 8월 보름날 밤에 달 속에서 놀다가 큰 궁부(宮府) 하나를 보았는데, 거기에 '광한청허지부(廣寒淸虛之府)'라는 방(榜)이 쓰여 있었다는 전설에서 온 말로, 즉 달 속의 선궁(仙宮)을 가리키는데, 전하여 달의 별칭으로 흔히 쓰인다.

145) 공리(孔鯉)~누구인가? : 『논어(論語)·계씨(季氏)』 13장에 "일찍이 홀로 서 계실 때에 내[리(鯉)] 가 빨리 걸어 뜰을 지나는데, '시(詩)를 배웠느냐?'하고 물으시기에 '못하였습

| | |
|---|---|
| 異時思聖能傳道 | 다른 날 성인을 생각하며 도를 전하리니 |
| 詩禮家聲此不渝 | 경서를 통한 집안의 명성 변하지 않으리 |

**〈己亥除夜示孫兒〉 〈기해(己亥)년[146] 제야에 손자 아이에게 보여주며〉**

| | |
|---|---|
| 不緣除夜自無眠 | 제야와 상관없이 절로 잠 못 이루고 |
| 病裡孤懷謾愴然 | 병중에 외로운 회포만이 구슬프구나 |
| 燈前老少團圓會 | 등 앞에 노인과 아이들 둥굴게 모였으니 |
| 此事回頭已昔年 | 회상해보니 이런 날 옛날에도 있었네 |

**〈詠山井〉 〈산정(山井)을 읊다〉**

| | |
|---|---|
| 山井無塵見底淸 | 산정은 티끌 없이 청아함만 보일 뿐 |
| 下窺甃石照顔明 | 우물벽돌은 내려 보니 내 얼굴만 밝게 비추네 |
| 自然天一何心枉 | 하늘이 스스로 그렇게 한 것이니 어떤 마음 있겠는가 |
| 夏洌冬溫亦世情 | 여름의 시원함과 겨울의 따뜻함도 역시 세정(世情) 이라네 |

---

니다.'하고 대답하였더니, '시(詩)를 배우지 않으면 말을 할 수 없다.'하시므로 내가 물러가 시(詩)를 배웠노라.(嘗獨立, 鯉趨而過庭. 曰, '學詩乎?' 對曰, '未也.' '不學詩, 無以言.' 鯉退而學詩.)"라고 하였다.

146) 기해(己亥) : 1719년.

## 칠언율시(七言律詩)

### <次主倅與羅牧試士戰藝> <나주원이 선비들에게 문예를 겨루도록 하고 지은 시에 차운하다>

| | |
|---|---|
| 齊魯遺風見海東 | 제나라 노나라 유풍을 해동에서 보게 되니 |
| 主盟文會古今同 | 시문을 주관함은 예나 지금이나 마찬가지 |
| 絃歌暇日爭迎士 | 공무의 여가에 다투어 선비들 맞이하고 |
| 旗鼓詞壇執奏功 | 시단(詩壇)을 고취시켜 그 공적 받들어 올리네 |
| 白晳雍容皐比上 | 흰 용모에[147] 고요하게 호피 위[148]에 앉아 계시니 |
| 青衿藹蔚禮羅中 | 젊은 선비들 성대히 예에 맞추어 열을 지었네 |
| 誰令太史編循吏 | 누가 태사공으로 하여금 순리전을 짓게 하였나 |
| 衰世重驚化蜀翁 | 쇠퇴한 시대에 다시금 촉땅 교화한 文翁께 놀란다오 |

### <寄題族弟敬仲客堂> <족제(族弟) 경중(敬仲)의 객당(客堂)에 지어 부치다>

| | |
|---|---|
| 遺氓尚保古營傍 | 유민은 옛 진영의 곁에서 여전히 보호받고 |
| 往事遙遙歲月忙 | 멀고 먼 지난 일 세월만 바빴네 |
| 興癈人誰分歷歷 | 흥폐를 누가 또렷이 나누는가 |
| 旺衰吾欲問蒼蒼 | 흥망성쇠를 나는 하늘에게 묻고 싶네 |
| 陣雲彷彿屯前野 | 펼쳐진 구름은 마치 앞 들에서 진영을 펼친 듯 |
| 鼓吹依俙咽後塘 | 북치고 나팔 부는 소리는 뒷 뚝방에서 흘러 나오는 듯 |

---

147) 흰 용모 : 태수를 가리킨다. 백석(白晳)은 중국 한대 악부시(樂府詩) 「맥상상(陌上桑)」에 "서른에 시중랑에 오르고, 마흔에 일성지주(一城之主)가 되었는데, 용모가 깔끔하며 허여멀쑥하고, 길쭉하니 수염 또한 꽤나 덥수룩하다오.(三十侍中郎, 四十專城居. 爲人潔白晳, 鬑鬑頗有鬚.)"라고 하였다.

148) 호피 위 : 강석(講席)을 주도하는 스승 등을 가리킴.

擇里君能評地理　그대 능히 마을을 가려 지리를 평하여
來孫倘復久無忘　혹시 후손들이 다시 와도 오래도록 잊혀지지 않게 하리

〈寄題金處士永輝草堂〉 〈처사(處士) 김영휘(金永輝)의 초당(草堂)에 시를 지어 부치다〉

隙地何年化汙萊　저너머 땅은 언제 황폐해졌나
主人爲卜野山隈　주인이 야산의 경계까지 선택한 것인데
容身亦好三椽屋　몸을 용납하니 또 세 칸의 집이라도 좋고
縱目奚求百尺臺　눈을 따라 시내에선 백척의 대(臺)를 구하네
鏗瑟警眼風和竹　거문고 타는 소리에 눈은 놀라고 바람은 대나무와 어울리며
暗香侵戶月籠梅　은근히 나는 향이 집에 들어오고 달은 매화를 감싸네
閑中況有詩書癖　한가로움 속에 하물며 시서(詩書)의 벽(癖)이 있음에랴
今日因君大眼開　오늘 그대로 인하여 크게 눈이 떠졌구나.

籬壓山腰絶點塵　울타리는 산의 허리 누르며 온갖 먼지 막고
打頭蝸舍可安身　머리를 누르는 달팽이 집이라도 몸은 편안하다네
朝昏跡與村翁混　하루 종일 시골 노인과 함께 생활하며
寤寐心將逸士親　오매불망 마음은 장차 일사(逸士)와 친압하려 하네
潛德裝懷人見失　덕을 숨기고 회포만 꾸며도 사람들은 보고 실성했다 하지만
古風生面我知眞　고풍이 얼굴에 생겼으니 나는 진인(眞人)임을 알겠네
小園幽事渾成趣　작은 동산엔 그윽한 일로 모두 홍취 이루니

玉立千竿亦不貧　뭇 장대를 옥처럼 세우니 또한 가난하진 않구나

草屋依山下　초가집은 산 아래에 의지하고
竹林深復深　대숲은 깊고 또 깊구나

〈題鄭千摠梅竹軒〉 〈정천총(鄭千摠)의 매죽헌(梅竹軒)에 제(題)하다〉

不學門前五柳裁　문 앞에 오류(五柳)의 재단 배우지 않고
也將兩逕小園開　두 갈래길로 작은 동산을 열어두네
曾聞志士耽看菊　일찍이 듣자니 지사(志士)는 국화 보기를 탐한다는데
還怪騷人獨漏梅　도리어 괴이한 건 시인이 유독 매화를 빠뜨림이라
新月巧裁寒影出　새로 나온 달은 교묘히 찬 그림자를 재단하고
微風乍引暗香來　작은 바람은 잠깐 불어 은근히 향이 다가오네
山中共保幽貞質　산속에선 그윽히 정질(貞質) 모두 보전하는데
晚節誰憐霰雪皚　늦은 계절에 누가 하얀 싸래기 눈 가엽다고 하는가

〈題興陽虎山山人客堂〉 〈흥양호산(興陽虎山)의 산인 객당에 제하다〉

何年鬼斧鑿山開　어느 해 귀부(鬼斧)로 산을 뚫어 여리오
滄海臨門地盡隈　창해에 이곳 임하고 그 경계 끝이 없는데
名利掉頭無俗事　명리(名利)로 꾀이려 해도 속된 일 없고
烟霞滿眼得詩材　눈에 들어오는 가득한 안개에 시재를 얻었네
風生鼓岳松疑雨　바람이 산에 부니 솔잎소리 비소리인가 하고
潮入琴湖浪僭雷　조수가 금호가 밀려오니 물결소리 우레 같구나
欹枕已忘分別想　아! 누워 있다보니 이별의 마음도 잊은 채
俯看漁艇小如盃　굽어보니 고기잡이 배가 마치 작은 술 잔 같도다

**〈追和主倅詠亭白場〉** 〈고을 원이 정백장(亭白場)에 대해 노래한 것에 대한 화답〉

戰罷江頭擊鼓休　전쟁이 끝나자 강가엔 북소리 멈추고
滿堂詩賦唱堪愁　당(堂)엔 온통 시부(詩賦)로 수심을 노래하네
名亭不讓滕王閣　이름 난 정자는 등왕각(滕王閣)[149]에 전혀 양보 않고
特地還如帝子洲　특별히 지명은 또 제자주(帝子洲)라고 하였네
舞影歌聲滁客樂　춤 그림자 노랫소리에 저(滁)객은 즐거워하고
蒼顏白髮醉翁留　창백한 얼굴 흰 머리의 늙은이 취해 있네
淸樽北海逢場飮　북해를 향한 맑은 술잔[150]으로 이곳에서 술을 마시며
更荷瓊篇炯素秋　다시 좋은 시문집[瓊篇][151]을 가지고 가을을 빛내야지.

**〈挽宋友昌奎〉** 〈벗 송창규(宋昌奎)를 애도하며〉

我生於世亦支離　내 삶 세상에 있어 또한 지리했는데
聞子之歸又一噫　그대의 죽음 들으니 또 탄식만
誰與共論風樹感　누구와 더불어 풍수(風樹)의 감정 공론할까[152]
無緣更討鶺鴒悲　아무 인연 없는 할미새의 비애를 다시 토론하네
詩壇好句能傳口　시단의 좋은 글귀는 입으로 전해지고

---

149) 등왕각(滕王閣) : 중국 남창(南昌)에 있는 누각으로 무한(武漢)의 황학루(黃鶴樓), 악양(岳陽)의 악양루(岳陽樓), 남경(南京)의 열강루(閱江樓)와 함께 중국 4대 명루(名樓)의 하나로 널리 알려져 있다.

150) 북해를 향한 맑은 술잔 : 후한(後漢) 공융(孔融)이 북해상(北海相)이었는데, 객(客)을 좋아하여 늘 말하되, "자리에 손이 늘 차고, 술병에 술이 안 비니 내가 근심이 없다."라고 하였다.

151) 경편(瓊篇) : 좋은 시문집을 가리키는 말이다.

152) 풍수의 감정 : 풍수지탄(風樹之嘆)을 말함. 지난 일을 얘기해 봤자 소용없음을 뜻함.

庭下芳蘭喜守楣　뜨락 아래 방초와 난은 문미를 지켜 즐겁구나
闊別中間仍永訣　오랫동안 헤어져 있다가 이젠 영원히 이별하니
此懷唯有彼蒼知　이 마음 오직 저 하늘만이 알리라

**〈挽戚姪奇徵〉** 〈친척 조카 기징(奇徵)을 애도하며〉

貞武來仍代有賢　무정공(貞武公)[153]으로부터 대대로 어진이들 나왔으나
陵遲中歲但淸門　중간에 쇠퇴하여 다만 청빈한 가문 지켰네
箕裘舊業人多慕　선대의 훌륭한 가업 사람들 칭송이 자자하니
鉛槧新功子可傳　문장의 공력[154]을 그대는 전할 수 있도다
世事紛紜還起滅　세사는 분분하게 일어났다 사라지는 법
屋梁寒月尙精神　처마끝 차가운 달에 정신이 서려있네
今朝强欲題哀輓　오늘아침 억지로 만사를 지으려니
暗筭平生淚自懸　속으로 평소의 모습 생각다가 눈물 절로 흐르네

琴書誰護蔡邕門　거문고와 책을 채옹(蔡邕)의 문[155]에 누가 보호하리오
桂樹不生羅隱墳　계수나무 나은의 무덤에 생기지 않네
於子豈無哀怨意　그대 어찌 애원하는 뜻 없는가

---

153) 무정공 : 기대승의 고조부를 말함.

154) 문장의 공력 : 참(槧)은 목판이요, 연(鉛)은 연분필을 말한다. 『서경잡기(西京雜記)』에, “양자운(揚子雲)이 항상 연필을 품고 목판을 들고 다녔다.”라고 하였다.

155) 채옹의 문 : 채옹(蔡邕, 132~192)은 중국 후한의 학자 · 문인 · 서예가로 젊어서부터 박학했고 비백체를 창시했으며 문장에 뛰어났다고 한다. 170년 영제(靈帝)의 낭중(郎中)이 되어 동관(東觀)에서 서지 교정에 종사하였으며, 175년 제경(諸經)의 문자평정(文字平定)을 주청하여 스스로 써서 돌에 새긴 후 태학(太學)의 문 밖에 세웠다. 이것이 '희평석경(熹平石經)'이다.

苦言恐入鯉庭看　쓴소리 들어올까 싶어 공리의 뜰을 보네.

### 〈玉壺氷〉 〈옥호빙(玉壺氷)〉

削來昆峀玉嶒崚　험준한 곤륜산 옥을 깎아다가
貯得滄波萬頃凝　만경창파의 얼음 담아놓았네
月映金盤寒影射　달빛이 금쟁반에 비추니 차가운 빛은 쏘는듯하고
日當瑤席瑞光烝　해가 요석(瑤席) 위로 떠오르니 서광이 피어오르네
已知眞性淸如聖　이미 참된 본성이 성인처럼 맑다는 것 알게 되었으니
還恐微瑕點汚蠅　다시금 더러운 파리 앉아 작은 흠집 생길까 두렵구나
倘可此心依本色　만일 이러한 마음으로 본래의 색을 따른다면
瀅澄何羨彼壺氷　맑디 맑아지리니 어찌 저 옥호의 얼음 부러워하랴

### 〈遣懷〉 〈견회〉

髫齡抱得汗牛笥　젊은 시절엔 소가 땀을 흘릴만한 책을 봤고
讀罷千言萬語奇　독서를 마친 후엔 온갖 말들 기이하기만 했지
心與皐夔游太古　마음은 어진 신하[皐夔][156]와 함께 태고에서 노닐며
道無權術報明時　도(道)에는 권술이란 없으니 밝음을 때때로 알리고 싶네
行能範世誰相信　세상에 모범을 보이니 누구인들 신뢰하지 않겠는가
文莫猶人我亦疑　문(文)은 남과 같지 않음을 나 또한 의심하네
冉冉芳辰容易失　점점 아름다운 모습 잃더니
墜花飄葉共凄其　꽃과 낙엽 떨어지듯 처연하기만 하네.

---

156) 고기(皐夔) : 고요(皐陶)와 기(夔)를 가리키는 말이다. 전설에 고요(皐陶)는 순(舜)임금 때의 형관(刑官)이며, 기(夔)는 순임금 때의 악관(樂官)이다. 훗날에 어진 신하를 비유하는 말로 사용되었다.

**〈贈克明上人乞詩〉** 〈극명상인(克明上人)이 시를 청하기에 주다〉

空門遺敎久無訛　불교의 가르침 오랫동안 그릇됨 없고
傳鉢宗風自釋迦　전발(傳鉢)의 종풍(宗風)은 석가로부터 시작되었네
至道凝時宜見性　지극한 도가 응집했을 때 마땅히 성(性)을 보니
一心明處可辨魔　일심(一心)의 밝은 곳으로 마귀를 분변할 수 있다네
能超法界虛空界　법계(法界)로 나가는 것이 허공(虛空)의 세계라
庶倣維摩與達磨　유마힐[157]과 달마만이 할 수 있었다네
定慧圓通知有日　선정과 지혜로 두루 통하여 매일 알아야 하니
願君精念誦彌陀　원컨대 그대 정신을 모아 미타(彌陀)를 암송하시게

**〈挽金處士永輝〉** 〈처사 김영휘를 애도하며〉

人多外重乃還輕　사람들 가운데 밖은 중하게 하고 안은 가벼운 이 많은데
獨保天眞見是兄　홀로 천진을 보존한 이는 그대뿐이구나
萬事蕭條能自遣　쓸쓸한 온갖 일 모두 버렸으니
一心淸淨本無營　깨끗한 마음 본래부터 다스린 적 없었지
暮年契分看針芥　늘그막에 교분 맺어 작은 일도 함께했는데
曠日離懷隔死生　이런 날 이별의 정한에 생사를 넘나드네
北嶺朝朝瞻望地　매일 아침 북령은 아래 땅을 바라보니
淇園翠色遠含情　비취색 기원(淇園)이 멀리 정을 머금는구나

157) 유마힐(維摩詰) : 중인도(中印度) 비사리성(毘舍離城)의 장자(長者) 유마힐(維摩詰)을 말함.

### 〈代楚魂鳥訪魚腹魂〉〈초혼의 새가 고기 뱃 속의 혼을 만난 것을 대신하여〉

| | |
|---|---|
| 蜀士千年怨未平 | 촉나라 선비 천년동안 원망스럽고 편안치 않아 |
| 鵑聲欲裂巴山嶂 | 두견새 우는 소리만이 파산 꼭대기에서 들리네 |
| 函秦亦有楚魂鳥 | 진나라의 함곡관에 초혼조가 있는데 |
| 短翮隳形迷所向 | 짧은 깃에 형체는 쓸모없게 되어 갈 곳 잃네 |
| 飛飛啼近故國月 | 근처 고국의 달에서 어지럽게 날고 |
| 咽咽湘江楓樹上 | 상강(湘江)의 단풍나무 위에서 구슬피 우네 |
| 湘江之水凝不流 | 상강의 물은 엉켜 흐르지 않으니 |
| 水底忠魂尚無恙 | 물 아래 충혼(忠魂)이 여전히 근심하고 있기 때문 |
| 相逢之地各凄然 | 서로 만나는 땅에선 모두 처연하기만 하고 |
| 內記當時鵷鷺行 | 당시엔 원앙의 길만이 기억하고 있네 |
| 君臣舊義已寂寞 | 군신들의 옛 의리는 이미 적막하기만 한데 |
| 魚水新歡今何望 | 물 속 고기는 새 식구 환영하는데 지금 무엇을 바라리오 |
| 無知彼昏果誰尤 | 저 어둠도 모르는데 누구인들 알겠는가 |
| 自古賢士多讒謗 | 예로부터 어진 선비 비방함 많았고 |
| 忠言虛負亦耳日 | 충언은 헛되이 귀에 거슬리는 날만 있다네 |
| 不覺青山奇禍釀 | 청산(青山)이 화(禍)의 단술 보낼 줄 모르고 |
| 無他斷斷骨鯁臣 | 다른 것 생각 않고 오직 직간하는 신하 뿐 |
| 忍教江魚腹中葬 | 고기 뱃속에 장사지냄을 견디며 |
| 無人更挽武關行 | 무관행(武關行)을 다시 할 사람 없다네 |
| 任地奸謀恣欺誑 | 간사한 무리들이 판치는 세상에서 |
| 章華車轍去莫留 | 장화(章華)[158]로 수레 달려 떠나 머무르지 마라 |

158) 장화(章華) : 장화대(章華臺)를 말한다. 중국 한(漢)나라 순열(荀悅)의 『한기(漢紀)ㆍ무

| | |
|---|---|
| 吳櫃胥山看已長 | 오가서산(吳櫃胥山)[159] 이미 길다는 것을 보니 |
| 羈魂飄散不得歸 | 얽혀있던 영혼은 흩어져 돌아오지 못하네 |
| 化爲寃禽聲惻愴 | 원통한 마음의 새로 변신하여 그 소리 구슬프고 |
| 從前蔽賢已不祥 | 종전의 피폐한 현인은 이미 상서롭지 못하네 |
| 此日見子寧無讓 | 이런 날 그대를 보면 어찌 사양하지 않으리오 |
| 夫差幎目亦有意 | 부차(夫差)의 멱목(幎目)[160] 또한 의도가 있는 것이니 |
| 到此無賴思懲創 | 이곳에 이르러 무뢰하게 경계[懲創]함을 생각하네 |
| 賦就離騷子名大 | 이소(離騷)를 지었으니 그대의 이름 크지만 |
| 地因於商吾國喪 | 땅이 상(商)에 인하니 우리나라 잃었네 |
| 凄凉故都又何懷 | 처량한 옛 수도 또 무슨 마음 있는가 |
| 郢樹荊門非舊樣 | 영(郢)땅의 나무와 가시나무 문은 옛 모양이 아니고 |
| 芳洲日暖白蘋多 | 방주(芳洲)의 햇빛 따스하여 하얀 마름풀만 많다네 |
| 獨醒孤情春水漾 | 홀로 깨어있는 외로운 마음 봄물에 출렁거리나 |
| 臨江不語但有淚 | 강에 임하여 말없이 그저 눈물만 흘리네 |
| 謇謇餘風無好況 | 충정(忠貞)한 여풍이 호황에도 없구나 |
| 悲辭哀哀忽悲去 | 슬피 슬픈 말들 하늘로 날아가니 |
| 他日江關期再訪 | 다른 날 강관(江關)에 다시 방문하기만을 기약해보네 |

---

제기일(武帝紀一)』에 보면 "楚靈王起章華, 之臺而楚人散."이란 글이 보인다. 또 중국 당(唐)나라 시인 진자앙(陳子昂)의 「감우(感遇)」 시 가운데 28수를 보면 "昔日章華宴, 荊王樂荒淫."이란 시구가 있다.

159) 오가서산(吳櫃胥山) : 오자서(伍子胥)가 서산(胥山)에서 태어났기 때문에 이렇게 이름을 지었다고 함. 오가서산은 바로 이곳을 말한다.

160) 멱목(幎目) : 사람이 죽으면 그 얼굴 위에 덮는 천을 말한다.

### 〈詠介山草堂〉 〈개산 초당을 노래하다〉

半天仙館架崖广　하늘 반쯤 신선의 집 절벽에 넓게 자리잡아
帝座平臨對越嚴　제왕의 자리에 편히 앉아 엄숙하게 마주하네
水色近挐山影蘸　물빛이 가까운 산 그림자 잡아당겨 비추고
松濤遠和鶴鳴添　송도소리는 멀리 학울음에 화답하는 듯 더하네.
藏書倘失匡廬合　장서들 혹시 잃어 광려(匡廬)에서 합치니
戒月還宜佛祖叅　달을 경계하여 도리어 불조(佛祖)의 참석 펼치네
鬼秘神鏗應有待　귀신의 비밀스런 소리엔 응당 기다림이 있으리니
試看先入逸人探　시험삼아 먼저 들어가 뛰어난 이 찾아보네
白屋青山上上層　하얀 집 푸른 산 위로는 층층히 있어
吟笻盡日費攀登　지팡이 짚고 하루 종일 반쯤 올랐네
苔深石逕無人到　이끼 깊은 돌길에 사람도 이르지 않아
風獨來時月又升　바람만이 홀로 때때로 불고 달도 오르네

### 〈閑中偶發道喪文弊〉 〈한가로움 속에 우연히 도(道)와 문(文)이 피폐함을 발분하며〉

逸響渢渢曠且夷　넓고 큰 물결 출렁출렁 소리내니
其言陶寫性情爲　그것이 마치 성정을 도야하라 말하는 듯
山河日月牢籠內　산하(山河)와 일월(日月)은 마치 새장에 갇힌 듯
霜露風雲變化時　상로(霜露)와 풍운(風雲)은 때때로 변화하네
太白天然多本色　태백(太白)은[161] 본색을 간직하여 자연스러웠고
建安綺麗費浮辭　건안(建安)은[162] 아름답고 화려하게 부화한 말 썼

161) 태백(太白) : 중국 당나라 때 시선(詩仙)으로 유명한 이백(李白) 또는 이태백(李太白)을 말한다.

162) 건안(建安) : 건안(建安) 문학을 말한다. 이 시기에는 삼조(三曹)라 일컫는 위(魏)의

다네

| | |
|---|---|
| 正葩遺義今何見 | 화려하게 남긴 뜻 지금은 어디에서 볼 수 있나 |
| 甕語瞞言摠俗詩 | 잘못된 말들만이 모두 속시(俗詩)에 있는데 |

〈次方丈山朴友士元〉 〈방장산의 벗 박사원(朴士元)의 시에 차운하다〉

| | |
|---|---|
| 見君詩語足清新 | 그대의 시를 보니 시어가 무척 창신하여 |
| 浣我胸襟百斛塵 | 내 마음 속의 모든 티끌 말끔히 씻어주네 |
| 山趣自然應不淺 | 산의 정취는 절로 그러하여 응당 얕지 않은데 |
| 民風況乃可回淳 | 하물며 민풍(民風)이 도타움에 있어서랴 |
| 雲霞偏護壺中日 | 구름과 놀은 호리병 안에 든 해처럼 보호하고 |
| 松陰能藏律外春 | 소나무 그늘은 율 밖의 봄처럼 감추네 |
| 靜裡閑閑多少興 | 고요함 속에 한가로워 흥이 절로 많아 |
| 人間別有會心人 | 인간은 또 사람들과 모이고자 하는 마음 있다네 |

〈元韻〉

物外清光看更新, 胸襟寧有着纖塵. 溪山處處重雲合, 花竹村村古俗淳. 水亂紅流 深萬壑, 峰危青鶴屹千春. 角巾藜杖逍遙地, 便作幽閑遯世人

물외의 맑은 빛은 보면 볼수록 새로워지니, 마음이 어찌 조금의 먼지라도 붙을 수 있겠는가. 시내와 산 곳곳에는 거듭 구름들이 모이고, 꽃과 대나무의 마을마다 옛 풍속은 순후하도다. 냇물은 어지러이 붉은 꽃잎과 흐르고 만학(萬壑)은 깊으며, 높은 봉우리에는 천년 된

---

무제(武帝:曹操), 그의 아들 문제(文帝:曹丕), 문제의 동생 진사왕(陳思王:曹植)과 건안칠자(建安七子) 등이 배출되어 양한(兩漢)의 학계를 지배하고, 육조문학(六朝文學)의 전도를 개척하였다.

푸른 학이 날아다니네. 각건(角巾)을 두르고 명아주 지팡이를 짚고 소요하는 땅이라. 곧 그윽한 한가로움을 지어 세상 사람들을 피한다.

| | |
|---|---|
| 山回曲曲曠而幽 | 산은 굽이굽이 넓고 그윽하여 |
| 前後尋眞幾箇遊 | 전후에선 진인 찾아 노닐고 있네 |
| 崖竹巖花粧峽戶 | 낭떠러지의 대나무와 바위사이 꽃들은 골짜기 집 장식하고 |
| 水禽溪月護沙洲 | 물가에 새들과 냇물에 뜬 달이 모랫톱에 수놓네 |
| 孤雲一蠹南溟遠 | 외로운 구름같은 한 책벌레는 먼 남명(南溟)에 있고 |
| 方丈千秋古迹留 | 천년의 방장산은 옛 유적으로 남아 있네 |
| 稱是三神中第一 | 삼신(三神) 가운데 제일이라 말하니 |
| 何山能較此仙區 | 어느 산인들 이곳이 신선 구역과 비교하겠는가 |

〈元韻〉

頭流山水最淸幽, 我亦儒仙去後遊. 學士雲霞靑鶴洞, 蠹翁烟月白鳩洲. 分明隱迹 今猶在, 蕭散遺詩幾句留. 又記少微星動日, 南冥頻到此靈區.

두류산의 물은 가장 맑고 그윽하여, 나 또한 유선(儒仙)이 떠난 뒤 노닐었네. 학사는 운하(雲霞)가 있는 청학동(靑鶴洞)에 있고, 두옹(蠹翁)은 연월(烟月)이 있는 백구주(白鳩洲)에 있도다. 은둔한 자취가 분명하여 지금도 외려 있으니, 쓸쓸한 시 몇 구절을 남기네. 또 소미성이 태양 주변을 돌아, 남명(南冥)에서 자주 영구에 이르렀음을 기억하네.

**〈酬李仲獻招隱詩〉 〈이중헌(李仲獻)의 초은시(招隱詩)에 창수하다〉**

| | |
|---|---|
| 我有好言向誰說 | 내게 좋은 말 있으나 누구에게 말할까 |
| 眷眷中心難可宣 | 마음속에 간직할 뿐 펼치기 어렵네 |
| 人間役役好事者 | 인간 가운데 일 만들기 좋아하는 자는 |
| 僅得一邊失一邊 | 겨우 한 모퉁이만 얻고선 다시 그것마저 잃네 |
| 崎嶇世路易失足 | 기구한 세상 길 잃어버리기 쉬우니 |
| 太行正與蜀道連 | 큰 길로 가야만 촉도(蜀道)로 이어지지 |
| 倘得平正好田地 | 혹시 공평하고 정당하게 좋은 땅 얻는다면 |
| 此心快若登天然 | 이 마음 자연히 오른 듯 기뻐하리 |
| 事有利害不掛懷 | 일에는 이로움과 해함 있어 마음 두지 못하니 |
| 口食營爲亦可捐 | 배불리 먹고 영화로운 것 또한 버릴만하네 |
| 浮雲軒冕夢已斷 | 뜬 구름 같은 헌면(軒冕)[163] 꿈에서 벌써 끊어졌는데 |
| 況爲冗故之所纏 | 하물며 쓸데없이 옛날을 고뇌한들 뭐하나 |
| 紛紛世態不欲觀 | 어지러운 세태 보고 싶지 않으니 |
| 所以昏昏終日眠 | 어두운 곳에서 하루종일 잠이나 자고파 |
| 我今閱世亦已多 | 나 역시 세상을 바라보니 역시 그런 일 많아 |
| 追思五十有七年 | 오십 칠년이나 추념만하고 있다네 |
| 回看衆人皆已醉 | 머리 돌려 중인(衆人) 바라보니 모두가 이미 취해있구나 |
| 醉語勿爲醒者傳 | 취해서 한 말은 깬 자들에겐 전하지 마라 |
| 每想君平棄世意 | 매양 생각해보니 그대 세상을 버리겠다는 뜻 있었으니 |
| 君得其半我得全 | 그대는 반을 얻었으나 나는 모두 얻었다네 |
| 悵望聊歌行路難 | 구슬프게 애오라지 행로난(行路難)이나 노래하리니 |

163) 헌면(軒冕) : 고관(高官)이 타던 초헌(軺軒)과 머리에 쓰던 면류관을 말한다.

| | |
|---|---|
| 途窮曾聞阮涕漣 | 궁핍한 길에 일찍이 완체연(阮涕漣)을 들어보았나 |
| 狂心忽欲謝時去 | 혼잡한 마음에 홀연 세상 피해 떠나고 싶은데 |
| 此路難於上靑天 | 이 험난한 길은 청천(靑天)의 위에 있구나 |
| 疇昔之夜執君手 | 지난 날 밤 그대와 손을 잡고서 |
| 同入深山盟已堅 | 함께 깊은 산에 들어가기로 이미 굳게 맹세했었지 |
| 誰知病骨尙塵土 | 누가 병골(病骨)이 진토(塵土)됨을 알았겠는가 |
| 愧負前言還自憐 | 지난시절 했던 말 부끄럽고 또 절로 가련하네 |
| 無端喚起世外心 | 세상 밖 마음은 환기할 단서조차 없는데 |
| 贈我二十六韻篇 | 내게 이십육운의 시를 주었네 |
| 讀罷淸韻爽俗耳 | 읽자마자 청아한 운자가 속세의 귀를 상쾌하게 하여 |
| 依然夢入仙山前 | 전과 다름없이 꿈 속 신선의 산 앞에 있네 |
| 隨時顯晦自古難 | 때에 따라 어둠을 드러내기란 예로부터 어려운 일 |
| 豈云行藏能達權 | 어찌 행장이 권세에 이르는 것이라 말하는가 |
| 傷今思古萬感集 | 현실을 아파하고 옛날을 생각하니 온 감정이 모이네 |
| 我懷悠悠如逝川 | 내 마음 아득히 냇가의 물처럼 흘러가고 |
| 區區素心豈終負 | 구구히 마음 찾으며 어찌 끝내 저버리는가 |
| 早晩相尋馬耳巓 | 하루 종일 마이산(馬耳山) 꼭대기를 찾았네 |
| 荷蓑秋雨坐釣磯 | 가을 비 내리자 도롱이 쓰고 물가에 앉아 낚시하고 |
| 負耒春坡耕石田 | 봄날엔 쟁기 매고 석전(石田) 정리했네 |
| 昔聞同庚死同歸 | 예전에 동년들 죽어 함께 돌아갔다는 말 들었으니 |
| 況復人間結好緣 | 하물며 다시 인간사 좋은 인연 맺음에 있어서랴. |
| 龐公盡室此計難 | 방덕공이 온 가족을 옮긴 이 계책은 어려운데 |
| 恐君先着祖生鞭 | 두려운 건 그대가 먼저 조생(祖生)의[164] 채찍을 잡는 일 |

164) 조생(祖生) : 조생은 동진(東晋)의 명장 祖逖을 말한다. 그는 공을 이루지 못하여 근심하며 울분을 토하다가 죽은 것으로 유명하다.

| | |
|---|---|
| 還憐物理自不同 | 또한 가련한 사물의 이치는 절로 같지 않으니 |
| 鳶飛于天魚在淵 | 솔개는 하늘에서 날고 고기는 못에 있는 법[165] |
| 芳隣好約會有時 | 좋은 이웃 좋은 약속에 때로 모이고 |
| 來歲山行趁秋蟬 | 오는 해의 산행은 가을 매미와 함께할 것이라 |
| 臨機遲速縱有異 | 임시의 지속(遲速)은 달리 할 것이니 |
| 我心不移陵谷遷 | 내 마음 옮기지 않다가 능곡(陵谷)에 옮기리 |
| 他年握手同樂地 | 훗날 즐거운 땅에서 손 붙잡고 함께하고 |
| 作詩更和春山鵑 | 시를 지으며 봄 산의 두견에게 다시 화답하리 |

### 〈登介山峰〉 〈개산(介山)의 봉우리에 올라〉

| | |
|---|---|
| 剗却塵愁出物表 | 티끌과 근심 제거하고자 세속을 나와 |
| 馭風飛步躡仙蹤 | 바람타고 날으며 신선의 자취 밟네 |
| 東西日月頭邊近 | 동서의 해와 달이 머리 가까이 있고 |
| 南北江山眼底通 | 남북의 강과 산은 눈 아래 있구나 |
| 笑拍洪厓催石髓 | 큰 절벽에서 웃으며 석수(石髓)[166]를 재촉하며 |
| 戲呼王母促青童 | 서왕모를 장난삼아 불러 청동(青童)[167]오라 재촉하네 |
| 盃心剩凸靈丹液 | 마음의 잔에다가 영단(靈丹)[168]의 액을 첨가하여 |
| 俯視人間哂蠛蠓 | 인간세상 굽어보니 멸몽(蠛蠓)[169]같음에 비웃어 보네 |

---

165) 솔개는~법 : 『시경(詩經)』의 "솔개는 날아 하늘에 이르거늘 고기는 못에서 뛰놀도다. (鳶飛戾天, 魚躍于淵.)"에서 나온 말인데, 물건을 천진(天眞)에 맡겨서 스스로 그 낙을 얻은 것을 말한다.

166) 석수(石髓) : '석종유(石鍾乳)'를 말한다. 옛날 사람들은 복식(服食)으로 이용하였다고 한다. 『진서(晉書)·혜강전(嵇康傳)』에 "康又遇王烈, 共入山, 烈嘗得石髓如飴, 卽自服半, 餘半與康, 皆凝而爲石."이란 글이 있다.

167) 청동(青童) : 신화나 전설상의 신선 아이를 말한다.

168) 영단(靈丹) : 신선들이 먹는 일종의 약으로, 먹으면 오래살고 늙지 않는다고 한다.

169) 멸몽(蠛蠓) : 곤충의 이름으로 몸은 작아 미물을 비유적으로 말하기도 한다. 『문선(文

〈代輓人〉 〈애도하는 이를 대신하여〉

| | |
|---|---|
| 野老呑聲淚日垂 | 들에선 노인이 탄성하며 매일 눈물로 지내고 |
| 十年前後哭吾私 | 전후 십년 나의 사사로운 곡(哭)이라 |
| 今朝忽把挽君筆 | 오늘아침 갑자기 그대의 붓을 드니 |
| 始覺賢門運亦衰 | 비로소 현문(賢門) 운세 역시 쇠함를 알겠네 |
| 詩壇高價已傾世 | 시단에서 높은 가치는 이미 세상을 놀라게 했으나 |
| 身外浮榮等是空 | 몸 밖의 쓸모없는 영욕은 모두 공허한 것 |
| 時至偶然觀化去 | 때론 우연히 인간의 죽음을 보니 |
| 此行猶勝喪明翁 | 이런 행동 오히려 문상보다 낫겠구나 하네 |

〈醉醒窩〉 〈취했다가 깨었다가 하는 집〉

| | |
|---|---|
| 醒時思醉醉思醒 | 깨었을 땐 취했을 때 생각하고, 취했을 땐 깨었을 때 생각하며 |
| 醒欲惺惺醉欲冥 | 깨었을 땐 영리한 듯, 취했을 어리석을 듯 |
| 醒醉醉醒醒又醉 | 깨고 취하고, 취하고 깨고 다시 또 반복하며 |
| 醉醒窩裡度餘齡 | 취했다 깨었다하는 집에서 남은 생 헤아려보네. |
| 最難忘處是存亡 | 망처(忘處)가 바로 존망(存亡)인 것 가장 어려워 |
| 纔欲忘過不欲忘 | 겨우 잘못을 잊고자하나 잊혀지지 않다네 |
| 醉去雖忘醒更憶 | 취하여 간다면 비록 잊혀지겠지만 깨어나면 다시 기억하니 |
| 醒時還較醉時强 | 깨었을 땐 다시 취했을 때를 억지로 비교만 하네 |

---

選)·감천부(甘泉賦)』에 "歷倒景而絶飛梁兮, 浮蠛蠓而撇天."라는 글이 있다. 이선(李善)의 주에 "멸몽은 모기보다 작다.(蠛蠓, 蟲小於蚊.)"라고 하였다.

〈次柳生汝梓〉 〈류여재(柳汝梓)의 시에 차운하여〉

陰陰后土未曾乾　그늘진 땅에는 일찍이 건조함 없고
客寓山齋任苦酸　나그네 사는 산재(山齋)엔 괴로움만 가득하네
賴有情人尋舊誼　정인(情人)에게 의지해 옛 정 찾고
喜看交契結新歡　사귄 정분을 기쁘게 바라보며 새로운 만남 갖네
青年愛子詩情發　젊은 시절엔 그대를 사랑하여 시정(詩情)을 발했는데
白首憐吾世味寒　늙어서는 나를 불쌍히 여기니 세상의 맛 차갑기만
珍重暮途須努力　소중한 노년 길 반드시 노력해야 하지만
任地時事若波瀾　이같이 시사(時事)가 순탄하지만은 않구나

至行何須避濕乾　지행(至行)은 어찌 습한 곳과 건조한 곳 피하는 데 있나
勞心不暇辨甘酸　노력하는 마음은 편하고 괴로운 것을 가릴 겨를 없네
唯應我做夙宵苦　내게 하는 대답은 하루 종일 괴롭다는 것
畢竟天開雲雨歡　하늘이 마침내 열려 비로써 환영해 주는구나.
可驗人情時貴賤　인정(人情)은 때로 귀천(貴賤)을 징험할 만하니
亦看松節歲溫寒　역시 소나무의 절개 보면 해의 온한(溫寒)을 아는 법.
丁寧務本鄒書在　정녕 근본에 힘쓴다는 것은 추서(鄒書)[170]에 있으니
觀水之方必取瀾　물을 보는 방법은 반드시 여울목을 보는 것.[171]

170) 추서(鄒書) : 『맹자(孟子)』를 말함.

171) 물을~보는 것 : 『맹자(孟子)·진심(盡心)』 24장에 "물을 구경하는 데에 방법이 있으니, 반드시 그 여울목을 보아야 한다.(觀水有術, 必觀其瀾.)"라고 하였다.

**〈挽柳友仲直〉** 〈벗 류중직(柳仲直)을 애도하며〉

不獨行年校是兄　당시 나이로는 아니지만 학교에서는 형(兄)이었고
妙齡文彩壓吾名　스무 살의 문채는 나를 압도했네.
向來榮落心全死　지난 날 영락(榮落)으로 마음은 매우 상심하여
引到昏冥興欲生　혼명에 이르렀지만 그 흥취만은 다시 생기려 하네
無奈化兒收爽氣　어찌 조물주[化兒][172]는 맑은 기운 거두나
謾留詩債買虛聲　부질없이 남긴 시채(詩債)에 헛소리 사네
襄陽耆舊已凋盡　양양(襄陽)의 늙은이들 이미 죽었으니
樑月停雲無限情　들보에 걸린 달과 머문 구름에 그 마음 끝이 없구나

**〈挽朴載中允叔〉** 〈재중(載中) 박윤숙(朴允叔)을 애도하며〉

平生允叔是吾友　평생토록 윤숙(允叔)은 나의 벗이라
語到江山自託師　그의 말 자연에 이르니 절로 스승됨을 부탁해보네
世誼重重知不汎　세교(世交)가 두터워도 넓지 못함을 알겠으니
新交眷眷亦多私　부지런히 새로 사귀어도 사사로움은 많구나
異時箴誨言銘骨　다른 날엔 이 가르침 뼈에 새기리니
今日哀章淚沒頤　오늘날 슬픈 글에 눈물은 턱까지 흐르네
差可寬心開眼地　아, 너그러운 마음으로 여기 눈을 뜨사
鎭家蘭玉舊風儀　집안의 자제들과 옛 풍취 지키소서

---

172) 화아(化兒) : 창조 만물의 신을 농담조로 말하는 것을 말함.

**〈次林學士象德贈閔水使濟章韻〉** 〈학사(學士) 임상덕(林象德)[173]이 수사(水使) 민제장(閔濟章)[174]에게 준 시에 차운하여〉

| | |
|---|---|
| 凶門推轂感君誠 | 오랑캐 진군하나 그대의 진실에 감복하니 |
| 水國戎旗耀日明 | 수국의 오랑캐 깃발보다 더욱 밝게 빛나네 |
| 雄鎭近南控海壯 | 남쪽을 모두 수복시켜 해상의 씩씩함 드날리고 |
| 寸心拱北伏人各 | 마음으로 임금께 조회하니 사람들 모두 감복하네 |
| 氣凌馬島蠻夷慴 | 기세가 마도(馬島)를 덮으니 오랑캐들 겁내고 |
| 風壓鯨波舳艫輕 | 기풍은 경파(鯨波)를 제압하니 축로(舳艫)도 가볍구나 |
| 久寂轅門刁斗警 | 오래도록 적막한 원문(轅門)엔 딱따기로 경계하리니 |
| 洗兵館外看潮生 | 세병관 밖에서 조수나 바라보리라. |

173) 임상덕(林象德, 1683-1719) : 조선 후기의 문신・학자. 본관은 나주(羅州). 자는 윤보(潤甫)・이호(彛好), 호는 노촌(老村)이다. 경세(經世)의 뜻을 품고 당시의 제도와 시책들을 경장(更張)하여야 한다고 주장하여 많은 건의책을 내놓았으며, 위기지학(爲己之學)과 성리학 연구에 심혈을 기울였다. 또한 우리나라 역사에 관심을 기울여 많은 연구 업적을 남겼다. 대표적인 제자로는 김응상(金應祥) 등이 있다. 저서로는 『동사회강(東史會綱)』과 시문집인 『노촌집(老村集)』이 있다.

174) 민제장(閔濟章, ?~1729) : 조선 후기의 무신. 자는 회백(晦伯). 호는 삼금당(三錦堂). 시호는 충장(忠壯)이다. 1705년(숙종 31) 무과에 급제, 1711년 통신사를 따라 일본에 다녀와 회령부사가 되었다. 1728년(영조 4) 전라도병마절도사로서 국고를 탕진한 죄로 탄핵을 받았으나, 영조의 신임으로 무사하였다. 그 해 안성군수가 되어, 이인좌(李麟佐) 등이 무신란(戊申亂)을 일으키자 이를 토벌하고 황해도병마절도사에 승진되었다. 그 뒤 삼도수군통제사를 지냈다.

# 사부(詞賦)[175]

〈短騷〉[176] 〈단소(短騷)〉

| | |
|---|---|
| 若有人兮山之陽 | 어떤 이가 산의 북쪽에 있는데 |
| 製芝荷爲衣裳 | 향풀로 옷을 지어 입고 있다네. |
| 申之以蕙纕兮 | 혜초로 만든 허리띠를 두르니 |
| 芳菲菲其彌章 | 향기 가득하여 더욱 빛나도다. |
| 抱遺經以自彊兮 | 옛 경서를 품에 두고 스스로 힘써 |
| 早厠迹於周庠 | 일찍이 태학에서 자취를 두었네. |
| 挹菁莪之恩光兮 | 청아(菁莪)[177]의 은광(恩光)을 가지고 |
| 庶及時乎翺翔 | 때에 비상할 것을 바랐도다. |
| 胡黨人之不良兮 | 어찌 당인(黨人)이 어질지 못하여 |
| 學舍化爲鬨場 | 학사(學舍)가 싸움터가 되었나. |
| 出都門而彷徨兮 | 도성 문을 나서서 방황하면서 |
| 詠北風之其凉 | 북풍의 서늘함을 읊었도다. |
| 世並詈而目瞠兮 | 세상이 서로 매도하고 눈을 부라리니 |
| 哀我時之不當 | 내가 사는 때가 부당한 것이 애닲네. |

---

175) 사부(詞賦) : 여기에 수록된 사부는 대체로 과거 시험을 위해 지은 글로서 정형화된 형식을 갖추고 있으며 매 구마다 험벽한 인용과 고사가 많은 것이 특징이다. 따라서 작자의 문학적 기교와 능력을 드러내는 데에 유용하다.

176) 短騷 : 이 제목은 정초본에는 없고 필사본에만 있는데, 제목 아래 "쌍운 32구이고, 무릇 운으로 삼은 것은 64자이다(雙韻三十二句, 凡爲韻者六十四.)."라고 부기되어 있음. 정초본 76면, 필사본 3면에 있음.

177) 청아(菁莪) : 무성하게 자란 새발쑥을 말함. 『시경(詩經)』 소아(小雅)의 편명인 청청자아(菁菁者莪)를 가리키는데, 그 내용은 인재(人材) 교육하는 것을 즐거워하여 부른 노래이다.

昔宣父猶被削於宋鄉兮　옛적 공자도 외려 송땅에서 깎였으니
非余之所能周防　내가 능히 예방할 바가 아니도다.
苟余情其信芳兮　참으로 나의 마음 꽃답기만 하니
雖處厄其何妨　재앙에 처한 들 무슨 방해가 되랴.
謇隨時而遯藏兮　시세에 따라 세상을 피해 몸을 감추고
紛好修以爲常　덕을 닦는 것으로 상도(常道)를 삼네.
然長往而高尙兮　멀리 떠나가 고상함을 가지려니
亦見笑於大方　또한 대방가(大方家)에게 웃음을 사네.
沈淪近乎自臧兮　침륜(沈淪)함은 스스로 숨는 데 가깝고
修鍊歸於荒唐　수련(修鍊)함은 황당무계에 돌아가도다.
豈斯世之可忘兮　어찌 이 세상을 잊을 수 있으랴
時矯首而北望　때때로 머리를 들어 북쪽을 바라보네.
浮雲靉靉以掩仙闈兮　뜬구름은 자욱하여 신선 문을 가리는데
風飇吸其顚狂　빠른 바람은 그 날뛰는 것 들이마시네.
雷隱隱以震岡兮　천둥소리 우르릉하고 산등성이에 벼락치고
白露降爲巖霜　흰 이슬 내려 바위에 서리가 되네.
歎松栢之蒼蒼兮　탄식하노니 송백(松柏)의 푸르름도
或拱夭而蘖殤　간혹 일찍 죽고 손상하는 것이라.
蘭芝蕪而蕙荒兮　난초와 지초는 거칠어지고 혜초는 황폐하니
哀衆芳之無香　뭇 향풀이 향기가 없음은 애닯구나.
曾歔欷余激昻兮　일찍이 내 격앙(激昻)한 뜻을 탄식하였는데
愧[178]獨處此幽篁　이 그윽한 대숲에 홀로 처함이 부끄럽네.
遭時俗之狂攘兮　시속이 미쳐 날뛰는 것을 만나니
疇可與乎比伉　누구와 더불어 짝할 수 있겠나.

178) 필사본에는 괴(塊)로 되어 있음.

| | |
|---|---|
| 望長途而倀倀兮 | 긴 길을 바라보며 헤메이니 |
| 若臨河其無航 | 마치 강에 임하여 배가 없는 듯하네. |
| 輟雄劍兮高堂 | 웅검(雄劍)[179]을 고쳐 고당(高堂)에 올라 |
| 唱陽春兮中自傷 | 양춘가(陽春歌)[180]를 부르니 마음이 절로 아프네. |
| 余觀夫二氣之消長兮 | 내가 저 음양(陰陽)의 소장(消長)을 관찰하니 |
| 柔旣極則反剛 | 부드러움이 이미 극하면 강함에 돌아간다. |
| 世道紛其隱彰兮 | 세도(世道)는 숨고 드러남이 어지럽지만 |
| 竟人心之未亡 | 마침내 인심(人心)은 아직 망하지 않았네. |
| 祈皇天其悔殃兮 | 황천(皇天)에 후회와 재앙 없기를 빌고 |
| 企朝夜之復康 | 아침 저녁으로 다시 강녕하길 바라네. |
| 鳴余佩之琳琅兮 | 내가 찬 임랑(琳琅)[181]이 소리를 내어 |
| 庶整頓其王綱 | 왕강(王綱)[182]을 정돈하기를 바라도다. |
| 呼群龍使騰驤兮 | 용같은 인재들을 불러 뛰어 오르게 하고 |
| 將與爾乎頡頏 | 장차 그대와 더불어 오르고 내리리라. |
| 唯玆願其未易償兮 | 다만 이 바램은 보상하기 쉽지 않으니 |
| 恐羲車之太忙 | 희공의 수레[183]가 너무 바쁘지 않을까 하네. |
| 悲草木之日黃兮 | 초목이 날로 누렇게 됨이 슬픈데 |
| 而余思其芒芒 | 내 생각은 아득하기만 하여라. |
| 顧治具之在卯兮 | 돌아보건대 다스릴 도구가 묘년(卯年)에 있어 |

179) 웅검(雄劍) : 춘추 시대 오나라 사람 간장(干將)이 만든 명검이다. 간장이 아내인 막야(鏌鎁)와 함께 한 쌍의 검을 만들었는데 간장이 만든 것을 웅검이라 하고 막야가 만든 것을 자검(雌劍)이라 하였다. 『北堂書鈔 卷122』 두보(杜甫)의 <전출새(前出塞) 9수> 중 여덟째 수에 "웅검이 네다섯 번 움직이니, 저 군대가 나 때문에 도망치누나.(雄劍四五動, 彼軍爲我奔.)" 하였다. 여기서는 왜적을 물리치고자 하는 씩씩한 뜻을 상징한다.

180) 양춘가(陽春歌) : 옛날에 고상하기로 유명했던 초(楚)나라의 가곡(歌曲) 이름이다.

181) 임랑(琳琅) : 아름다운 옥으로, 흔히 아름다운 시문(詩文)을 뜻하는 말로 쓰임.

182) 왕강(王綱) : 임금이 나라를 다스리는 기강.

183) 희공의 수레 : 본래 태양의 움직임을 뜻하는데, 여기서는 시간의 흐름을 가리킴.

揣摩熟於稱量　남의 마음 짐작하고 헤아리는 데 익숙하였지.
心非關乎得喪兮　마음에 관계할 것 아닌데 상실하게 되니
感昔賢之遑遑　옛 성현의 방황한 일에 느낌이 있네.
冀異辰之贊襄兮　다른 때 보좌할 수 있기를 바라니
思與物而皆昌　생각이 사물과 더불어 모두 창성하리.
懷佳人兮心飛揚　가인을 생각하니 마음은 뛰어 나니
攀援桂枝兮聊相羊　계수나무 가지 더위잡고 애오라지 거닐도다.

## 〈貞者事之幹〉[184] 〈정(貞)한 것이 일의 근간이다〉

叩妙鍵於橐籥兮　탁약(橐籥)[185]에 오묘한 관건을 물음이여,
賾玄機之坱圠　현묘한 천기(天機)의 아득하고 심오함을 탐구하네.
紛相乘其互根兮　서로 뿌리가 되어 상승함이 어지럽고,
夫孰瑩其默斡　누가 묵묵히 운행함을 환히 알까.
徵貞固之幹事兮　정고(貞固)[186]의 간사(幹事)를 징험함이여,
悟精義之利行　정의(精義)가 이행(利行)라는 것을 깨닫네.
寔藏器以待時兮　진실로 기량을 숨기고 때를 기다림이여,
認本立而道生　근본이 서고 도가 생기는 것을 아는도다.
衆三德以爲四兮　삼덕(三德)[187]에 더하여 넷으로 삼음이여,

---

184) 정(貞) : 천지자연의 네 가지 덕인 원(元), 형(亨), 이(利), 정(貞)의 하나.

185) 탁약(橐籥) : 대장간에서 불을 피울 적에 바람을 일으키는 풀무를 말하는데, 『노자(老子)』 5장에 "하늘과 땅 사이에 일어나는 운동을 보면, 마치 풀무질을 하는 것과 같다.(天地之間, 其猶橐籥乎.)"는 말이 나온다. 만물을 만드는 원천을 비유한 것이다.

186) 정고(貞固) : 정도(正道)를 굳게 지키는 것을 말한다. 이는 『주역(周易)』의 사덕(四德) 가운데 정(貞)을 풀이한 말로, 건괘(乾卦) 문언(文言)에 "정도를 굳게 지키면 모든 일을 제대로 처리할 수가 있다.[貞固足以幹事]"는 말이 나온다.

| | |
|---|---|
| 囿修藏之妙理 | 닦고 감추는 오묘한 이치를 기른다네. |
| 由元亨之利遂兮 | 원형(元亨)의 이로움으로 말미암아 이루어지고, |
| 因閉塞而靜俟 | 닫히고 막힘으로 인하여 고요해지네. |
| 斂一氣於冲漠兮 | 충막(冲漠)[188]한 데에서 한 기를 거두고 |
| 含萬有以主宰 | 삼라만상을 포함하여 주재하도다. |
| 用雖微而至隱兮 | 용(用)은 비록 미미하나 지극히 숨겨 있고, |
| 體則具而昭晰 | 체(體)는 곧 다 갖추면서 환하게 밝네. |
| 羌凝精而聚神兮 | 아! 정(精)이 응축하고 신(神)이 모이니 |
| 闔牝門以於穆 | 빈문(牝門 : 근원의 문)의 닫힘이 심오하네. |
| 苟無養其化根兮 | 진실로 조화의 근원을 양육함이 없다면 |
| 幾生理之或息 | 생성하는 이치가 간혹 쉬는 일 몇 번이랴. |
| 唯嚴凝之至德兮 | 오직 매섭게 찬 지극한 덕이 |
| 固潛育之妙法 | 진실로 잠육(潛育)의 묘법(妙法)이로다. |
| 故累銖而得寸兮 | 짐짓 한 치를 얻어 한 치를 지키면[189] |
| 必濡忍其乃濟 | 반드시 참게 되어 이에 해결되리라. |
| 收靜養之積功兮 | 고요히 수양하는 적공(積功)을 거두면 |

---

187) 삼덕(三德) : 바르고 곧음[正直]과 강함으로 이기는 것[剛克]과 부드러움으로 이기는 것[柔克]을 말한다. 『서경·홍범(洪範)』 17장에 기록되어 있는 정치 도덕의 아홉 가지 원칙[九疇] 가운데 여섯 번째에 나오는 항목이다. "여섯 번째 삼덕(三德)은 첫 번째는 정직함이요, 두 번째는 강(剛)으로 다스림이요, 세 번째는 유(柔)로 다스림이니, 평강(平康)은 정직(正直)이고, 강(彊)하여 순하지 않은 자는 강(剛)으로 다스리고, 화(和)하여 순한 자는 유(柔)로 다스리며, 침잠(沈潛)한 자는 강(剛)으로 다스리고, 고명(高明)한 자는 유(柔)로 다스린다.(六三德, 一曰正直, 二曰剛克, 三曰柔克, 平康正直, 彊弗友剛克, 燮友柔克, 沈潛剛克, 高明柔克.)"라고 하였다.

188) 충막(冲漠) : 지극히 고요하여 아무런 조짐이 없는 충막무짐(冲漠無朕)의 상태로, 본연의 성(性)을 표현한 것이다. 즉 사람이 사물과 감촉하기 이전에 그 본성에는 만물의 이(理)가 본래 갖추어져 있음을 뜻한다. 『근사록(近思錄)』 권1에 용례가 보인다.

189) 한 치를 얻어 한 치를 지키면 : 장횡거(張橫渠)의 말 중에 '한 자를 얻으면 한 자를 지키고, 한 치를 얻으면 한 치를 지킨다.(得尺守尺, 得寸守寸.)'는 전거가 있다.

庶由內而達外　　안으로 말미암아 밖에 달함을 바랄 수 있네.
肆貞德之堅固兮　　정덕(貞德)의 견고함이 극에 달하고
幹發生之大事　　발생(發生)의 대사(大事)가 근간이 된다.
亮主靜之盛業兮　　주정(主靜)의 성한 업을 밝히고
認胚胎之至理　　배태(胚胎)의 지극한 이치 안다네.
伊造化之所窟兮　　저 조화(造化)의 모인 곳은
爲萬事之根柢　　만사(萬事)의 근저(根柢)가 되네.
唯天行之至健兮　　오직 하늘의 운행이 지건(至健)하니
君子以之不息　　군자는 자강불식(自彊不息)하도다.
觀利貞之乾德兮　　이정(利貞)의 건덕(乾德)을 관찰하고
玩其象而取則　　그 상(象)을 완상하여 법칙을 얻네.
當居業之慥慥兮　　거업(居業)의 독실함에 당하여
幾乾乾而夕惕　　거의 부지런히 힘쓰며 저녁에도 두려워하네.
意不闌於憤悱兮　　뜻은 분비(憤悱)[190]에 가로막히지 않고
心勿忘而勿沮　　마음에 잊지 말며 그만두지 말라.
集衆理以條達兮　　무성하게 뻗어난 뭇 이치를 모으고
培本原而固守　　본원(本原)을 북돋아 굳게 지키라.
俟融會以貫通兮　　융회(融會)하여 관통하기를 기다리고.
見凝道之大端　　지극한 도의 큰 단서를 보네.
彼紛如之事爲兮　　저 어지러운 세상의 일은
自照管乎方寸　　스스로 마음 속에서 비추어 보네.
由其身以及家兮　　몸으로 말미암아 집안에 미치고
達於國而爲政　　나라에 달하여 정치를 행하네.

---

190) 분비(憤悱) : 배우는 사람의 분발에 따라 가르쳐 준다는 말. 『논어(論語)』 술이(述而)에 "분발하지 않으면 깨우쳐 주지 않고 비(悱 : 뜻은 알고 있으나 말을 못함)하지 않으면 말을 틔워 주지 않는다." 하였다.

| | |
|---|---|
| 斯自强之妙功兮 | 이는 자강(自强)의 묘공(妙功)이고 |
| 幹萬化之要柄 | 만가지 변화의 근간이자 요체로다. |
| 諒寂然之默應兮 | 진실로 고요히 묵응(默應)하면 |
| 感而通於天下 | 천하에 감통(感通)하리로다. |
| 非前定乎牢確兮 | 미리 정한 정확함이 아니고서는 |
| 幾乃事之無緖 | 거의 일에 단서가 없으리라. |
| 力鑽堅以含忍兮 | 힘은 뚫을수록 더욱 견고하고 참고 견디어 |
| 自能現其大業 | 스스로 능히 대업(大業)을 드러내었네. |
| 聖與天其合德兮 | 성인은 하늘과 덕을 합하니 |
| 運於上而下則 | 위에서 운행하여 아래에서 본받네. |
| 雖物理之玄遠兮 | 비록 사물의 이치 현묘하고 요원하나 |
| 參人事而甚近 | 인사(人事)에 참여하여서는 심히 가깝도다. |
| 故宣父之永歎兮 | 짐짓 공자가 영탄(永歎)을 하고 |
| 發文言以深贊 | 문언(文言)을 낸 일 깊이 기리네. |
| 揭貞正與貞吉兮 | 정정(貞正)[191]과 정길(貞吉)[192]을 높이 들어 |
| 屢示人而加勉 | 사람들에게 더욱 근면할 것을 보이리. |
| 期從事以力學兮 | 종사하며 힘써 배울 것을 기약하니 |
| 願卒承乎遺訓 | 원컨대 유훈(遺訓)을 끝까지 이으리라. |

191) 정정(貞正) : 양 무제(梁武帝) 때의 명신 공휴원(孔休源)이 죽었을 때 무제가 그를 대단히 애석하게 여기어 내린 조서에서 "공휴원은 풍업이 바르고 아량이 넓고 심원했다.(風業貞正, 雅量沖邈.)"라고 한 고사가 있다.

192) 정길(貞吉) : 『주역(周易)』 겸괘(謙卦) 육이효(六二爻) 상(象)에 "겸손한 덕이 밖으로 드러나 정하고 길하게 된다는 것은, 바로 마음으로 터득했기 때문이다.(鳴謙貞吉, 中心得也.)"라는 말이 나온다.

## 〈終南仕宦之捷逕〉[193] 〈종남에서 벼슬살이의 지름길〉

| | |
|---|---|
| 俶余慕乎眞隱 | 처음에 내가 참된 은자를 사모하여 |
| 詠小山而延佇 | 작은 산을 읊으며 우두커니 서 있네. |
| 歎鐘岳之移文 | 종악(鐘岳)의 이문(移文)[194]에 탄식하고, |
| 陋少室之索價 | 작은 집의 값을 따지는 것[195]을 비루하게 여기네. |
| 徵終南之捷逕 | 종남에서 벼슬살이의 지름길을 징험하고 |
| 認婉辭之含譏 | 완사(婉辭)가 기롱(譏弄)함을 품고 있음을 알겠네. |
| 山旣嫌於近市 | 산은 벌써 도시에 가까이 있는 것을 꺼리니, |
| 人可愧於釣名 | 사람이 명예를 낚으려함을 부끄럽게 여길 만하네. |
| 臨淸渭而屹峙 | 맑은 물에 임하여 우뚝 솟아 올라 있어, |
| 作人間之別區 | 인간 세상과의 구별됨을 지어내는구나. |
| 風烟接於帝里 | 바람과 연무는 도성에 접하였고, |
| 抱闤闠以拱揖 | 환궤(闤闠)[196]를 싸안고 공손히 읍하네. |
| 引紫陌之通衢 | 번화한 큰 거리를 이끌고, |
| 控宦海之要津 | 벼슬길의 요진(要津)[197]을 당기네. |

---

193) 첩경(捷逕) : 지름길을 뜻함.

194) 이문(移文) : 남조(南朝) 송(宋)의 공치규(孔稚珪)가 지은 「북산이문(北山移文)」을 말한다. 공치규가 북산(北山)에서 함께 은자 생활을 하다가 변절을 하고 벼슬길에 나선 주옹(周顒)을 못마땅하게 여긴 나머지 산신령의 이름을 가탁하여 신랄하게 풍자하면서 다시는 그를 산에 들어오지 못하게 한다는 내용이다.

195) 작은 집의 값을 따지는 것 : 당(唐)나라 때의 시인 유우석(劉禹錫)이 지은 「누실명(陋室銘)」에 "산은 높은 것이 중요한 게 아니라 신선이 있으면 이름이 나고, 물은 깊은 것이 중요한 게 아니라 용이 있으면 신령해진다. 이것은 비록 누추한 집이지만 오직 나의 덕은 향기롭다.(山不在高, 有仙則名, 水不在深, 有龍則靈. 斯是陋室, 惟吾德馨.)"라고 한 말이 있다.

196) 환궤(闤闠) : 저자거리 또는 도회지를 뜻하는 말이다. 환은 시원(市垣)이고 궤는 시(市) 밖의 문이다. 좌사(左思)의 「위도부(魏都賦)」에 "設闤闠以襟帶"라 하였음.

197) 요진(要津) : 나루[津]는 물 건너는 곳이라서, 사환(仕宦)을 거쳐 중요한 지위에 있는 자에게 비유하는 말로 쓰인다. 곧 요진은 요직(要職)과 같은 뜻이다. 삼국 시대 위(魏)나라

| | |
|---|---|
| 無高人之逸躅 | 고인의 속세를 초월하는 행적은 없는데, |
| 多俗士之塵蹤 | 속된 선비의 더러운 자취는 많도다. |
| 時好名之有客 | 당시에 명예를 좋아하는 객이 있어 |
| 慕方外之逃空 | 방외의 빈 골짝에 숨기를 원했네. |
| 聊於焉而託跡 | 애오라지 이에 자취를 의탁하고 |
| 挹高蹈之淸風 | 세속을 벗어나 청풍(淸風)을 즐기네. |
| 埒箕穎於玆地 | 이 곳에 기산·영수(箕山潁水)를 만들고 |
| 謂巢許其吾友 | 소부·허유(巢父許由)를 내 친구라 말하네. |
| 誇淸境之閑放 | 맑은 경계의 한가로운 자적(自適)을 자랑하고 |
| 哂煎漚之乾沒 | 마음 졸이며 벼슬 잃을 걱정함을 비웃도다. |
| 嗟虛譽之易播 | 아! 헛된 명예는 쉽게 퍼트려지고 |
| 掩浮名之驚世 | 덧없는 명성이 세상을 놀라게 하네. |
| 迨鳴騶之入谷 | 명추(鳴騶)[198]가 골짝에 들어옴에 미쳐서 |
| 有老鳳之蹲池 | 늙은 봉새가 못가에 앉아 있네.[199] |
| 蒙此日之溫濩 | 이 날에 따뜻이 대함을 입어 |
| 失向來之烟霞 | 그동안의 연하(煙霞)를 잃었도다. |
| 朝馳想於泉石 | 아침에는 천석(泉石)에 생각이 치닫더니 |
| 夕染跡於塵臼 | 저녁에는 속진(俗塵)에 자취를 더렵혔네. |
| 媒他時之假隱 | 다른 때의 가은(假隱)을 매개하고 |
| 賭後辰之好爵 | 훗날의 호작(好爵)[200]을 건다오. |

---

의 산도(山濤)가 요직(要職)인 선조랑(選曹郎)에 자신의 후임으로 친구인 혜강(嵇康)을 추천하자, 혜강이 그에게 절교하는 편지를 보냈다는 고사가 있다. 이 고사가 『문선(文選)』 권43 「여산거원절교서(與山巨源絶交書)」에 보인다.

198) 명추(鳴騶) : 귀인(貴人)의 수레 앞에서 잡인(雜人)의 통행을 소리쳐서 금하는 기졸(騎卒)을 말한다.

199) 늙은 봉새가 ~ 앉아 있네 : 송(宋)나라 이복규(李復圭)가 증 노공(曾魯公)을 시로 기롱하면서 "늙은 봉새는 못가에 쭈그리고 앉아 가지 않고, 굶주린 까마귀는 누대 위에서 입을 다물고 소리가 없네.(老鳳池邊蹲不去, 飢烏臺上噤無聲.)"라고 하였다.

| | |
|---|---|
| 由山樊之養望 | 산자락에서 바라는 바 기름을 말미암고 |
| 致臺省之翱翔 | 대성(臺省)[201]에서 날아오름을 이루네. |
| 肆南山之一區 | 드디어 남산의 한 구역에서 |
| 認仕宦之捷路 | 벼슬살이의 지름길을 알겠네. |
| 昔山人以自高 | 옛적 산인(山人)은 스스로 고고하였고 |
| 今大夫之揚揚 | 지금 대부(大夫)는 의기가 양양하도다 |
| 旣雲林之褊淺 | 이미 운림(雲林)이 좁고 얕아서 |
| 易塵喧之流入 | 속진의 시끄러운 말이 흘러들기 쉽네. |
| 矧人情之善染 | 하물며 인정이 물들기를 잘함에랴 |
| 奈名利之煎熬 | 어찌 명리에 조급하여 애태우나. |
| 若固有而無恥 | 만약 고유(固有)하여 부끄러움 없다면 |
| 氣自如而得得 | 기(氣)는 자여(自如)하고 자득(自得)하리라. |
| 久識者之嗤黠[202] | 식자의 비웃음을 받은지 오래인데 |
| 幾掩口而心鄙 | 입 닫고 마음을 인색하게 한 적 몇번이었나. |
| 斯終南之宦逕 | 이 종남(終南)의 벼슬길에서 |
| 發微刺於僚友 | 동료에게 조금 꾸짖어 말했네. |
| 噫山扃之寂寞 | 아! 산속 집의 적막함이여. |
| 疇久安其沈晦 | 전부터 오래도록 편안하여 은거했네 |

200) 호작(好爵) : 임금의 인정을 받고서 좋은 벼슬에 오르는 것을 말한다. 『주역(周易)』 중부괘(中孚卦) 구이(九二)에 "우는 학이 그늘에 있거늘, 그 새끼가 화답하도다. 나에게 좋은 벼슬이 있으니, 내가 그대와 함께 하리로다.(鳴鶴在陰, 其子和之. 我有好爵, 吾與爾靡之.)"라는 말이 나온다.

201) 대성(臺省) : 대(臺)는 대원(臺院)·전원(殿院)·찰원(察院) 등의 어사대(御史臺)를 말하고, 성(省)은 중서(中書)·상서(尙書)·문하(門下)의 3성(省)을 말하는데, 이들 관직은 모두 청요직(淸要職)으로 일컬어진다. 참고로 두보(杜甫)의 시에 "여러 공들은 빈둥대며 몰려가서 대성에 오르는데, 광문선생은 벼슬살이 홀로 쓸쓸하네.(諸公袞袞登臺省, 廣文先生官獨冷.)"라는 표현이 있다. 『杜少陵詩集 卷3 醉時歌』

202) 필사본에는 점(點)으로 되어 있음.

| | |
|---|---|
| 或始隱而終顯 | 혹 처음에 숨어있다 끝내 나오고 |
| 亦先貞而後黷 | 또한 먼저는 바르다 뒤에 욕되었네. |
| 惟盧老之假步 | 오직 노로(盧老)의 발걸음을 빌어[203] |
| 儘欺世而盜名 | 다 세상을 속이고 명성을 훔치네. |
| 彼所營之菟裘 | 저 경영하는 바 토구(菟裘)[204]는 |
| 近城市之山林 | 도시의 산림(山林)에 가깝도다. |
| 情已蠱於媒爵 | 마음이 이미 벼슬 구하는 데 미혹되니 |
| 志豈耽夫幽僻 | 뜻이 어찌 그윽하고 궁벽한 곳을 탐하랴. |
| 故形馳而魄動 | 짐짓 형체를 내달리고 넋을 움직이다 |
| 遂焚芰而裂荷 | 드디어 분기열하(焚芰裂荷)[205]하는구나. |
| 若山溪之澄碧 | 산 계곡물의 맑고 푸른 것과 같더니 |
| 纔出洞而淤泥 | 한번 골짝을 나서서 진흙탕에 들어간다. |
| 抗塵容於朝端 | 진용(塵容)[206]을 들어 조정에 나가고 |

203) 오직 ~ 빌어 : 과거에 자신이 은거하던 산을 벼슬길에 나간 뒤에 다시 들르는 것을 뜻함. 남제(南齊) 때 주옹(周顒)이 일찍이 북산(北山)에 은거했는데, 뒤에 조정의 부름을 받고 해염현령(海鹽縣令)이 되었다가 임기를 마치고 경사(京師)로 돌아가는 길에 다시 그 북산을 들르려 하는 것을 보고, 공치규(孔稚圭)가 그것을 못마땅하게 여겨 북산이문(北山移文)을 지었는데, 거기에 "마음은 이미 대궐에 가 있으나, 혹 산문에 발걸음을 빌리기도 하리라.(雖情投於魏闕, 或假步於山扃.)" 한 데서 온 말이다.

204) 토구(菟裘) : 본래는 춘추 시대 노(魯)나라의 지명인데 은거지를 뜻하는 말로 쓰인다. 『춘추좌씨전』 <은공(隱公) 11년>에 "은공이 '내가 장차 토구 땅에 집을 짓고 그곳에서 늙으리라.' 하였다." 하였다.

205) 분기열하(焚芰裂荷) : 기(芰)와 하(荷)는 지사(志士)의 청백한 의복을 비유한 것인데, 여기서는 본래의 지조를 팽개치고 세속에 따른다는 뜻.

206) 진용(塵容) : 남조 송(南朝宋)의 공치규(孔稚珪)가 함께 은자 생활을 하다가 벼슬길에 나선 주옹(周顒)을 못마땅하게 여겨서 지은 <북산이문(北山移文)>에 "그동안 입고 있던 마름풀 옷을 불살라 버리고 연잎 옷을 찢어 버린 채, 먼지 낀 얼굴을 뻣뻣이 치켜들고서 속된 모습으로 마구 달려 나갔네.(焚芰製而裂荷衣, 抗塵容而走俗狀.)"라고 비평한 말이 나온다. 아직도 세상에 대한 욕심이 많아서, 조정에서 자신을 불러 주기만 하면 금방이라도 달려가려고 하는 마음이 부끄럽다는 말이다.

望林巒而自詫　　숲과 산을 바라보며 스스로 자랑한다.
評幽棲之勝槪　　그윽히 사는 곳의 승경(勝景)을 평하고
强勸人以申申　　남들에게 거듭하여 억지로 권하네.
宜乃僚之憤慨　　의당 신료(臣僚)의 분개함은
一言蔽以譏刺　　한마디로 하면 꾸짖고 헐뜯음이라.
倘有意於牢隱　　혹여 은거함에 뜻이 있다면
何所獨無好山　　어찌 유독 산을 좋아함이 없겠나.
苟嘉遯而無悔　　진실로 훌륭히 은퇴하여 후회가 없으니
亦豈渝於晩節　　또한 어찌 만년(晩年)에 달라지리오.
演司馬之嘲諧　　사마(司馬) 선생의 조해(嘲諧)를 연역하여
聊申之以筆鉞　　애오라지 붓을 놀려 글을 쓰리라.

## 〈進聖主得賢臣頌〉[207] 〈영명하신 주상께서 어진 신하를 얻으실 것을 아뢰는 송가〉

討赤漢之徵士　　적한(赤漢)의 징사(徵士)[208]를 치고
評對策於公車　　공거(公車)[209]에서 대책을 평하였습니다.
公孫發其和德　　공손(公孫)은 그 온화한 덕을 발하였고,
仲舒究夫天人　　동중서(董仲舒)[210]은 천인을 강구하였습니다.

---

207) 송(頌) : 본래 시체(詩體)의 하나로, 공덕을 기리는 내용인데, 여기서는 부(賦)의 형식을 따랐음.

208) 징사(徵士) : 임금의 부름을 받고도 나아가 벼슬하지 않는, 학문과 덕행이 높은 은사(隱士)를 말한다.

209) 공거(公車) : 한(漢)나라 때 상소 및 징소(徵召)에 대한 일을 관장했던 관서(官署)의 이름이다.

210) 동중서(董仲舒) : 전한(前漢) 무제(武帝) 때의 학자. 처음엔 강도(江都)의 승(丞)이

| | |
|---|---|
| 徵君臣之美頌 | 군신 간의 찬미의 노래가 징험되었고, |
| 夥子淵之諷諭 | 자연(子淵)의 풍유(諷諭)[211]가 많았습니다. |
| 幸風雲之感會 | 다행이 풍운(風雲)의 감회(感會)[212]를 만나고 |
| 慶明良之際遇 | 기쁘게도 명량(明良)[213]의 때를 만나도다. |
| 蜀之產而多聞 | 촉당에서 나서 소문이 많이 났는데 |
| 人是邦之賢者 | 이 사람이 나라의 현자(賢者)이라네. |
| 摎先哲之志業 | 전철(前哲)의 지업(志業)을 구하고 |
| 思得君而行道 | 임금을 얻어 도를 행할 것을 생각하네. |
| 風期杳兮歲晏 | 우의(友誼)의 기약은 아득한데 해는 저물고 |
| 結幽懷於隰苓 | 습령(隰苓)[214]에 그윽한 회포 맺혀 있네. |
| 時僵柳之復起 | 당시에 쓰러진 버드나무가 다시 일어나니[215] |

되었으나 공손홍(公孫弘)에게 미움을 받아 교서왕(膠西王)의 승(丞)으로 좌천되고, 나중에 벼슬을 그만두고 저술에 힘쓰다 생을 마쳤다. 『춘추』에 밝아 『춘추번로(春秋繁露)』를 지었다. 무제에게 상주하여 유교를 국교(國教)로 정하게 한 것으로 유명하다.

211) 풍유(諷諭) : 풍자(諷刺)와 비유(比喩)를 가리키는 말이다.

212) 감회(感會)는 감응 회합(感應會合)의 약칭이고, 풍운(風雲)을 부린다는 것은 바로 『주역(周易)』 건괘(乾卦) 문언(文言)에, "구름은 용을 따르고, 바람은 범을 따른다.[雲從龍風從虎]"고 한 데서 온 말로, 이는 곧 한 시대에 성군(聖君)과 현신(賢臣)이 서로 감응하여 회합하는 것을 의미한다.

213) 명량(明良) : 『서경』에 "순(舜)이 노래를 지어 부르니 고요(皐陶)가 화답하기를, 원수(元首)는 밝고[明]고굉(股肱 : 신하는 팔다리라는 뜻)이 어질매[良] 모든 일이 편안하네." 하였다.

214) 습령(隰苓) : 습령은 『시경(詩經)』 패풍(邶風) 간혜(簡兮)의 시를 가리키고, 그리운 님이란 바로 주(周)나라의 성왕(聖王)을 가리킨 것으로, 현자(賢者)가 성대(盛代)의 현왕(顯王)을 생각하는 내용이다. 간혜의 말장(末章)에 "산에는 개암나무가 있고, 진펄에는 도꼬마리가 있도다. 내 누구를 생각하느뇨, 서방의 그리운 님이로다. 저 그리운 님은 먼 서쪽의 사람이라오.(山有榛, 隰有苓. 云誰之思, 西方美人. 彼美人兮, 西方之人兮.)" 한 데서 온 말이다.

215) 쓰러진 ~ 일어나니 : 한(漢)나라 소제(昭帝) 3년에 상림원(上林苑)의 거대한 버드나무가 땅에 쓰러졌다가 저절로 일어나자, 휴홍(眭弘)이 말하기를 "이는 필부(匹夫)에서 천자가 나올 징조이다."고 하였는데, 과연 5년 뒤에 선제(宣帝)가 민간에서 일어나 황제가 되었다는 고사가 전해 온다. 『漢書 卷75 眭弘傳』

| | |
|---|---|
| 后則聖而勵精 | 이후에는 성명(聖明)하여 정사에 더욱 힘쓰네. |
| 驚赤車於蜀道 | 촉나라 오는 길에 붉은 수레 탄다는 일[216]에 놀라고 |
| 偕計吏而入國 | 계리(計吏)[217]와 함께 나라의 수도에 들어가네. |
| 紆天眷於格汝[218] | 임금의 돌보심을 입어 네게 오라 하시고 |
| 帝有命其申申 | 임금이 명을 두심이 거듭거듭 간절하네. |
| 唯聖主之得賢 | 오직 성명하신 임금이 어진 선비를 얻으니 |
| 寔有國之大慶 | 이는 나라에 큰 경사가 있음이도다. |
| 宜游喙而張大 | 의당 말을 놀려 장대하게 하고 |
| 俾揄揚其至意 | 그 지극한 뜻을 찬양하게 하리라. |
| 臣無命其猶承 | 신이 명이 없으되 외려 받드니 |
| 疇不若乎王休 | 임금의 아름다운 명에 짝할 것 없네. |
| 苟有實其必彰 | 진실로 실질이 있으면 반드시 드러나니 |
| 詎無辭於稱頌 | 어찌 칭송하는 말이 없겠는가. |
| 念有君而有臣 | 임금이 있고서 신하가 있음을 생각하니 |
| 君旣聖則臣賢 | 임금이 이미 성명(聖明)하니 곧 신하가 현명하리라. |
| 肆相得之益章 | 드디어 서로 얻으면 더욱 빛나고 |
| 混上下以驩然 | 상하 모두가 온통 기뻐하겠네. |
| 翼鴻毛之遇風 | 홍모(鴻毛)로 날개 삼아 바람을 만나고[219] |

216) 촉나라 ~ 일 : 중랑장(中郎將)을 제수받았던 한(漢)나라 사마상여(司馬相如)의 일화로, 처음 촉(蜀) 땅을 떠나 장안(長安)으로 향할 때 성도(成都)의 승선교(昇仙橋) 다리 기둥에 "사마가 끄는 붉은 수레를 타지 않고서는 이 다리를 지나가지 않을 것이다.(不乘赤車駟馬, 不過汝下也.)"라고 써서 장래의 포부를 밝힌 것을 말한다. 『華陽國志 蜀志』

217) 계리(計吏) : 수도로 올라갈 때 계리(計吏)가 함께 가는 것을 말하는데, 후세에는 인재를 선발하여 경사(京師)의 회시(會試)에 응시하게 하는 뜻으로 쓰였다. 『史記 卷121 儒林列傳』

218) 필사본에는 여(余)로 되어 있음.

219) 홍모(鴻毛)로 ~ 만나고 : 한(漢)나라 왕포(王褒)의 「성주득현신송(聖主得賢臣頌)」에 "군신 간에 천재일우(千載一遇)의 기회를 만나서 논설함에 의기가 투합하면, 마치 가벼운 기러기 털이 순풍을 만나 하늘을 나는 듯하고 거대한 고기가 넓은 바다에서 성대히 노는

| | |
|---|---|
| 沛巨魚之縱壑 | 거대한 물고기는 큰 물에서 노는구나. |
| 故聚精而會神 | 짐짓 정(精)을 모아 신(神)을 만나고 |
| 致業廣而功崇 | 업(業)을 넓히고 공을 숭상함을 이루네. |
| 昔誼辟之御世 | 옛적 의로운 임금이 세상을 다스림에 |
| 曁汝賢以經綸 | 그대의 현명함으로 경륜하게나. |
| 說辭築而協夢 | 말을 잘 만들어 꿈에 맞게 하고 |
| 會殷宗而共貞 | 은종(殷宗)[220]을 만나 공정(共貞)[221]하시게. |
| 望投竿而入卜 | 낚싯대 던지고서 뽑혀 들러가길 바라고 |
| 忤周文而同濟 | 주문(周文)을 거슬러 함께 구제하도다. |
| 奚余陟而秦大 | 어찌 내가 나아가 진나라가 커질까 |
| 夷滅登而齊伯 | 부침을 거듭하다 제나라가 우두머리 되었지. |
| 儘古人之已行 | 다 옛 사람이 이미 행한 일이니 |
| 在今時而亦然 | 지금에 있어서도 또한 그러하도다. |
| 際嘉會之懽抃 | 좋은 만남에 기뻐하여 손뼉치는 즈음에 |
| 溢稱慶之盛意 | 칭경(稱慶)하는 성대한 뜻이 넘쳐나네. |
| 斯贊揚而頌禱 | 이에 찬양하고 송도(頌禱)하면서 |
| 寓微衷於規諷 | 미미한 충정을 법도있는 간언에 부치네. |
| 諒因文而達意 | 진실로 문장으로 인하여 뜻을 전달하니 |
| 敢謂君之不能 | 감히 임금에게 할 수 없다고 말하네. |

듯하리니, 뜻을 얻음이 이와 같으면 무슨 일을 금한들 금지되지 않겠으며, 무슨 일을 명한들 행해지지 않겠습니까.[千載一會, 論說無疑, 翼乎如鴻毛遇順風, 沛乎若巨魚縱大壑, 其得意如此, 則胡禁不止, 曷令不行.)"라고 한 데서 온 말이다.

220) 은종(殷宗) : 은종(殷宗)은 은(殷)의 고종(高宗) 무정(武丁)을 말한다. 그는 즉위하여 3년 동안 말하지 않고 마음속으로 훌륭한 신하를 구하였는데, 꿈에 나타나므로 초상화를 그려 천하에 구하였다. 이때 부열(傅說)은 천한 신분으로 담 쌓는 일을 하고 있었는데, 얼굴이 초상화와 같았으므로 마침내 발탁되어 훌륭한 정치를 이룩하였다. 『書經 說命』

221) 공정(共貞) : 함께 바르게 한다는 말로, 『서경 강고편(康誥篇)』을 보면, 소공(召公)이 주공(周公)에게, "우리 두 사람이 함께 바르게 하자." 한 말이 있다.

聊眷眷於對揚　애오라지 간곡하게 대양(對揚)[222]을 하리니
拜稽首而進之　머리 조아려 절하고 나아가도다.
形盛德之嘉美　성대한 덕의 아름다움을 그리고
咏聲容之沄沄　목소리와 용모가 넘실넘실 흘러넘침을 읊도다.
噫褒也之進頌　아! 기리는 뜻을 담아 노래를 진상하니
蓋可見其好意　대개 좋은 뜻을 보일 수 있으리라.
方求志於蓽門　바야흐로 사립문에서 뜻있는 이를 구하고
徒蘊櫝而自珍　한갓 궤에 감추어 있으니[223] 절로 보배라네.
菀兼濟之奇略　양쪽 겸하여 다스리는 신기한 책략 있으니
庶委巷之一遇　위항(委巷)에서 한번 만나길 바라도다.
逮賓興於上國　빈객으로 예우 받고 서울에 올라가니
喜我逢此明時　내 이 밝은 때를 만남을 기뻐하네.
荷龍光之密邇　임금의 은총이 친밀하고 가까움을 입어
讚慶會以應製　경사스런 모임에 응제시로써 찬양하도다.
援卑高之至義　낮고 높음의 지극한 의리를 취하고
明貴賤之一體　귀하고 천함의 한가지 체(體)를 밝히네.
爰出入乎今古　이에 고금(古今)에 출입하면서
因抖擻乎盛際　인하여 성한 때를 떨쳐버리도다.
始歸美於往哲　처음에는 옛 현철에 좋은 일을 돌리고
終勉業於今王　끝에는 지금 왕에게 왕업을 면려하네.
然雲龍與風虎　구름을 탄 용과 바람을 가르는 범처럼
必有倡而迺應　반드시 부름이 있어야 이에 응함이 있네.

---

222) 대양(對揚) : 신하가 군명(君命)을 받들어 그 취지를 하민(下民)에게 주지시키는 일을 말한다.

223) 궤에 ~ 있으나 : 『논어』 <자한편(子罕篇)>에, "자공(子貢)이 말하기를 '좋은 옥이 여기 있습니다. 궤[櫝]에 넣어서 감추어 두겠습니까, 비싼 값을 줄 사람을 구해서 팔겠습니까?' 하였다." 하였다. 여기서는 세상에 숨어 있는 인재에 비유한 것이다.

苟帝德之不明 진실로 황제의 덕이 현명하지 못하면
臣豈有此良言 신하가 어찌 이 좋은 말씀을 드리랴.
有是臣於是君 이 신하에 이 임금이 있으니
可幷美而匹休 아름답고 훌륭한 짝이 될 수 있도다.
幸千載之一時 다행이 천년의 한 때를 만나
大聖作於天東 큰 성인이 하늘 동쪽 땅에 나셨네.
袖河淸之慶頌 하청(河淸)[224]의 경축 노래를 소매에 넣고
願俟時乎一獻 원컨대 때를 기다려 한번 바치리라.

## 〈詞賦倣離騷〉 〈사부(詞賦) 「이소(離騷)」를 의방(依倣)하다〉

台批評夫藝苑 내가 저 문단을 비평하여
莞文人之誇媢 문인들의 자랑과 시기를 비웃었지.
白遡懷於大雅 대아(大雅)[225]로 품은 마음을 말하고
愈致意於皇墳 황분(皇墳)[226]으로 뜻을 전하길 잘했네.
徵詞賦之倣騷 사부(詞賦)의 이소를 의방함을 실험하고
噱宗元之自好 유종원의 자호(自好)[227]를 크게 부르네.

---

224) 황하(黃河)가 천 년에 한 번 맑아지는 것처럼 동방이 길한 운세를 만난 덕분에 훌륭한 임금이 나왔다는 말이다. 삼국 시대 위(魏)나라 이강(李康)의 <운명론(運命論)>에 "황하가 맑아지면 성인이 출현한다.(夫黃河淸而聖人生)"라는 말이 나오는데, 그 주(註)에 "황하는 천 년에 한 번 맑아지는데, 그 상서(祥瑞)에 응하여 성인이 나온다고 세상에서 전한다.(世傳黃河千年一淸, 淸則聖人生於此時也.)"라고 하였다.

225) 대아(大雅) : 『시경』의 편명. 여기서는 시를 뜻함.

226) 황분(皇墳) : 복희(伏羲)·신농(神農)·황제(黃帝), 삼황(三皇)의 전적을 뜻하는 삼분(三墳)을 가리킨다. 일반적으로 상고(上古)의 고문을 뜻한다.

227) 자호(自好) : 스스로 몸을 깨끗이 함. 『맹자(孟子)』 만장장구상(萬章章句上)에, "自鬻以成其君, 鄕黨自好者不爲."라 보이는데 그 주(注)에는 '自好, 自愛其身之人也.'라고 하

| | |
|---|---|
| 託楚纍之離憂 | 초루(楚纍)[228]의 이소(離騷)에 의탁하여 |
| 描澤畔之行吟 | 못가에 가서 읊은 일을 글로 쓰리라. |
| 粵奇文之艱深 | 아! 기이한 문장이 몹시도 어려우니 |
| 料[229]拔萃以蜚[230]英 | 비영(蜚英)[231]으로 헤아려 발탁하네. |
| 詞令嫺而氣銳 | 가사가 아름답고 기세가 예리하여 |
| 嘗被君之渥洽 | 일찍이 임금의 은택을 입었도다. |
| 思皇猷之黼黻 | 왕정(王廷)을 보좌함을 생각하고 |
| 擬太平之藻飾 | 태평함을 아름답게 그려낸 글을 본뜨네. |
| 天必損其滿溢 | 하늘은 반드시 그 차고 넘침을 덜어내고 |
| 鬼亦忌乎盛名 | 귀신은 또한 성대한 명성을 꺼리네. |
| 期黃昏兮已誤 | 기약은 황혼이 되어 이미 틀렸는데 |
| 遭讒人之嫉之 | 비방하는 자의 질투함을 만나네. |
| 何昔日之榮華 | 지난 날의 영화(榮華)는 어떠했던가 |
| 今直爲此憔悴 | 지금은 이토록 초췌하게 되었구나. |
| 遵湘潭而踽踽 | 상담(湘潭)[232]을 좇으며 외로이 있는데 |
| 懷古人以嘐嘐 | 옛사람의 뜻을 곰곰히 생각하도다. |
| 吾誰與乎同歸 | 나는 뉘와 함께 돌아갈 것인가. |
| 楚有臣其罹擯 | 초나라에 물리침을 당한 신하 있었지. |

---

였음.

228) 초루(楚纍) : 한(漢)나라 양웅(揚雄)의 반이소(反離騷)에 "삼가 초(楚)나라의 상루(湘纍)에게 조의를 표한다."는 말에서 비롯된 것으로, 상강(湘江)에 빠져 죽은 굴원(屈原)을 뜻하는 말이 되었음.

229) 필사본에는 과(科)로 되어 있음.

230) 필사본에는 비(斐)로 되어 있음.

231) 비영(蜚英) : 비영등무(蜚英騰茂)의 준말로, 명성과 실제가 훌륭하게 서로 부합되는 것을 말한다.『漢書 司馬相如傳下』

232) 상담(湘潭) : 상담은 중국 호남성(湖南省)에 딸린 고을 이름으로 전국 시대 초(楚)나라 충신 굴원이 참소를 받고 쫓겨났던 곳이다.

| | |
|---|---|
| 悲身世之迫隘 | 신세의 각박함을 슬피 여기고 |
| 悼靈脩之數化 | 영수(靈脩)[233]의 삭화(數化)[234]를 슬퍼하도다. |
| 冀荃心之庶悟 | 전심(荃心)[235]이 깨달아주길 바라니 |
| 咏於騷而申申 | 노래를 읊어 거듭거듭 전하리라. |
| 唯昭質其未虧 | 다만 밝은 자질은 아직 이지러지지 않았고 |
| 芬至今猶不沫 | 향기는 지금껏 외려 사라지지 않았네. |
| 誦其詞而知人 | 그 가사를 외우니 그 사람을 알겠으니 |
| 是以有此論世 | 이로써 세상을 논한 것이 있도다. |
| 肆寄懷於尙友 | 드디어 옛 사람에게 회포를 부치니 |
| 迺大倣乎厥辭 | 이에 그 가사를 크게 본받아 쓰노라. |
| 吾何嫌於效顰 | 내 어찌 효빈(效顰)[236]을 꺼리랴 |
| 庶因此而自慰 | 이로 인하여 스스로 위안삼기를 바라네. |
| 依南楚之舊聲 | 남초(南楚) 사람의 옛 노래[237]에 의하여 |
| 抒江潭之新愁 | 강담(江潭)의 새 근심[238]을 펴보네. |
| 演蘭澤之遺怨 | 난택(蘭澤)의 남긴 원한을 연역하고 |
| 寫鬼門之羈懷 | 귀문(鬼門)의 나그네 회포를 글로 쓰도다. |

233) 영수(靈脩) : 굴원(屈原)이 <이소(離騷)>에서 초 회왕(楚懷王)에 대해 표현한 말로, 임금을 뜻한다.

234) 삭화(數化) : 굴원(屈原)의 『이소경(離騷經)』에 "영수가 자주 마음 변하는 것이 슬프다.(傷靈修之數化.)" 한 데서 온 말이다.

235) 전심(荃心) : 임금의 마음을 가리킨다. 전(荃)은 향초인데, 『초사(楚辭)』 이소(離騷)에서 임금을 비유하는 말로 사용하였다.

236) 효빈(效顰) : 함부로 남의 흉내를 냄을 이르는 말. 월(越)나라의 미녀 서시(西施)가 속병이 있어 눈을 찡그리자 이를 본 못난 여자들이 눈을 찡그리면 아름답게 보이는 줄 알고 따라서 눈을 찡그리고 다녔다는 데서 유래한다.

237) 남초(南楚) 사람의 옛 노래 : 전국 시대 초 회왕(楚懷王)의 충신 굴원(屈原)이 소인의 참소로 인해 조정으로부터 쫓겨나서 울분을 토로하여 지은 이소(離騷)를 말한다.

238) 강담(江潭)의 새 근심 : 굴원(屈原)의 '어부사(漁父辭)'에 "굴원이 쫓겨난 뒤 강담에서 노닐고 택반에서 읊조렸다.(屈原既放, 游於江潭, 行吟澤畔.)"라는 말이 있다.

| | |
|---|---|
| 蘭芷變而竊歎 | 난초와 지초가 변하니 가만히 탄식하고 |
| 荃蕙化而興喟 | 전초와 혜초가 바뀌니 위연히 한숨 쉬네. |
| 西方遠而極目 | 서방(西方)을 향해 멀리 끝까지 바라보는데 |
| 動哀吟於隰苓 | 습령(隰苓)[239]을 애닯게 읊는 소리 울리도다. |
| 遡前修而神往 | 선현을 찾아 정신이 거슬러 가는데 |
| 攬宿莽以掩涕 | 숙망(宿莽)을 캐니[240] 눈물이 앞을 가리네. |
| 心壹鬱其誰告 | 마음이 몹시 울적한데 누구에게 말할까 |
| 憑文章以自宣 | 문장을 빌어 스스로 전해야지. |
| 唯其言也有思 | 오직 그 말이 생각한 바 있어 |
| 宛比興之遺義 | 완연히 비흥(比興)의 남긴 뜻이 있도다. |
| 世與我而幷違 | 세상이 나와 더불어 서로 어긋나니 |
| 混前後以一轍 | 앞뒤가 뒤섞여 한가지가 되는구나. |
| 菀悲憤之莫暴 | 비분(悲憤)을 드러낼 수 없으니 |
| 豈今古而或異 | 어찌 고금에 간혹 다른 것인가. |
| 矧詞華之簡潔 | 하물며 사화(詞華)의 간결함이 |
| 若左契之相符 | 마치 좌계(左契)[241]가 서로 부합한 듯함에랴. |
| 玆余所以昭述 | 이는 내 소술(昭述)하는 바이니 |

---

239) 습령(隰苓) : 습령은 『시경(詩經)』 패풍(邶風) 간혜(簡兮)의 시를 가리키고, 그리운 님이란 바로 주(周)나라의 성왕(聖王)을 가리킨 것으로, 현자(賢者)가 성대(盛代)의 현왕(顯王)을 생각하는 내용이다. 간혜의 말장(末章)에 "산에는 개암나무가 있고, 진펄에는 도꼬마리가 있도다. 내 누구를 생각하느뇨, 서방의 그리운 님이로다. 저 그리운 님은 먼 서쪽의 사람이라오.(山有榛, 隰有苓. 云誰之思, 西方美人. 彼美人兮, 西方之人兮.)" 한데서 온 말이다.

240) 숙망(宿莽)을 캐니 : 굴원(屈原)의 이소(離騷)에 "아침에는 비의 목란을 꺾고 저녁에는 모래톱에서 숙망을 캔다.[朝搴阰之木蘭兮, 夕攬洲之宿莽.)" 하였다. 비(阰)는 초(楚)나라의 산 이름이고, 숙망은 숙근초(宿根草)이다. 벼슬을 그만두고 은거함을 뜻한다.

241) 좌계(左契) : 계약을 두 장으로 쪼개어 하나는 좌계(左契)로 하고 하나는 우계로 하였다가, 나중에 마주 붙여보아 증거로 하는 것. 좌계는 채무자가 소유하고 우계는 채권자가 소유한다. 전(轉)하여 약속의 증거.

| | |
|---|---|
| 託自況之深意 | 스스로 비유하는 깊은 뜻을 의탁하네. |
| 微斯人其焉如 | 이 사람이 아니고서 어디로 갈까 |
| 故每言而稱之 | 짐짓 매번 말하여 칭찬하네. |
| 想子厚之平生 | 자후(子厚)의 평소를 생각하니 |
| 可悽愴而忉怛 | 슬프고도 서럽다할 만하네. |
| 昔負才於盛年 | 옛적 성년에 높은 재주 자부하여 |
| 展雲衢之闊步 | 청운(青雲)의 거리를 활보하였지. |
| 騁文藻以震耀 | 글을 꾸며 화려하게 하고는 |
| 謂志業之立致 | 지업(志業)을 당장 이룬다고 하였네. |
| 逮南徼之賦鵩 | 남쪽 변방에서 붕새를 노래한 때에 미쳐서 |
| 氣沈鬱而不揚 | 기분이 침울하여 떨치지 못했다오. |
| 因低垂於炎癘 | 열병에 머리를 나직이 숙이게 되니 |
| 懷悒悒其難聊 | 회포에 근심하여 즐겁지 않도다. |
| 癢小技以自嬉 | 작은 재주 부려 스스로 기뻐하고 |
| 謾馳想於湘纍 | 부질없이 굴원(屈原)에게 생각이 내달리네. |
| 思追軌乎先哲 | 옛 현인을 본받을 것 생각하니 |
| 期藉此以不朽 | 기약은 이를 빌어 없어지지 않도다. |
| 然徒慕乎愛才 | 부질없이 인재를 사랑함을 그리워하였는데 |
| 初不概於擇行 | 애초에 가려뽑는 일이 공평하지 않았네. |
| 肆蠱情於膴仕 | 드디어 높은 벼슬에 마음이 미혹되어 |
| 陷伾文之私黨 | 비・문(伾文)[242]에 빠져 사사로운 당을 만드네. |
| 所君子之不取 | 군자가 취하지 않는 바이니 |
| 亦豈逭夫自孽 | 또한 어찌 스스로 재앙을 만들 것 꾀하랴. |

242) 비・문(伾文) : 비는 당(唐)나라 장비(張伾)로 덕종(德宗) 때 전공을 세워 사주자사(泗州刺史)가 되었고, 문은 역시 당나라 왕숙문(王叔文)으로 덕종(德宗) 때 한림학사(翰林學士)로, 소인들과 결합하여 무리를 만들고 병권(兵權)을 장악하려다가 베임을 당했음.

| | |
|---|---|
| 學騷人其已晩 | 시를 배운 사람으로 이미 때 늦었는데 |
| 徒眷眷於末藝 | 한갓 말단의 재주에 듯이 간절하도다. |
| 詞雖巧而奚用 | 사(詞)가 비록 공교한들 어디에 쓰랴 |
| 但貽譏於騷壘 | 다만 문단에 기롱(譏弄)함을 남겨야지. |
| 聊申之以筆鉞 | 애오라지 붓을 들어 적어서 |
| 爲楚平而刬羞 | 초나라 굴원(屈原)을 위해 수치를 없애리라. |

## 〈鬼門江答漁父夢〉 〈귀문강에서 어부의 꿈에 답하다〉

| | |
|---|---|
| 雲影暗於長樂 | 구름 그림자는 장락(長樂)[243]에 짙고, |
| 雨聲愁於昭陽 | 빗소리는 소양(昭陽)[244]에 근심하네. |
| 日暮道兮浪涉 | 해 저물녘 길에 물결이 이는데 |
| 人間世兮何許 | 인간 세상은 어떠한가. |
| 逢漁父而答夢 | 어부를 만나 꿈에 답하니 |
| 哀異僧之懷緖 | 이승(異僧)이 회포 품은 일 애닯네. |
| 賴先靈之眷顧 | 선령(先靈)의 권고에 힘입고, |
| 荷最能之急難 | 위급한 난에 가장 능사(能事)라 번거롭네. |
| 今窮途之凜迹 | 지금은 궁벽한 길에 늠름한 자취 있고 |
| 昔四海以爲家 | 옛적엔 사해(四海)로 제 집을 삼았네. |
| 喞無疆之惟恤 | 다함이 없는 걱정을 하기도 하고 |

243) 장락(長樂) : 장락은 궁전 이름인데, 한(漢)나라 혜제(惠帝) 이후로 황제는 모두 미앙궁(未央宮)에 거처하고 장락궁에는 늘 모후(母后)를 모셨다고 함.

244) 소양(昭陽) : 한대(漢代)의 궁전 이름인데, 이백(李白)의 <궁중행락사(宮中行樂詞)>에 의하면, "궁중엔 그 누가 제일이던고, 조비연이 소양전에 있다네.……소양전에 도리꽃이 필 때면, 궁녀들이 서로 더불어 친하다네.(宮中誰第一, 飛燕在昭陽, …… 昭陽桃李月, 羅綺自相親.)"라고 한 전고가 있음. 『李太白集 卷4』

| | |
|---|---|
| 值天下之多故 | 천하에 많은 변고를 가지고 있네. |
| 遜玉趾于荒野 | 겸손히 황야에 귀한 걸음을 옮기고 |
| 手遺牒以剃髮 | 손에 유첩(遺牒)을 들고 체발(剃髮)[245]을 하였네. |
| 王孫困於蓮勺 | 왕손(王孫)은 연작(蓮勺)에 곤경을 겪었고 |
| 烏鵲朝於禹會 | 오작(烏鵲)이 우회(禹會)[246]에 조회하도다. |
| 孤形入於物色 | 외로운 형색으로 물색(物色)에 들어가고 |
| 躱羈踪而潛漏 | 몸은 나그네 신세로 전락하였네. |
| 風霆迅於躡後 | 바람과 천둥은 뒤따르는 것보다 빠르고 |
| 星月忙於奔亡 | 별과 달은 달아나는 것보다 바쁘도다. |
| 忽臨河其有航 | 문득 강에 임하여 배가 있는데 |
| 彼棹歌者何人 | 저 노를 두드리며 노래하는 이 누구인가. |
| 聊欣然而揖余 | 애오라지 흔연히 내게 인사하니 |
| 若有意於相待 | 마치 뜻이 있어 서로 대하는 듯하네. |
| 發昔夢而來語 | 옛 꿈에 대해 말이 오가다가 |
| 往神人而拜之 | 신인(神人)에게 가서 인사하였지. |
| 儼魁然之偉容 | 우뚝하고 거룩한 용모가 의젓한데 |
| 勤告余以申申 | 내게 거듭거듭 간절히 알려주네. |
| 趁明日之將夕 | 명일(明日)이 장차 저물어 가는데 |
| 有一僧之來過 | 한 승려가 와서 들렀도다. |
| 人吾孫而命危 | 내 자손의 생명이 위태롭다 하고 |
| 汝可救而免之 | 그대가 구하여 면하게 할 수 있다 하였네. |
| 惕寐覺而寄想 | 자나깨나 두려워하며 생각을 부치고 |

245) 체발(剃髮) : 체두변발(剃頭辮髮)을 말함. 즉 주위의 머리는 깎고, 중앙의 머리만을 길게 땋아 뒤로 길게 늘어뜨린 남자의 머리. 만주(滿洲)·몽고(蒙古)족의 머리 형식.

246) 우회(禹會) : 하우(夏禹)가 제후를 회합하였던 유적으로, 오늘날 안휘(安徽) 회원현(懷遠縣) 동남쪽에 있다.

| | |
|---|---|
| 徒極目而延佇 | 부질없이 끝까지 보며 우두커니 서성이도다. |
| 驚典形之彷彿 | 모습이 방불함에 놀라는데 |
| 無乃子之眞是 | 그대는 진짜가 아닌가. |
| 纔聞言而激感 | 겨우 말을 듣고 감격하고는 |
| 自不覺其長吁 | 절로 모르는 새에 길게 탄식하네. |
| 認疇昔之子夢 | 알겠거니 옛적 그대의 꿈에 나온 분이 |
| 果吾祖而高皇 | 과연 내 할아버지 고황(高皇)이로다. |
| 心下事之欲道 | 심사(心事)를 말하고자 하나 |
| 眼中淚兮先含 | 눈에 눈물이 먼저 흐르네. |
| 顧亡人之身世 | 돌아보니 망인(亡人)의 신세인데 |
| 何暇論夫君臨 | 어느 겨를에 임금이 임할 것을 논하랴. |
| 求匹夫而不得 | 필부를 구하나 얻지 못하는데 |
| 矧可保乎妻孥 | 하물며 처자식을 보전할 수 있으랴. |
| 瞻四方其蹙蹙 | 사방을 돌아보니 쫓기는 듯한데 |
| 哀朕時之不當 | 내 때의 부당함을 애닲아 하네. |
| 丏餘命於涸轍 | 학철(涸轍)[247]에 남은 명을 돌아보니 |
| 阽危身其濱死 | 몸이 위태하여 물가에 빠져 죽도다. |
| 故在天之皇靈 | 하늘에 있는 황령(皇靈)이 |
| 來和夢於舟人 | 와서 뱃사람의 꿈에 나타나네. |
| 愍前路之阻絶 | 앞길의 막히고 끊어짐을 근심하니 |
| 假汝手以濟之 | 그대 손을 빌어 구제하리라. |
| 恩雖深於冥佑 | 은혜는 비록 신명의 도움보다 깊으나 |

247) 학철(涸轍) : 학철부어(涸轍鮒魚)의 준말. 곤경에 처해서 다급하게 구원을 청하는 사람을 말한다. 『장자(莊子)』 외물(外物)에, 수레바퀴 자국[涸轍]에 고인 얕은 물속에서 말라 들어가며 헐떡이는 붕어[鮒魚]가 약간의 물[斗升之水]만 부어 주면 살 수 있겠다고 하소연하는 이야기가 나온다.

| | |
|---|---|
| 功則大於引帆 | 공은 곧 부푼 돛보다 크도다. |
| 情偏多於感慨 | 감정이 감개함에 많이 치우치는데 |
| 豈無以乎答問 | 어찌 물음에 답하질 않는 것인가. |
| 嗟長語之未敢 | 아! 긴 말을 감히 못하겠거니 |
| 杳飛錫兮何處 | 아득히 석장(錫杖) 날리던 승려는 어디 있나. |
| 想月兒之心事 | 궁녀들의 심사(心事)를 생각하니 |
| 增志士之於邑 | 지사(志士)의 슬프게 탄식함이 더하네. |
| 昔飛龍之御天 | 옛적 비룡이 하늘을 통어(通御)하였는데 |
| 承祖烈而紹統 | 조상의 공렬(功烈)을 받고 대통(大統)을 이었도다. |
| 當時會之變化 | 당시에 변화를 만나. |
| 漏御溝而逃踪 | 어구(御溝)에서 나와 자취를 감추었지. |
| 換袗衣[248]以雲衲 | 보배로운 옷을 납옷으로 갈아 입고 |
| 託深山而窘步 | 깊은 산에 의탁하여 군색한 걸음을 옮겼네. |
| 思九州之博大 | 구주(九州)의 넓고 큼을 생각하나 |
| 無一片之容足 | 한 조각 발디딜 땅이 없구나. |
| 脫彌天之密網 | 하늘에 가득찬 촘촘한 그물을 벗어나 |
| 抱畏約而南走 | 외약(畏約)[249]을 품고 남쪽으로 달려가네. |
| 逮試身於惡波 | 험한 파도에 자신을 시험하는 데 미치고 |
| 驗異夢於長年 | 장년(長年)에 기이한 꿈을 징험하도다. |
| 念聖祖之至德 | 성조(聖朝)의 지극한 덕을 생각하니 |
| 不但裕於開刱 | 개창(開創)에 넉넉할 뿐만은 아니로다. |
| 推不泯之神功 | 불멸의 신공(神功)을 미루어서 |
| 亦旣及於壽後 | 또한 이미 후손을 보살핌에 미쳤네. |

248) 필사본에는 수(袖)로 되어 있음.

249) 외약(畏約) : 약은 빈천 검약(貧賤儉約)의 뜻으로, 즉 자신이 빈천 검약함으로써 항상 남을 두려워하는 것을 이른 말이다.

| | |
|---|---|
| 然陟降之陰隲 | 음덕(陰德)은 오르고 내리니 |
| 胡有終而無初 | 어찌 끝이 있으되 처음이 없으랴. |
| 寔氣數之變遷 | 이는 기수(氣數)의 변천이니 |
| 天不容乎其間 | 하늘은 그 사이를 용납하지 않도다. |
| 惆窮人之無歸 | 곤궁한 사람 돌아갈 곳 없음에 상심하고 |
| 悴鬼門之行色 | 귀문(鬼門)의 행색(行色)에 근심하네. |
| 台抒藻以嚮想 | 내 글재주를 부려 옛 생각을 적으니 |
| 攬危涕於遐禩[250] | 먼 제사에 근심하며레 눈물 흘린 일 취하네. |

## 〈大風三助漢〉 〈대풍이 세 번 한나라를 돕다〉

| | |
|---|---|
| 軒夢感而得后 | 헌원공은 꿈에 감응하여 후(后)를 얻었고, |
| 周禾偃而迎旦[251] | 주공은 벼가 대풍에 누워 단(旦)을 맞이했네. |
| 寔無心之造化 | 이는 무심(無心)의 조화이니, |
| 認有與於人事 | 인사(人事)에도 있음을 알겠네. |
| 徵大風於大漢 | 한나라에 대풍이 있을 적에 |
| 歎前後之三助 | 전후(前後)에 세 번의 도운 일 탄식하네. |
| 天所欲而氣從 | 하늘이 하고자 한 바이고 기(氣)가 따른 것이니 |
| 物亦效其靈異 | 사물이 또한 그 영이(靈異)함을 본받도다. |
| 粤初起於起處 | 아! 기처(起處)에서 처음 일어나 |
| 由氣噓而肇名 | 기운을 내뿜음을 말미암아 처음 이름이 났지. |
| 行天地而發號 | 천지에 다니며 호령을 발하고 |

250) 필사본에는 기(禨)로 되어 있음.
251) 필사본에는 조(朝)로 되어 있음.

| | |
|---|---|
| 掀宇宙以揚威 | 우주를 들어올리며 위세를 떨치네. |
| 財因阜而解慍 | 재물을 많게 하고 노염을 풀어주니[252] |
| 條不鳴而爲瑞 | 가지는 울리지 않고 상서(祥瑞)가 되도다. |
| 俟吾人之得失 | 우리의 득실(得失)을 살피고 |
| 占災祥於家國[253] | 국가의 재상(災祥)을 점치네. |
| 當睢水之怒吼 | 수수(睢水)에 당하여 성내고 울부짖고 |
| 御眞龍而飛揚 | 진룡(眞龍)을 몰고 날아가 드날리네. |
| 奏瓦飛之神功 | 기와를 날리는 신공(神功)을 아뢰고 |
| 振大王之雄風 | 대왕의 웅대한 풍모를 떨치네. |
| 渙其號而正位 | 환호(渙號)[254]를 반포하여 자리를 바로잡고 |
| 鼓偃草之至化 | 누운 민초(民草) 일으키는 지극한 교화 세우네. |
| 迨汾浦之颯颯 | 분포(汾浦)에 우수수 바람 부는데 |
| 動武帳之蕭瑟 | 막사를 흔들어 소슬(蕭瑟)하도다. |
| 挫雄豪之銳氣 | 웅호(雄豪)의 예리한 기세를 꺾고 |
| 萌悔悟之善心 | 회오(悔悟)의 착한 마음을 싹틔우네. |
| 發深省於新曲 | 새로운 곡조를 깊이 살펴 |
| 纘雲飛之高歌 | 운비(雲飛)의 고가(高歌)를 이었네. |
| 遺風遠而不絶 | 유풍(遺風)이 멀어도 끊어지지 않았고 |
| 噴東南之烈氣 | 동남풍의 맹렬한 기운을 뿜었네. |
| 揚炎精於死灰 | 화염을 드날려 잿더미로 만들고 |

252) 재물을 많게 하고 노염을 풀어주니 : 순(舜) 임금이 처음으로 오현금(五絃琴)을 만들어 타면서 남풍가(南風歌)를 지어 불렀는데, 즉 "남풍의 훈훈함이여, 우리 백성의 노염을 풀어 줄 만하도다. 남풍이 제때에 불어옴이여, 우리 백성의 재물을 풍부하게 할 만하도다.(南風之薰兮, 可以解吾民之慍兮. 南風之時兮, 可以阜吾民之財兮.)"라고 한 것을 말한다.

253) 필사본에는 국가(國家)로 되어 있음.

254) 환호(渙號) : 『주역』 환괘(渙卦) 구오(九五)에 나오는 환한대호(渙汗大號)의 준말로, 땀이 한 번 나오면 다시 들어갈 수 없는 것처럼, 다시 번복할 수 없는 제왕의 호령을 뜻한다.

| | |
|---|---|
| 燒北舡[255]而無餘 | 배를 태워 남김이 없었도다. |
| 義氣聳而風馳 | 의기는 우뚝하고 바람은 내달리고 |
| 國於蜀而揚聲 | 촉땅에 나라를 세워 성가를 드날렸네. |
| 唯靈壁之噓吸 | 오직 영벽(靈壁)의 호흡이 |
| 彼汾河之披拂 | 저 분하(汾河)를 떨쳐 불도다. |
| 曁赤岸之奰屭 | 적벽(赤壁)에서의 성내고 힘씀에 미쳐서 |
| 風一脈以流通 | 바람은 일맥(一脈)으로 흘러 통하였네. |
| 率應會而斡機 | 대체로 감응하여 만나고 천기(天機)를 돌려 |
| 做卯金之異事 | 유비(劉備)의 기이한 일을 하였도다. |
| 胡玆風之助漢 | 어찌 이 바람은 한나라를 도와 |
| 至于再而至三 | 두번 세번이나 이르렀던가. |
| 昔號怒而揚沙 | 옛적 부르짖는 소리내며 모래를 날리어 |
| 晝晦冥以秘跡 | 한낮에도 어두워 자취를 감추었지. |
| 及清商之凜烈 | 청상(清商)[256]의 늠렬(凜烈)에 미쳐서 |
| 善誘衷而牖迷 | 속마음 인도하여 미혹을 깨우치길 잘하네. |
| 矧藉勢於八人 | 하물며 팔인(八人)[257]의 기세를 빌어 |
| 最中興之奇績 | 중흥(中興)의 기적을 이루었음에랴. |
| 然天意之有在 | 하늘의 뜻이 존재하는 것이지 |
| 風豈獨以爲功 | 바람이 어찌 홀로 공을 세우겠나. |
| 彼自然之蓬蓬 | 저 절로 그렇게 거세게 불어옴이여 |
| 夫孰使其至此 | 누가 이곳에 이르게 하였나. |
| 秦苛餘而楚猾[258] | 진(秦)은 가혹함이 넘치고 초(楚)는 교활하니 |

255) 필사본에는 선(船)으로 되어 있음.

256) 청상(清商) : 청상곡(清商曲). 악부(樂府)의 가곡(歌曲) 이름으로, 가을에 속하는 상성(商聲)의 맑고도 슬픈 노래를 말한다.

257) 팔인(八人) : 불[火]을 가리킴, 화(火) 자의 파자(破字).

258) 필사본에는 활(滑)로 되어 있음.

| | |
|---|---|
| 民乏主而乃亂 | 백성이 주군을 핍박하여 이에 난이 일어났네. |
| 固仁義其必王 | 진실로 인의는 반드시 왕을 기필하니 |
| 天所扶而與之 | 하늘이 도와주는 바로다. |
| 歎英氣之太露 | 영기(英氣)의 크게 드러남을 탄식하니 |
| 好自用而剛戾 | 스스로 강하고 거셈을 쓰길 좋아하네. |
| 實迷塗其未遠 | 실로 길을 잃음이 멀지 않으니[259] |
| 帝眷顧而微諷 | 임금은 돌아보며 조금 깨우치시네. |
| 伊章武之擧義 | 저 장무(章武)[260]의 의거(義擧)로 |
| 名旣正而言順 | 이름은 이미 바로잡히고 말은 순순하네 |
| 故臥龍之精祝 | 짐짓 와룡(臥龍)[261]이 간절히 축원하니 |
| 誠已通於蒼穹 | 정성이 이미 하늘에 통하였구나. |
| 認天人之一理 | 하늘과 사람이 한 이치이니 |
| 感應際而昭昭 | 감응의 때에 환하고 밝음을 알겠네. |
| 天純佑於大東 | 하늘이 우리나라를 순우(純佑)[262]하시니 |
| 祈永孚于休命 | 길이 아름다운 천명에 부합하기를 기원하네.[263] |

---

259) 실로 ~ 않으니 : 진(晉)나라 도연명(陶淵明)의 <귀거래사(歸去來辭)>에 “실로 길을 잃음이 멀지 않으니, 지금이 옳고 지난날이 그름을 깨달았다.(實迷塗其未遠, 覺今是而昨非.)” 하였다.

260) 장무(章武) : 촉 소열제(昭烈帝)의 연호인데 소열(昭烈)은 촉한(蜀漢) 임금 유비(劉備)의 시호.

261) 와룡(臥龍) : 와룡은 제갈량을 이름. 제갈량의 친구인 서서(徐庶)가 일찍이 선주(先主)에게 제갈량을 소개하면서 ‘와룡’이라 일컬은 데서 온 말이다.

262) 순우(純佑) : 『서경(書經)』 군석(君奭)에 “하늘이 순일하게 돕고 명하신지라, 상나라가 신실해져서 백관이 모두 덕을 지니고 밝게 보살필 줄을 알았다.(天惟純佑命, 則商實, 百姓王人, 罔不秉德明恤.)”라는 말이 있다.

263) 길이 ~ 기원하네 : 태갑(太甲)이 임금으로서 일단 훌륭한 덕을 갖추게 되자 이윤이 스스로 그만둘 생각을 하면서, “신하가 특별한 은총과 이록(利祿)을 받고 있다고 하여 공을 이루었다고 생각하지 말아야만 나라가 길이 아름답게 될 것이다.(臣罔以寵利居成功, 邦其永孚于休.)”라고 말한 것을 가리킨다. 『書經 太甲下』

| | |
|---|---|
| 時風發以鼓物 | 때 맞춰 바람이 불어 사물을 울리니 |
| 仰南薰之欽若 | 남훈(南薰)[264]의 공경스런 뜻을 우러르네. |

## 〈止畵室〉 〈화실(畵室)을 그치다〉

| | |
|---|---|
| 流言出於殷監 | 유언비어는 감영에 넘치고 |
| 謗書入於魏篋 | 비방하는 글은 상자에 들어오네. |
| 今旣有此滛[265]詠 | 이제 이미 이 헐뜯는 말이 있으니 |
| 尙安歸乎踖蹴 | 평탄한 길에 편안히 돌아가랴. |
| 占畵室而跟止 | 화실을 차지하여 발걸음을 멈추니 |
| 子之意兮良苦 | 그대의 뜻은 매우 괴롭겠네. |
| 遡遺像而激感 | 유상(遺像)을 거슬러 생각하니 감정이 북받히고 |
| 省厥躬而忸怩 | 자신을 반성하니 부끄럽기만 하네. |
| 俶出入乎禁闥 | 처음 궁궐에 출입하여서는 |
| 與日磾而周旋 | 일제(日磾)[266]와 더불어 주선하였지. |
| 臣惟謹於小心 | 신하는 소심(小心)[267]에 삼가 행함을 생각하고 |

264) 남훈(南薰) : 남훈가(南薰歌)를 가리킴. 이 노래는 바로 순 임금이 일찍이 오현금(五絃琴)을 손수 만들어 타면서 <남풍시(南風詩)>를 지어 노래했는데, 그 가사에, "남풍의 훈훈함이여, 우리 백성의 노염을 풀 만하다도다. 남풍이 제때에 불어옴이여, 우리 백성의 재물을 풍부하게 하리로다.(南風之薰兮, 可以解吾民之慍兮, 南風之時兮, 可以阜吾民之財兮.)" 한 데서 온 말로, 여기서는 곧 성군(聖君)을 보좌하고 싶은 뜻을 말한 것이다. 『孔子家語 辯樂解』

265) 필사본에는 요(謠)로 되어 있음.

266) 일제(日磾) : 김일제(金日磾). 한 무제 때 사람인데, 본래 흉노 휴도왕(休屠王)의 태자였다가 뒤에 한나라에 항복, 무제의 사랑을 받아 시종(侍從)이 되었다. 그 이후 거기장군(車騎將軍)으로 있을 때 모반한 망하라(莽何羅)를 포박하여 주참한 공으로 투후(秺侯)에 봉해졌으며, 그 자손들은 7대나 계속해서 선초(蟬貂)를 머리에 꽂는 귀한 벼슬을 해 한나라의 대표적인 명문가가 되었다.

| | |
|---|---|
| 皇圖任其大事 | 황제는 그 대사(大事) 맡김을 도모한다. |
| 趁玉几之末命 | 옥궤(玉几)의 말명(末命)[268]을 좇고 |
| 詔黃門使賜畫 | 내시부에 조칙하여 그림을 하사하라 하네. |
| 摹無聖於繪事 | 그림 그리는 일에 성(聖)이 없으니 |
| 形負扆而視朝 | 부의(負扆)[269]를 형용하고 조회에 뵈네. |
| 揭前哲之事業 | 전철(前哲)의 사업을 게시하고 |
| 勖後人之忠藎 | 후인(後人)의 충성을 힘쓰네. |
| 遵遺旨以僶勉 | 유지(遺旨)를 좇아 노력하여 |
| 用敬保乎元子 | 원자(元子)를 삼가 보호하도다. |
| 逮廣明之調校 | 광명(廣明)[270]이 간인(姦人)을 잡은 일이 있건만 |
| 遭讒人之嫉之 | 참소하는 사람의 질투를 만났네. |
| 縱自許以謹愼 | 설령 스스로 허여하여 근신하여도 |
| 難乎免於今世 | 금세(今世)에서 면하기는 어려우리라. |
| 危衷菀而莫白 | 간절한 충정이 많으나 전할 길 없으니 |
| 待明君其知之 | 명철한 임금이 알아주기를 기다리네. |
| 身難容於覆載 | 몸이 천지에 용납되기 어려운데 |
| 敢肆然於造朝 | 감히 방자하게 조정에 나아가도다. |
| 故彷徨於闕外 | 짐짓 대궐 밖을 방황하다가 |
| 因伏藁以俟譴 | 인하여 짚에 엎드려 꾸지람을 기다리네. |

---

267) 소심(小心) : 공경하고 삼가는 마음. 『시경』 대아(大雅) 대명(大明)에 “문왕(文王)의 마음을 표현하면서 ‘소심익익(小心翼翼)’이라 하였다” 했다.

268) 옥궤(玉几)의 말명(末命) : 『서경』 고명편(顧命篇)에, “황후(皇后)가 옥궤(玉几)에 기대어 말명(末命)을 도양(道揚)하다.(皇后憑玉几, 道揚末命.)”에서 나온 말.

269) 부의(負扆) : 의(扆)는 도끼를 그린 병풍인데 제왕은 그 병풍을 등 뒤에 둘러치고 있으므로 왕을 부의(負扆)라 한다.

270) 광명(廣明) : 후위(後魏) 태무(太武) 때의 대유(大儒)로서 은소(殷紹)의 스승이기도 했던 성공흥(成公興)의 자(字)인데, 그에 대한 전(傳)이 전해지지 않아 내용이 미상이다. 후세에 광명(廣明)이 간인(姦人)을 붙잡은 고사가 전하고 있다.

| | |
|---|---|
| 驚古壁之有畵 | 옛 벽에 그림이 있음에 놀라는데 |
| 奄目擊而思存 | 문득 눈으로 보니 생각이 남는구나. |
| 形模慣於指點 | 모양이 손가락으로 가리키기 익숙하니 |
| 符先朝之所賜 | 선조(先朝)의 하사하신 바와 부합하도다. |
| 幸吾行之到此 | 다행이 내 가는 길이 이에 이르렀으니 |
| 敢捨是而焉歸 | 감히 이를 버리고 어디로 돌아가리오. |
| 依前聖以反顧 | 옛 성현에 의지하여 반성하니 |
| 得所止而知止 | 그칠 바를 얻어 그칠 줄 아네. |
| 精神聚於縑素 | 정신(井神)은 흰 비단에 모이고 |
| 宛德容猶隔宿 | 덕용(德容)은 완연히 지난 밤 같도다 |
| 地所居而卽同 | 지내는 곳이 곧 같고 |
| 職無間於前後 | 직분이 전후에 무간(無間)하네. |
| 彼嵬嵬之盛德 | 저 우뚝우뚝한 성덕(盛德)이시니 |
| 在顚沛其必濟 | 전패(顚沛)[271]에 있어도 반드시 구제하리라. |
| 雷風感於至誠 | 뇌풍(雷風)은 지성(至誠)에 감응하니 |
| 終保己以貽則 | 끝내 법칙을 전함으로 몸을 보전하리라. |
| 伊小子之淟涊 | 저 소자(小子)의 비천하고 더러움이 |
| 奈自速其厥辜 | 어찌 스스로 그 죄를 부르는가. |
| 瞻高山而仰止 | 높은 산을 우러러 보고 |
| 歎景行之莫由 | 큰 길을 말미암을 수 없음을 탄식하네.[272] |

271) 전패(顚沛) : 『논어』 이인(里仁)에 "군자는 밥 먹는 동안이라도 인의 정신을 어겨서는 안 되니, 아무리 다급한 때라도 이 인에 의거해야 하고, 넘어져 뒤집히는 때라도 반드시 이 인에 의거해야 한다.(君子無終食之間,違仁, 造次必於是, 顚沛必於是.)"는 공자의 말이 나온다.

272) 큰 길을 ~ 탄식하네 : 앞 구에 함께 존경할 만한 선현(先賢)을 사모할 때 쓰는 표현이다. 『시경(詩經)』 소아(小雅) 차할(車舝)에 "저 높은 산봉우리 우러러보며, 큰길을 향해 나아가노라.(高山仰止, 景行行止.)"라는 말이 나온다.

| | |
|---|---|
| 矧惟昔之受畫 | 하물며 옛적 그림 받은 일 생각하니 |
| 恩實出於非偶 | 성은이 실로 우연이 아닌 데서 나왔도다. |
| 筭平日之盡瘁 | 평일에 진력(盡力)한 것을 헤아리니 |
| 負已多於睿眷 | 성은(聖恩) 임음을 저버린 일이 많았네. |
| 玆余所以兢惕 | 이는 내 삼가고 두려워하는 바라 |
| 故徘徊而顧望 | 짐짓 배회하고 돌아보네. |
| 逖後辰余感慨 | 후진(後辰)에 멀어져 내 감개하니 |
| 想當日之懷緖 | 당일의 회포를 생각하네. |
| 自賜圖之初載 | 그림을 하사한 초년부터 |
| 幾盡心於所事 | 얼마나 일삼는 바에 마음을 다했나. |
| 及宵人之搆禍 | 소인(小人)의 재앙에 걸려들게 됨에 미쳐 |
| 懼衷赤之靡質 | 붉은 충정(衷情)의 자질이 상할까 두렵네. |
| 肆寄懷於畫裏 | 드디어 그림 속에 회포를 부치고 |
| 溸往哲而通情 | 옛 현철에 무젖어 실정을 통했네. |
| 竟受福於王明 | 마침내 명철한 왕에게 복을 받으나 |
| 反致辟于上官 | 도리어 상관에게 쫓겨나 죽었지. |
| 終擁昭而立宣 | 끝내 왕업을 밝게 세워 널리 펴서 |
| 爲漢家之宗臣 | 한가(漢家)의 종신(宗臣)이 되었네. |
| 然不學而無術 | 하지만 배우지 않고 방책이 없다면 |
| 禍及萌於驂乘 | 화가 미쳐 참승(驂乘)[273]에서 싹트게 될 것이라. |
| 台志士而尙論 | 나는 지사(志士)로서 의론을 숭상하니 |
| 申袞鉞於短章 | 짧은 글에 곤월(袞鉞)[274]을 펴리라. |

273) 참승(驂乘) : 임금 곁에서 모시고 수레를 탐. 옛날 수레 타는 법은 어자(御者)가 수레의 가운데에 타고, 임금이 왼쪽에, 오른쪽에는 호위하는 사람이 타서 수레가 기울지 않게 하였다. 그 오른편에 타는 것을 참승이라고 하는데, 임금이 친애하는 측근의 신하를 태운다. 김시양(金時讓)의 『부계기문(涪溪記聞)』에 "옛날 곽씨(霍氏)의 화(禍)는 참승(驂乘)에서 싹텄던 것이다."라는 고사가 있다.

## 〈七十可出易傳〉 〈나이 칠십에 『역전(易傳)』을 낼 수 있다〉

伊川先生嘗說, 頤於易傳, 今却已自成書, 但逐旋修改, 期以七十, 其書可出. 韓退之稱聰明不及於前時, 道德日負於初心, 信然. 頤於易傳, 後來所改, 無幾不知如何? 故且更期以十年之功看如何?

이천 선생[275]이 일찍이 설명하시길, "내가 『역전(易傳)』에 대해 이제 도리어 이미 스스로 책을 이루었는데, 다만 일일이 두루 고치지 못하다 나이 칠십을 기한으로 그 책이 나올 수 있었다."라고 하였고, 한퇴지는 "총명은 지난날에 미치지 못하고, 도덕은 날로 처음 마음에 저버림이 있다."라고 하였는데, 믿을 만하다. 내가 『역전(易傳)』에 후에 고친 바가 얼마인 줄 모르니 어떠한가? 또한 다시 십년의 공을 기한으로 하였으니 어떠한가?

俶台竊慕乎桶匠兮 처음 내 가만히 통 때우는 장인[276]을 그리워하다

---

274) 곤월(袞鉞) : 공자가 지은 『춘추(春秋)』의 필법을 말한다. 한 글자의 표창이 곤룡포(袞龍袍)를 받는 것보다 더 영광스럽고, 한 글자의 폄하(貶下)가 도끼에 맞아 죽는 것보다 더 무섭다는 뜻.

275) 이천 선생 : 중국 북송(北宋) 중기의 유학자인 정이(程頤, 1033～1107)를 가리킴. 자는 정숙(正叔). 호는 이천(伊川). 시호는 정공(正公). 하남성(河南省) 낙양(洛陽) 출생. 이천백(伊川伯)에 봉하여졌으므로 이천 선생이라 존칭된다. 형 정호(程顥:程明道)와 함께 주돈이(周敦頤:周濂溪)에게 배웠고, 형과 아울러 '이정자(二程子)'라 불리며 정주학(程朱學)의 창시자로 알려졌다. 주요 저서로 『역전(易傳)』이 있다.

276) 통 때우는 장인 : 이덕무, 『청장관전서』 제52권, 「이목구심서(耳目口心書)」 5 참조. "진옥이 통(桶) 때우는 장인(匠人) 그림을 평하면서, '해진 전립으로 해는 못 봐도, 통쟁이의 소리는 크기도 해라. 고운 겨로 구멍 때워 남을 속이나, 그 자리에 물 부으니 쏼쏼 다 샌다.(弊戰笠不見日, 桶匠聲必雄大. 瞞人細糠塞孔, 卽時汲水洒洒.'라고 하였다. 혜보(惠甫)는 미장이 그림을 평하면서, '한 켤레 버선을 끝내 안 벗고 뜰 위에 불쑥 나오면서 크게 꾸짖는데, 돌이 많고 말똥은 적으니, 이런 역군(役軍)은 처음 본다.'라고 하였다. 문인 재사(文人才士)로서 통속(通俗)을 모르면 훌륭한 재주라고 할 수 없다. 이 두어 사람은 그 묘함을 곡진하게 했는데, 만약 상것들의 통속이라고 물리친다면 인정(人情)이 아니다. 청(淸)나라 선비 장조(張潮)가, '문사는 능히 통속 글을 해도 속인(俗人)은 능히

| | |
|---|---|
| 攀十翼而叩玄 | 십익(十翼)[277]을 더위잡고 현정(玄亭)[278]을 물었네. |
| 哂梁丘之辨繇兮 | 양구(梁丘)의 논변한 일[279]을 비웃고 |
| 陋侯果之覈象期 | 후과[280]의 논핵한 일을 누추히 여기네. |
| 七十可以出傳兮 | 나이 칠십에 전을 낼 수 있으니 |
| 景河南之喜易 | 경방[281]은 『역』을 좋아하였구나. |
| 儘其理之无窮兮 | 그 이치의 다함 없음이여 |
| 庶及時而卒學 | 때 맞추어 학문을 마치기를 바라네. |
| 昔子之師茂叔兮 | 옛적 그대의 스승 무숙(茂叔)[282]이 |
| 尋孔顏之所樂 | 공자와 안자가 즐기던 바를 찾았지. |
| 受太極之圖說兮 | <태극도설(太極圖說)>을 전수 받아 |
| 早服膺以玩索 | 일찍이 심복하고 완상하였네. |
| 仍從事於韋編兮 | 이에 위편(韋編)[283]에 종사하여 |
| 察盈虛之有數 | 차고 비는 데 정한 수가 있음을 살폈지. |
| 歷四聖以成書兮 | 네 성인의 책을 완성한 일을 두루 거치니 |

---

문사의 글을 못하고 또 통속 글에 능하지 못하다.'했으니, 참으로 지자(知者)의 말이었다."

277) 십익(十翼) : 공자(孔子)가 만든 『주역』 가운데 단(彖)·상(象)·계사(繫辭)·문언(文言)·서괘(序卦) 등의 편을 말한다.

278) 현정(玄亭) : 한나라 양웅(揚雄)이 현정(玄亭)에 은거하였는데 가끔 사람들이 술을 싣고 와서 기자(奇字)를 물었다고 함.

279) 양구(梁丘)의 논변한 일 : 한 선제(漢宣帝) 때 주운(朱雲)이, 임금의 총애를 받아 기고만장한 소부(少府) 오록 충종(五鹿充宗)과 『양구역(梁丘易)』을 놓고 토론을 벌여 여지없이 충종의 논리를 무너뜨리자, 제유(諸儒)들이 말하기를 "오록의 드높은 뿔을 주운이 꺾었다."고 하였음. 『漢書 卷67 朱雲傳』참조.

280) 후과(侯果) : 侯行果. 唐朝 中期 十八學士의 한 사람. 上谷 사람이고, 生平은 미상임.

281) 경방 : 한(漢)나라 때 학자. 저서에 『경방역전(京房易傳)』이 있음.

282) 무숙(茂叔) : 주돈이(周敦頤 : 1017~1073). 본명은 돈실(敦實), 자는 무숙(茂叔), 호는 염계(濂溪), 시호는 원공(元公)이다. <태극도설(太極圖說)>과 『통서(通書)』를 지었다.

283) 위편(韋編) : 공자(孔子)가 만년에 『주역』을 좋아하여, 죽간(竹簡)을 묶은 가죽끈이 세 번이나 떨어질[韋編三絶] 정도로 탐독하면서, 이른바 십익(十翼)을 저술했다는 내용이 『사기(史記)』 권47 「공자세가(孔子世家)」에 나온다.

理幽眇其難究　이치란 오묘한 것이라 연구하기 어렵네.
揫天道其焉如兮　천도가 어디에 있는지 찾으니
非衆兆之所與　억조창생이 부여받은 바가 아니라.
肆余之有志乎發揮兮　내 유지를 거리낌 없이 발휘하고
思訓詁以紀之　훈고를 생각하여 실마리를 삼네.
幾年覃思而專精兮　몇해를 깊이 생각하고 정신을 다하니
志繼往而開來　뜻이 기왕에 이어지고 올 것에 열리네.
雖無形其可覩兮　비록 형체가 없어 볼 수 있으랴만
認厥幾之昭晣　그 기미의 밝음을 체인(體認)하네.
分陰陽於動靜兮　음양은 동정(動靜)에서 나뉘고
判吉凶於貞悔　길흉은 정회(貞悔)에서 판단되네.
原其始而反終兮　그 시작에서 근원하여 끝에 돌아가
大衍數以示衆　대연(大衍)[284]의 수를 무리에게 보이네.
理何隱而莫顯兮　이치가 어찌 숨어서 드러나지 않으랴
物无微而不彰　사물이 은미하여 드러나지 않음이 없네.
擴前聖之未發兮　전대 성인이 발명하지 못한 것을 확충하고
闡餘蘊於遺經　남긴 경전에 남아 온축한 것을 천명하네.
志幾勤於業廣兮　뜻이 얼마나 업을 넓히는 일에 부지런했나
幸此書之告成　다행이 이 책이 이루어진 것을 알렸네.
宜傳世而牖迷兮　의당 세상에 전하여 미혹함을 깨우치고
可詔後而發蒙然　후세에 알려 어리석음을 계발하리.
念立言之浩漫兮　말 세움의 크고 넓음을 생각하니
亦厥理之玄玄　또한 그 이치 현묘하고 현묘하도다.
斯吾之未能信兮　이에 내 아직 자신할 수 없는 것은

284) 대연(大衍) : 대연수(大衍數). 천지(天地)의 수(數)를 최대한으로 불린 수치. 즉 하도(河圖) 중궁(中宮)의 천수(天數) 5를 지수(地數) 10으로 곱한 수를 말한다.

| | |
|---|---|
| 羌自視以欿然 | 스스로 하찮게 여기는 것[285]이라. |
| 趁纔覺而隨改兮 | 겨우 깨달아 고칠 수 있는 데 좇아 |
| 庶可勉於方來 | 바야흐로 올 일을 면하길 바라네. |
| 冀吾學之純熟兮 | 내 학문의 순숙함을 바라고 |
| 擬加年以卒業 | 해를 더해 학업을 마치길 헤아리네. |
| 俟七耋之從心兮 | 칠십 늙은이의 종심(從心)[286]을 기다려 |
| 乃可言其功訖 | 이에 그 공을 마쳤다 할 수 있으리. |
| 夫然後而出之兮 | 대저 그러한 후에 세상에 내어 |
| 庶獲免夫大過 | 큰 잘못을 면하기를 바라네. |
| 故孜孜以待時兮 | 짐짓 부지런히 때를 기다리고 |
| 混會通以決江河 | 회통함을 뒤섞어 강수와 하수를 트네. |
| 不知老之將至兮 | 늙음이 장차 이를 줄 알지 못하고 |
| 恐修辭之不白 | 수사(修辭)의 드러내지 못함을 염려하네. |
| 磨時月以益勵兮 | 세월을 갈고 닦아 더욱 힘써 |
| 長新意之一格 | 새로운 뜻의 한 격을 길이 하네. |
| 旨宜明於窮賾兮 | 뜻은 궁벽하고 깊은 데에서 의당 밝고 |
| 理益著於到底 | 이치는 거꾸러지고 낮은 곳에서 더욱 드러나네. |
| 象何逃於點竄兮 | 상(象)이 어찌 다시 고치는 일에 도망가며 |
| 數豈違於範圍 | 수(數)가 어찌 범위에서 어긋나겠는가. |
| 俟百世而不惑兮 | 백세를 기다려 의혹됨이 없으면 |

285) 스스로 하찮게 여기는 것 : 부귀와 권세 같은 것에는 마음이 흔들리지 않았다는 말이다. 『맹자』 진심 상(盡心上)에 "진(晉)나라의 경(卿)인 한씨와 위씨처럼 부유한 집을 그에게 더해 주더라도, 스스로 하찮게 여길 수 있는 인물이라면, 그런 사람은 범인의 수준을 훨씬 뛰어넘었다고 할 것이다.[附之以韓魏之家, 如其自視欿然, 則過人遠矣]"라는 말이 나온다.

286) 종심(從心) : 『논어(論語)』 위정(爲政)에 공자가 "70살이 되면 마음대로 하여도 법규에서 벗어나지 않는다.(七十而從心所欲不踰矩.)" 하여서 70살을 종심이라고 말함.

| | |
|---|---|
| 聖復起而莫易 | 성인이 다시 일어나도 바꾸지 않으리. |
| 顧七旬之猶未晩兮 | 돌아보건대 칠순도 아직 늦지 않았으니 |
| 待後人其知之 | 후인이 알아주길 기다리네. |
| 噫易理之彌綸兮 | 아! 역의 이치가 두루 다스림이여 |
| 亘萬古以終始 | 만고에 걸쳐 끝과 시작이로다. |
| 旣至大而至廣兮 | 이미 지극히 크고 지극히 넓으니 |
| 諒无外而无內 | 바깥도 없고 안도 없음을 믿겠네. |
| 遠則充乎宇宙兮 | 멀리는 우주에 가득차고 |
| 細而至於物類 | 작게는 만물에 이른다네. |
| 肆先聖之觀象兮 | 멋대로 옛 성인의 관상을 보고 |
| 發玄鍵於經文 | 경문에서 도의 관문을 발명하네. |
| 書不可以盡言兮 | 글로는 말을 다할 수 없고 |
| 言不可以盡意 | 말로는 뜻을 다할 수 없네. |
| 非叔子之釋義兮 | 숙자(叔子 : 주돈이)가 뜻을 다 푼 것이 아니니 |
| 夫孰瑩其幽賾 | 대저 누가 그 그윽하고 깊은 것을 밝히리. |
| 年彌高而德彌卲兮 | 나이가 들수록 덕도 높아졌나니[287] |
| 勉一紀之用力 | 한 벼리의 힘을 쓰는 일에 면려하네. |
| 迨聰明之漸衰兮 | 총명이 점차 쇠하는데 미치고 |
| 歎所改之無幾 | 고칠 바가 무수함을 탄식하네. |
| 旣斯文之有賴兮 | 이미 사문(斯文)의 신뢰를 두었으니 |
| 道乃明於千秋 | 도가 이에 천추에 밝으리라. |
| 留傳文以護經兮 | 전문을 남기고 경전을 지키어 |
| 爲後學而發蔀 | 후학을 위하고 깨우침을 주네. |

287) 나이가 ~ 높아졌나니 : 한(漢)나라 양웅(揚雄)의 『법언(法言)』「효지(孝至)」에 "나이가 들수록 덕도 따라서 높아져야만 공자의 문도라고 할 수 있을 것이다.(年彌高而德彌卲者, 是孔子之徒與.)"라는 말이 나온다.

| | |
|---|---|
| 台生晩而嫡埴兮 | 나 태어난지 늦고 미욱한지라 |
| 恨未登乎皐比 | 고비(皐比)[288]에 오르지 못함을 한하네. |
| 拚遺傳而神往兮 | 남기어 전하는 일 버리고 정신이 가니 |
| 聊奮藻以興喟 | 애오라지 재주를 내고 탄식[289]을 하네. |

## 〈賜金葬二子〉 〈금을 주어 두 사람을 장사지내다〉

| | |
|---|---|
| 露方湛於獻歌 | 이슬이 바야흐로 흠뻑 내린 일[290]은 헌가(獻歌)에 있으니 |
| 人有心於按瑟 | 사람의 마음에 심금(心琴)을 울림이 있도다. |
| 愴別散之舊調 | 이별의 옛 곡조에 마음이 아프니 |
| 少歡意於前席 | 전석(前席)에 즐거운 뜻이 적구나. |
| 金以葬夫二子 | 금(金)으로 저 두 사람을 장사지내고 |
| 嘆楚辟之賞音 | 초벽(楚辟)의 상음(賞音)을 탄식하도다. |
| 軫乃臣之哀悰 | 선진(旋軫)은 이에 신의 슬픈 심정이니 |
| 盡我地之飢魂 | 우리 땅의 주린 넋을 다하네. |
| 雄南氾而强大 | 큰 뜻을 품고 남쪽으로 가 강성해져서 |

---

288) 고비(皐比) : 호랑이 가죽. 송(宋)나라의 장재(張載)가 항상 호랑이 가죽을 깔고 앉아서 『주역(周易)』을 강론했는데, 후세에 와서는 강학(講學)하는 자리를 고비라 이르게 되었음.

289) 탄식 : 공자가 흘러가는 물을 바라보며 도체(道體), 즉 이(理)의 유행(流行)이 흐르는 물처럼 다함이 없는 것을 느끼고 "가는 것이 이와 같구나. 밤낮으로 쉬지 않도다."라고 탄식하였다. 『논어(論語)·자한(子罕)』

290) 이슬이 ~ 내린 일 : 『시경』 소아(小雅) 잠로(湛露)에, "흠뻑 내린 이슬은 태양이 아니면 못 말리리로다. 밤새도록 편히 마시어라, 취하지 않고는 돌아가지 않도다.(湛湛露斯, 匪陽不晞. 厭厭夜飮, 不醉無歸.)" 한 데서 온 말인데, 이 시는 천자(天子)가 제후(諸侯)들에게 연회를 베풀었을 때 부른 노래이다.

| | |
|---|---|
| 拓丹陽之緖業 | 단양(丹陽)의 가업을 열었네. |
| 知生養而死葬 | 살아서 봉양하고 죽어서 장사지낼 줄 알고 |
| 能使臣而以禮 | 능히 신하로 하여금 예로 대우하라 하셨네. |
| 客遠自於燕南 | 나그네는 멀리 연남(燕南)에서부터 |
| 聞其風而悅之 | 그 풍문을 듣고 기뻐하였네. |
| 幸得賢而共國 | 다행이 현사(賢士)를 얻어 나라를 다스리니 |
| 契魚水之新歡 | 수어지교(水魚之交)의 맹서에 새로이 기쁘도다 |
| 屬君臣之同樂 | 군신(君臣)의 동락(同樂)을 구하고 |
| 動徵招於華筵 | 화연(華筵)에 초대를 행하네. |
| 獨一介之向隅 | 홀로 일개 향우(向隅)[291]이니 |
| 絃卄五以訴哀 | 25개 줄로 슬픔을 노래하네. |
| 腔調因而如泣 | 곡조는 인하여 우는 듯하고 |
| 死別聲兮惻惻 | 사별의 소리는 슬프디 슬프구나. |
| 激宸心之悽然 | 신심(宸心)의 처연함에 감개하고 |
| 荷賜問而自陳 | 하시하시며 물으시니 스스로 말씀드리네. |
| 昔悲歌而慷慨 | 옛적에 슬피게 노래하고 강개하였는데 |
| 賢於臣者二友 | 신보다 현명한 사람은 이 두 사람이라. |
| 當抱玉而入國 | 포옥(抱玉)하고 서울에 들어올 때에 당하여 |
| 天大雪於長程 | 하늘은 긴 여정에 큰 눈을 내렸도다. |
| 勢旣難於各全 | 형세가 이미 각자 보전하기에 어려우니 |
| 一生可於兩死 | 하나가 사는 것이 둘다 죽느니보다 낫도다. |
| 聲宿舂以勉人 | 전날 밤 양식 찧는 소리에 서로 권면하고 |
| 甘餓殍而不悔 | 굶주려 죽음을 달게 여기어 후회하지 않네. |
| 由我友之固讓 | 내 벗의 억지로 사양함으로 말미암아 |

291) 향우(向隅) : 모든 사람이 기뻐하는데 혼자서만 구석을 향하여 탄식하는 신세임을 말함.

| | |
|---|---|
| 得以有此今日 | 이같은 오늘이 있을 수 있었도다. |
| 身雖貴於執珪 | 신세가 비록 집규(執珪)보다 귀하다한들 |
| 作何懷於獨存 | 홀로 남아 무슨 후회를 만드랴. |
| 人方艶於青紫 | 사람들은 높은 관작을 부러워하지만 |
| 骨猶暴於原野 | 뼈는 외려 들판에 드러났네. |
| 辭隨淚而凄切 | 가사가 눈물을 따라 처절한데 |
| 慘左右之無歡 | 좌우의 무환(無歡)에 마음 아프네. |
| 王聞言而感歎 | 왕이 말을 듣고 감탄하시고 |
| 惜不見夫若人 | 이 사람 보지 못해 애석해하네. |
| 吾何愛乎一金 | 내 어찌 일금(一金)을 아껴 |
| 不以慰夫逝者 | 저 떠나간 이를 위로하지 않으랴. |
| 捐尙方之珍寶 | 상방(尙方)[292]의 보물을 덜어내어서 |
| 俾以禮而葬之 | 예로써 장사지내게 하도다. |
| 方群賢之輻湊 | 바야흐로 군현(群賢)이 폭주하는데 |
| 忍飢餓於我土 | 차마 우리 땅에서 굶주릴까. |
| 才天生而夭閼 | 재주는 천생인데 요절하니 |
| 恨未及爲吾用 | 내 쓰임에 미치지 못함을 한하노라. |
| 矧乃友之訴寃 | 하물며 이에 벗의 소원(訴寃)이 |
| 於予心焉慽慽 | 내 마음에 슬프고 근심스러움에랴. |
| 肆竊附於襚[293]義 | 드디어 가만히 수의를 보내어 |
| 示哀傷之至意 | 애상(哀傷)의 지극한 뜻을 보였네. |
| 收殘骸於草莽 | 초망(草莽)에서 남은 유골을 거두고 |
| 虞大招以瘞之 | 대초(大招)[294]하여 묻어주었다오. |

292) 상방(尙方) : 임금이 쓰는 기물을 만드는 곳.

293) 필사본에는 수(隧)로 되어 있음.

294) 대초(大招) : 초(楚)나라 굴원(屈原)이 쫓겨난 지 9년만에 자신이 곧 죽을 것을 예측하

| | |
|---|---|
| 邈後辰余感慨 | 아득한 훗날에 나는 감개하니 |
| 摭異聞而遡往 | 기이한 소문을 모아 지난 일을 거슬러 올라가네. |
| 淳風死而不還 | 순풍(淳風)은 죽어도 돌아오지 않고. |
| 信義亡而無行 | 신의(信義)는 없어져 행해지지 않네. |
| 爭見譏於背面 | 앞에서 보면 다투고 등뒤로는 기롱하는데 |
| 多少恩於體下 | 체하(體下)에 다소의 은혜를 입었도다. |
| 彼蠻夷之陋邦 | 저 오랑캐의 비천한 나라에도 |
| 亦禮義之美俗 | 또한 예의의 아름다운 풍속이 있도다. |
| 臣無負於良友 | 신하는 양우(良友)를 저버림이 없고 |
| 君有誠於緇衣 | 임금은 치의(緇衣)에 정성이 있네. |
| 生旣悅於掩骴 | 살아서 이미 삭은 뼈를 덮음에 기뻐하고 |
| 死亦甘於瞑目 | 죽어서 또한 편안히 눈을 감으리라. |
| 爰奮藻以贊揚 | 이에 글재주를 떨쳐 찬양하니 |
| 剩稗乘之奇說 | 야사(野史)에 기이한 이야기를 남기리라. |

## 〈市鬪得兄〉 〈저자에 싸우다 형을 만나다〉

| | |
|---|---|
| 咏棣華於周雅 | 주아(周雅)의 체화(棣華)[295]를 읊고 |
| 歎天顯之孔懷 | 천현(天顯)[296]의 공회(孔懷)를 탄식하도다. |
| 款鬩墻之歡恩 | 혁장(鬩墻)[297]의 역은(歡恩)를 좋아하고 |

고 스스로 자신의 혼(魂)을 부르는 뜻으로 지은 글 이름인데, 여기서는 곧 초혼(招魂)의 뜻으로 쓰인 것이다.『楚辭 卷10 大招章』

295) 체화(棣華) : 『시경(詩經)』 소아(小雅) 상체(常棣) 편의 시가 형제간의 화락(和樂)한 정을 노래한 데서, 이 역시 형제를 비유한 말이다.

296) 천현(天顯) : 부자・형제 등의 떳떳한 도리. 천륜(天倫)과 같은 뜻.

297) 혁장(鬩墻) : 『시경』에, "형제가 담장 안에서는 서로 싸우다가도 바깥 사람의 침노함이

| | |
|---|---|
| 恥袗臂之無義 | 팔뚝을 휘두른 무의(無義)함을 부끄럽게 여기네. |
| 鬪於市以得兄 | 저자에서 싸우다 형을 만나니 |
| 異若人之奇遇 | 사람의 신기한 만남 기이하구나. |
| 寔本心之闖然 | 이는 본심이 문득 나타남이니 |
| 認至誠之先知 | 지극한 정성의 선지(先知)를 알겠네. |
| 昔與昆而肩隨 | 옛적 형과 어깨를 나란히 하며 다니고 |
| 遊共方而連業 | 공방(共方)에 노닐며 연업(連業)하였지. |
| 全孩提之秉彝 | 어린 아이의 병이(秉彝)를 온전히 하고 |
| 發愛敬之良知 | 사랑하고 공경하는 양지(良知)를 발하도다. |
| 驚雁序之忽斷 | 안서(雁序)[298]의 문득 끊어짐에 놀라는데 |
| 落羽飄而分飛 | 떨어진 깃은 바람에 날려 흩어져 나네. |
| 風塵隔於南北 | 풍진(風塵)은 남북에 격해 있고 |
| 消息阻於涯角 | 소식은 애각(涯角)에 막혔어라. |
| 德音杳以日忘 | 덕음(德音)은 아득하여 날로 잊혀지고 |
| 風儀邈其難詳 | 풍의(風儀)는 멀고 멀어 자세히 알기 어렵네. |
| 緬少小之分手 | 돌이켜보건대 어려서 서로 헤어지고 |
| 及老大猶隔世 | 노대(老大)에 미쳐서 외려 격세(隔世)로구나. |
| 雖萍蓬之或聚 | 비록 평봉(萍蓬)[299]이 혹 모이나 |
| 無面目之可顯 | 내보일 만한 면목이 없네. |
| 嗟湛樂之可違 | 아! 담락(湛樂)[300]의 어긋남이여 |
| 任飄泊之栖栖 | 표박(飄泊)의 바쁜 것에 맡기네. |

있을 때에는 함께 막는다." 하였다.

298) 안서(雁序) : 형제간을 말한다. 기러기는 날 적에 질서가 정연하여 형제간을 안행(雁行)이라고 하는 데서 온 말.

299) 평봉(萍蓬) : 물에 떠다니는 부평초와 바람에 구르는 쑥대로, 여기저기 떠돌아다녀 거처가 일정치 않은 사람을 비유한 말이다.

300) 담락(湛樂) : 형제 간의 즐거움을 말한다.

| | |
|---|---|
| 糊余口於業貨 | 업화(業貨)에 내 입을 풀칠하고 |
| 混漁商之踪跡 | 어상(漁商)의 종적에 뒤섞이도다. |
| 方日中之交易 | 바야흐로 한낮에 교역을 하려고 |
| 爰側肩而入市 | 이에 어깨를 맞대고 저자에 들어갔네. |
| 爭錐刀之析利 | 송곳칼의 예리함을 다투다가 |
| 忽吾逢此彼怒 | 문득 내가 피차에 성내는 일 만났네. |
| 胡瞋目而語難 | 어찌 눈을 부릅뜨고 비난하는 말하는가 |
| 反轢我而歐我 | 도리어 나를 욕하고 때리는도다. |
| 我亦有夫拳勇 | 나 또한 권용(拳勇)을 갖고 있으니 |
| 豈無事乎相報 | 어찌 갑아주는 데 일삼지 않으랴. |
| 然膂力之忽倦 | 그러다 힘겨루기를 문득 쉬었는데. |
| 自中心之已動 | 스스로 마음 속이 이미 움직였도다. |
| 縱僶勉以荷杖 | 힘을 쓰려고 몽둥이를 들었는데 |
| 羌不覺其自捨 | 아! 모르는 새 스스로 버렸다오. |
| 情慽慽以惄然 | 정(情)은 슬프고 허전하니 |
| 忍加之以無禮 | 차마 무례함을 더하였구나. |
| 驚魂疑以粗問 | 놀란 마음에 의심이 나 드문드문 묻다가 |
| 訝鄉里之舊名 | 고향 마을의 옛 이름에 의아하였네. |
| 仍詳及於姓氏 | 이에 성씨를 자세히 물으니 |
| 果與我而同父 | 과연 나와 더불어 아버지가 같도다. |
| 遂抱持以大泣 | 드디어 얼싸안고 크게 우니 |
| 兄及弟兮始遇 | 형과 아우가 비로소 만났구나. |
| 握其手而拭淚 | 그 손을 잡고 눈물을 씻으며 |
| 撫乃背而傷心 | 등을 어루만지며 마음을 아파하네. |
| 當壎篪之遠隔 | 훈지(壎篪)[301]가 멀리 떨어짐에 당하여 |
| 生死疑於彼此 | 생사를 피차 간에 의심하도다. |

| | |
|---|---|
| 眠應苦於白日 | 잠은 응당 밝은 해에 괴롭고 |
| 夢徒勤於青草 | 꿈은 한갓 청초(青草)[302]에 부지런하네. |
| 形曚曚猶未記 | 모습은 흐릿흐릿하여 외려 기억 못하니 |
| 又何方之能知 | 또 무슨 수로 알 수 있겠는가. |
| 嗟音容之已變 | 아! 음성과 용모가 이미 변하였으니 |
| 雖共市而莫察 | 비록 저자에 함께 있으되 살피지 못하였네. |
| 倘無問於相掎 | 만일 서로 시비하며 묻지 않았다면 |
| 幾不免爲路人 | 몇번이나 모르는 사람인 것 면치 못하였으리라. |
| 由寸心之潛靈 | 촌심(寸心)의 잠령(潛靈)으로 말미암아 |
| 故先感於冥冥 | 짐짓 명명(冥冥)한 속에서 먼저 느꼈다오. |
| 物猶求夫同氣 | 미물도 외려 동기(同氣)를 구하는데 |
| 矧吾人之明覺 | 하물며 우리 사람의 명각(明覺)에 있어서랴. |
| 唯今日之奇會 | 오직 오늘의 기이한 만남은 |
| 天與之乎其便 | 하늘이 그 방편을 준 것이로다. |
| 世一入於叔季 | 세상이 한결같이 말세로 접어드니 |
| 慨倫常之已壞 | 인륜이 이미 무너짐을 개탄하도다. |
| 或逢昆其必嗌 | 혹 형을 만나도 반드시 싸우고 |
| 亦關弓而欲射 | 또한 활을 당겨 쏘려고 하네. |
| 猶越視夫秦瘠 | 외려 월나라 사람이 저 진나라 사람의 수척함 보듯 하니[303] |

301) 훈지(壎篪) : 악기(樂器) 이름. 훈(壎)은 흙으로, 지(篪)는 대나무로 만들었는데, 『시경』 소아 하인사(何人斯)에 "백씨는 훈을 불고 중씨는 지를 분다.(伯氏吹壎, 仲氏吹篪.)" 한 말이 있으므로 우애하는 형제간에 대한 미칭(美稱)으로 쓰이게 되었다.

302) 청초(青草) : 진(晉)나라 사령운(謝靈運)이 지은, "못에 푸른 풀이 났다.(池塘生青草.)"는 유명한 시는, 그의 죽은 아우 사혜련(謝惠連)을 꿈에 보고서 영감이 생겨서 지었다 한다.

303) 월나라 ~ 보듯하니 : 월나라 사람이 진(秦)나라 사람의 살찌고 수척한 것을 보듯 자신과는 무관한 일로 여긴다는 말이다.

| | |
|---|---|
| 昧一體以共分 | 한 몸에서 함께 나뉜 줄을 모르는구나. |
| 歎吾子之遇兄 | 내 형을 만난 일 탄식하니 |
| 鬪之而後乃感 | 싸우고 나서 이에 느꼈도다. |
| 蓋式好之一念 | 대개 삼가 좋은 일이라는 일념이니 |
| 實油然於衷曲 | 실로 곡진한 심정이 유연(油然)히 생겨나네. |
| 因奇聞於稗家 | 인하여 패가(稗家)에 기문(奇聞)으로 삼아 |
| 聊奮藻而興喟 | 애오라지 글재주 뽐내며 탄식하리로다. |

## 〈式怒蛙〉 〈성난 개구리를 본받다〉

| | |
|---|---|
| 拊橫木余執綏 | 수레 횡목을 만지며 나는 손잡이줄을 잡고 |
| 玩俯憑之遺義 | 굽어 보시던 끼친 뜻을 완상하도다. |
| 斯崇禮於叚[304]干 | 이에 단간목(段干木)[305]에게서 예를 숭상하고 |
| 發撝謙於商客[306] | 상객(商客)에게서 겸양함을 행하네. |
| 胡越踐之異是 | 어찌하여 월나라 구천은 이와 달라 |
| 反加敬乎怒蛙 | 반대로 성난 개구리에게 공경을 더했나. |
| 肩乃心於賈勇 | 용기를 파는 일에 마음을 맡기고 |
| 鼓一世以好戰 | 일세에 싸우기 좋아함으로 알려졌네. |
| 際干戈之日尋 | 전쟁에 즈음하여 날마다 찾아다니니 |
| 有烏喙之蠻王 | 탐욕스런 오랑캐 왕이 되어 있구나. |

---

304) 필사본에는 단(段)으로 되어 있음.

305) 단간목(段干木) : 단간목(段干木)은 전국(戰國) 시대 진(晉)나라 사람인데 도(道)를 지키며 벼슬하지 않았다. 위 문후(魏文侯)가 그의 집에 찾아가자 그는 담장을 넘어 피하였다 한다. 『史記 魏世家正義』같은 내용이 『맹자』 등문공 하(滕文公下)에도 나온다.

306) 필사본에는 용(容)으로 되어 있음.

| | |
|---|---|
| 慕諸夏之爭覇 | 제후국의 패권 다툼을 그리워하여 |
| 處夷裔而屈强 | 오랑캐에 처하여서 강국을 굴복시켰네. |
| 忘螗臂之瑣力 | 하찮은 작은 힘을 잊고서는 |
| 抗大邦以爲讐 | 큰 나라에 대항하여 원수를 삼았네 |
| 媒携李之一釁 | 휴리(携李)[307]에서 한번 피 묻힌 일 매개하고 |
| 見夫椒之三北 | 부초(夫椒)[308]에서 세 번 패한 일 보네. |
| 收餘兵於會稽 | 회계에 남은 병사를 거두고 |
| 包臣妾之深羞 | 신하와 첩의 깊은 수모를 안았네. |
| 勤生聚以敎訓 | 생취(生聚)하고 교훈(敎訓)하는 일 부지런히 하여[309] |
| 待後辰其卽戎 | 후에 곧 싸우게 될 것을 대비하였도다. |
| 思專心於搏擊 | 전심(專心)으로 싸울 것을 생각하고 |
| 擬易俗以慳悍 | 사납게 풍속을 바꾸는 것을 본뜨네. |
| 屬嘗膽之暇日 | 상담(嘗膽) 중의 한가한 날을 구하여 |
| 我出車于彼牧 | 저 교외에 내 수레를 내도다.. |
| 忽臨睨夫道周 | 문득 큰 길가를 내려다 보고 |
| 駭蟈氏之咆哮 | 괵씨(蟈氏)의 소리 지름에 놀라네. |
| 爰命儔而引類 | 이에 패거리를 불러 이끌고 오고 |
| 儼擺陣以相持 | 의젓하게 진을 펼치고 서로 지키네. |

307) 휴리(携李) : 휴리성(携李城)으로서 월(越)나라가 오(吳)나라를 격퇴시켰던 땅이었음.

308) 부초(夫椒) : 부초(夫椒)는 강소성(江蘇省)오현(吳縣)에 있는 산 이름인데, 춘추 시대에 월왕 구천(越王句踐)이 여기에서 오왕 부차(吳王夫差)와 싸워 그를 잡아 죽이고 오나라를 멸망시켰던 데서 온 말이다.

309) 생취(生聚)하고 ~ 부지런히 하여 : 춘추 시대 오왕(吳王) 부차(夫差)가 월왕 구천을 부초(夫椒)에서 패망시킨 뒤에 월왕이 보낸 대부 종(種)의 이야기를 듣고 강화(講和)를 허락하자, 오원(伍員)이 사람들에게 "월나라가 10년 안에 인구를 불리고 재력을 축적할 것이며, 또 10년 안에 백성을 훈련시켜 강병(强兵)을 양성할 것이니, 20년만 지나면 오나라는 그들에 의해 쑥밭이 되고 말 것이다.(越十年生聚, 十年敎訓, 二十年之外, 吳其爲沼乎.)"라고 말했던 고사가 있다. 『春秋左氏傳 哀公元年』

| | |
|---|---|
| 爭張頷而樹頤 | 다투어 턱을 치들고는 |
| 競翹足而鼓吻 | 서로 발을 세우고 주둥이를 벌름대네. |
| 紛跳梁而刺蹙 | 어지럽게 팔짝 뛰어다니고 소리를 내니 |
| 宛什伍之俱前 | 완연히 군대의 줄이 갖추어진 듯하네. |
| 目所視而思從 | 눈으로 보는 바에 생각이 따르니 |
| 庶因彼以喩此 | 저것으로 인하여 이것을 깨우치길 바라네. |
| 物雖微猶且勇 | 사물이 비록 미미하나 외려 용맹하니 |
| 人可激以勸之 | 사람이 격동하여 권면할 수 있도다. |
| 肆致秖於車上 | 드디어 수레 위를 들이 받으니 |
| 屈威尊以一式 | 위엄을 한번 굽히는구나. |
| 靠詭術於觀瞻 | 쳐다보며 술수에 의지하여 |
| 示嘉尙之至意 | 가상하고 지극한 뜻을 보이네. |
| 聲纔播於敬禮 | 소리는 겨우 공경의 예(禮)에 베풀어지는데 |
| 聽已聳於遐邇 | 들림은 이미 원근에 우뚝하네 |
| 爭增氣而動心 | 다투어 기세를 올리고 마음을 움직이니 |
| 有喜色而相告 | 기쁜 낯빛으로 서로 고하네. |
| 謂吾王之好勇 | 말하길 우리 임금이 용(勇)을 좋아하여 |
| 在陋虫猶禮之 | 비천한 동물에게도 외려 예로 대하셨지. |
| 矧人心之慷慨 | 하물며 사람의 마음은 강개한데 |
| 可無感於趨風 | 추풍(趨風)에 느낌이 없을 손가. |
| 氣所存而爭奮 | 기(氣)가 있는 곳에 다툼이 있으니 |
| 下有甚於上好 | 아래는 위보다 좋아함이 심하다오. |
| 因踴躍而用兵 | 인하여 펄펄 뛰며 병기를 쓰면서 |
| 鼓風雨於潢池 | 황지(潢池)[310]에서 비바람을 울리네. |

310) 황지(潢池) : 한 선제(漢宣帝) 때에 발해(渤海)에서 농민의 반란이 일어나 황제가 걱정을 하자, 공수(龔遂)가 백성들이 배고픔과 추위에 고통을 받고 있는데도 관원들이 제대로

由憑軾而禮蛙　　수레에 기대어 개구리에게 예로 대하니
終覇越而沼吳　　끝내 월을 쟁패하고 오를 쑥밭으로 만들었네.
噫長頸之自强　　아! 목을 빼고 스스로 강하다 하니
可佼佼於庸辟　　용렬한 방법으로 교교[311]할 수 있도다.
激士氣以聳動　　사기(士氣)를 격동하여 용동(聳動)하니
雪國恥以飂聲　　국치(國恥)를 씻고서 명성을 날리네.
然虧儀而失禮　　하지만 의를 이지러뜨리고 예를 잃으니
非所論於君道　　군도(君道)에서 논할 바가 아니도다.
君子怒而亂止　　군자가 노하여 난이 그쳤는데
豈必式乎彼蛙　　어찌 반드시 저 개구리를 본받으랴.
倘以禮而籲俊　　만일 예로써 인재를 부른다면
亦何有於爲邦　　또한 어찌 나라를 다스림에 어려움이 있으랴.
嚇斯怒以整旅　　얼굴을 붉혀 성을 내어 군대를 정렬하니
聞大勇於西伯　　서백(西伯)에게 대용(大勇)이 있었음을 들었다오.

## 〈移書大夫種〉 〈대부(大夫) 문종(文種)에게 편지를 보내다〉

國威震於沼吳　　나라는 소오(沼吳)[312]하는 위세가 진동했지만

---

보살펴 주지 않기 때문에, "폐하의 적자들이 황지 사이에서 폐하의 무기를 몰래 훔쳐 들고서 한번 장난을 쳐 본 것일 뿐입니다.(陛下赤子, 盜弄陛下之兵於潢池中耳.)"라고 말했던 고사가 있다. 『漢書 卷89 龔遂傳』 백성들이 배반할 마음을 품지 않도록 사전에 선정(善政)을 베풀어 보살펴 주어야 할 것이라는 말이다.

311) 교교(佼佼) : 예쁜 모양을 뜻함. 후한(後漢)의 광무제(光武帝)가 서선(徐宣)을 칭찬하기를, "쇠 중에 쟁쟁(錚錚)한 소리를 내는 것이요, 보통 사람 중에서 교교(佼佼)한 자이다." 하였다.

312) 소오(沼吳) : 오나라를 멸망시킨다는 뜻이다. 오왕(吳王) 부차(夫差)가 월(越)을 부초(夫椒)에서 쳐 이기니, 월은 오나라에 화의를 청하였는데 오왕은 허락하려 하였다.

| | |
|---|---|
| 臣責塞於伯越 | 신하들은 월왕을 비난하고 질책했었네. |
| 韜掀世之勳業 | 세상에 높이 솟은 듯한 훈업(勳業)을 감추고 |
| 寄浮海之行裝 | 바다에 뜬 것 같은 행장(行裝)을 부칠 뿐. |
| 引浩然之歸思 | 호연히 돌아갈 생각을 이끌어내어 |
| 移尺素於舊友 | 옛 친구에게 서신을 보내오. |
| 援明哲之至義 | 밝고 밝은 지극한 의리를 취하려 했고 |
| 勖惠好以同行 | 정답게 동행하려 노력했도다. |
| 昔與爾而共貞 | 예전에 그대와 함께 공정(共貞)[313]하려 했는데 |
| 際懸膽之艱虞 | 현담(懸膽)[314]의 어려움을 만났어라. |
| 臣宜辱於主憂 | 신하는 마땅히 임금의 근심에 수치를 당하고 |
| 義固死於國危 | 의사는 진정 나라의 환란에 죽어야 한다오. |
| 竫治兵於閫外 | 지경 밖에서 치병(治兵)을 가지런히 함과 |
| 掃國內以屬子 | 나라 안을 깨끗이 함을 그대에게 부탁하였네. |
| 勤生聚於卄載 | 스무 해에 생취(生聚)[315]함을 부지런히 했고 |
| 積焦勞於九術 | 구술(九術)[316]의 책략에 노심초사함을 쌓았어라. |

---

그러자 오자서(伍子胥)가 이번 기회에 아주 월나라를 없애 버려야 한다고 간했으나 오왕은 듣지 않았다. 오자서는 다른 사람에게 말하기를, "월나라가 10년 동안 백성을 모으고 10년을 교육시키면 20년 내에 오나라를 소(沼)로 만들 것이다." 하였다. 『春秋左傳 哀公元年』

313) 공정(共貞) : 함께 바르게 한다는 말로, 『서경 강고편(康誥篇)』을 보면, 소공(召公)이 주공(周公)에게, "우리 두 사람이 함께 바르게 하자." 한 말이 있다.

314) 현담(懸膽) : 월왕(越王) 구천(句踐)이 오왕(吳王) 부차(夫差)에게 회계에서 크게 패하여 회계산으로 쫓겨 올라가 있을 적에 항상 오왕 부차에게 복수할 각오로 몸을 괴롭게 하고 노심초사하면서 늘 쓸개를 맛보았던 데서 온 말이다.

315) 생취(生聚) : 온 나라 군민(軍民)들이 치욕을 씻기 위하여 한마음 한뜻으로 발분해서 나라를 부강하게 만드는 것을 말한다. 『춘추좌씨전(春秋左氏傳)』 애공(哀公) 원년에 "월(越)나라가 앞으로 십 년 동안 백성의 생활을 안정시켜 부유하게 하고, 그다음 십 년 동안 가르치고 훈련시키면, 이십 년 뒤에는 오(吳)나라를 쑥밭으로 만들 수 있을 것이다.(越十年生聚, 而十年教訓, 二十年之外, 吳其爲沼乎.)"라고 한 오원(伍員)의 말이 기록되어 있다.

| | |
|---|---|
| 迨彝鼎之記功 | 이정(彝鼎)[317]에 공을 새김에 미쳐서야 |
| 湔臣妾之深羞 | 신하와 첩들의 깊은 수치를 씻었네. |
| 恢南國之伯業 | 남국(南國)의 패업을 넓히고 |
| 榮布衣之鄉相 | 포의(布衣)의 향상(鄉相)을 영화롭게 하였네. |
| 恩雖賁於分土 | 은혜는 땅을 나누는 것 보다 컸으나 |
| 志則嫌其盛名 | 뜻은 명성이 드러남을 싫어하였네. |
| 惟達人之處世 | 다만 달인(達人)의 처세는 |
| 知止貴於先幾 | 그침을 앎이 기미를 먼저 앎보다 귀할 뿐. |
| 瞻江海之漭闊 | 강해(江海)의 넓고 넓음을 보니 |
| 可於焉而優遊 | 어디서든 여유롭게 노닐만하네. |
| 秋風動於水國 | 갈바람이 수국(水國)에 불어오니 |
| 沛行意之難遏 | 가려는 뜻이 성하여 막기 어렵네. |
| 才超足於世網 | 재주가 세상의 그물에 초족(超足)하니 |
| 却興思於惠我 | 도리어 내게 은혜 베푼데 감회가 일어나네. |
| 名旣齊於爾吾 | 이름은 이미 관중(管仲)과 나란한데 |
| 戒亦同於盛滿 | 경계가 또한 차면 기우는 법을 따랐네. |
| 尙榮辱之與共 | 영욕(榮辱)을 더불어 함께 함을 숭상하니 |
| 奚出處之獨異 | 어찌 출처(出處)함이 홀로 다른가. |
| 矧用行與舍[318]藏 | 하물며 용행(用行)과 사장(舍藏)은 |
| 宜順時而適機 | 의당 때를 따르고 천기(天機)에 맞게 함에랴. |
| 肆致意於遐蹈 | 드디어 멀리 가는 데 뜻을 두고 |

316) 구술(九術) : 최항(崔恒)의 오월춘추 서문[吳越春秋序]에 "월(越)의 패망은 범려(范蠡)의 시말(試末)의 경계를 듣지 않아서요, 그 흥함은 문종(文種)의 구술(九術)의 책략을 썼기 때문이었으니"라고 한 대목이 있기는 합니다. 『동문선』 참조.

317) 이정(彝鼎) : 종묘(宗廟)에 쓰는 술그릇과 솥으로 큰 공이 있으면 이정(彝鼎)에 그 사실을 새겨 둠.

318) 필사본에는 사(捨)로 되어 있음.

| | |
|---|---|
| 馳遠書以相勉 | 먼 편지를 보내 서로 권면하네. |
| 聊眷眷於携手 | 애오라지 손 마주 잡고 간절한데 |
| 報同歸之好音 | 함께 돌아갈 좋은 소식을 전하네. |
| 顧富貴之危機 | 돌아보건대 부귀의 위기(危機)는 |
| 羌不可乎久享 | 아! 오래도록 누리기 불가하도다. |
| 雖相保於患難 | 비록 환난에 서로 보전할 일이나 |
| 易生釁於安樂 | 안락한 중에 위태로운 일 생기기 쉽네. |
| 必務進其遇險 | 반드시 위험을 만남에 힘써 나아가면 |
| 未有高而不殆 | 아직 높은 자리에 있어도 위태롭지 않도다. |
| 唯坦途爲可安 | 오직 평탄한 길이라서 편안할 수 있지만 |
| 盍吾黨之來歸 | 어찌 우리 무리들은 돌아오지 않는가. |
| 賢四序之相代 | 사시사철은 어질어 서로 번갈아 가는데 |
| 豈此行之小遲 | 어찌 이 행차는 조금 더딘가. |
| 箴規篤於交際 | 잠규(箴規)는 교제에 돈독한데 |
| 諷意溢於言外 | 풍의(諷意)는 말 밖에 넘쳐나네. |
| 淸風颯以襲人 | 맑은 바람은 살랑살랑 사람에 부는데 |
| 高躅杳以莫攀 | 높은 자취 아득하여 더위잡을 수 없네. |
| 台發歎於撫迹 | 나는 자취를 더듬으며 탄식하고 |
| 揖遺芬而磬折 | 향기로운 자취에 예를 올리나 꺾어지네. |
| 當越甲之鳴吳 | 월의 군사가 오에 울리는 때에 당하여 |
| 紛衒能而伐功 | 어지러이 재주를 자랑하고 공을 칭찬하네. |
| 獨超然而不居 | 홀로 초연하여 거하지 않으니 |
| 子之所兮誰爭 | 그대는 누구와 다툴 것인가. |
| 裝片舸以出海 | 거룻배를 마련하여 바다로 나아가고 |
| 遵五湖而徜徉 | 오호(五湖)[319]를 따라가며 노닐도다. |
| 鴻冥冥以遠擧 | 큰 기러기 아득히 멀리 날아가니 |

| | |
|---|---|
| 絶弋人之所簒 | 활 쏘는 이가 쏘아 잡을 바[320] 없어졌네. |
| 蘊達識之內朗 | 식견이 높은 이의 내랑(內朗)을 온축하고 |
| 洞禍機之倚伏 | 재앙이 일어날 조짐의 의복(倚伏)[321]에 달통하도다. |
| 故移書於舊僚 | 짐짓 옛 동료에게 편지를 보내어 |
| 示嘉遯之貞吉 | 훌륭히 은거함의 길함을 보이네. |
| 胡文禽之昧昧 | 어찌 공작새처럼 어리석어 |
| 卒殞身於世禍 | 끝내 세화(世禍)에 죽게 되는가. |
| 歎時俗之日溷 | 시속이 날로 어지러움을 탄식하니 |
| 孰能免夫僇辱 | 누가 그 욕됨을 면할 수 있으랴. |
| 從赤松而遠遊 | 적송(赤松)을 따라 멀리 떠나[322] |
| 復韓人之姱節 | 한신(韓信)의 아름다운 절개를 회복하리라. |

---

319) 오호(五湖) : 『후한서(後漢書)』 풍연전(馮衍傳) 주(註)에, "태호(太湖) 부근에 있는 5개의 호수로 격호(滆湖)·조호(洮湖)·사호(射湖)·귀호(貴湖) 및 태호 등이다." 하였고 『서언고사(書言故事)』 지명류(地盟類)에는, "파양(鄱陽)·청초(靑草)·동정(洞庭)·단양(丹陽)·태호 등이다." 하였다.

320) 활 쏘는 이가 쏘아 잡을 바 : 양자(揚子)의 『법언(法言)』에 "큰 기러기가 아득히 날아가니, 활 쏘는 사람이 어찌 잡을소냐.(鴻飛冥冥, 弋人何簒焉.)" 한 것에 보이는데, 즉 어지러운 세상을 미리 보고 벼슬자리를 떠나는 것을 비유함.

321) 의복(倚伏) : 화가 변해 복이 되고 복이 변해 화가 되는 것을 뜻한다. 『노자(老子)』 58장에 "화는 복이 기대는 바이고, 복은 화가 엎드려 있는 바이다.(禍兮福之所倚, 福兮禍之所伏.)" 하였다.

322) 적송(赤松)을 따라 멀리 떠나 : 적송(赤松)은 적송자(赤松子)를 말함. 장량(張良)이 한 고조(漢高祖)를 도와 천하를 통일하는 데 지대한 공헌을 하였으나, 천하 통일의 대업이 이루어지자 부귀 영화를 버리고 표연히 적송자(赤松子)를 따라 떠났으므로, 뒷날 한신(韓信)이나 주발(周勃)과 같은 화를 당하지 않았다. 부귀를 누린 신하는 물러날 줄 알아야 된다는 말.

〈命唱賈客樂〉 〈가객(賈客)에게 음악을 부르도록 명하다〉

| | |
|---|---|
| 尋盟好於帶礪 | 대려(帶礪)의 좋은 맹세[323] 찾는데 |
| 儼賓筵之徵角 | 손님을 맞이하는 자리에 치각(徵角)[324]이 의젓하네. |
| 文物煥其纈眼 | 문물(文物)은 환하여 눈을 어지럽히고 |
| 天樂飄以惺耳 | 천악(天樂)은 표일(飄逸)하여 귀에 울리네. |
| 詔伶官使棹歌 | 악관에게 도가(棹歌)를 하라 이르니 |
| 帝於是乎有思 | 임금이 이에 생각하심이 있도다. |
| 心無役乎富貴 | 마음은 부귀에 사역됨이 없는데 |
| 曲尙記於貧賤 | 곡조는 빈천을 아직 기록하고 있네. |
| 粤天造之草昧 | 아! 천지가 개벽하던 어두운 적에는 |
| 龍未借於吹噓 | 용이 아직 취허(吹噓)의 힘[325]을 얻지 못하였네. |
| 菀風雲之奇志 | 풍운(風雲)의 기특한 뜻은 가득한데 |
| 遊四方以糊口 | 사방을 떠돌며 입에 풀칠하네. |
| 賤多能其鄙事 | 천하여 비루한 일에 능한 것 많으니 |
| 混漁商之踪跡 | 어상(漁商)의 종적에 뒤섞이네. |
| 牽豪情於白酒 | 백주(白酒)에 호쾌한 심정을 끌어내고 |
| 時賈醉於江村 | 그 때 장사치와 강촌에서 취하도다. |
| 憑水調以抒懷 | 수조(水調)를 빌어 회포를 풀고 |
| 寄跌宕於高唱 | 질탕하게 높이 노래 부르네. |
| 連吳檣與楚柁 | 오장(吳檣)과 초타(楚柁)에 이어 |
| 日歌呼而嗚嗚 | 날로 노래 부르니 울려 퍼지네. |

323) 대려(帶礪)의 좋은 맹세 : 황하가 허리띠처럼 좁아지고 태산이 숫돌처럼 작게 되도록 공신의 집안을 영원히 보호해 주겠다는 맹세로서 산려하대(山礪河帶)의 준말이다.

324) 치각(徵角) : 치소(徵招)와 각소(角招)라는 옛 음악 이름으로서 임금과 신하가 서로 화합하는 것을 노래한 것이다.『孟子 梁惠王下』

325) 취허(吹噓)의 힘 : '입김을 불어 좋은 자리로 올려 줄 힘'이라는 뜻의 해학적인 표현이다.

| | |
|---|---|
| 諒無入而不得 | 진실로 들어가서 얻지 못함이 없으니 |
| 若將終乎其身 | 장차 그 몸을 마치려는 듯하네. |
| 迨龍飛之御天 | 용이 날아올라 하늘을 제어함에 미쳐서 |
| 以海內爲臣妾 | 해내(海內)로 신첩(臣妾)을 삼았도다. |
| 因伯心之王張 | 풍백(風伯)이 마구 기승을 부림에 인하여 |
| 出南宮以置酒 | 남궁(南宮)을 나서서 술을 차렸네. |
| 方天人之高會 | 바야흐로 천인(天人)의 높은 모임이니 |
| 動仙樂之要妙 | 선악(仙樂)의 오묘함이 울리네. |
| 紛絲管之引興 | 악기소리 어지러이 흥을 이끌고 |
| 樂莫樂兮今夕 | 오늘 저녁 더한 즐거움이 없으나[326] |
| 然帝意之顧他 | 하지만 임금의 뜻은 다른 사람을 돌아보네. |
| 若罔聞而興喟 | 듣지 못한 듯하여 탄식을 하는데 |
| 吾何爲而至斯 | 내 어찌하여 이 지경에 이르렀나. |
| 撫身世猶醉夢 | 신세를 위로하니 외려 취몽(醉夢)이로다. |
| 雖丈夫之好新 | 비록 장부가 새로운 것 좋아하나 |
| 亦人情之戀故 | 또한 인정은 옛 것을 그리워하네. |
| 昔余咏乎水歌 | 옛적 내가 수가(水歌)를 읊어 |
| 埒賈客以相和 | 가객(賈客)과 함께 서로 화답했다오. |
| 幾拍肩而迭唱 | 몇 번이나 손뼉치고 어깨 흔들며 번갈아 불러 |
| 申娛樂之無已 | 즐거움을 그침이 없이 펴냈지. |
| 聲至今猶載耳 | 소리가 지금도 외려 귀에 있어 |
| 自中心之眷眷 | 절로 마음 속이 간절하도다. |

326) 더한 즐거움이 없으나 : 이 세상의 즐거움 중에는 새로 사람을 알아서 사귀는 것보다 더한 것이 없다는 뜻으로, 굴원(屈原)의 <소사명(少司命)>에, "살아서 이별하는 것보다 더 큰 슬픔은 없고, 새로 사람을 알아서 사귀는 것보다 더 큰 즐거움은 없다.(悲莫悲兮生別離, 樂莫樂兮新相知.)"는 구절이 나온다. 『文選 卷33 九歌二首』

| | |
|---|---|
| 肆追古以往記 | 드디어 지난 기억을 회고하고 |
| 命樂工使唱之 | 악공에 명하여 부르게 하네. |
| 依揚榜於秦淮 | 진회(秦淮)[327]에서 양방(揚榜)한 일에 의거하고 |
| 宛扣舷於瞿塘 | 구당(瞿塘)의 구현(扣舷)한 일[328] 완연하도다. |
| 非遺曲之快心 | 유곡(遺曲)이 유쾌한 마음이 아니니 |
| 豈淸聲之便體 | 어찌 청성(淸聲)이 몸에 맞으랴. |
| 矧嘔哇與啁哳 | 하물며 시끄럽게 노래하고 떠드는 이들은 |
| 視雅音爲鄙俚 | 아음(雅音)을 보고 비천하게 여기네. |
| 顧微時之慣唱 | 돌아보건대 한미할 적에 노래 잘함은 |
| 所艱難之不忘 | 간난(艱難)을 잊지 못하는 바로다. |
| 曾險苦之備嘗 | 일찍이 험한 고난을 맛보게 되니 |
| 天故勞而後發 | 하늘이 짐짓 수고로이 뒤에 한 일이라. |
| 認天位之克艱 | 천위(天位)의 어려움을 알겠거니 |
| 寔時命之靡常 | 이는 시명(時命)의 항상됨이 아니로다. |
| 惟豊沛之舊伴 | 오직 풍패(豊沛)의 옛 동료가 |
| 亦與席而咸在 | 또한 함께 자리하여 다 있네. |
| 同患難之已過 | 환난을 함께 하다 이미 지나니 |
| 共安樂以爲戒 | 안락을 함께하며 경계를 삼네. |
| 亮其歌也有心 | 진실로 그 노래에 마음이 있으니 |

327) 진회(秦淮) : 중국 남경 성 안에 있는 하수(河水)로서 원래가 인조적인 운하이고 또 진(秦)나라 때에 판 것이라 하여 진회(秦淮)라 하였다. 이 냇물 양편은 모두 술 파는 주루(酒樓)로 되어 있다. 그 진회가 있는 남경은 중국 남북조 시대의 남조의 서울로 3백 년 동안 번영을 자랑하였는데 북조에게 멸망당한 후에는 쓸쓸하게 되었다.

328) 구현(扣舷)한 일 : 소식(蘇軾)의 전적벽부(前赤壁賦)에 "이에 술을 마시고 즐거움이 고조에 달하여 뱃전을 두드리며 노래하기를 '계수나무 노와 목란 상앗대로, 맑은 물결을 치며 달빛 흐르는 강물을 거슬러 오르도다. 아득한 나의 회포여, 하늘 저 끝에 있는 미인을 그리도다.'라고 했다.(於是飮酒樂甚, 扣舷而歌之, 歌曰桂棹兮蘭槳, 擊空明兮泝流光. 渺渺兮余懷, 望美人兮天一方.)"라고 한 데서 온 말이다.

| | |
|---|---|
| 悟時義之遠矣 | 시의(時義)가 멀어짐을 깨닫네. |
| 台撫事於稗乘 | 내가 야사(野史)에서 지난 일 더듬으니 |
| 爲齊后而發歎 | 제후(齊后)를 위해 탄식하도다. |
| 常情同於自大 | 상정(常情)은 스스로 대단히 여김과 같으니 |
| 固喜伸而惡屈 | 진실로 펴기를 좋아하고 굽히기를 싫어하네. |
| 誇後辰之龍攄 | 훗날에 용처럼 날 것을 자랑하고 |
| 諱昔日之蛇蟠 | 지난날의 뱀처럼 웅크린 것을 피하네. |
| 唯君王之命歌 | 오직 임금이 노래할 것을 명하는데 |
| 獨超然於素位 | 홀로 평소의 처지에 초연하도다. |
| 憂方深於尊貴 | 근심은 바야흐로 존귀함보다 깊어지고 |
| 箴固在於側陋 | 잠(箴)은 진실로 미천한 사람에게 있네. |
| 斯庸瑣之一曲 | 이에 용렬한 한 곡조에 |
| 故難忘於卑微 | 짐짓 미천함을 잊기 어렵구나. |
| 是心足以興邦 | 이 마음은 나라를 흥하게 하기에 족하니 |
| 有君人之大度 | 임금의 큰 풍도가 있도다. |
| 爰作歌以贊揚 | 이에 노래를 지어 찬양하고 |
| 揖六朝之一王 | 육조(六朝)의 한 임금에게 인사올리네. |

## 〈正家而天下定〉 〈집안이 바로 잡히고서 천하가 정해진다〉

| | |
|---|---|
| 撈聖化之源委 | 성스러운 교화의 근원을 구하고 |
| 玩推行之妙用 | 미루어 행함의 오묘한 쓰임을 완상하네. |
| 本立後而道生 | 근본이 선 뒤에 도가 생기고 |
| 感於此則彼應 | 이에 감(感)하여 곧 저에 응(應)하도다. |
| 天下定於家正 | 천하는 집안이 바로 잡히고서 定하니 |

| | |
|---|---|
| 歎宣聖之贊易 | 공자께서 주역을 찬술함에 감탄하네. |
| 諒由內而達外 | 안으로 말미암아 밖에 달함을 믿겠고 |
| 認行遠之自邇 | 먼 길을 감에 가까운 데서부터 시작함을 알겠네. |
| 粤風火之著象 | 아! 풍화(風火)의 상(象)에 드러남이여 |
| 有家人之嚴君 | 가인(家人)의 엄군(嚴君)이 있도다. |
| 剛臨上而寬裕 | 강(剛)은 위에 임하여 너그럽고 넉넉하고 |
| 柔處中而光明 | 유(柔)는 가운데 처하여 밝게 빛나네. |
| 夫刑家而御下 | 지아비는 집안을 다스려 아랫사람을 통솔하고 |
| 婦內助以承貴 | 지어미는 내조하여 귀인을 받드네. |
| 惟父父與子子 | 오직 부부(父父)함과 자자(子子)함이 |
| 暨兄兄而弟弟 | 형형(兄兄)하고 제제(弟弟)함에 미치네. |
| 咸居正而順位 | 모두 바른 데 거하고 지위에 따르니 |
| 各得所以安分 | 각기 마땅한 바를 얻어 분수에 편안하도다. |
| 儼尊卑之正道 | 존비(尊卑)의 정도(正道)가 의젓하고 |
| 沕天地之大義 | 천지(天地)의 대의(大義)가 아득하네. |
| 紛令儀與令德 | 아름다운 위의와 덕(德)이 분분하니 |
| 儘可敬而可尙 | 모두 공경하고 숭상할 만하네. |
| 推至行於一家 | 한 집안에 지행(至行)을 미루어 |
| 用矜式乎四海 | 사해(四海)의 공경하고 본받음으로 쓴다오. |
| 顧禮達而分定 | 돌아보건대 예가 달하고 분수가 정해지니 |
| 夫孰能以違之 | 그 누가 어길 수 있겠는가. |
| 亮此理之有恒 | 진실로 이 이치는 항상됨이 있으니 |
| 自衆心之湊泊 | 절로 중심(衆心)이 모여 머무는도다. |
| 敎已合於房闥 | 가르침은 이미 집안에 합하고 |
| 化則孚於遐邇 | 교화는 곧 원근에 미치도다. |
| 斯推己之妙功 | 이에 자기를 미루는 오묘한 공이 |

| | |
|---|---|
| 一正家而國定 | 한결같이 집안을 바로 잡고 나라가 정하여지네. |
| 依人人之秉彝 | 사람마다 떳떳한 윤리를 의거하고 |
| 自我倡以鼓之 | 스스로 창도하고 고무하도다. |
| 同是心而聞風 | 이 마음을 같이 하고서 풍문을 들리면 |
| 孰不感於興起 | 누가 홍기함을 느끼지 않으랴. |
| 道由微而益著 | 도는 은미함을 말미암아 더욱 드러나니 |
| 果處家之至善 | 과연 집을 다스리는 지선(至善)이로다. |
| 矧爲邦之法則 | 하물며 나라 다스리는 법칙이 |
| 固不出乎戶庭 | 진실로 집안에서 나오지 않으랴. |
| 孝可推於敬君 | 효(孝)는 임금을 공경함에로 미룰 수 있고 |
| 悌亦移於事長 | 제(悌)도 또한 어른 섬김에 옮겨가네. |
| 伊慈愛之一心 | 저 자애(慈愛)의 한가지 마음이 |
| 尤豈遠於使民 | 더욱 어찌 백성을 다스림에서 멀겠는가. |
| 肆夫子之係彖 | 드디어 공자는 단사(彖辭)를 달아 |
| 贊家人之卦德 | 가인(家人)의 괘덕(卦德)을 찬양하였도다. |
| 曾致意於齊家 | 일찍이 제가(齊家)에 뜻을 다하여 |
| 孟垂訓於刑妻 | 처를 다스려 가르침 내림을 우선으로 삼았네. |
| 率皆祖乎聖旨 | 대체로 모두 성인의 뜻에 따르고 |
| 述此言之緖餘 | 이 말의 남은 실마리를 적었네. |
| 原斯卦之至義 | 이 괘의 지극한 뜻에 근원하여 |
| 風自大而內出 | 바람이 스스로 크다 하며 안에서 나가네. |
| 閑有家而悔亡 | 집에 방한(防閑)함이 없으니 뉘우침이 없고 |
| 在中饋而順承 | 규중에서 음식을 장만하며 순종하고 받드는 데 있도다. |
| 雖嗃嗃之悔厲 | 비록 가솔을 호되게 다루나 엄격함을 뉘우치니 |
| 終富有之大吉 | 끝내 부유함이 있어 대길(大吉)이라오. |

交相愛而勿恤　　서로 사랑하고 근심하지 말며
反乎身而威如　　몸에 되돌리고 위엄이 있게 하라.
由卦才之盡善　　괘재(卦才)의 진선(盡善)을 말미암아
致家道之終成　　집안의 도가 끝내 완성을 이루네.
推以至於天下　　미루어 천하에 이르면
盖業廣而功崇　　대개 왕업이 넓어지고 공이 높으리라.
果義理之無窮　　과연 의리는 무궁하니
家亦本乎一身　　집안도 또한 한 몸에 근본하네.
又嘗聞諸魯論　　또 일찍이 노론(魯論)에서 듣자니
修己以安百姓　　몸을 닦아서 백성을 편안하게 한다 하도다.

## 〈允執厥中〉 〈진실로 그 중도(中道)를 잡는다〉

俶玩心於出入　　비로소 출입(出入)에 마음을 두고
菀范女之識聖　　범녀(范女)가 맹자를 기롱한 일[329] 생각하네.
敬收效於走作　　경(敬)은 멋대로 달리는 데서 공효를 거두고
誠底績於存養　　성(誠)은 존양(存養)에서 공적을 이루는도다.
微厥中於帝典　　서경(書經)에 처음 궐중(厥中)이 있으니
悟允執之有道　　윤집(允執)함에 도가 있음을 깨닫네.
寔精一之極功　　이는 정일(精一)의 지극한 공이니
認大本之不偏　　대본(大本)이 치우치지 않음을 알겠네.

---

329) 범녀(范女)가 ~ 기롱한 일 : 우암(尤庵) 송시열(宋時烈)의 『송자대전(宋子大全)』에 "범녀(范女)가 '맹자(孟子)는 마음을 알지 못하였구나. 마음이 어떻게 출입(出入)이 있을까 보냐.' 하자, 이천(伊川) 선생은 '이 여자가 비록 맹자는 알지 못하였지만 그래도 마음은 알았다.' 하였네."라는 말이 있다.

| | |
|---|---|
| 粤忝三而中立 | 아! 셋을 더하여 중립(中立)하니 |
| 承上帝之降衷 | 상제(上帝)가 내려준 성품을 이었도다. |
| 旣和理之內積 | 이미 조화의 이치가 안에 쌓이고 |
| 又靈竇之隨開 | 또 신령한 이성(理性)이 따라 열리네. |
| 藏四七之妙用 | 사단(四端)과 칠정(七情)의 오묘한 쓰임을 갈무리하니 |
| 神發知而惺惺 | 신(神)이 지(知)를 발하여 또렷또렷하네. |
| 所操約而及遠 | 요약하여 잡아 지킨 바 먼 곳에 미치니 |
| 應萬事而無迹 | 만사(萬事)에 응하여 자취가 없구나. |
| 然形氣以假質 | 하지만 형기(形氣)는 질(質)을 빌리니 |
| 局知覺於方寸 | 지각(知覺)은 마음에 들어 있네. |
| 原於命者甚微 | 명(命)에 근본한 것이 심히 은미하니 |
| 發乎情而或殆 | 정(情)에 발현하여 간혹 위태롭네. |
| 理無爲而不檢 | 이(理)는 작위함이 없어 검속하지 않고 |
| 氣有動而易蕩 | 기(基)는 움직임이 있어 진탕하기 쉽도다. |
| 惟寒衣與飢食 | 오직 추우면 옷 입고 배고프면 먹으니 |
| 亦恒物之大情 | 또한 항물(恒物)의 대정(大情)이로다. |
| 倘不審於斟酌 | 만일 헤아려 살피지 않는다면 |
| 終必至於濫觴 | 끝내 반드시 분에 넘침에 이르리라. |
| 纔公私以舜跖 | 겨우 순척(舜跖)[330]으로 공사(公私)를 분변하니 |
| 差毫釐而千里 | 조금의 차이가 천리가 되네. |
| 故先覺之是懼 | 짐짓 선각(先覺)은 두려운 일이니 |

330) 순척(舜跖) : 순(舜) 임금과 도척(盜跖)의 병칭이다. 『맹자(孟子)』 진심 상(盡心上)에 "닭이 울면 일어나서 부지런히 선행을 닦는 자는 순 임금의 무리요, 닭이 울면 일어나서 부지런히 이익만 생각하는 자는 도척의 무리이다.(鷄鳴而起, 孶孶爲善者, 舜之徒也, 鷄鳴而起, 孶孶爲利者, 跖之徒也.)"라는 말이 있다.

| | |
|---|---|
| 叩兩端而節之 | 양단(兩端)을 다 말해주어[331] 절도를 맞추네. |
| 諒人極之所係 | 사람의 높은 경지가 관계하는 바를 믿으니 |
| 盍於是而縷析 | 어찌 이에서 세밀하게 분석하리오. |
| 守宜嚴於本原 | 지킴이 의당 본원(本原)에 엄하고 |
| 擇亦謹於發用 | 택함이 또한 발용(發用)에 삼가네. |
| 察二者以明辨 | 두 가지 것을 살펴 밝게 분변하고 |
| 勉惟精而惟一 | 정(精)하게 하고 한결같이 함에 힘쓰네. |
| 能收視以反聽 | 능히 눈길을 거두고 고쳐 들으니 |
| 固無妄而無適 | 진실로 망령됨이 없고 잡념이 없도다. |
| 猶所欲而合榘 | 외려 하고자 하는 바가 법도에 부합하고 |
| 混體用爲一源 | 체용(體用)을 뒤섞어 일원(一源)을 삼도다. |
| 豈有過而不及 | 어찌 지나치고 미치지 못함이 있으랴 |
| 非所憂於偏倚 | 치우치고 기우는 것은 근심할 바 아니네. |
| 肆執中之妙功 | 드디어 중도(中道)를 잡는 것은 오묘한 공효(功效)이니 |
| 致天君之泰然 | 마음이 태연(泰然)함을 이루도다. |
| 不失常而遇變 | 상도(常道)를 잃지 않고 변화를 만나면 |
| 能制權而合經 | 능히 임기응변하여 법도에 부합하리라. |
| 參圓方以同德 | 천지에 참여하여 덕을 같이 하고 |
| 循繩墨而不頗 | 법도를 따라서 치우치지 않도다. |
| 道已至於一貫 | 도가 이미 일관(一貫)에 이르니 |
| 效可推於絜矩 | 공효(功效)는 혈구(絜矩)[332]에 미룰 수 있네. |

331) 양단(兩端)을 ~ 말해주어 : 공자가 이르기를 "내가 아는 것이 있는가? 아는 것이 없노라. 어떤 어리석은 사람이 나에게 묻거든 그가 아무리 무지할지라도 나는 그 시종과 본말을 다 말해 주노라.(吾有知乎哉, 無知也, 有鄙夫問於我, 空空如也, 我叩其兩端而竭焉.)" 한 데서 온 말이다. 『論語 子罕』

332) 혈구(絜矩) : 혈(絜)은 헤아림이고, 구(矩)는 모나게 하는 기구(器具)인데, 군자(君子)가

| | |
|---|---|
| 允大人之踐形 | 진실로 대인(大人)은 천형(踐形)[333]하니 |
| 全聖功之始終 | 성공(聖功)의 처음과 끝을 온전히 하도다. |
| 噫厥中之一字 | 아! 궐중(厥中)이라는 한마디 말을 |
| 豈可易以言哉 | 어찌 쉽게 말할 수 있으랴. |
| 貫群聖之嫡傳 | 여러 성현의 정통(正統)을 이어 관통하고 |
| 統心學之淵源 | 심학(心學)의 연원(淵源)을 통섭하도다. |
| 道益遠而無弊 | 도는 더욱 고원(高遠)하여 폐단이 없으니 |
| 莫不賴乎此中 | 이 중도(中道)에 힘입지 않음이 없네. |
| 堯得舜而不差 | 요(堯)는 순(舜)을 얻어 어긋나지 않았고 |
| 亦命禹而無違 | 또한 우(禹)에게 천명을 이어 틀리지 않았네. |
| 聖前後之一脉 | 성인의 일은 전후로 일맥(一脉)이고 |
| 大可見於授受 | 천명을 주고 받음에서 위대함을 보도다. |
| 溯正派於洙泗 | 공자에게서 학문의 정통을 소급하니 |
| 欽七耋誌從心 | 삼가 나이 칠십에 종심(從心)[334]을 기록하였네. |
| 迨聖孫之憂道 | 성손(聖孫)의 도를 걱정함에 미쳐서 |
| 揭端的於一部 | 단서(端緖)의 한 부분을 들어보도다. |
| 自洛閩之云遜 | 낙민(洛閩)[335]으로부터 멀어졌으니 |
| 識比義者今無 | 비의(比義)를 아는 이 이제 없네. |

마땅히 같은 것으로 인하여 물을 헤아려 피아(彼我) 사이로 하여금 각각 소원대로 되게 하면 사방이 바르고 천하가 평하다는 뜻.

333) 천형(踐形) : 부모와 하늘로부터 받은 본성과 형체의 바른 기능을 어김없이 실현하는 것을 말한다. 『맹자』 진심 상에 "형체와 안색은 타고난 성질이지만, 오직 성인이라야 그 형체를 바르게 지켜 나간다.(形色, 天性也, 惟聖人然後, 可以踐形.)"고 하였다.

334) 종심(從心) : 『논어』 위정(爲政)에 "내 나이 일흔 살이 되자, 이제는 마음에 하고 싶은 대로 따라 해도 법도에 넘치는 법이 없게 되었다.(七十而從心所欲, 不踰矩.)"라는 공자의 말이 실려 있다.

335) 낙민(洛閩) : 염락관민(濂洛關閩)의 학문을 말한다. 염계(濂溪)의 주돈이(周敦頤), 낙양(洛陽)의 정자(程子), 관중(關中)의 장재(張載), 민중(閩中)의 주자를 통칭한 것으로, 곧 송대의 성리학(性理學)을 뜻한다.

| | |
|---|---|
| 瞻養心之有閣 | 양심(養心)의 관문이 있음을 쳐다보고 |
| 仰吾王之家法 | 우리 임금의 가법(家法)을 우러르네. |
| 推繼述之至義 | 계술(繼述)의 지극한 의리를 미루어 |
| 願用中于斯民 | 원컨대 백성에게 중도(中道)를 쓰기를. |

## 〈執書以泣〉 〈금등서(金縢書)를 잡고 눈물을 흘리다〉

| | |
|---|---|
| 天疾威以震怒[336] | 하늘이 질위(疾威)[337]하여 진노(震怒)하니 |
| 國有事於穆卜 | 나라에 일이 있어 점을 치네. |
| 發金匱之神龜 | 금궤(金匱)의 신성한 거북을 내고 |
| 得三壇之遺祝 | 삼단(三壇)의 유축(遺祝)[338]을 얻네. |
| 胡周成之惕然 | 어찌 주나라 성왕(成王)은 두려워하며 |
| 執之書而掩泣 | 주공(周公)의 금등서(金縢書)[339]를 잡고 눈물을 흘렸나. |
| 諒舊疑之頓釋 | 오래된 의심이 한꺼번에 풀림을 믿으니 |

---

336) 필사본에는 뢰(雷)로 되어 있음.

337) 질위(疾威) : 『시경(詩經)』 소아(小雅) 우무정(雨無正)에 "민천(旻天)이 질위한지라 사려하지도 않고 도모하지도 않도다." 하였다. 주자는 질위를 포학(暴虐)이라 해석하였다.

338) 삼단(三壇)의 유축(遺祝)을 얻네 : 『서경(書經)』 금등(金縢)에 "주공(周公)이 스스로 자신의 일로 삼으시어 세 단(壇)을 만들되 터를 똑같이 하고, 세 단(壇)의 남방(南方)에 단(壇)을 만들되 북향(北向)을 하고 주공(周公)이 여기에 서시어 벽(璧)을 놓고 규(珪)를 잡고는 태왕(太王)·왕계(王季)·문왕(文王)에게 고유(告由)하였다. 태사(太史)가 다음과 같이 책(冊)에 축문(祝文)을 썼다." 하였다.

339) 금등서(金縢書) : 주공(周公)의 금등서(金縢書)를 말함. 주 성왕(周成王) 때 번개와 바람이 심하여 벼가 다 쓰러졌는데, 왕이 그의 숙부 주공(周公)이 남긴 금등서(金縢書)를 열고 교외에 나가서 사죄한 결과 바람이 반대로 불어 벼가 다 일어나서 큰 풍년을 이룩하였다는 고사.

| | |
|---|---|
| 認盛德之攸感 | 성대한 덕의 느낀 바를 알겠네. |
| 粤幼冲之莅位[340] | 아! 어린 나이에 왕위에 오름에 |
| 有叔父之負扆 | 숙부가 왕노릇을 하고 있었도다. |
| 閔煢煢余在疚 | 외로이 내가 병중에 있음을 걱정하고 |
| 百官聽於冢宰 | 백관(百官)이 총재(冢宰)에게 들었네. |
| 驚流言之噂沓 | 유언비어가 난무함에 놀라니 |
| 見隱憂之方始 | 숨은 근심거리 바야흐로 시작함을 보네. |
| 紛爻象之不佳 | 어지러운 점괘의 좋지 않음이여 |
| 致赤舃之去國 | 적석(赤舃)[341]이 나라를 떠나게 되었도다. |
| 方國人之內訌 | 바야흐로 백성들은 내분(內紛)을 일으키고 |
| 復殷民之外頑 | 은나라 백성의 외란(外亂)을 반복하였네. |
| 咨人事之或失 | 사람 일에 간혹 실수 있음을 탄식하니 |
| 値天怒之不寧 | 하늘이 노하여 편치 않게 되었네. |
| 雷挾風而竝驚 | 천둥 번개가 바람을 끼고 내달리니 |
| 木斯拔而禾偃 | 나무는 이에 뽑히고 벼도 누웠도다. |
| 人人凜其震恐 | 사람들은 천둥 번개의 두려움에 떠는데 |
| 罔知天之斷命 | 하늘이 단명(斷命)하는 것은 알지 못하네. |
| 及大夫而盡弁 | 대부(大夫)가 모두 변(弁)을 씀[342]에 미쳐서 |
| 將諏龜以稽疑 | 장차 신성한 거북에 의문을 물으려하였네. |
| 仍金騰之啓鑰 | 이에 빗장을 열어 금등서(金縢書)를 꺼내니 |

340) 필사본에는 조(阼)로 되어 있음.

341) 적석(赤舃) : 『시경』 빈풍(豳風)에, "주공(周公)의 훌륭한 인격이 적석(赤舃)에 나타난다."고 하였으니, 적석은 곧 면복(冕服) 중의 한 가지인 신[履]인데, 주공을 비유하여 말한 것이다.

342) 대부(大夫)가 모두 변(弁)을 씀 : 『서경(書經)』 금등(金縢)에 "왕(王)이 대부(大夫)들과 모두 변(弁)을 쓰고서 금등(金縢)의 글을 열어 마침내 주공(周公)이 스스로 자신의 일로 삼아 무왕(武王)을 대신하려던 말씀을 얻게 되었다." 하였다.

| | |
|---|---|
| 警祝冊之在此 | 죽책(竹冊)에 쓴 축문(祝文)이 이에 있음에 놀라네. |
| 憑諸史而考信 | 여러 역사서를 빌어 상고하니 |
| 噫公命而未言 | 아! 공은 명하되 아직 말하지 않았네. |
| 昔負我以勤勞 | 옛적 나를 저버리고 수고로이 하였지만 |
| 予沖人而莫察 | 나는 어린 임금 살피지 못했도다. |
| 當寧考之弗豫 | 선왕이신 문왕(文王)이 환후를 당하여 |
| 某之禱也久矣 | 주아무개가 신명에 빈지 오래로다. |
| 憂邦命之危惙 | 나라의 운명이 위태로움을 근심하고 |
| 請三王而願代 | 삼왕께 천하여 대신 소원하였네. |
| 獨其書之尚在 | 오직 그 서(書)가 아직 있으니 |
| 心可質於神明 | 마음을 신명에게 질정할 수 있겠네. |
| 旣無吝於沈命 | 이미 침체한 운명이라 아낄 것 없는데 |
| 又何愛乎其他 | 또 어찌 다른 것을 아끼겠는가. |
| 遡衷赤而激感 | 충심(衷心)을 거슬러 생각해보니 감격하여 |
| 自不覺其泫然 | 절로 모르는 새 눈물이 나오네. |
| 胡余心之久迷 | 어찌 내 마음은 오래도록 헤매이나 |
| 不當疑而致訝 | 의심할 일 없는데 의심을 받게 되었도다. |
| 由國事之顚倒 | 나랏일이 전도됨을 말미암아 |
| 致狼跋而載疐 | 낭발(狼跋)[343]에 이 일이 실리기에 미쳤네. |
| 昧周圖而自絶 | 주공(周公) 그림 준 것[344]은 아득히 절로 끊겼고 |

343) 낭발(狼跋) : 『시경(詩經)』 빈풍(豳風) 낭발편(狼跋篇)을 말함. 거기에 "공(公)은 겸손하고 크고 아름다우니, 적석(赤舄)의 걸음이 진중하다.(公孫碩膚, 赤舄几几.)" 하였고, 시의 서(序)에, "주공(周公)을 아름답게 여겨 지은 것이다." 하였다.

344) 주공 그림 준 것 : 무제가 연로한 후 후사(後嗣)가 마땅치 않아 조 첩여(趙倢伃) 소생을 의중에 두고서, 그 유주(幼主)를 부탁한다는 뜻으로 화공을 시켜 옛날 주공(周公)이 어린 성왕(成王)을 업고 제후(諸侯)들에게 조회를 받던 그림을 그리게 하여 그것을 곽광에게 넘겨 주고, 임종시 곽광에게, 그 그림을 준 뜻을 이해하느냐고 물었다. 『漢書 卷六十八』

| | |
|---|---|
| 悔莫追於旣愆 | 이미 허물을 후회한들 미칠 수 없도다. |
| 幸天意之誘衷 | 다행이 하늘의 뜻이 속마음을 인도하니 |
| 忽自失其曩惑 | 문득 옛 의혹이 절로 없어지도다. |
| 及今後而大覺 | 지금 이후에 미쳐서 크게 깨달으니 |
| 羞前日之所爲 | 전날의 한 바를 부끄럽게 여기네. |
| 惟小子之親逆 | 오직 소자(小子)의 친역(親逆)이 |
| 亦有宜於邦禮 | 또한 나라의 예법에 합당한 바 있도다. |
| 纔綴泣而出郊 | 겨우 울음을 거두고 교외로 나가니 |
| 天乃雨而反風 | 하늘은 이에 비를 내리고 바람을 보내네. |
| 噫天人之相與 | 아! 하늘과 사람의 서로 함께함이여 |
| 胡感應之是速 | 어찌 감응(感應)이 이토록 빠른가. |
| 霜飛夏於燕臣 | 연신(燕臣)[345]을 위해 여름에 서리가 날렸고 |
| 震擊堂於齊女 | 제녀(齊女)[346]를 위해 천둥 번개가 당에 몰아쳤네. |
| 矧我公之神聖 | 하물며 우리 공이 신성하여 |
| 本與天而合度 | 본래 하늘과 더불어 법도에 부합함에랴. |
| 故精誠之上通 | 짐짓 정성을 위로 통하게 하니 |
| 雷發威以彰德 | 천둥 번개가 위세를 부려 덕을 밝히네. |
| 伊孺子之感泣 | 저 어린 임금이 감읍(感泣)함이여 |
| 夫孰使其至此 | 그 누가 이 지경에 이르게 하였는가. |
| 矧至誠之動天 | 하물며 지극한 정성은 하늘을 움직이고 |
| 人自化於存神 | 사람은 스스로 과화존신(過化存神)[347]하네. |

345) 연신(燕臣) : 전국 시대 연(燕)나라 혜왕(惠王)의 신하인 추연(鄒衍)을 가리킨다. 『논형(論衡)』 감허(感虛)에 이르기를, "추연이 아무런 죄 없이 구류를 당하여 하늘을 우러러 하소연하자 5월인데도 하늘에서 서리가 내렸다." 하였다.

346) 제녀(齊女) : 제(齊)나라 왕후를 말함. 제녀(齊女)가 원한을 품자 거센 바람이 당(堂)에 몰아쳤다는 고사가 전함. 왕후가 억울하게 죽은 뒤에 매미로 변해서 궁정 앞의 나무에 올라 애달프게 울었다는 전설도 전한다. 『古今注 問答釋義』

終牖迷而發蒙　끝내 어리석음을 깨우치고 계발하여
俾觀感而進德　감응함을 보고 덕에 나아가게 하도다.
揚文武之徽烈　문무(文武)의 거룩한 공을 드날리고
綿永祚於蒼籙　예언서대로 오랜 복록(福祿)이 이어지겠네.
台撫事於周乘　나는 주나라 역사에서 지난 일을 더듬어
聊奮藻而興歎　애오라지 글재주를 부려 탄식을 하리라.

## 〈體物不遺〉 〈사물을 체(體)로 삼으며 누락하지 않는다〉

摎神化之默運兮　신묘한 변화가 묵묵히 운행함을 구하고
賾玄機之窅冥　현묘한 천기(天機)가 아득하고 어두움을 탐구하네.
無聲形其可尋兮　소리와 모습을 찾을 수 없으니
夫孰察其妙用　그 누가 그 오묘한 쓰임을 살피랴.
徵體物而不遺兮　사물을 체(體)로 삼으며 누락하지 않음[348]을 징험하니
仰明誨於思聖　자사(子思)의 밝은 가르침을 우러르네.
亮[349]實理之攸在兮 진실로 실리(實理)는 있는 바이니

---

347) 과화존신(過化存神) : 성인이 이르는 곳마다 백성들 모두가 감화되어 영원히 그 정신의 영향을 받게 되는 교화를 말한다. 『맹자(孟子)』 진심(盡心) 상(上)에 "지나가는 곳마다 교화가 되고, 머물러 있는 곳마다 신령스럽게 변화된다.(所過者化, 所存者神.)"라는 말이 나온다.

348) 사물을 체(體)로 삼으며 누락될 수 없음 : 『중용(中庸)』 제 16장에서 공자는 "귀신의 덕이 성대하도다! 보아도 보이지 않고 들어도 들리지는 않지만, 물을 체(體)로 삼으며 어떤 물에든 누락될 수 없다.(體物而不可遺.)"라고 하였다. 귀신이 비록 형체도 없고 소리도 없으나 물의 생사[始終]와 음양의 합산(合散)이 귀신의 소위(所爲)가 아님이 없기 때문에 이 귀신이 만물의 본체가 된다는 말이다.

349) 필사본에는 諒(량)으로 되어 있음.

| | |
|---|---|
| 認厥德之靡爽 | 그 덕의 어긋나지 않음을 알겠네. |
| 粵兩在而不測兮 | 아! 둘 다 있으되 헤아릴 수 없음이여 |
| 有鬼神之情狀 | 귀신의 정상(情狀)이 있도다. |
| 紛動靜其相乘兮 | 어지러이 동정(動靜)이 상승(相乘)함이여 |
| 沕顯微之無間 | 아득하게 현미(顯微)는 무간(無間)[350]하네. |
| 盈方圓之兩間兮 | 하늘과 땅의 사이를 가득 채우고 |
| 任其時而屈伸 | 때에 따라 굴신(屈伸)하도다. |
| 本無待於聲臭兮 | 본디 소리도 냄새도 찾을 수 없는데 |
| 運自然之機緘 | 저절로 그렇게 기함(機緘)[351]이 운행하네. |
| 顧玄造之於穆兮 | 돌아보건대 현묘한 조화의 깊고 원대함이여 |
| 儘二氣之交感 | 두 기(氣)의 교감을 다하네. |
| 縱含默而泯跡兮 | 함묵(含默)을 좇아서 자취가 없어짐이여 |
| 自功效之難揜[352] | 절로 공효(功效)를 가리기 어려워라. |
| 因消長之變化兮 | 소장(消長)의 변화를 인하여 |
| 見體用之費隱 | 체용(體用)의 비은(費隱)[353]을 보도다. |
| 至必伸其滋息兮 | 자식(滋息)이 반드시 펼쳐짐에 이르고 |
| 反而歸則遊散 | 다시 돌아와서 유산(遊散)하네. |
| 闡妙有之良能兮 | 묘유(妙有)의 양능(良能)을 천명하니 |
| 其智足以幹事 | 그 지(智)가 족히 일의 근간이로다. |
| 紛生生又化化兮 | 어지러이 생생(生生)하고 화화(化化)함이여 |

350) 현미(顯微)는 무간(無間) : 현상(現象)과 실체(實體)에 간격이 없는 오묘한 경지를 말함.

351) 기함(機緘) : 기(氣)의 기관(機關)을 말함. 물(物)의 종시(終始)로서 기(氣)의 변화를 운행함.

352) 필사본에는 掩(엄)으로 되어 있음.

353) 비은(費隱) : 비는 도(道)의 광대한 공용(功用)이고, 은은 도의 은미(隱微)한 본체(本體)이다. 『中庸章句 第21章』

| | |
|---|---|
| 主張是者在此 | 주장(主張)이 바로 이에 있네. |
| 四時以之推欽兮 | 사철은 이로 말미암아 변천하고 |
| 萬物隨而出入 | 만물이 이를 따라서 출입(出入)하도다. |
| 惟風雷之鼓發兮 | 오직 바람과 천둥의 격동하여 발생함이 |
| 曁雪霜之肅殺 | 눈과 서리의 매섭고 쌀살함에 미치네. |
| 彼蠢動之蝡翹兮 | 저 준동(蠢動)하는 벌레들이여 |
| 與賁若之草木 | 찬란한 초목과 함께 하도다. |
| 率品彙以發育兮 | 대체로 만물의 발육은 |
| 成大勻之陶鎔 | 하늘이 기르는 것으로 이루어지네. |
| 化旣孚於生長兮 | 조화(造化)는 이미 낳고 자람에서 나타나고 |
| 功亦著於收藏 | 공효(功效)도 또한 거두고 감춤에서 드러나네. |
| 諒無處其不在兮 | 진실로 곳곳마다 있지 않음이 없으니 |
| 又何往而未能 | 또 어디에 간들 능하지 않으리오. |
| 理所寓而氣從兮 | 이(理)가 붙어 있는 바에 기(氣)가 따르니 |
| 苟捨此則非物 | 진실로 이를 버리면 사물이 아니네. |
| 斯鬼神之盛德兮 | 이 귀신의 성대한 덕은 |
| 體於物而罔遺 | 사물을 체(體)로 삼으며 누락함이 없도다. |
| 咸包絡乎小大兮 | 모두 크고 작은 것을 포괄하니 |
| 無或漏於毫忽 | 혹여 조금이라도 새나가지 않네. |
| 豈虛暇以間斷兮 | 어찌 비어 틈이 벌어지고 끊어짐이 있으랴 |
| 認不誠則無物 | 진실하지 않으면 사물이 없음을 알겠네. |
| 俾天下以肅敬兮 | 천하로 하여금 숙연하고 공경하게 하니 |
| 怳洋洋其左右 | 하물며 양양(洋洋)히 좌우에 있음[354]에랴. |

354) 양양(洋洋)히 좌우에 있음 : 『중용(中庸)』 제 16장에 “제사를 지낼 때면 귀신이 양양히 그 위에 있는 듯도 하고 좌우에 있는 듯도 하다.(承祭祀, 洋洋乎如在其上, 如在其左右.)”라는 말이 나온다.

| | |
|---|---|
| 氣發揚而儼臨兮 | 기가 발양(發揚)하여 의젓하게 임하니 |
| 感焄蒿之如在 | 훈호(焄蒿)[355]가 있는 듯함을 느끼도다. |
| 肆先師之闡幽兮 | 드디어 옛 스승이 그윽한 뜻을 밝혀 |
| 包至隱而至微 | 지극히 은미(隱微)함을 포괄하였네. |
| 揭合散之實迹兮 | 모이고 흩어지는 실제의 자취를 들고 |
| 示發見之昭著 | 나타나 보이는 밝은 드러남을 보이도다. |
| 嗟儵忽之化彬兮 | 아! 짧은 순간에 변화가 일어남에 |
| 人與物其奚異 | 사람과 사물이 어찌 다르리오. |
| 物猶順夫厥性兮 | 사물은 외려 그 본성을 따르니 |
| 哀橫目之殆而 | 백성의 위태로움을 애닯구나. |
| 冥其行而汨心兮 | 어두운 길을 가며 마음이 골몰한데 |
| 枉其天而循初 | 그 천성(天性)을 굽혀 처음을 따르네. |
| 咨秉彝之本然兮 | 떳떳한 도리의 본연함을 탄식하니 |
| 體乎人而或昧 | 사람을 체(體)로 삼으며 간혹 어둡도다. |
| 援人物而竝觀兮 | 사람과 사물을 가져다 아울러 관찰하고 |
| 發浩歎於衰世 | 쇠한 세상에 큰 탄식을 하리라. |

## <薄命辭> <박명사>

| | |
|---|---|
| 嗟吾生之命薄兮 | 아! 내 생의 박명(薄命)함이여. |
| 何遭時之孔厄 | 어찌 이리도 힘든 때를 만났는가. |

---

355) 훈호(焄蒿) : 귀신의 기(氣)를 형용한 것이다. 『예기(禮記)』 제의(祭義)에 "그 기가 위로 올라가서 소명(昭明)·훈호(焄蒿)·처창(悽愴)이 된다." 하였는데, 그 주에 "귀신이 밝게 드러나는 것을 소명(昭明), 그 기가 위로 올라가는 것이 훈호(焄蒿), 사람의 정신을 두렵게 하는 것이 처창(悽愴)이다." 하였다.

| | |
|---|---|
| 神天之不可知兮 | 하늘의 일의 알 수 없음이여. |
| 塊獨守此無澤 | 우두커니 홀로 지키고 있으되 이렇듯 은택 없구나. |
| 顧素心之不阿兮 | 돌아보건대 본마음이 아부하질 않아 |
| 故俯仰而無怍 | 짐짓 우러러보고 굽어보아도 부끄러움 없네. |
| 迺遂焉而抑志兮 | 이에 드디어 뜻을 억누르는데 |
| 莫我知之故也 | 내 마음 알아주는 이 없도다. |
| 昔歲次于青羊兮 | 옛적 세차(歲次)로 을미(乙未)년[356]에 |
| 月日會於重蛇 | 해와 달이 중사(重蛇)에 만나는 때라. |
| 辰忽値夫玄兎兮 | 때는 문득 현토(玄兎)에 놓여 있고, |
| 踵瑞旭而幷生 | 상서로운 볕을 좇아 더불어 태어났다네. |
| 蒼虬蜿蜒於屋上兮 | 푸른 용이 집 위에서 꿈틀대니 |
| 妣散夢而考祥 | 어머니 꿈에서 깨어 징조를 상고하셨네. |
| 及匍匐而岐嶷兮 | 기어다닐 적부터 총명하였고, |
| 從毁齔以志學 | 재주가 뛰어나 공부에 뜻을 두었도다. |
| 惟竱心而殫力兮 | 오직 한결같은 마음으로 힘을 다하여 |
| 紛好修此姱節 | 아름다운 절개를 잘 닦았다네. |
| 齒纔踰於勝冠兮 | 연치가 겨우 갓을 쓰는 나이를 넘었는데, |
| 已老蒼之許與 | 벌써 노소의 허여함을 받았도다. |
| 菀青霞之奇氣兮 | 청하(青霞)[357]의 기이한 기가 넉넉하였고, |
| 思奮迅而高厲 | 생각함이 빠르고 높았다네. |
| 名連登於解額兮 | 이름은 해액(解額)[358]에서 진사 급제하였고, |

356) 원문에 청양(青羊)이라 했는데, 청(青)은 십간(十干)의 을(乙)이고, 양(羊)은 십이지(十二支) 중의 미(未)를 가리키므로, 을미년(1655년)을 말한 것이다. 바로 주곡공이 태어난 해이다. 이 책의 부록에 있는 「행장(行狀)」에 "효종(孝宗) 을미(乙未)년에 광주 하동의 집에서 공을 낳았다."는 기록이 있다.

357) 청하(青霞) : 강엄(江淹)의 「한부(恨賦)」에 '鬱青霞之奇意'라는 구절이 있는데, 선주(善注)에 '청하기의(青霞奇意)는 뜻이 높음을 말한다.'라고 하였음.

| | |
|---|---|
| 聲大譟于騷壘 | 명성은 문단에서 크게 시끄러웠도다. |
| 從伯氏而頡頏兮 | 백씨(伯氏)를 좇아 서로 겨루며[359] |
| 步雁塔而踵武 | 안탑(雁塔)[360]을 밟고 따라다녔네. |
| 接光景於弱齡兮 | 약관의 나이에 광경을 접하여, |
| 佇雲鵬之矯翼 | 가만히 대붕새의 날개를 펼쳤네. |
| 何時命之大謬兮 | 어느 때인가 천명이 크게 어긋나서 |
| 路幽昧而險阨 | 어둡고 험한 길을 가게 되었도다. |
| 嗟佳期之晼晚兮 | 아! 아름다운 기약은 저물어가고 |
| 老冉冉其將及 | 늙음은 벌써 다가오려 하는구나. |
| 百六會於鼠牛兮 | 자축(子丑)에 백육회(百六會)[361]가 되니 |
| 驚禍祟之洊至 | 재난이 이를까 놀라네. |
| 迨荊花之未暮兮 | 형화(荊花)[362]는 아직 지지 않았는데 |
| 慘風雨之來萃 | 비바람이 와서 모이니 비참하네. |

358) 해액(解額) : 향시(鄕試)에 급제한 사람, 즉 거인(擧人)의 총수를 말함.

359) 이 책의 부록에 있는 「주곡선생제문(舟谷先生祭文)」에 "약관(弱冠)의 나이에 상사(上舍) 백미공(白眉公)과 과거(科擧)에서 어깨를 나란히 하여 동류들을 굴복시켜 신유년과 임술년에 아름다운 이름을 다투어 합격자 명단에 나란히 하였으니 가문의 경사가 세상에 드문 것이었습니다."라는 기록이 있다.

360) 안탑(雁塔) : 과거에 급제한 것을 말한다. 중국 당나라 때 진사과에 합격한 사람들이 자은사(慈恩寺)의 대안탑(大雁塔) 아래에다 이름을 기록해 넣은 데에서 유래한 것이다. 『당척언(唐摭言)』 「자은사제명유상부영잡기(慈恩寺題名游賞賦詠雜記)」에 이 고사가 실려 있다.

361) 백육회(百六會) : 액운(厄運)을 말한 것으로 4천 5백세가 1원(元)이 되고 1원 중에 9액이 있는데 양액(陽厄)은 5고 음액은 4며 양액은 한액(旱厄)이고 음액은 수액(水厄)인데, 1백 6은 양액이므로 한 해를 말한다.

362) 형화(荊花) : 형화는 자형화(紫荊花)의 준말이다. 옛날 전진(田眞)의 세 형제(兄弟)가 모든 재산(財産)을 공평하게 서로 나누고 오직 당전(堂前)의 자형수(紫荊樹) 한 그루만 남았으므로, 세 형제가 함께 의논하여 다음날에 이것마저 쪼개서 나누기로 하였는데, 다음날 자형수를 베려고 가 보니 자형수가 마치 불에 탄 것처럼 말라 죽어 있었다. 그러자 세 형제가 서로 크게 뉘우치고 나무를 베지 않으니, 그 나무가 금방 다시 살아났다는 고사에서 온 말로, 형제가 서로 헤어지는 것을 비유한 말이다.

| | |
|---|---|
| 雁序斷於中天兮 | 안서(雁序)[363]는 중천에 끊겨 있고 |
| 春草深於鴒原 | 봄풀은 영원(鴒原)[364]에 깊도다. |
| 歎奇釁之不已兮 | 기구한 운명 그치지 않음을 탄식하고 |
| 痛又結於終天 | 아픔이 또 종천(終天)에 맺도다.[365] |
| 守故邱而泣血兮 | 고향땅 지키며 피눈물을 흘리고 |
| 帶蘆葦之單衣 | 갈대옷 한 겹을 둘러 입었네. |
| 孑余影而獨立兮 | 외로운 내 그림자 홀로 서있으니 |
| 若窮人之無歸 | 마치 궁한 사람 돌아갈 곳 없는 듯하여라. |
| 吾誰與以同業兮 | 내 뉘와 더불어 함께 일을 할까 |
| 懼家聲之或隳 | 가문의 명예에 혹 누가 될까 두렵네. |
| 德音杳以日達兮 | 덕음(德音)은 아득한데 날은 오고 |
| 庭訓閴其莫追 | 정훈(庭訓)[366]은 고요하여 좇을 길 없네. |
| 惟萱草[367]爲可忘憂兮 | 오직 훤초(萱草)[368]로 근심을 잊을 수 있으니 |
| 奉慈闈而周旋 | 자위(慈闈)[369]를 받들어 주선(周旋)하겠네. |

---

363) 안서(雁序) : 형제간을 말한다. 기러기는 날 적에 질서가 정연하여 형제간을 안행(雁行)이라고 하는 데서 온 말.

364) 영원(鴒原) : 우애 있는 형제를 뜻하는 말이다. 『시경』 <소아(小雅) 상체(常棣)>의 “저 할미새 들판에서 호들갑 떨 듯, 급할 때는 형제들이 서로 돕는 법이라오. 항상 좋은 벗이 있다고 해도, 그저 길게 탄식만을 늘어놓을 뿐이라오.(鶺鴒在原, 兄弟急難. 每有良朋, 況也永歎.)”라는 말에서 유래한 것이다.

365) 아픔이 ~ 맺도다 : 종천지통(終天之痛)이라는 말이 있는데, 비통(悲痛)이 무한히 오래 간다는 말이다. 부모의 초상에 참최복(斬衰服)과 자최복(齊衰服)으로 3년이라는 기한은 있지만, 자식된 자의 비통한 생각은 이 세상이 다하도록 끝이 없다는 뜻이다.

366) 정훈(庭訓) : 아버지의 교훈을 뜻함. 과정훈(過庭訓)이라고도 함. “공자가 일찍이 혼자 서 계신데, 이(鯉 : 공자의 아들)가 뜰을 지나니, 공자가 그에게, ‘시(詩)를 공부하느냐.’”라고 물으며 가르침을 베풀었다.

367) 필사본에는 花(화)로 되어 있음.

368) 훤초(萱草) : 훤초(萱草)의 별칭을 망우초(忘憂草)라 한다. 『본초강목(本草綱目)』 훤초 조문에, “새 속잎을 따서 나물을 만들어 먹으면 풍기가 일어나 취한 것같이 되어 모든 근심을 잊게 되었다. 그래서 망우초라 한다.” 하였다.

| | |
|---|---|
| 賴兒孫之滿前兮 | 자손들이 눈앞에 가득함에 힘입어 |
| 慰桑楡之暮年 | 상유(桑楡)[370]의 노년을 위로하도다. |
| 童烏之秀朗兮 | 동오(童烏)[371]같은 아들의 청수(淸秀)함이여 |
| 膺先祖之餘慶 | 선조의 여경(餘慶)을 받은 것이로다. |
| 學無煩兮提誨兮 | 배움에 번거로움이 없어 인도해 가르치는데 |
| 嘉及時而就將 | 때 맞춰 나아가 일취월장하니 기쁘네 |
| 託靑氈之舊業兮 | 청전(靑氈)의 구업(舊業)[372]을 맡기니 |
| 可無忝於箕裘 | 가히 기구(箕裘)[373]에 더할 것이 없네. |
| 逸騏之泛駕兮 | 천리마가 멍에를 뒤집어 엎음[374]이여 |

369) 자위(慈闈) : 어머니를 뜻함. 전하여 태후나 대비를 가리키기도 함. 한(漢)나라 때 준불의(雋不疑)가 경조윤(京兆尹)이 되어 매양 죄수들의 정상을 살피고 돌아오면 그때마다 그의 모친[자위(慈闈)]이 불의에게 "평번(平反)을 하여 몇 사람이나 살렸느냐?"고 묻는데, 불의가 평번을 많이 시행했다고 대답하면 그의 모친이 기뻐하여 웃었다는 고사에서 온 말이다. 『漢書 卷七十一』

370) 상유(桑楡) : 상유는 해가 지는 곳이라는 말로 사람의 말년을 비유. 『漢書 谷永傳』

371) 동오(童烏) : 한(漢)나라 양웅(揚雄)의 아들 신동(神童) 오(烏)를 가리킨다. 매우 총명하여 9세 때에 벌써 자기 아버지의 『태현경(太玄經)』 저술을 돕기까지 했으나 일찍 요절했다고 한다. 전하여 후세에는 어려서 총명하여 요절한 아이를 가리키기도 하는데, 여기서는 단지 어린 아들의 뜻으로만 쓰인 것이다. 『法言 問神』

372) 청전(靑氈)의 구업(舊業) : 청전 구물(靑氈舊物)과 같은 말로, 으뜸가는 선조(先祖)의 유물(遺物)이라는 뜻이다. 진(晉)나라 왕헌지(王獻之)의 집에 좀도둑이 들었을 때, 다른 물건을 훔칠 때에는 모르는 체하고 누워 있다가, 탑상(榻牀)에 올라 손을 대려 하자, "그 청전(靑氈)은 우리 집안의 구물(舊物)이니 그냥 놔둘 수 없겠는가."라고 말하여, 도둑을 깜짝 놀라게 했다는 고사에서 나온 것이다. 『晉書 卷80 王獻之列傳』

373) 기구(箕裘) : 대를 이어 부조(父祖)의 업(業)을 잇는 것을 이른다. 『예기(禮記)』 <학기(學記)>에 "훌륭한 대장장이의 아들은 반드시 갖옷 만드는 것을 배우고, 훌륭한 활 만드는 사람의 아들은 반드시 키 만드는 것을 배운다.(良冶之子, 必學爲裘, 良弓之子, 必學爲箕.)" 하였다.

374) 멍에를 뒤집어 엎음 : 원문은 범가(泛駕)인데, 범(泛)은 뒤집어엎는다[覆]는 뜻. 곧 힘이 센 말이 궤철(軌轍)에 얽매이지 않고 멍에를 뒤집어엎는다는 말인데, 상도(常道)를 따르지 않는 영웅에 비유한 것이다. 거센 말[泛駕之馬]도 부리기에 달렸다는 말이 있다. 『漢書 武帝紀』

| | |
|---|---|
| 華軸折於中塗 | 화려한 시축(詩軸)이 중도에서 끊어졌도다. |
| 霜霰之未集兮 | 서리눈은 아직 내려 모이지 않았는데 |
| 飇先敗夫庭蘭 | 사나운 바람이 먼저 저 뜰의 난초를 망치네. |
| 懷沈鬱而莫洩兮 | 침울한 회포를 풀지 못하고 |
| 抱子夏之深寃 | 자하(子夏)의 깊은 원한을 품도다. |
| 皇天之不純命兮 | 하늘이 내 운명을 순탄하게 아니하여 |
| 又重之以嚳殃 | 또 거듭 재앙을 만났도다. |
| 咨孤蒙之獲戾兮 | 고루하고 몽매함이 죄를 얻음에 탄식하고 |
| 奇禍嬰於北堂 | 북당(北堂)에 재앙 걸려든 일 기이하도다. |
| 終祈死而不死兮 | 끝내 죽기를 바라나 죽지 못하고 |
| 恫巨創之重罹 | 큰 슬픔을 거듭해서 당함에 상심하네. |
| 吾無望乎此世兮 | 내 이 세상에 바라는 것 없는데 |
| 身遑遑欲何之 | 몸은 허둥지둥 어디로 가려는가. |
| 激風樹之餘哀兮 | 풍수(風樹)의 남은 슬픔[375]에 격해지고 |
| 起達慕於永感 | 영감(永感)[376]에 그리워하는 마음 일어나네. |
| 孤露餘而彳亍兮 | 고로여생(孤露餘生)[377]이 조금씩 걸어가는데 |
| 增滿目之悽黯 | 눈에 가득한 슬픔이 더하도다. |
| 攬窮閭之悲歎兮 | 궁한 집에 슬픔과 탄식을 갖는데 |
| 撫流年以反顧 | 흐르는 세월에 돌아보며 어루만지네. |
| 原平生之所志兮 | 원래 평소에 뜻한 바가 |

375) 풍수(風樹)의 남은 슬픔 : 이미 세상 떠난 부모에게 효도를 다하지 못한 슬픔을 말한다. 『한시외전(韓詩外傳)』에 "나무는 고요하고자 하나 바람이 그치지 않고 아들은 봉양하고자 하나 어버이가 기다려 주지 않는다." 하였다.

376) 영감(永感) : 아버지와 어머니를 모두 잃은 슬픔을 이른다. 부모가 모두 생존해 계시면 구경하(具慶下), 아버지만 모시고 있을 때에는 엄시하(嚴侍下), 어머니만 모시고 있을 때에는 자시하(慈侍下), 부모를 모두 잃었을 때에는 영감하(永感下)라 칭한다.

377) 고로여생(孤露餘生) : 어릴 때 부모를 여의고 의지할 데가 없는 사람.

| | |
|---|---|
| 豈專在夫章句 | 어찌 오로지 이 장구(章句)에만 있으랴. |
| 推餘事於藝苑兮 | 문단에서 여사(餘事)를 미루어 찾고 |
| 審忠恕之妙理 | 충서(忠恕)의 묘리(妙理)를 살피네. |
| 操余心而潔余身兮 | 내 마음을 조절하고 내 몸을 깨끗이 하니 |
| 美紛紜[378]而叢己 | 찬미하는 말이 어지러이 몸에 모인다. |
| 旣九畹之滋蘭兮 | 이미 구원(九畹)[379]에 난초를 심었고 |
| 又百畝之樹蕙 | 또 백묘(百畝)에 혜초를 심었도다. |
| 繽瓊琚與玉佩兮 | 경거(瓊琚)와 옥패(玉佩)[380]가 성한들 |
| 孰知己而華余 | 누가 나를 알아주고 칭찬하리오. |
| 擊劍而歌激烈兮 | 칼을 두드리며 격렬히 노래하는데 |
| 歲旣晏兮誰與歸 | 해는 이미 늦었으니 뉘와 함께 돌아갈까. |
| 南山之峩峩兮 | 남산(南山)은 우뚝우뚝하고 |
| 白石兮齒齒 | 백석(白石)은 뾰족뾰족하네. |
| 處斯世其無樂兮 | 이 세상에 처하여 즐거운 일 없었는데 |
| 埒窮鬼而自喜 | 궁귀(窮鬼)[381]를 막으니 절로 기쁘도다. |
| 顧祥殃之冥報兮 | 돌아보건대 상서와 재앙의 명보(冥報)[382]는 |
| 理顚倒其無徵 | 이치가 전도되어 징험할 것 없네. |
| 彼雲衢之拖紫兮 | 저 구름길[383]에서 타자(拖紫)[384]하였는데 |

378) 필사본에는 紛(분)으로 되어 있음.

379) 구원(九畹) : 구원의 원(畹)은 12묘(畝)의 단위로서 『초사』 이소(離騷)에, "내 이미 난초를 구원에 심었음이여, 또 혜초를 백묘에 심었도다.(余旣滋蘭之九畹兮, 又樹蕙之百畝.)"라고 한 데서 온 말이다. 다음 구까지가 이 전거를 인용한 것이다.

380) 경거(瓊琚)와 옥패(玉佩) : 훌륭한 문장을 비유한 말. 한유(韓愈)가 유종원(柳宗元)의 문장을 칭찬하기를, "옥패(玉佩)와 경거(瓊琚)로 그 소리를 크게 낸다." 하였다.

381) 궁귀(窮鬼) : 당(唐)나라 한유(韓愈)가 자신을 곤궁하게 하는 원인이 되는 다섯 가지를 귀신에 비기어 서술한 <송궁문(送窮文)>에서 온 말로, 지궁(智窮)・학궁(學窮)・문궁(文窮)・명궁(命窮)・교궁(交窮)을 기리킨다.

382) 명보(冥報) : 유명(幽冥) 중에 서로 보답함.

| | |
|---|---|
| 曾不了此一經 | 일찍이 이 한 길은 마치질 못했네. |
| 矧田間之潤屋兮 | 전답 사이에서 윤옥(潤屋)[385]하려니 |
| 又何書之能讀 | 또 무슨 책을 읽을 수 있겠는가. |
| 闒茸之翱翔兮 | 용렬하고 둔한 자가 날고 |
| 紛嚙肥而持粱 | 어지러이 설비(嚙肥)하고 지량(持粱)하네.[386] |
| 賢彦之落拓兮 | 어진 선비의 낙척함이여 |
| 終餓死於溝壑 | 끝내 구렁에 주려 죽었네. |
| 孰主張此機緘兮 | 누가 이 기함(機緘)[387]을 주관하리오 |
| 任自然之舛錯 | 자연의 천착(舛錯)에 맡기도다. |
| 心湮鬱其不釋兮 | 마음은 울적하여 풀리지 않고 |
| 神怳怳其外滛 | 정신은 몽롱하여 바로잡히질 않네. |
| 命巫陽使招魂兮 | 무양(巫陽)[388]으로 하여금 초혼(招魂)을 하게 하고 |
| 指璇霄而遐尋 | 옥 같은 하늘을 가리키며 찾아다니리라. |
| 闢十二之瑤扉兮 | 열두 겹의 요비(瑤扉)를 열고 |
| 覿玉皇之彷佛 | 옥황(玉皇)과 만남을 방불하도다. |

---

383) 구름길 : 청운의 뜻을 펴면서 높은 지위에 올라가는 벼슬길을 말한다.

384) 타자(拖紫) : 보라색 인끈을 늘어뜨린 고관(高官)을 가리킨다. 한(漢)나라 때 공후(公侯)는 보라색 인끈을 차고, 구경(九卿)은 청색 인끈을 찼다고 함.

385) 윤옥(潤屋) : 집을 윤택하게 함. 증자(曾子)가 이르기를, "부는 집을 윤택하게 하고, 덕은 몸을 윤택하게 하는 것이니, 덕이 있으면 마음이 넓어지고 몸이 펴져서 태연해진다. 그러므로 군자는 반드시 그 뜻을 성실히 하는 것이다.[富潤屋 德潤身 心廣體胖 故君子必誠其意]"라고 한 데서 온 말이다. 『大學章句 傳6章』

386) 설비(嚙肥)하고 지량(持粱)하네 : 기름진 것을 먹고 높은 벼슬을 갖는다는 뜻. 『사기』 <채택전(蔡澤傳)>에 '지량척지비(持粱刺齒肥)'란 구절의 '척지(刺齒)' 두 자는 마땅히 '설차(嚙此)'로 되어야 한다고 하였다.

387) 기함(機緘) : 기관(機關)이 닫혀지는[閉] 것임. 전하여 물(物)의 종시(終始)로서 기(氣)의 변화를 말함.

388) 무양(巫陽) : 옛날 신무(神巫)의 이름이다. 『초사(楚辭)』 초혼(招魂)에 "상제가 무양에게 이르기를 '하토(下土)에 있는 사람을 불러다 나를 보좌하게 할테니 그대는 이산(離散)된 그의 혼백(魂魄)을 찾아 나에게 데려오도록 하라.' 하였다." 하였다.

| | |
|---|---|
| 謇鞠躬而曲跽兮 | 아! 몸을 굽히고 꿇어 앉아 |
| 謁香案而請詰 | 향안(香案)[389]을 배알하고 힐책하시길 청하네. |
| 曰下土之賤臣兮 | 말하길, "하토의 천한 신하가 |
| 夙承上帝之降衷 | 일찍이 상제의 강충(降衷)[390]을 받들었나이다. |
| 心無倦於樂善兮 | 마음이 선행을 즐기는 데 게으름이 없었고, |
| 服忠信以制行 | 충신을 품에 두고 행실을 바르게 하였습니다. |
| 羌矯矯而亢亢乎 | 아! 씩씩하고 강직하였으나 |
| 病夏畦於朱門 | 여름 농사일보다 주문(朱門)의 일이 괴로웠지요.[391] |
| 任經訓之菑畬兮 | 경훈(經訓)을 치여(菑畬)로 삼고,[392] |
| 怕兀兀以窮年 | 몽롱하게 늙어갈까 두려워하였습니다. |
| 顧不能以自食兮 | 돌아보건대 제 힘으로 먹고 살 수 없으니 |
| 慨君子之固窮 | 군자의 고궁(固窮)[393]을 개탄하나이다. |
| 兒呼寒於冬暖兮 | 아이는 따스한 겨울에 춥다며 소리지르고 |

389) 향안(香案) : 왕의 시종신(侍從臣)으로 근무했다는 말이다. 향안은 조회(朝會)하는 날 전상(殿上)에 설치해 놓는 기구의 일종이다.

390) 강충(降衷) : 하늘이 내려준 성품. 『서경』 탕고(湯誥)에 "위대하신 상제가 백성들에게 충(衷)을 내려 주셨도다.(惟皇上帝, 降衷于下民.)"라고 하였다. '충(衷)' 자에 대한 해석은 구구하다. 선(善) 또는 복(福)으로 해석하기도 하고, 중(中) 즉 중도(中道)나 내심(內心)으로 해석하기도 한다.

391) 여름 ~ 괴로웠지요 : 주문(朱門)은 고관대작의 집의 대문으로 귀한 신분을 비유한 말이다. 『맹자(孟子)』 등문공 하(滕文公下)에 "어깨를 옹크리고 아첨하며 웃는 것은 여름에 밭에서 일하는 것보다 더 괴로운 일이다.(脅肩諂笑, 病于夏畦)"라고 한 증자(曾子)의 말이 소개되어 있다.

392) 경훈(經訓)을 치여(菑畬)로 삼고 : 치여(菑畬)는 원래 묵은 밭을 갈아서 농사를 짓는 것을 가리키는 말인데, 중국 당나라 문인 한유(韓愈)의 「부독서성남(符讀書城南)」 시에, "문장이 어찌 귀하지 않으리오. 경서의 가르침은 바로 묵은 밭을 가는 것이로다.(文章豈不貴, 經訓乃菑畬.)"라고 한 데서 글공부의 비유로 많이 쓰이게 되었다.

393) 고궁(固窮) : 도의(道義)를 고수하면서 빈궁한 처지를 편안하게 여기는 것을 말한다. 『논어(論語)』 위령공(衛靈公)에 "군자는 아무리 빈궁해도 이를 편안히 여기면서 도의를 고수하지만, 소인은 빈궁하면 제멋대로 굴게 마련이다.(君子固窮, 小人窮斯濫矣.)"라는 공자의 말이 실려 있다.

| | |
|---|---|
| 妻啼飢於年豐 | 아내는 풍년에 굶주린다며 운답니다. |
| 造物者之所揶揄兮 | 조물주의 놀리는 바 되니 |
| 臣獨何辜而戚戚 | 신이 무슨 허물이 있어 처량한지요. |
| 仰瞻玉色之愀然兮 | 우러러 옥같은 낯빛의 근심스러움을 보니 |
| 如有思乎穆穆 | 생각함이 깊고 먼 것이 있는 듯합니다.” |
| 詔列缺使致誥兮 | 열결(列缺)[394]에게 치고(致誥)하도록 하시고 |
| 云尒命之信薄 | 말씀하시길, “네 명이 진실로 박하도다. |
| 惟福善與禍淫兮 | 오직 복선화음(福善福淫)[395]은 |
| 暨逆凶而迪吉 | 흉함을 막고 길함을 이끄는 법이라. |
| 雖一理之不爽兮 | 비록 일리(一利)는 어긋나지 않지만 |
| 奈氣數之叅錯 | 기수(氣數)[396]의 뒤섞임은 어찌하리오 |
| 士有才而無命兮 | 선비가 재주는 있으되 명(命)이 없으니 |
| 自前世而固然 | 전세(前世)로부터 진실로 그러하니라. |
| 顏回之屢空兮 | 안회(顏回)의 누공(屢空)[397]이여 |
| 信盛德之不貧 | 성한 덕은 가난하지 않음을 믿니라. |

---

394) 열결(列缺) : 높은 공중에 있는 틈으로 이곳에서 번개가 일어난다고 한다. 『초사(楚辭)』 원유(遠遊)에, “위로 열결에 이름이여, 아래로 큰 골짜기를 바라본다.(上至列缺兮, 降望大壑.)” 하였다.

395) 복선화음(福善福淫) : 하늘이 착한 이에게 복을 주고 음탕한 자에게 화를 준다는 뜻. 『서경』 탕고(湯誥)에 “하늘의 도는 선인에게 복을 내리고 악인에게 화를 내린다. 그래서 하나라에 재앙을 내려 그 죄를 드러나게 한 것이다.(天道福善禍淫, 降災于夏, 以彰厥罪.)” 라는 말이 나온다.

396) 기수(氣數) : 천도(天道)가 유행(流行)하는 과정에서 기수(氣數)에 변동하는 요소가 있기 때문에, 정상적인 때도 있고 변고가 일어나는 때도 있으며, 넉넉한 때도 있고 부족한 때도 있다고 함.

397) 안회(顏回)의 누공(屢空) : 안회는 공자 제자, 누공은 식량이 자주 떨어진다는 뜻. 『논어』 옹야(雍也)에 공자가 “한 그릇 밥과 한 주발 국으로 누추한 곳에서 사는 고생을 다른 사람은 감내하지 못하는데, 안회는 그렇게 사는 낙을 고치지 않았다.” 하였고, 『논어』 선진(先進)에 “안회는 도(道)에는 거의 이르렀으나, 양식이 자주 떨어졌다.” 하였다.

| | |
|---|---|
| 相如之滌器兮 | 상여(相如)[398]의 척기(滌器)[399]이여 |
| 豈逸才之或歉 | 어찌 빼어난 재주가 간혹 흉한 것인가. |
| 苟中情之信姱兮 | 진실로 마음 속이 신실하고 아름다우니 |
| 亦安用夫浮念 | 또한 어찌 그런 잡념을 갖는가. |
| 撥名利於身外兮 | 몸 밖에 명리(名利)를 덜어내고 |
| 盡天則於分內 | 분내(分內)에 천칙(天則)을 다하게. |
| 親於身而不發兮 | 자신에게 가까이 발복(發福)하지 않아도 |
| 澤必流於後世 | 은택이 반드시 후세에 미치리라. |
| 志則乖於流俗兮 | 뜻은 곧 세속에 어긋났는데 |
| 神已議其陰扶 | 신이 이미 은밀한 도움을 꾀하였네. |
| 子將安而樂之兮 | 그대 장차 편안히 하고 즐기며 |
| 歸而求則有餘 | 돌아가 구하면 남음이 있으리라.” |
| 惕寐覺而興思兮 | 자나깨나 두려워하며 생각을 하니 |
| 若自失於撫膺 | 망연자실한 듯하며 가슴을 친다오. |
| 反初服而自修兮 | 초복(初服)[400]에 돌아가 스스로 수선하리니 |
| 余以天爲可徵 | 내가 하늘로 징험할 수 있으리라. |

---

398) 상여(相如) : 사마상여(司馬相如, BC 179~BC 117). 중국 전한의 문인. 자는 장경(長卿). 부에 있어 가장 아름답고 뛰어나, 초사(楚辭)를 조술(祖述)한 송옥(宋玉)·가의(賈誼)·매승(枚乘) 등에 이어 '이소재변(離騷再變)의 부(賦)'라고도 일컬어진다. 수사존중(修辭尊重)의 풍(風)이 육조문학(六朝文學)에 끼친 영향은 크다. 고향에서 곤궁에 처해 있을 무렵 부호 탁왕손(卓王孫)에게 초대된 자리에서, 그 딸인 문군을 보자 연정을 품게 되어 사랑의 도피를 하였다. 두 사람의 생활은 극도로 가난하고 궁하여 수레와 말을 팔아 선술집을 차렸다. 문군이 술을 팔고, 상여는 시중에 나가 접시닦이 일을 하였다고 한다.

399) 척기(滌器) : 두보(杜甫)의 취시가(醉時歌)에 “사마상여는 뛰어난 재주로 친히 그릇을 씻었고, 양자운은 글자를 알아서 끝내 천록각서 투신했지.(相如逸才親滌器, 子雲識字終投閣.)”라고 하였다.

400) 초복(初服) : 처음에 입던 옷. 곧 벼슬을 떠나 처음 은거하던 상황으로 돌아간 것을 말함. 굴원(屈原)의 『이소경(離騷經)』에 “물러가 다시 나의 초복을 손질하리.(退將復修吾初服.)” 하였음.

| | |
|---|---|
| 怳玉音之諄諄兮 | 하물며 옥음(玉音)의 순순(諄諄)[401]을 |
| 尙銘骨而載耳 | 외려 뼈에 새기고 귀에 실었음에랴. |
| 承靈訓其虛徐兮 | 신령한 가르침을 듣고서 천천히 배회하고 |
| 得所止而知止 | 그칠 바를 얻어 그칠 줄 아네. |
| 玆余所以昭述兮 | 이는 내가 소술(昭述)한 바이니 |
| 詔吾黨之小子 | 우리 족당(族黨)의 소자(小子)에게 알리도다. |
| 曁同志以胥勗兮 | 뜻을 같이 하고 서로 힘써서 |
| 庶不負乎天賦 | 하늘이 품부한 것 저버리지 않기를 바라노라. |
| 亂曰兩儀之肇判兮 | 마무리하여 말하노니, 음양이 막 나뉠 적 |
| 氣候流而不齊 | 기후는 흘러서 가지런하지 않도다. |
| 萬物之職職兮 | 만물은 끝없이 뻗어나니 |
| 品貴賤之可稽 | 귀천의 품등을 헤아릴 수 있네. |
| 人生於其間兮 | 사람이 그 사이에 나서 |
| 隨所稟以醇漓 | 품부받은 바 순정함을 따르네. |
| 變化之數無窮兮 | 변화의 수는 무궁하고 |
| 天地大而不免 | 천지는 커서 면하지 못하네. |
| 況吾人之渺然兮 | 하물며 우리들은 아득하여 |
| 固已囿於是氣之屈信 | 진실로 이미 기(氣)의 굴신에 매어있음에랴. |
| 所莊生之適來時兮 | 장자(莊子)가 때 되어 왔던 바에 |
| 奈榮悴之分定 | 어찌 성쇠의 분수가 정해짐이 있으랴. |
| 不怨天而[402]尤人兮 | 하늘을 원망 않고 남을 허물하지 않음은 |
| 亦嘗聞諸思聖 | 또한 일찍이 자사(子思)에게서 들었지. |
| 求諸己而有之兮 | 내 몸에서 구하여 가지고 있으니 |

401) 순순(諄諄) : 『시경(詩經)』 대아(大雅) 억(抑)에 "너를 진지하게 가르친다.[誨爾諄諄]" 하였음.

402) 필사본에는 '而' 다음에 不(불)이 있음.

| | |
|---|---|
| 羌不疚乎內省 | 아! 안으로 살피어 병됨이 없도다. |
| 尋常日用之間兮 | 평범하고 일상적인 사이에 |
| 自有至樂之閑界 | 절로 지극한 즐거움의 한가함이 있다네. |
| 由今往而快活兮 | 이제 가서 유쾌하게 살아가리니 |
| 又焉用此感慨 | 또 어찌 이 감개(感慨)의 뜻을 쓰리요. |
| 守吾分而終吾生兮 | 내 분수 지키며 내 생을 마치고 |
| 永肥遯而无悔 | 길이 비둔(肥遯)[403]하여 후회 없으리. |

## 〈望美人辭〉 〈망미인사〉

| | |
|---|---|
| 表獨立乎船之中兮 | 나 홀로 배의 가운데 우뚝 서서 |
| 搴芙蓉兮徒延佇 | 부용을 들고 한갓 우두커니 서있네. |
| 芳酷烈其未沫兮 | 향기가 강렬하여 아직 없어지지 않으니, |
| 思以遺夫遠者 | 저 멀리 계신 이 남겨둔 일 그리워하네. |
| 浴蘭湯而沐薰兮 | 난탕(蘭湯)[404]에 목욕하고 향수로 씻으시는 이 |
| 跂予望兮天一涯 | 발을 세워 내가 바라보니 하늘 끝에 계시는구나. |
| 情紆軫其婉孌兮 | 그 어여쁜 분께 정이 맺히고 얽혀 있으니, |
| 願委身以事之 | 원컨대 몸을 맡겨 섬겨 드리리라. |
| 北極遠以雲深兮 | 북쪽 끝 멀리 구름이 깊은지라 |
| 恐玉顔之不可覩 | 옥 같은 얼굴 뵐 수 없을까 염려스럽네. |

---

403) 비둔(肥遯) : 여유 있는 은둔이란 뜻이다. 『주역』 둔괘(遯卦) 상구(上九)의 효사(爻辭)에 "여유 있는 은둔이니 이롭지 않음이 없다.(肥遯, 无不利.)" 하였다.

404) 난탕(蘭湯) : 난탕(蘭湯)은 향기로운 난초를 넣어서 끓인 물을 말하는데, 옛사람들이 난초가 불상(不祥)한 것을 물리칠 수 있다 하여 난탕으로 목욕재계를 했다고 한다. 『대대례기(大戴禮記)·하소정(夏小正)』에 "단오일에는 난탕으로 목욕을 한다.(午日以蘭湯沐浴.)"라고 하였다.

| | |
|---|---|
| 歎靑雀之影斷兮 | 청작(靑雀)[405]의 그림자 끊어짐을 탄식하는데 |
| 瑤海濶以路阻 | 요해(瑤海)[406]는 드넓고 길이 험하도다. |
| 謇脩之自西方兮 | 건수(謇脩)[407]가 서방으로부터 |
| 來我謀其申申 | 내게 와서 그 활짝 편 마음으로 의논하네. |
| 謂余佩之可貴兮 | 내 패옥[408]을 귀히 여길만하다 하고 |
| 煥余飾之燁[409]然 | 내 장식을 찬란하다 하네. |
| 孰求美而釋汝兮 | 누가 미인을 구하러 그대를 보냈나 |
| 指中夏以爲期 | 중하를 가리켜 기약으로 삼도다. |
| 曰勉爾之貞操兮 | 이르길, 그대의 정조(貞操)를 권면하니 |
| 盍以道而要之 | 어찌 도(道)로써 구하지 않는가. |
| 心然疑而未定兮 | 마음에 의문이 있어 아직 정하지 못하고 |
| 聊盤桓而且俟 | 애오라지 서성거리다 또 기다린다오. |
| 趁摽梅之傾筐兮 | 떨어지는 매실에 광주리를 기울인 일[410]을 좇고 |
| 懷良辰而自嬉 | 좋은 때를 생각하니 절로 기쁘도다. |
| 遂發軔於海陽兮 | 드디어 해양(海陽 : 전라도)에서 처음 공부를 시작할 적에 |

405) 청작(靑雀) : 신선의 사자(使者)를 뜻함. 한 무제(漢武帝) 때 갑자기 궁전 앞에 청작이 날아들자, 동방삭(東方朔)이 말하기를 "서왕모(西王母)가 오려는 것이다." 하였는데, 과연 조금 뒤에 서왕모가 왔다는 고사에서 온 말이다.

406) 요해(瑤海) : 요지(瑤池)를 말한다. 요지는 전설 속에 나오는 못으로, 서왕모(西王母)가 사는 곤륜산(崑崙山) 속에 있다고 한다.

407) 건수(謇脩) : 필사본 서문에 "향시(鄕試)의 주사를 가리켜 말한 것이다.(謇脩者, 指鄕解主事而言也.)"라고 하였음.

408) 패옥 : <이소(離騷)>에 "우뚝한 내 관을 높이 쓰고, 치렁치렁한 내 패옥을 길게 늘어뜨린다.(高余冠之岌岌兮, 長余佩之陸離.)"한 데서 온 말로, 여기서는 은자의 모습을 형용한 것이다.

409) 필사본에는 燦(찬)으로 되어 있음.

410) 떨어지는 ~ 기울인 일 : 때를 놓치지 않아야 함을 비유함. 『시경(詩經)·국풍(國風)』「표유매(摽有梅)」 참조.

| | |
|---|---|
| 云余造乎漢師 | 내 한사(漢師 : 서울)에서 뜻을 세울 것을 말했지. |
| 輕千里而遠邁兮 | 천리를 가벼이 여기어 고매한 뜻을 가졌고 |
| 爲靈脩之故也 | 영수(靈脩)[411]의 고사를 생각했다오. |
| 既謾我以好音兮 | 이미 좋은 말로 나를 속이더니 |
| 後懷私而有他 | 뒤에 사사로운 마음을 품고 다른 이를 두었지. |
| 衆皆競進而求索兮 | 무리들이 모두 다투어 나아가며 찾아 구하는데 |
| 各興心而嫉妬 | 각기 마음을 흥기하여 질투를 일삼네. |
| 紛馳騖以追逐兮 | 어지럽게 내달리고 뒤좇아 다니는 일은 |
| 非余心之所喜 | 내 마음이 기쁘게 여기는 바가 아니도다. |
| 寧窮餓而畢命兮 | 차라리 굶다가 생명을 마친다한들 |
| 亦何忍爲此態 | 또한 어찌 차마 이런 작태를 일삼으랴. |
| 屈心而抑志兮 | 마음을 굽히고 뜻을 억누르며 |
| 又豈可以淹留 | 또 어찌 머무를 수 있으랴. |
| 回余馬而復路兮 | 내 말을 돌려 되돌아와서 |
| 反初服而自修 | 초복(初服)[412]에 돌아가 스스로 수선하리라. |
| 悼本志之變化兮 | 본뜻의 변화함을 슬퍼하니 |
| 自中心之愠愉 | 스스로 마음 속에 강개함이 있네. |
| 曾歔欷余鬱邑兮 | 일찍이 내 근심을 탄식하였고 |
| 哀余命之不辰 | 내 명이 때를 잘못 타고남을 슬퍼하도다. |
| 瞻北辰其彌遠兮 | 북극성[413] 바라보니 더욱 먼데 |

---

411) 영수(靈脩) : 굴원(屈原)이 <이소(離騷)>에서 초 회왕(楚懷王)에 대해 표현한 말로, 임금을 뜻한다.

412) 초복(初服) : 처음에 입던 옷. 곧 벼슬을 떠나 처음 은거하던 상황으로 돌아간 것을 말함. 굴원(屈原)의 『이소경(離騷經)』에 "물러가 다시 나의 초복을 손질하리.(退將復修吾初服.)" 하였음.

413) 북극성 : 북신(北辰)인데 전하여 임금을 가리킨다. 『논어』 「위정(爲政)」의 "덕정(德政)의 효과는 마치 북극성[북신(北辰)]이 제자리에 가만히 있어도 뭇별들이 모두 그쪽을 향해 귀의하는 것과 같다."고 한 말에서 나온 것이다.

| | |
|---|---|
| 攬宿莽以掩涕 | 숙망(宿莽)[414]을 캐니 눈물이 앞을 가리네 |
| 君之門不可徑入兮 | 그대의 문에 들어갈 수 없으니 |
| 謇誰須兮[415]雲際 | 아! 누가 모름지기 운제(雲際)[416]가 되리오. |
| 期黃昏之已違兮 | 황혼(黃昏)의 기약은 벌써 어긋났고, |
| 惜中途而改路 | 중도에 길을 바꾸는 것이 애석하도다.[417] |
| 閽人怒而九閉兮 | 문지기는 노하여 아홉 번을 닫으니 |
| 何不改乎此度 | 어찌 이 법도를 고치지 않는가. |
| 冀容光之畢照兮 | 빛을 들이는 곳에 끝내 비춰주길 바라고 |
| 絶覆盆之幽寃 | 복분(覆盆)[418]의 그윽한 원한을 끊으리라. |
| 顧余情其信芳兮 | 돌아보건대 내 마음은 꽃다우니[419] |
| 苟得列乎下陳 | 실로 아래사람들 이야기에 열거됨을 얻었네. |
| 手盤匜與巾櫛兮 | 손수 살림도구와 건즐(巾櫛)[420]을 잡고 |

414) 숙망(宿莽) : 굴원(屈原)의 「이소(離騷)」에 "아침에는 비의 목란을 꺾고 저녁에는 모래톱에서 숙망을 캔다.(朝搴阰之木蘭兮, 夕攬洲之宿莽.)" 하였다. 비(阰)는 초(楚)나라의 산 이름이고, 숙망은 숙근초(宿根草)이다. 벼슬을 그만두고 은거함을 뜻한다.

415) 필사본에는 乎(호)로 되어 있음.

416) 운제(雲際) : 풍운제회(風雲際會)의 준말로, 임금과 신하가 의기투합하는 것을 말한다. 『주역』 <건괘(乾卦) 문언(文言)>의 "구름은 용을 따르고 바람은 범을 좇는다.[雲從龍風從虎]"라는 말에서 유래하였다.

417) 황혼의 기약은 ~ 애석하도다 : 굴원(屈原)의 「이소(離騷)」에 "황혼에 만나자고 기약하였건만, 중도에 길을 바꾸었네.(曰黃昏以爲期兮, 羌中道而改路.)"라고 한 구절에서 온 것이다.

418) 복분(覆盆) : 거꾸로 엎어진 동이, 즉 억울한 죄를 뒤집어쓴 채 풀 길이 없는 경우를 말한다. 『포박자(抱朴子)』 변문(辨問)에 "일월도 비치지 않는 곳이 있고, 성인도 알지 못하는 경우가 있다. 그러나 어찌 이 때문에 성인의 일을 비난하고 신선이 없다고 할 수야 있겠는가. 이는 삼광(三光)이 복분(覆盆)의 내부를 비추지 못한다고 책망하는 것과 같다." 하였다.

419) 내 마음은 꽃다우니 : 굴원(屈原)의 「이소(離騷)」에 "날 알아주는 이 없어도 그만이니, 정녕 내 마음은 꽃답도다.(不吾知其亦已兮, 苟余情其信芳.)"라고 한 구절에서 온 것이다.

420) 건즐(巾櫛) : 여자가 남편 섬기는 것을 건즐을 잡는다 하는데, 그것은 세수할 때에 수건과 빗을 만들어 준다는 뜻이다. 망월(望月)에 맞춤 『시경』에, "천자(天子)의 딸이

| | |
|---|---|
| 奉金箒以周旋 | 빗자루를 받들어 주선(周旋)하리라. |
| 思奔走以先後兮 | 분주하게 선후를 생각하고 |
| 警齊鷄之報晨 | 제계(齊鷄)[421]의 새벽 알림을 경계로 삼도다. |
| 嗟佳期之遲暮兮 | 아! 아름다운 기약의 더디고 늦음이여 |
| 徒願忠而自傷 | 한갓 충(忠)을 바랐지만 스스로 상처입었네. |
| 辰儵忽其易徂兮 | 시간은 빨라 쉽게 흘러 가니 |
| 悲草木之日零 | 초목이 날로 영락함이 슬프네. |
| 水有芷兮山有桂 | 강에 지초(芝草)가 있고 산에 계수나무 있는데 |
| 懷佳人兮不可忘 | 고운 사람 생각하니 잊을 수 없도다. |

## <方丈山歌次歸去來辭韻> <방장산가(方丈山歌) 귀거래사(歸去來辭)를 차운하다>

| | |
|---|---|
| 盍歸來兮 | 어찌 돌아가지 않는가 |
| 龐公已歸君又歸 | 방덕공(龐德公)[422] 이미 돌아갔고 그대도 또 돌아갔네. |
| 我今猶爲塵土物 | 나 이제 외려 속진(俗塵)의 인물이 되어 |
| 獨悵望而自悲[423] | 홀로 서글피 바라보니 절로 슬프구나. |

---

보름달과 같다."는 말이 있다.

421) 제계(齊雞) : 『시경(詩經)』 제풍(齊風)의 '계명장(雞鳴章)'의 내용에서 따온 말. 어진 비(妃)가 아침 닭울음소리를 듣고, 남편인 왕에게 나가서 정사(政事)를 보도록 재촉하는 내용으로 된 시임. 곧 어진 아내의 덕을 기린 것임.

422) 방덕공(龐德公) : 후한(後漢)의 은자(隱者). 한 번도 도회지에 발을 들여놓지 않은 채, 유표(劉表)의 간절한 요청에도 끝내 응하지 않고서 처자를 데리고 녹문산(鹿門山)에 들어가 약초를 캐며 살다 생을 마쳤다. 『尙友錄 1』

423) 필사본에는 悲(비)로 되어 있음.

彌年歲其已晩　　해를 넘겨 이미 늦었으니
雖有悔而莫追　　비록 후회가 있으나 좇을 수 없네.
亟糞壤以汨汨　　거름흙에 빠져 골몰하기를 삼가는데
慨身計之日非　　계책이 날로 어긋남을 개탄하도다.
嗟宿願之冉冉　　아! 묵은 소원의 덧없음이여
塵久捿於荷衣　　속진에서 하의[424] 입은 지 오래로다.
然長往之弗易　　멀리 떠나감이 그리 쉽지 않으니
矧吾生之麽微　　하물며 내 생의 미미함에 있어서랴.
絡窶且病　　가난한 형편에 또 병이 들어
未立欲奔　　아직 서지도 못하면서 달리고자 하네.
夢入瑤壇　　꿈에 요단(瑤壇)에 들어가
身掩蓬門　　몸을 봉문(蓬門)에 가렸지.
仙區消息　　신선 구역의 소식은
賴我友存　　내 벗에게 남겨두었네.
何當脫屣　　어찌 헌신짝 버리듯 세상을 떠나서
花月同樽　　화월(花月)과 함께 술동이를 기울일까.
喜空谷之響跫　　빈 골짝에 발자국 소리 울림이 좋고
破胡床之歡顔　　호상(胡床)[425]을 부수니 기쁜 낯빛이 되네.
分華山之一半　　화산(華山)을 반쯤 나눈 듯 한데
庶此身之閑安　　이 몸이 한가롭고 편안하길 바라네.
幽事多於淨界　　그윽한 일은 정계(淨界)에 많고
白日長於仙關　　밝은 해는 선관(仙關)에 길도다.

---

424) 하의 : 은자(隱者)의 복장을 말한다. 『초사(楚辭)』 '이소(離騷)'에 "연꽃 잎새로 옷옷해 입고, 부용으로 아랫바지 만들어 입네.(製芰荷以爲衣兮, 集芙蓉以爲裳.)"라 하였다.

425) 호상(胡床) : 교상(交床)이라고도 하는 의자의 일종으로, 간편하게 접을 수 있도록 윗부분을 노끈으로 얽어 만들었는데, 보통 관원들이 하인에게 갖고 다니게 하거나 사찰에서 승려들이 사용하였다.

| | |
|---|---|
| 心可捿乎淡泊 | 마음은 담박함에 깃들 수 있고 |
| 理亦到於靜觀 | 이치도 또한 정관(靜觀)에 이르겠네. |
| 月垂釣而暮出 | 달은 낚시를 드리워도 저물녘에 나오고 |
| 雲採藥而朝還 | 구름은 약을 캐도 아침에 돌아온다. |
| 邈塵世之永隔 | 속진(俗塵)을 멀리하여 길이 격리되니 |
| 所幽人之盤桓 | 은자가 배회하는 곳이라네 |
| 盍歸來兮 | 어찌 돌아가지 않는가 |
| 願與子而嬉遊 | 원컨대 그대와 더불어 즐겁게 노니리라. |
| 溺於俗者皆是 | 시속에서 빠져있는 자는 다 옳다하는데 |
| 夫孰知其可求 | 대저 누가 알아서 구할 수 있으랴. |
| 神鬼呵其不祥 | 귀신은 그 상서롭지 못함을 꾸짖으니 |
| 寧虎豹之足憂 | 차라리 호표(虎豹)를 근심하는 것이 낫겠네. |
| 亦知代食之攸好 | 또한 대식(代食)[426]의 좋은 바를 알아서 |
| 應有樂於田疇 | 응당 농사일에 즐거움을 두리라. |
| 靈境雖深 | 신령한 경계가 비록 깊으나 |
| 路瓶漁舟 | 고깃배로 길을 연다오. |
| 維方丈之鎭南 | 오직 방장산이 남쪽을 누르니 |
| 衡岳譬則陵邱 | 형산(衡山)이 비유하면 구릉이라네. |
| 粤六鰲之骨霜 | 아! 육오(六鰲)의 뼈에 서리가 내렸는데[427] |
| 踵二山而東流 | 두 산을 이어 동으로 흘러가네. |

426) 대식(代食) : 세상이 어지러움으로 인하여 군자(君子)가 벼슬하지 않고 물러나서 손수 농사를 지어 녹봉 대신 생활을 영위하는 것을 가리킨다.『詩經 大雅 桑柔』

427) 육오(六鰲)의 ~ 내렸는데 : 육오(六鰲)는 바다 속에서 삼신산(三神山)을 머리로 이고 있다는 여섯 마리의 자라이다. 용백(龍伯)의 나라에 거인이 있는데 한 번의 낚시로 이 자라 여섯 마리를 한꺼번에 낚았다 하였다.『列子 湯問』 이백(李白)의 시 <등고구이망원해(登高邱而望遠海)>에 "육오의 죽은 뼈엔 이미 서리가 내렸으니, 삼산은 흘러가서 어디에 있는고.(六鰲骨已霜, 三山流安在.)" 하였다.

| | |
|---|---|
| 叅三神以鼎峙 | 삼신(三神)[428]에 참여하여 세발솥처럼 우뚝 솟았고 |
| 見鴨水而卽休 | 압수(鴨水)를 보면서 곧 그치는구나. |
| 噫吁嚱望中仙山眼中人 | 아! 선산(仙山)을 바라보니 가까운 이 있도다. |
| 胡不相尋仍久留 | 어찌 서로 찾아 오래 머물지 않는가 |
| 笑矣乎至今不見之 | 우습구나! 지금엔 보이지 않네. |
| 高人跡復存 | 고인(高人)의 자취는 다시 남아 있는데 |
| 孤雲吾所期 | 외로운 구름은 내 기약하는 바로다. |
| 蔘[429]芝猶能服食 | 인삼이며 영지는 외려 먹을 수 있으니 |
| 又何用夫耘耔 | 또 뭐하러 농사일을 하리오. |
| 挹山溪之灝氣 | 신속 시내의 맑은 기운 가져다 |
| 亦可發而爲詩 | 또한 발하여 시를 지을 수 있도다. |
| 倘自得之有趣 | 만약 자득(自得)의 의취(意趣)가 있다면 |
| 願從隱者質所疑 | 원컨대 은자를 좇아 의심난 것 물으리라. |

428) 삼신(三神) : 삼신산(三神山)으로 한국에서 금강산, 지리산, 한라산을 부르는 말이다. 또한 중국에서는 봉래산(蓬萊山), 방장산(方丈山), 영주산(瀛洲山)을 가르켜 삼신산이라 고 한다.

429) 필사본에는 參(삼)으로 되어 있음.

## 〈輓尹浚哀辭〉 〈윤준[430]을 애도하는 사〉

| | |
|---|---|
| 魂兮歸來不須去些 | 혼이여 돌아오라 떠나지 말지니 |
| 九地沈沈鎖長夜些 | 구지(九地)는 침침하고 긴 밤은 잠겨 있네. |
| 不若陽界有至樂些 | 양계(陽界)에 지락(至樂)이 있음만 못하니. |
| 我作此歌虔大招些 | 내 이 노래를 지어 삼가 크게 부르노라. |
| 魂兮歸來案有詩些 | 혼이여 돌아오라 책상에 시가 있으니 |
| 遂而不達神難測些 | 이루어도 이르지 못하니 신명은 헤아리기 어렵네. |
| 長價騷壇理不昧些 | 시단에 높은 성가(聲價) 이치는 어둡지 않는 법 |
| 典刑宛然天可徵些 | 전형이 완연하니 하늘도 징벌할 만하도다. |
| 魂兮歸來與余好些 | 혼이여 돌아오라 나와 함께 좋으니 |
| 連姻義重交有道些 | 혼인 맺어 의리가 중하고 사귐에 도가 있네. |
| 評詩討文不復得些 | 시를 평하고 문을 논하는 일 다시 할 수 없으니 |
| 魂兮不留吟斷楚些 | 혼이여 머물지 말지어다 초가(楚歌) 읊기 끊났다오. |

卷之一 終　권1 끝

430) 윤준(尹浚) : 윤결(尹潔)의 아우로, 자는 심원(深源)이다. 『대동야승(大東野乘)・을사전문록(乙巳傳聞錄)』「윤결전(尹潔傳)」에 "윤결의 자는 장원(長源)이며 본관은 남원(南原)이다. 정유년에 진사가 되고 계묘년 문과에 올라서 홍문관 수찬이 되었는데, '안명세(安名世)가 형벌을 받을 적에 조용히 죽음에 나아갔다.'라고 발언하여 매를 맞고 경흥(慶興)으로 유배되었다. 아직 유배지에 이르지도 않았는데 대사간 진복창이 사적인 원한을 품고 추국(推鞫)하기를 힘써 청하여, 형장(刑杖)으로 죽었다. 그 아우 윤준(尹浚)도, '윤원로(尹元老)의 죽음은 윤춘년(尹春年)이 윤원형에게 아부해서 자기들이 화를 만든 것'이라고 말했다는 이유로써, 시비(是非)를 어지럽게 하고 인심을 동요시킨다는 죄로 논하여 참형(斬刑)에 처하였다.(尹潔, 字長源, 南原人也. 丁酉進士, 癸卯文科, 爲弘文修撰, 以言安名世臨刑從容就死, 杖流慶興. 未至配所, 大司諫陳復昌挾私憾, 力請推鞫, 死於杖下. 其弟浚, 亦以言尹元老之死, 尹春年阿附尹元衡, 作自中之禍, 論以變亂是非動搖群情, 處斬.)"라는 기사가 전한다.

# 주곡유고(舟谷遺稿) 권❷

## 문(文)

### <제조근하 대작(祭曹根夏 代作)[431]>

<조근하(曹根夏) 선생을 위한 제문. 대신하여 짓다>

선비가 재주 있는데 수명 없음은 이미 옛사람들이 서글퍼한 것이라네. 공자께서 불우하심은 후생들의 눈물을 자아내네. 평소에 공부를 쌓아서 온축함이 깊은데 어찌하여 펼치지 못했는가? 아름답구나! 여주(驪州)에서 학문을 배양하여 이미 경학에 통달한 박사라네. 그 후손이 선조의 아름다움을 계승하여 과장(科場)에서 크게 힘을 쏟네. 심후하고 막힘이 없어 홍지(紅紙)[432]에 이름을 크게 드러내었네. 끝내 조물주가 사람에게 액운을 내려 급제하고 나서 그쳐버렸네. 오직 마음 속이 깨어있어 정기(精氣)를 온축하여 깊이 간직하네. 반드시 백 년을 누릴 것인데 겨우 회갑에 미쳐 영영 떠나버렸네. 그러나 깨끗하고 아름다운 바탕에다 넓은 학식을 겸비하였네. 어디서 이런 인재를 다시 얻을까? 저승에서 다시 일어날 수 없음이 원통하네. 슬프다! 이 사람의 아득해짐이여. 문단이 쓸쓸해짐을 깨닫네. 옛날 우리 조부께서 분주하게 다니며 부친에게 배워 성취가 있었네. 오성(伍聲)에 의탁하여 친교를 맺어 사이좋게 어울리는 깊은 정을 나누었네. 선인께서 교유함에 그대를 존경하며 사귀었네. 우리 또한 미쳐 뵐 수 있어서 머리 쓰다듬어 주시는 은혜를 입었네. 찾아가 뵈올

---

431) 대작(代作) : 글자 그대로 다른 사람을 대신하여 글을 짓는 것으로 과제(課題)가 많다.

432) 홍지(紅紙) : 붉은 종이로 문과에 급제한 자는 붉은 종이에 이름을 써서 이것을 홍패(紅牌)라 하였고, 생원・진사시(生員・進士試)에 합격한 자는 흰 종이에 이름을 써서 이것을 백패(白牌)라 하였다.

의분(誼分)이 있는데 평소 살펴주시던 정의를 저버렸네. 병환에 문병 못 한 것이 한스러운데 또 임종에 문상하지 못하였네. 다만 한 잔 술로 영결함이여! 다른 사람보다도 늦었네. 이것이 내가 붓을 잡은 까닭이니 옛날 일을 노래하여 말하네. 존귀한 신령 내려와 흠향하시기를 바라노니 부디 저의 곤궁함을 살피소서.

## 〈기우서석산(祈雨瑞石山)[433]〉

하늘 끝까지 우뚝 솟은 산이 남쪽 지방에 펼쳐져 있네. 구름을 내뿜고 비를 내려 아름다운 이로움이 이에 크다네. 우리 성읍을 감싸 우리 진산(鎭山)이 되었네. 기도하면 반드시 감응이 있다고 영험함을 전해 들었네. 옛날 왕명을 받들고 이 고을에 왔다네. 아! 우리 위정자들이 마침 이러한 시절을 만났네. 실로 부덕함이 부끄러우니 신께 죄를 얻었네. 죄는 직책을 잘 수행하지 못한 데 있으니 백성들이 무슨 죄인가? 가엾은 우리 고달픈 백성들이 먹여주기를 절절히 바라네. 은미함과 드러남이 비록 다르지만 신과 사람은 한 가지 이치라네. 양양(洋洋)하게 위에 있어 체인(體認)하지 않는 사물이 없네. 하물며 밝은 신이 이 지방을 주관함에 있어서이겠는가? 성대한 덕 사사로움 없고 감동하면 반드시 통하나니 여기 변변찮은 제수를 올려 강림하시기를 바라노라. 속히 은택을 내려 우리를 버려두지 마소서.

433) 서석산(瑞石山) : 지금의 광주광역시(光州廣域市)에 있는 무등산(無等山)의 별칭.

## 〈기우사직단(祈雨社稷壇)〉

신과 사람 간격 없으니 한 가지 이치로 연결되어 있네. 『시경(詩經)』에서는 신의 강림을 노래하고 『역경(易經)』에서는 감응을 드러내었네. 상림(桑林)에서 경건히 기원함434)은 예로부터 있던 의식이라네. 이 일이 전하여져 마침내 정례(定例)가 되었네. 예로부터 지금까지 영험함이 다르지 않네. 하물며 한 나라에 사직이 가장 존귀하니 좌우에 단을 갖추어 제사를 빠뜨리지 않았네. 우리 농사를 도우사 하늘의 화육(化育)을 돕게 하소서. 지금 극심한 가뭄을 신께서는 어이하여 듣지 않으시는가? 곡식이 끝내 시들해져 전야에서 원통해하네. 영험한 은택이 오래도록 숨겨져 메마름을 앉아서 기다리네. 분주하게 다니며 하소연하고 희생과 제물을 아끼지 않네. 처음엔 산에다 제사지내고 다시 바다에 제사지내네. 신께서 흠향하지 않으시고 귀기울심 역시 아득하네.

아! 우리 위정자들이 마침 이러한 시절을 만나네. 오직 관리들이 직책을 방기해서이니 죄가 그 몸에 있네. 하소연할 데 없는 저 백성들이 홀로 무슨 죄인가? 백성들 마른 연못의 물고기처럼 입을 뻐끔거리고 무지개를 바라는 마음 날로 꺾여가네. 오직 신이 맡으신 일이니 농사를 누가 이루겠는가? 엎드려 명을 기다리니 감히 변변찮은 정성을 다하네. 상제(上帝) 앞에서 부르짖어 우사(雨師)에게 명령하시기를 바라네. 속히 은덕을 내리소서. 귀신만이 하실 수 있습니다.

---

434) 상림(桑林)에서 경건히 기원함 : "탕(湯) 임금 때에 칠년 동안 비가 내리지 않자 몸소 상림(桑林) 부근에서 기도하니 사방에서 구름이 몰려오고 천 리 밖의 비가 와서 내렸다." 라고 하는 말이 『회남자(淮南子)』, 「주술훈(主術訓)」에 보인다.

## 〈신기제지신(新基祭地神)〉

하늘과 땅과 사람이 참여하여 삼재(三才)가 되니 하나의 이치로 감통(感通)하여 신과 사람이 서로 의지하네. 이에 길한 땅을 택하여 우리 터를 잡고 이에 길한 날을 택하여 기초를 다지고 건물을 올리네. 감히 희생(犧牲)과 제수(祭需)를 정결히 하여 엎드려 명을 청하네. 이 집자리에 들어와 보답하고 제사지내며 잊지 않네. 온갖 사악함 몰아내고 상서롭지 못한 기운 꾸짖어 금하네. 부디 강림하셔서 제수를 흠향하시고 함께 하소서.

신과 사람 사이는 하나의 이치로 감통하니 저승과 이승이 서로 의지하며 좋아하고 싫어함이 또한 같다네. 백성들이 편안함은 신께서 보우하신 것이고 백성들이 피폐함도 신의 수치이네. 지난해 죄인인 내가 신이 깃드신 곳 즐거워하여 신의 은택을 힘입어 이에 거처하였네. 신령께 의지하여 편안하기를 바라니 그 삶을 이루어 재앙과 환란이 없게 하셨네. 중간에 혹독한 벌로 모친을 여의게 만들었네. 가엾고 가여운 고아가 무슨 죄를 신께 지었는가? 한 집안이 편안하지 못하여 잠시도 보전하지 못하네. 집안 가득 부르짖는 소리에 깊은 골짜기에 떨어진 것 같네. 혹은 신명께서 그 신위(神位)를 편안하게 여기지 않아 보호해줄 것을 생각하지 않고 이 지경에까지 이른 것이라 염려하네. 신께서 이처럼 무심하셔서 마치 버린 듯이 하시니 죄인이 하소연할 데가 없고 곤궁하여 돌아갈 곳이 없네. 감히 변변찮은 정성을 다하여 이 충정을 바치고 희생과 술에 제수를 겸하여 위로받고 편안하시기를 고하네. 옛일을 씻어버리고 새로움을 도모하며 재앙을 물리치고 길상을 바라니 처음부터 끝까지 제사를 드리면 성대한 덕 빛을 더하리라. 오직 성령(聖靈)께서 양양하게 위에 계시면서 돌아 강림하사 흠향하소서. 인하여 사방의 제사 받지 못하는 여러 신들을 불러 아울러 향초를 올리니 함께 인(仁)으로 돌아갑니다.

## 〈제종형인리문처사낙탄개장문(祭宗兄仁里門處士樂灘改葬文)〉

삼가 생각건대 우리 신령은 곤산(崑山)에서 떨어진 옥이요 창해(蒼海)에서 버려진 진주라네. 흉금이 시원하고 안으로 세속을 끊었다네. 조부가 같은 이상(貳相)이고 실로 우리 가문 사람이네. 제사를 모실 때마다 진실한 자세 충만하였네. 서열은 형제이고 나아가기는 앞서거니 뒤서거니 하였네. 나를 보듬어주고 인도해준 것은 내 어린 시절부터라네. 오랫동안 집안에 의탁하여 시학(詩學)을 힘입었네. 집안의 훌륭한 자손 빼어나 이름이 알려지고 성대하였네. 나를 불러 숙부라 하는데 나는 아우로 여겼네. 번갈아 문단을 창도하니 마치 한 몸인 듯하였네. 지금 모두 끝났으니 나만 홀로 여기에 있네. 어진 자손들 보는 것 즐거우니 후사를 이을 만하네. 저 아름다운 성을 바라보니 이미 거듭 터를 잡은 것이네. 지가(地家)의 설을 보니 법도에 맞지 않네. 이에 묘혈을 파니 재앙을 증험하네. 다른 산에 옮겨 안치하니 자취가 점점 멀어지네. 이에 변변찮은 제수를 올려 이 맺힌 마음 하소연하노라. 사그라지지 않는 혼이 있어 부디 이 제사를 흠향하소서.

## 〈송학산재궁상량문(松鶴山齋宮上樑文)〉

무등산(無等山)의 서쪽 기슭이요 극락강(極樂江)의 동쪽 언덕이네. 용 같은 맥박이 이어져 원기(元氣)가 내달리고 그치지 않네. 지형이 평온

하여 명당(明堂) 자리 넓기가 끝이 없네. 실로 선조의 유품이 간직된 곳이니 솔과 오동이 울창하고 후손에게 장갱(墻羹)[435]의 그리움을 일으키니 이슬과 서리 싸늘하네. 조상께 제사 드려 세월의 변화에 감개하니 이미 근본에 보답하는 도리가 있고 재계하고 몸을 깨끗이 하니 반드시 마음 다하는 글을 갖추네. 비 가리고 바람 막으니 휴식하시던 곳 폐할 수 없고 탕을 끓이고 고기 구우니 또한 제수 올리는 부엌 만들기에 마땅하네. 이에 작은 건물을 이루고 인하여 중수(重修)하는 공사를 하네. 주인은 신라(新羅)의 먼 후손이고 죽산(竹山)의 거족(巨族)이네. 대현(大賢) 문성공(文成公, 이이(李珥))의 후손이요 귀척(貴戚) 중원군(中原君)의 자손이네. 문사(文士)가 연이어 나왔고 진유(眞儒)가 유독 많았네. 진(秦)나라 가난한 남자 결혼하여 나가 살 듯[436] 서상사(徐上舍)의 집에 처가살이하였네. 진나라 선비 떠돌 듯 방하동(芳荷洞)에서 처마를 잇대고 살았네. 천고에 길이 남을 터를 잡으니 벗에 대한 우의(友誼)를 보네. 깊은 골짜기를 사이에 두고 엄연한 무덤이 서로 마주보네. 세대가 이미 고조, 증조를 넘어서니 예에 비록 분한(分限)이 있지만 절기마다 분향을 폐하지 않으니 그리운 정은 무궁하네. 아름다운 성에 가까우니 일찍이 봉양 올리던 집이 있고 우러러 무덤가 소제하니 겸하여 자손들 모이는 여막이 되네. 동서로 두 묘문에 비록 두 집안의 다름이 있지만 양쪽이 재실(齋室)을 함께 하니 또한 한 곳을 함께하는 우호(友好)가 있네. 수세대를 내려와

---

435) 장갱(墻羹) : 『후한서(後漢書)』 권63의 「이고전(李固傳)」에 요(堯) 임금이 죽은 뒤에 순(舜) 임금이 너무도 그를 사모한 나머지, 자리에 앉으면 담벼락에 요 임금의 모습이 어른거리고 밥을 먹을 때에는 요 임금의 얼굴이 국그릇 속에 비쳤다[坐則見堯於墻, 食則覩堯於羹.]는 이야기가 전한다.

436) 진(秦)나라 가난한 남자 결혼하여 나가 살 듯 : 진췌(秦贅)는 진나라 때 집안이 가난하여 혼인을 할 수 없는 자들이 딸이 많은 집에 들어갔던 풍속을 말하는 것으로 후대에 이런 남자를 췌부(贅夫)라고 불렀다.

이미 금일의 관례를 이루었네. 미리 재계할 수 있으니 이곳이 깊고 그윽하네. 자연스럽게 위로 비가 내리고 옆으로 바람이 부니 세월이 오래되어 무너졌다네. 가는 길에 탄식하고 안타까워하니 어찌 자손이 중수(重修)하는 바람[437]이 없겠는가? 두루 물어보아 모두 같은 생각이니 이에 고쳐 짓는 일을 하네. 이 계획을 세운 이가 누구인가? 중간에 여러 번 옮긴 것을 개탄하네. 옛 터에 그대로 함이 어떠한가? 이제야 돌아올 수 있게 됨을 기뻐하네. 돌을 옮기고 흙을 쌓으니 공이질 소리 끙끙거리고 재물 모으고 공력을 모으니 어영차 여러 사람 힘을 모음을 가상하게 여기네. 수풀과 산빛이 변하니 신선 사는 곳에 새 빛을 열고 골짜기 빛깔이 더하니 신령스런 곳에 구름과 노을 머무네. 몇 칸 집을 일으켜 짓노니 여러 집사(執事)들의 게으르고 부지런함 살펴보라. 두 성(姓)이 합동하여 움직이니 여러 군자들의 성실함과 불성실을 경계하라. 육위(六偉)[438]를 노래하니 모든 공사를 살펴주게나. 어영차 들보를 동쪽으로 드니 푸르른 병풍 상서로운 구름에 깊이 잠겨 있네. 깃털옷 입은 신선객이 왕래하리니 혹시 난거(鸞車) 타고 머나먼 바람 타게 해 줄는지. 어영차 들보를 서쪽으로 드니 골짜기 입구 아름다운 묘표가 구름과 나란하네. 하늘이 길지(吉地)를 남겨두어 앞 들판을 열고 유유히 내려가는 긴 강이 먼 둑을 돌아 흐르네. 어영차 들보를 남쪽으로 드니 봉황이 맑게 갠 산위로 이내를 몰고 오네. 눌재(訥齋) 선생 희생(犧牲) 석주(石柱)에 오래 눈을 머무니

437) 자손이 중수(重修)하는 바람 : 『서경(書經)·대고(大誥)』에 "너의 부친 집을 만듦에 이미 법을 다하였거늘 그 아들 기초(基礎)를 닦으려고 하지 않으니 하물며 결구(結構)를 하려고 하겠는가?(若考作室, 旣厎法, 厥子乃弗肯堂, 矧肯構?)"라는 말이 있는데 후대에 "긍당긍구(肯堂肯構)" 또는 "긍구긍당(肯構肯堂)"이라는 말로 자식이 부모의 유업을 잘 계승함을 비유하는 말로 쓰인다.

438) 육위(六偉) : 동서(東西)·남북(南北)·상하(上下)의 여섯 방위를 가리키는 것인데, 여기서는 상량문(上樑文)을 가리킨다.

곧은 기운 천 길이라 세 번 절하네. 어영차 들보를 북쪽으로 드니 송학산이 하늘에 어리어 두 날개를 펼쳤네. 어떻게 해야 이 몸에 깃털이 나서 날아올라 높은 곳에서 내 눈을 확 트이게 할까? 어영차 들보를 위로 드니 몇 번이나 달이 오고 해가 갔던가? 장로들이 지금은 모두 저승으로 갔으니 동천(洞天)이 아득하여 사람이 우러러보게 하네. 어영차 들보를 아래로 드니 혼연한 원천이 밤낮으로 흐르네. 흘러가는 것이 이와 같음을 알 수가 있으니 후손들은 서로 이어 이 집을 잘 보존하라. 삼가 바라건대 상량(上樑)한 뒤에 언덕의 나무를 길이 기르고 무덤가를 잘 보호하라. 구름에 인하여 부모 사모하는 마음을 돈독하게 하고 인하여 입신양명(立身揚名)하라는 교훈을 생각하네. 봄가을로 아름다운 제수를 올려 한결같은 정성을 버리지 말라.

## 〈눌재선생담양미암서원합향통문(訥齋先生潭陽眉巖書院合享通文)〉

언뜻 들으니 여러 군자들이 우리 눌재(訥齋) 선생[439]이 일찍이 귀부(貴府)[440]의 정사를 담당하여 그 맑은 향기와 남은 향취가 여태껏 사라지지 않음에 느끼는 바 있어 이제 막 정성을 올려 제사지낼 방법을 의론

439) 눌재(訥齋) 선생 : 조선 중기 중종 때의 문신인 박상(朴祥, 1474~1530)으로 눌재(訥齋)는 그의 호이다. 자는 창세(昌世), 본관은 충주(忠州), 시호는 문간(文簡)이다. 1496년(연산군 2) 진사가 되고, 1501년 식년문과에 급제, 교서관정자(校書館正字) 등을 지냈다. 1521년 상주·충주의 목사(牧使)를 지내고, 1526년 문과중시(文科重試)에 장원, 나주목사가 되었고 1529년 신병으로 사무를 볼 수 없어 사직을 요청하였지만 관찰사가 이를 허락하지 않았다. 얼마 후 고향 광주로 낙향하였다가 1530년에 사망하였다. 청백리에 녹선되고, 문장가로 이름을 떨쳐 당대에 성현(成俔)·신광한(申光漢)·황정욱(黃廷彧)과 함께 문장사가(文章四家)로 일컬어졌다. 문집인 『눌재집』이 있다.

440) 귀부(貴府) : 상대방 고을을 높여 부르는 말.

한다 하니 이것이 참으로 유림(儒林)의 성대한 일입니다. 무릇 모든 보고 듣는 자들 가운데 누가 가상하게 여기고 탄식하지 않을 수 있겠습니까? 하물며 저희들은 선생이 노니시던 고을에서 태어나 남은 자취에 감화 받음이 더욱 다른 고을에 비할 뿐만이 아니니니 그 고상한 덕행에 대한 느낌과 의귀(依歸)하실 수 있도록 하는 정성이 마땅히 더욱 어떠하겠습니까? 그러나 이처럼 훌륭한 의론은 참으로 처음 주장하기가 쉽지 않거니와 지금 이미 주장했으면 한 때에 목소리를 같이 하여 어떤 결과 보고가 들려야 할 것인데 아직까지 고요히 오히려 날짜만 미루어진다는 탄식을 하고 있으니 어쩌면 이 사이에서 무언가를 기다려 이러한 것입니까?

일찍이 귀부에 미암(眉巖) 선생[441]의 혼령을 안치한 집이 있다는 것을 알고 있습니다. 이것은 선생이 우리 눌재 선생에게 있어 선진(先進)과 후진(後進)[442] 사이인 것과 같습니다. 눌재는 바로 기묘제현(己卯諸賢) 가운데 한 사람인데 기묘사화의 원통함을 씻는 논의와 그들의 금고(禁錮)를 풀어주는 의론이 미암이 살던 때 사류(士類)들이 정계에서 힘을 얻을 때에 비로소 주장되었으니 미암이 그 사이에서 동분서주하며 함께 힘을 쏟은 것을 또한 알 수 있습니다. 더구나 눌재가 기묘년의 간사한 무리들[443]에게 배척받고 미암이 을사년의 군소배(群小輩)[444]에게 곱게 보이

441) 미암(眉巖) 선생 : 유희춘(柳希春, 1513(중종 8)~1577(선조 10)) 조선 중기의 문신. 본관은 선산(善山). 자는 인중(仁仲). 미암(眉巖)은 그의 호. 해남(海南) 출신이다.

442) 선진(先進)과 후진(後進) : 선배와 후배를 말함.

443) 기묘년의 간사한 무리들 : 1519년(중종 14)에 조광조(趙光祖) 등의 신진 사류(新進士類)를 축출한 사건인 기묘사화(己卯士禍)를 일으킨 남곤(南袞) ・홍경주(洪景舟) 등의 훈구파(勳舊派)를 말한다.

444) 을사년의 군소배(群小輩) : 을사사화(乙巳士禍)를 일으킨 윤원로(尹元老)・윤원형(尹元衡) 형제 등을 가리키는 것으로, 1545년(명종 즉위년)에 윤원형 일파의 소윤(小尹)이 윤임(尹任) 일파 대윤(大尹)을 숙청하면서 사림이 크게 화를 입은 사건이 을사사화이고 이들을 을사년의 무리라고 부른 것이다.

지 않았던 것이 그 앞뒤로 만난 일들이 또한 대략 같으니 두 분 선생의 같은 점이 단지 도와 덕이 같을 뿐만이 아닙니다. 천 리를 떨어져 있는 한 선비도 오히려 어깨를 나란히 하여 서는 것과 같고 백 대를 떨어져 있는 한 선비도 또한 발걸음을 잇대어 이른다고 말합니다. 그러하니 서로 마주보는 위치에 있는 광주와 담양, 선진과 후진의 사이에 있는 두 분 선생은 과연 천 리와 백 대와 비교해 볼 때 그 멀고 가까움이 어떠합니까? 어깨를 나란히 하고 발걸음을 잇대는 것이 저는 저들에게 있지 않고 이 분들에게 있을 듯합니다. 도와 덕을 같이하는 선비들로 어깨를 나란히 하고 발걸음을 잇대어 이르러 앞의 어진 이와 뒤의 현인의 풍모가 미치니 또한 어찌 어두컴컴한 지하에서 서로 느끼는 것이 없겠습니까?

우리 두 분 선생의 같은 점이 이처럼 많은데도 한 고을 각각의 사당에서 또한 근거할 바가 없었는데 다행히 함께 향사(享祀)하여 원근의 유림의 기대에 부응하여 사론의 책망을 면할 면목이 생겼고 마침내 유림의 막중한 일이 또한 때를 놓쳐 미치지 못하는 탄식이 없도록 하였습니다. 그러하니 모든 군자들은 부디 힘써주십시오.

## 의(疑)

<묻는다. 공자께서 말씀하시기를 "귀신(鬼神)의 덕이 성대하구나!"445) 라고 하셨으니 그 이른바 덕이라는 것이 근거가 있고 성하다고 말할 수 있는가? 『중용(中庸)』 15장에서는 아내와 형제에게 처하는 도리를 말하였으니 이것은 지극히 가까운 것이고 17장에서는 순(舜) 임금의 대효(大孝)를 말하였으니 이것은 지극히 드러난 것이다. 귀신보다 은미한 것이 없는데 지극히 가깝고 지극히 드러남의 사이에 둔 것은 어째서인가?446)>

대답합니다. 조화(造化)의 귀신은 본디 성정(性情)의 덕이 있고 공효(功效)의 덕이 있으니 날로 가고 달로 오며 봄에 나고 여름에 자라는 것이 어찌 덕의 극성한 것이 아니겠습니까? 아! 중용의 귀신을 말하는 장[16장]은 앞뒤 두 장의 뜻을 꿰뚫어 비은(費隱)을 겸하고 대소(大小)를 포괄한 것입니다. 보아도 보이지 않고 들어도 들리지 않는 것은 비록 귀신의 더할 나위 없는 은미함이지만 위로 비(費)의 작은 것을 겸하고 아래로 비의 큰 것을 겸하였으니 은미하여도 가까이할 수 있으며 은미하여도 드러날 수 있는 것입니다. 어찌 귀신보다 은미한 것이 없다고 하여 지근(至近)하고 지현(至顯)한 것 사이에 있는 것을 의심할 수 있겠습니까?

---

445) "귀신(鬼神)의 덕이 성대하구나!": 『중용(中庸)』 16에 다음과 같은 말이 있다. 공자(孔子)께서 말씀하셨다. "귀신(鬼神)의 덕(德)이 그 지극하다. 보아도 보이지 않으며 들어도 들리지 않되, 사물(事物)의 본체(本體)가 되어, 빠뜨릴 수 없다.(子曰, "鬼神之爲德, 其盛矣乎! 視之而弗見, 聽之而弗聞, 體物而不可遺.)"

446) 귀신에 대하여 말하고 있는 16장이 15장과 17장 사이에 있는 것을 말한다.

이것이 '그 집안을 마땅하게 하고 형제들과 화합한다'는 것은 비의 작은 것이 되기에 귀신장의 앞에 있으며 '덕으로는 성인이시고 존귀함으로는 천자가 된다'는 것은 비의 큰 것이 되기에 귀신장의 뒤에 있음을 알 수 있는 것입니다. 귀신장이 두 장 사이에 있어서 한편으로는 그 지근(至近)을 겸하고 또 한편으로는 그 지현(至顯)을 겸하였으니 참으로 포괄하는 도리인 것입니다. 한 귀신의 은미함이 지근(至近)의 뒤에 있고 지현(至顯)의 앞에 있어서 문리(文理)가 접속되고 맥락이 관통하니 어찌 더할 나위 없이 은미한 귀신이 지근과 지현의 사이에 있는 것을 의심하겠습니까?

좀더 자세히 말해보시오.

말씀드립니다. "귀신이라는 것은 천지의 공용(功用)입니다. 한 번 굽히고 한 번 펴는 사이에 음양의 합산과 소식(消息)의 영허(盈虛)가 어쩌면 그리도 귀신의 성덕 아닌 것이 없습니까? 공자의 말씀이 어찌 우연히 그러한 것이겠습니까? 아! 15장의 지근(至近)과 17장의 지현(至顯)이 모두 이 한 장에 응하여 보아도 보이지 않는 귀신은 집안의 지근을 겸하였고 들어도 들리지 않는 귀신은 대효의 지현을 포괄하였으니 바로 이것이 중용에서 이른바 "먼 것이 가까운 데서 비롯함을 안다."[447]는 것이며 또 이른바 '은미함의 드러남'[448]이라는 것입니다. 그 도의 체(體)를 말하면

---

447) "먼 것이 가까운 데서 비롯함을 안다": 『중용(中庸)』 33장에 다음과 같은 글이 보인다. "군자(君子)의 도(道)는 담박하되 싫지 않으며, 간략하되 문채나며, 온화하되 조리가 있으니, 멂이 가까운 데로부터 시작함을 알며, 바람이 부터 일어남을 알며, 은미함이 드러남을 안다면, 더불어 덕(德)에 들어갈 수 있을 것이다.(君子之道, 淡而不厭, 簡而文, 溫而理, 知遠之近, 知風之自, 知微之顯, 可與入德矣.)"

448) '은미함의 드러남': 『중용(中庸)』 16장에 다음과 같은 글이 보인다. "은미(隱微)한 것이

미묘하여 보기 어렵고 그 도의 용(用)을 말하면 물건에 체가 되어 남기지 않는 사이에 집에 거처함의 지근을 볼 수 있으며 또한 대효의 지현을 볼 수 있습니다. 그렇다면 귀신보다 은미한 것이 없으면서도 지근과 지현의 사이에 있는 것이 분명하지 않습니까?

아니면 더 논해보건대 위로 이미 도의 지근을 말하고 아래로 도의 지현을 말하였습니다. 그래서 귀신의 지극히 은미한 것이 비은을 겸하고 대소를 포괄하였으니 지근한 것이 비의 작은 것이고 지현한 것이 비의 큰 것입니다. 이미 비의 크고 작은 것을 겸하였다고 말하였으면 은미함이 지근과 지현 사이에 있는 것이 매우 분명합니다.

**<묻는다. 『사서(四書)』는 성현들이 남기신 책이니 첫장은 각 책의 핵심이다. 『논어(論語)』는 처음에 배움을 말하고 『대학(大學)』은 처음에 덕(德)을 말하고 『중용(中庸)』은 처음에 성(性)을 말하고 『맹자(孟子)』는 처음에 인의(仁義)를 말하였으니 배움과 덕과 성과 인의가 과연 한 가지 일로 모두 제일의(第一義)가 되는 것인가?>**

대답합니다. 우리 공자께서 일찍이 "나의 도는 하나로 관철되어 있다."라고 말씀하셨으니 저는 이 말을 가지고 고시관의 질문을 반복해서 음미하여 다음과 같이 생각합니다. "배우고 때때로 익혀서 이 덕이 나에게 본디 있는 것임을 알고 이 명덕(明德)을 밝혀서 이 덕이 본디 성에 갖추어져 있음을 알고 이 본성(本性)을 따라서 인의가 성에서 나온 것임을 압니다. 그렇게 되면 이 네 가지가 과연 한 가지가 되니 『논어(論語)』와 『맹

---

드러나니, 성(誠)의 가리울 수 없음이 이와 같구나!(夫微之顯, 誠之不可如此夫.)"

자(孟子)』의 처음에 배움과 인을 말한 것이 인을 돈독하게 하고 천리를 보존하려는 까닭이 아니겠습니까? 『중용(中庸)』과 『대학(大學)』의 처음에 덕과 성을 말한 것이 또한 덕에 들어가고 덕을 완성하려는 까닭이 아니겠습니까?

아! 나누어 말하면 배움이요, 덕이요, 성이요, 인이라 말하고 합하여 말하면 배움은 덕성이 익히는 바이고 인 또한 덕성이 나오는 바입니다. 어찌 배우지 않고 이 덕성을 아는 사람이 있겠으며 또한 어찌 인하지 않고 이 덕성을 높이는 사람이 있겠습니까? 배움을 좋아했던 안자(顔子)가 덕행의 조목에 들고[449] 인을 물었던 자공(子貢)이 성과 천도(天道)를 알았으니[450] 그렇다면 배움과 덕과 성과 인의가 과연 한 가지 일입니다. 인을 돈독하게 하는 것은 『논어』의 핵심이니 배움이 바로 인을 돈독하게 하는 뜻이고 천리를 보존하는 것이 『맹자』의 핵심이니 인이 바로 천리를 보존하는 뜻입니다. 그러하니 『논어』와 『맹자』에서 배움과 인으로 제일의를 삼은 것이 당연하지 않습니까? 덕에 들어가는 것이 『대학』의 핵심이니 덕이 바로 덕에 들어가는 근본이고 덕을 이루는 것이 『중용』의 핵심이니 성이 바로 덕을 이루는 근본입니다. 그러하니 『대학』과 『중용』에서 덕과

---

449) 배움을 좋아했던 안자(顔子)가 덕행의 조목에 들고 : 『논어(論語)』「옹야(雍也)」 2장에 다음과 같은 글이 보인다. 애공(哀公)이 "제자(弟子) 중에 누가 학문(學問)을 좋아합니까?" 하고 묻자, 공자(孔子)께서 대답하셨다. "안회(顔回)라는 자가 학문(學問)을 좋아하여 노여움을 남에게 옮기지 않으며 잘못을 두 번 다시 저지르지 않았는데, 불행히도 명(命)이 짧아 죽었습니다. 그리하여 지금은 없으니, 아직 학문(學問)을 좋아한다는 자를 듣지 못하였습니다.(哀公問弟子孰爲好學, 孔子對曰, 有顔回者好學, 不遷怒, 不貳過, 不幸短命死矣. 今也則亡, 未聞好學者也.)"

450) 인을 물었던 자공(子貢)이 성과 천도(天道)를 알았으니 : 『논어(論語)』「위령공(衛靈公)」 10장에 자공이 인을 물은 일이 보인다. 또 「공야장(公冶長)」편에 다음과 같은 말이 보인다. "자공이 말하였다. "선생님의 문장은 얻어 들을 수 있었지만 선생께서 성(性)과 천도(天道)를 말씀하시는 것은 얻어 들을 수가 없었다."(子貢曰: "夫子之文章, 可得而聞也; 夫子之言性與天道, 不可得而聞也.")"

성으로 제일의를 삼은 것이 마땅하지 않습니까?"

좀더 자세히 말해보시오.

말씀드립니다. "저 『사서』라는 것은 네 성인들이 전수해온 심법(心法)입니다. 공자께서 배움을 처음으로 삼은 것은 배울 것을 권면하여 선각(先覺)들을 본받기를 바라서였습니다. 증자(曾子)께서 덕을 처음으로 삼은 것은 자신을 새롭게 하여 이 명덕(明德)을 밝히기를 바라서였습니다. 자사(子思)께서 성을 처음으로 삼은 것은 하늘에서 명한 것임을 알아 이 본성(本性)을 따르기를 바라서였습니다. 『맹자』께서 인의를 처음으로 삼은 것은 욕심을 막고 인의를 알기 바라서였습니다. 그렇다면 『대학』의 처음에 덕을 말한 것은 공자의 도를 전하여 학습하는 가운데 이 명덕을 밝히는 것입니다. 『맹자』의 처음에 인의를 말한 것은 자사의 도를 전하여 또한 본성을 따르는 가운데 인의를 행하는 것입니다. 어찌 이것들이 과연 한 가지 일이여서 모두 제일의가 되는 것을 의심하겠습니까?"

**〈묻는다. 공자께서 사람을 논할 적에 혹은 그 인(仁)을 칭찬하고 그 예(禮)를 허여하지 않거나 혹은 그 충(忠)을 칭찬하고 그 인(仁)을 허여하지 않았으니 과연 인하면서 예하지 않거나 충하면서 인을 모를 수 있는가?〉**

대답합니다. 사람 중에 도가 온전하고 덕이 갖추어진 군자가 아니면 혹은 인의 공효가 있으나 예를 알지 못하며 혹은 충의 성함이 있으나 인을 알지 못하니 무슨 까닭입니까? 관중(管仲)의 인[451]이 만약 인을 어기

451) 관중(管仲)의 인 : 『논어(論語)』「헌문(憲問)」편에 다음과 같은 말이 보인다. 자로(子路)

지 않았던 안자(顏子)[452]와 같았다면 또한 예를 안다고 할 수 있을 터이지만 그의 인은 참으로 은택이 백성들에게 미쳤던 것에 지나지 않습니다. 이것이 공자께서 단지 그의 인을 칭찬하고 그의 예를 허여하지 않았던 까닭입니다. 영윤자문(令尹子文)의 충[453]이 만약 죽기를 각오하고 간하였던 비간(比干)의 충[454]과 같았다면 또한 인을 알았다고 할 수 있을 터이지만 그의 충은 참으로 반드시 천리(天理)의 혼연(渾然)함은 아니었습니다. 이것이 공자께서 단지 그의 충을 칭찬하고 그의 인을 허여하지 않았던 까닭입니다.

이미 인이라고 하였으면 그가 예를 알지 못함에 대해 의심할 법하지만 관중이 삼귀(三歸)와 반점(反坫)을 한 것[455]이 이미 임금의 예를 참월

---

가 말하였다. "환공(桓公)이 공자규(公子糾)를 죽였을 때 소홀(召忽)은 그를 위해 죽었는데 관중(管仲)은 죽지 않았습니다. 관중은 인(仁)하지 못할 것입니다." 공자께서 말씀하셨다. "환공이 제후들을 규합하되 무력을 쓰지 않은 것은 관중의 힘이었으니 누가 그의 인만 하겠는가? 누가 그의 인만 하겠는가?"(子路曰: "桓公殺公子糾, 召忽死之, 管仲不死." 曰: "未仁乎?" 子曰: "桓公九合諸侯, 不以兵車, 管仲之力也. 如其仁, 如其仁.")"

452) 인을 어기지 않았던 안자(顏子) : 『논어(論語)』「옹야(雍也)」편에 다음과 같은 말이 보인다. "공자께서 말씀하셨다. "회(回)는 그 마음에 3개월 동안 인(仁)을 어기지 않았는데 나머지는 하루나 한 달에 한 번 인에 이를 뿐이다."(子曰: "回也, 其心三月不違仁, 其餘則日月至焉而已矣.")"

453) 영윤자문(令尹子文)의 충 : 『논어(論語)』「공야장(公冶長)」에 다음과 같은 말이 보인다. "자장(子張)이 물었다. "영윤자문(令尹子文)은 세 번 벼슬해서 영윤이 되었을 때 기뻐하는 기색이 없었고 세 번 그만둘 때 성난 기색이 없었습니다. 전임 영윤의 직무를 반드시 새로 오는 영윤에게 고했으니 어떠합니까?" 공자께서 말씀하셨다. "충(忠)이다." 자장이 다시 물었다. "인(仁)입니까?" 말씀하셨다. "모르겠다. 어찌 인을 얻었겠는가?"(子張問曰: "令尹子文三仕爲令尹, 無喜色; 三已之, 無慍色. 舊令尹之政, 必以告新令尹. 何如?" 子曰: "忠矣." 曰: "仁矣乎?" 曰: "未知;——焉得仁?")"

454) 죽기를 각오하고 간하였던 비간(比干)의 충 : 『논어(論語)』「미자(微子)」편에 다음과 같은 말이 보인다. "미자(微子)는 떠나가고 기자(箕子)는 노예가 되었고 비간(比干)은 간하다가 죽었다. 공자께서 말씀하셨다. "은나라에 세 명의 인자(仁者)가 있었다."(微子去之, 箕子爲之奴, 比干諫而死. 孔子曰: "殷有三仁焉.")"

455) 관중이 삼귀(三歸)와 반점(反坫)을 한 것 : 『논어(論語)』「팔일(八佾)」편에 다음과

(僭越)한 것이니 이것이 인하지만 예를 알지 못한 것이 아니겠습니까? 이미 충이라고 하였으면 그가 인을 알지 못함을 의심하는 것이 당연하지만 영윤자문이 세 번 물러나면서 화난 기색이 없었다는 것이 반드시 전체(全體)의 인이 되지는 못하니 이것이 충하지만 인하지 못한 것이 아니겠습니까? 그 은택으로 제후들을 규합하여 한 번 천하를 바로잡았으니 이 점에서는 비록 인의 공효가 있지만 제후의 예를 참월한 것이 이 반점이니 이것이 이른바 인하지만 예를 알지 못한다는 것입니다. 그 사람됨이 기쁨과 노여움을 드러내지 않고 남과 나 사이에 간격이 없었으니 이 점에서는 비록 충의 성대함이 있지만 성인의 인에 대해서는 이미 전체(全體)가 아니니 이것이 이른바 충하지만 인을 알지 못한다는 것입니다. 어찌 정말 인하지만 예를 알지 못하고 충하지만 인을 알지 못함을 의심하겠습니까?

좀더 자세히 말해보시오.

말씀드립니다. "성인이 사람을 논하는 것은 각각 그 사람됨이 어떠한가에 따라 칭찬할 만한 점은 칭찬하고 허여해서는 안 되는 점은 허여하지 않았으니 비유하자면 저울로 물건의 무게를 다는 것과 같아서 무거울 만한 것을 무겁게 하고 가벼울 만한 것을 가볍게 합니다. 공자께서 두 사람

---

같은 말이 보인다. "공자께서 말씀하셨다. "관중(管仲)의 그릇이 작구나!" 혹자가 "관중은 검소했습니까?"하고 묻자 말씀하셨다. "관중은 삼귀(三歸)를 두었으며 가신의 일을 겸직시키지 않았으니 어찌 검소하다고 할 수 있겠는가?" "그렇다면 관중은 예를 알았습니까?" 하고 묻자, 말씀하셨다. "나라의 임금이어야 병풍으로 문을 가릴 수 있는데 관중도 병풍으로 문을 가렸으며 나라의 임금이어야 두 임금이 우호로 만날 때에 술잔을 되돌려 놓는 자리를 둘 수 있는데 관중도 술잔을 되돌려 놓은 자리를 두었으니 관중이 예를 안다면 누가 예를 알지 못하겠는가?"(子曰: "管仲之器小哉!" 或曰: "管仲儉乎?" 曰: "管氏有三歸, 官事不攝, 焉得儉?" "然則管仲知禮乎?" 曰: "邦君樹塞門, 管氏亦樹塞門. 邦君爲兩君之好, 有反坫, 管氏亦有反坫. 管氏而知禮, 孰不知禮?")"

에 대해서 혹은 그 인을 칭찬하고 그 예를 허여하지 않으며 그 충을 칭찬하고 그 인을 칭찬하지 않은 것이 어찌 우연히 그러한 것이겠습니까? 아! 관중이 규합하고 한 번 바로잡은 것이 인하기는 인하지만 집주위에 나무를 심어 문을 가리우고 점(坫)으로 술잔을 돌린 것이 참으로 예의 참람한 것입니다. 영윤자문이 세 번 벼슬하면서 기뻐함이 없었고 세 번 그만두면서 성냄이 없었던 것이 충하기는 충하지만 반드시 이치에 합당하여 진실로 사사로운 뜻이 없었다고는 할 수 없으니 과연 인의 도가 아닙니다. 어찌 인과 충을 칭찬하는 한편으로 예를 알지 못하거나 인을 알지 못하다고 한 것을 의심할 수 있겠습니까?

## 서(書)

### 〈상박승지치도(上朴承旨致道)〉

〈승지 박치도[456] 선생께 올리는 편지〉

제가 서쪽으로 돌아온 뒤 올해로 3년입니다. 그립고 사모하는 마음 더욱 절실한데 영감의 소식이 더욱 뜸하니 제 마음 어찌 갈피를 잡을 수 있겠습니까? 새해를 맞아 먼 곳에서 영감의 건강을 하늘이 도우사 만복을 내리실 것이니 위로되는 마음 그침이 없습니다. 저는 해를 넘겨도 분망함을 이루 다 말할 수 없는데 우리 고을이 불행해서 어렸을 적 벗들이 잇따라 세상을 떠나 놀랍고 참혹하여 편안히 지낼 수가 없습니다. 그러던 차에 영감의 두 초상을 들음에 더욱 애통함을 느낍니다. 영외(嶺外)에서 부음을 듣고 무슨 마음이실지 상상이 됩니다. 마침 인편이 급히 출발한다는 말을 듣고 우선 이렇게 안부를 여쭙니다.

---

456) 승지 박치도 : 박치도(朴致道, 1642~1697)는 조선 후기의 문신으로, 본관은 순천(順天)이며 자는 학계(學季), 호는 검암(黔巖)이다. 광주(光州)에서 태어났으며, 우암(尤庵) 송시열(宋時烈)의 문인이다. 1662년(현종 3) 20세 때 진사시에 입격하고, 1668년 별시문과에 급제하여 예문관검열이 되었다. 그 후 사헌부지평·사간원정언·사헌부장령 등 청요직(淸要職)을 역임하였는데, 정언 재직 중에는 이황(李熀)과 이혼(李焜)의 절도정배(絶島定配)와 추록훈(追錄勳)을 신중히 처리할 것을 상소하였다. 1680년 경신환국(庚申換局)으로 노론이 집권하자 남인의 영수(領袖)인 윤휴(尹鑴)를 사사(賜死)할 것을 앞장서서 주장하였다. 이로 말미암아 1689년 기사환국(己巳換局)으로 남인이 집권하자 평안도 위원(渭源)에 유배되었다. 1694년 갑술환국(甲戌換局)으로 남인 정권이 무너지자 서용되어 승지(承旨)로 보임되었고, 서인이 노론과 소론으로 갈라지면서 노론 쪽에 가담하였다. 문장에 능하고 학행이 뛰어났으며, 민정중(閔鼎重)·김수항(金壽恒) 등과 깊이 교유하였는데, 그들이 재상의 재목으로 여겼으나 얼마 후 병사하였다.

## <광담다사상순영서 대작(光潭多士上巡營書 代作)>

<광주·담양의 많은 선비들이 순영(巡營)에 올리는 편지. 대신하여 짓다>

삼가 아룁니다. 천하의 일 가운데는 곧아서 명백하게 의심할 게 없는 것이 있고 굽어서 확실히 의심할 게 없는 것이 있습니다. 이것들은 참으로 송사를 할 필요도 없이 피차의 곡직(曲直)을 알 수 있는 것입니다. 한편 그 중간에 굽음과 곧음이 섞여 애매한 경우에 해당되는 것이 있으니 이것은 반드시 송사를 한 뒤에야 그 굽음과 곧음의 이치를 알 수 있습니다. 지금 굽어서 확실히 의심할 게 없는 것을 비록 애매한 경우의 송사에 부치더라도 오히려 '밝게 살펴야 신복(信服)한다'[457]는 의리에 부족함이 있습니다. 그런데 하물며 더 올려서 곧아서 명백한 경우에 부쳐서 도리어 주당(奏當)[458]의 의론을 하여 대번에 단안(斷案)으로 만들어 끝내 행하려고 하니 공손자(公孫子)의 동이(同異)의 변론[459]에 가깝지 않겠습니까? 이치에 어긋나고 의리를 해치는 폐단이 어찌 적다고 하겠습니까?

저희들은 광주(光州)와 담양(潭陽) 두 고을 향교의 노비들이 합당한 이유 없이 서울의 양인(良人) 나극신(羅克信) 등 다섯 사람에게 귀속되

---

457) '밝게 살펴야 신복(信服)한다[惟明克允]': 『서경(書經)』, <우서(虞書)>, 「순전(舜典)」에 다음과 같은 말이 보인다. "제(帝)가 말씀하셨다. '고요(皐陶)야! 오랑캐가 중하(中夏)를 어지럽히고 도적질하며 간사하게 행동하기에 너를 법관으로 삼는다. 오형(五刑)에 복죄함을 두되 오복(五服)을 세 군데의 장소에서 행하며 오형에서 용서할 죄를 다섯 가지로 유배보내는데 있을 곳을 두되 세 가지 차등을 둘지니 오직 명철하여야 백성들이 따를 것이다.'"(帝曰, "皐陶! 蠻夷猾夏, 寇賊姦宄, 汝作士. 五刑有服, 五服三就, 五流有宅, 五宅三居, 惟明克允.")"

458) 주당(奏當) : 옥사의 심리를 완료하고 나서 임금에게 처결의 의견을 주문(奏聞)하는 일을 말한다.

459) 공손자(公孫子)의 동이(同異)의 변론 : 전국 시대 조(趙)나라 공손룡(公孫龍)의 견백동이지변(堅白同異之辯)을 말한다. 견백(堅白)을 논한다는 것은 곧 질이 단단하고 빛이 흰 돌이 있을 경우, 그것을 보면 흰 것만 알게 되고, 그것을 만져보면 단단한 것만 알게 되므로, 단단한 돌과 흰 돌은 서로 다른 것이요 같은 것이 아니라는 궤변을 가리킨다.

게 된 일에 대해서 삼가 곡직을 따져보지도 않고 진실과 거짓이 섞여서 분별하지 않는 것을 개탄스러워합니다. 이 일은 이미 장예원(掌隷院)에 이관(移關)되었고 순영(巡營)에서도 이미 두 고을에서 모임을 가졌으니 합하(閤下)께서도 그 전말을 대략 알고 계실 거라 생각합니다.

학궁(學宮)의 소속 노비들은 비록 천예(賤隷)라고 불리지만 성묘(聖廟)를 수호하고 전(殿)과 뜰을 청소하며 또 각각 제기와 서책 등 제반 업무를 나누어 맡아 하니 저희들이 하는 일과 비교하면 또한 얼마나 중한 일입니까? 그러나 선비된 자의 체면이 참으로 곧장 장예원에 하소연할 수도 없고 위로 임금께 아뢰는 것도 번거롭고 외람되니 저희들의 바람을 합하께 하지 않으면 누구에게 하겠습니까? 합하께서 한 방면을 맡아 경내(境內)에서 직접 결정하실 수가 있고 겸하여 선비들의 우두머리가 되시니 학궁을 보호하는 도리에 있어서 어찌 다만 무심할 뿐이시겠습니까? 공문이 장예원으로 이관되어 잘잘못을 가리는 것이 바로 합하의 책임이고 비록 거기서 결정을 내리지 못하더라도 의리를 밝히고 곡직을 분별해서 장계(狀啓)로 거듭 요청하는 것도 합하의 책임입니다. 그러하니 합하께서는 한 번 자세히 살펴보시기 바랍니다. 저희들이 전말을 다 말씀드려도 괜찮겠습니까?

극신 등이 이른바 노비들을 숨기고 누락시켰기에 장예원에 신고해서 이유 없이 상을 받은 것이 모두 저희 고을 향교의 노비들입니다. 혹은 성전(聖殿)의 수직(守直)이 된 자이고 혹은 노비들을 관리하는 자이고 혹은 대청의 수직, 식당의 수직이 된 자이며 혹은 땔감을 담당하고 재실(齋室)의 수직이 된 자이며 혹은 제기를 맡고 창고를 맡은 자이며 혹은 존경각(尊經閣)의 책색(冊色)과 서원(書員)이 된 자들이며 혹은 식모(食母)나 채모(菜母), 음식을 올리는 여종 등의 일을 하는 자들입니다. 수백 년 동안 자자손손 차례로 학궁에서 일을 맡은 노비들인데 하루아침에 모아서 다 사가(私家)에 귀속시키니 참으로 이 무슨 의리인지 알지 못하겠습니다. 또 이 처분의 곡직이 과연 이와 같이 해서 올바른 것인지 모르겠습니다.

저 이른바 신고하여 상을 받았다고 하는 것은 각 관청 노비들 가운데 장예원의 명부에 기입되어 있지 않고 해당 관청에 공납하지 않기에 인하여 중간에 누락되어 이유 없이 유랑하는 자들을 가리키는 것입니다. 어찌 학궁의 호적에 편입된 노비들로 학궁에서 필요할 때마다 사역하는 자들을 장예원 명부에 기입되어 있지 않다는 이유로 억지로 명하여 신고법에 준하여 함부로 상을 주는 것을 말하는 것이겠습니까?

예전에 이런 말을 들었습니다. 흩어져 밖에서 거처하는 성균관 노비와 내왕하는 태학의 심부름꾼, 아이로서 점차 장정이 된 자, 화명(花名)[460]에서 해마다 공부(貢賦)를 거두어가는 부류들이 간혹 있으니 장예원의 명부에 미처 기록되지 못한 경우가 있는 것은 그 형세가 그런 것입니다. 그런데 이러한 틈을 타서 만약 장예원에 신고하는 사람이 있으면 장예원에서 명부에 빠진 경우에 해당시켜서 태학의 노비를 모아서 신고하는 사람에게 상으로 줄 것입니까? 이와 같은 경우에는 결코 그렇지 않을 것임을 알 수 있습니다. 학궁이 비록 크고 작음, 서울과 지방의 다름이 있지만 성묘(聖廟)가 된다는 점은 같습니다. 그런데도 핵심이 여기에 있다는 것을 생각하지 않으십니까? 장예원에서 만약 명부에 기입되지 않았다는 것을 저희 향교의 죄로 여긴다면 한 장의 공문으로 주현(州縣)에서 회합을 가져서 신칙하고 정돈하면 될 뿐이니 이와 같이 하면 족합니다. 또 어찌 학궁에서 사역하는 노비들을 모아다가 상주어서는 안 되는 일반인에게 상준 뒤에야 의리와 법도에 합당하다고 하겠습니까?

---

460) 화명(花名) : 노비를 호적에 편성함.

저희 향교의 호적에 든 노비들이 애초에 장예원의 명부에 기입되지 않은 것은 또한 연유가 있습니다. 중간에 추쇄관(推刷官)[461]의 행차가 지방 고을들에 이를 적에 그 실사한 것들은 단지 각사(各司)에서 은닉하고 있는 노비들일 뿐이고 학궁의 노비들의 경우에는 각각 해당 학궁의 집임(執任)이 의례히 담당하는 일이 있어서 일찍이 빠뜨릴 걱정이 없었습니다. 그래서 추쇄관 또한 심하게 그곳을 감찰하지 않았고 학궁에서도 호적에 편입된 노비들을 관리하는 데 걱정이 없다고 여겨서 스스로 보고하려고 하지 않아 장예원의 명부에 누락되게 하여 결국 잘못된 관행을 이룬 것입니다. 그러나 학궁 또한 조정에서 중요하게 여기는 하나의 관청입니다. 노비 문적이 밝게 갖추어져 있고 또 해당 고을 관아에 문서가 있으며 게다가 제독(提督)의 관인(官印)이 찍혀져 있으니 단지 장예원의 명부에 누락됐다고 해서 끝내 은닉했다고 여겨 적발한 것을 인정하여 상을 준다면 무슨 합당함이 있다고 드러내어 법으로 삼을 수 있겠습니까? 더구나 성묘(聖廟)를 지키고 노비를 관리하는 자들이 갑자기 그 직무를 벗고 일반인의 집에서 사역을 하게 된다면 성묘를 공경하는 의리에 있어 어떠하겠습니까?

이 일의 시비와 곡직이 이미 명백해서 확실히 의심할 게 없는데 끝내 오류와 속임수로 계속해서 틈을 보아 조정의 정령을 잘못되게 하는 데 이르렀으니 그 사이에 또한 어찌 간사한 무리들이 연줄을 대고 교분을 맺어서 치밀하게 준비하여 일을 만든 것이 아니겠습니까? 두 고을 향교의 노비 가운데 두어 교활한 무리들이 명부의 누락을 엿보고 얻어낼 수 있는 상을 바라는 한편으로 항상 학궁 노비들이 본디 속량될 수 있는 길

461) 추쇄관(推刷官) : 부역(賦役)이나 병역(兵役)을 기피한 자 또는 다른 지방으로 도망한 노비(奴婢)를 찾아 내어 본고장으로 돌려보내는 일과 빚을 받아들이기 위해 파견된 관원을 가리킨다.

이 없음을 한스럽게 여긴 것입니다. 그래서 기회를 틈타 속임수를 써서 간교한 꾀를 부려 서울과 지방에서 서로 연통하여 뇌물을 써서 끝내 주인을 배반하는 계획을 이루어 속량될 방법을 만든 것이니 이것은 오장을 들여다보는 것과 같아[462] 속마음을 가릴 수 없는 것입니다. 그렇지 않다면 극신 등이 본디 광주(光州)와 담양(潭陽) 두 고을 사이에 영향력이 없는데 두 고을 향교의 수많은 사람 숫자를 저들이 어디서 자세히 알아 장예원에 고할 수 있겠습니까? 향교의 간교하여 괴수라고 일컬어지는 자들이 또 어떻게 일일이 극신 등이 상으로 받는 노비들 가운데 들 수 있었겠습니까? 더구나 그들이 신고한 노비들은 모두 광주의 향교 노비들인데 상으로 받는 노비들은 광주의 향교 노비들뿐만이 아니라 담양의 향교 노비들이 이유 없이 그 가운데 끼어들어가 있으니 함께 연통하고 도모하며 간교한 꾀를 부린 자취가 더욱 명백하여 의심할 게 없음을 볼 수 있습니다. 이것을 다스리지 않고 인하여 상을 준다면 반드시 간사함을 장려하고 도둑질을 가르치는 데 귀결됨을 면치 못할 것이니 풍속을 해치는 지경에 이르지 않음이 얼마나 되겠습니까? 이것은 풍속을 규찰하는 자가 깊이 유념하지 않아서는 안 되는 부분입니다.

향교 노비 등의 반역의 죄는 춘추의 법으로 헤아리건대 반드시 주벌하고 용서하지 않는 법을 따라야 하지만 먼저 함께 참여한 무리들을 다스리는 의리로 살펴보면 극신 등이 반역 노비들과 함께 뇌동하고 장예원을

---

462) 오장을 들여다보는 것과 같아 : 『대학(大學)』, 「성의(誠意)」장에 보인다. "소인이 한가롭게 거할 적에 불선함을 행하여 이르지 못함이 없다가 군자를 본 뒤에야 위축되어 그 불선함을 가리고 그 선함을 드러낸다. 사람들이 자기를 보는 것이 마치 오장을 들여다보는 것과 같으니 무슨 보탬이 있겠는가? 이것이 중심이 진실되면 바깥에 드러난다는 것을 말한다. 그래서 군자는 그 홀로 있을 때를 삼간다.(小人閒居, 爲不善, 無所不至, 見君子而后, 厭然揜其不善, 而著其善, 人之視己, 如見其肺肝然, 則何益矣? 此謂誠於中, 形於外, 故君子必愼其獨也.)"

기만하여 반역자들을 두호하고 상을 탐한 죄 또한 그대로 두고 묻지 않을 수 없습니다.

삼가 바라건대 위에 드린 말씀에다가 맑고 준엄한 위세를 더하고 일의 연유를 갖추어 주상께 계달(啓達)하여 그 시비를 환하게 바로잡고 그 곡직을 통쾌하게 변론하여 잘못된 문안(文案)을 시행하지 않도록 하신다면 국가와 선비들에게 천만 다행이겠습니다. 저희들은 놀랍고 분한 일을 목격하여 너무 개탄스러운 마음을 이기지 못했습니다. 또한 학궁이 앉아서 눈앞에서 부리던 노복들을 잃어버렸기에 인하여 체통을 지키지 못하게 됨을 탄식하였습니다. 그래서 두 고을의 선비들이 한 목소리로 떨쳐 일어나 이에 감히 서로 격려하며 삼가 죽음을 무릅쓰고 아룁니다.

## <의위원춘청파착지주(擬衛苑春請罷鑿池奏)[463]>

### <위원춘(衛苑春)이 연못 파는 공사를 파할 것을 청하는 주문(奏文)에 의작(擬作)한 글>

구관(具官) 신 원춘(苑春)은 삼가 연못 파는 부역을 파하여 백성들과 농사를 살피시도록 청하기 위해 아룁니다. 신이 삼가 생각건대 임금이 천운(天運)에 응하고 세상을 다스릴 때에 그 핵심은 천시(天時)를 받들고 민심을 따르는 것이니 이 두 가지일 뿐입니다. 이 때문에 백성을 부리는

463) 위령공(衛靈公)이 겨울에 연못을 파려고 하자 원춘(苑春)이 간하였다. "겨울에 공사를 일으키면 백성들을 상하게 할 것입니다." 공이 말하였다. "날씨가 추운가?" 원춘이 말하였다. "공이 여우 갖옷을 입고 곰가죽 방석에 앉고 방에 부뚜막이 있어서 춥지 않지만 지금 백성들은 옷이 해졌는데도 기우지 못하고 신발이 떨어졌는데도 꿰매지 못합니다. 임금께서는 춥지 않겠지만 백성들은 춥습니다." 공이 훌륭하다고 말하고 공사를 파하도록 하였다. 이 내용은 『여씨춘추(呂氏春秋)』에 실려 있다.

방법은 때가 부릴 만하면 부리고 때가 부릴 만하지 않으면 부리지 않아 백성들의 마음을 순하게 하고 백성들의 힘을 넉넉하게 하며 자신의 거처를 편안하게 여기고 자신의 일을 즐기도록 하는 것입니다. 경전에 보이는 바 백성들을 제때에 부린다는 훈계[464]와 자신이 싫어하는 것을 베풀지 말라[465]는 가르침을 명백하게 볼 수 있으니 옛 선왕들이 만민을 품어 보호하고 온 세상을 고무시킬 수 있었던 까닭은 이 방법을 사용해서입니다. 이것을 도외시하고 백성을 부려 자신을 봉양하게 하고 때를 어그러뜨려 가며 백성들을 고달프게 하는 것은 하늘을 대신하여 백성들을 다스리는 자가 차마 맘대로 할 수 있는 것이 아닙니다. 비록 혹 마땅히 써야할 곳에 쓰더라도 오히려 족히 백성을 잃고 원망을 부를 수 있거든 하물며 마땅히 써서는 안 되는 곳에다 써서 무익한 일을 만들어 유익할 수 있는 일에 해를 끼칠 수 있겠습니까?

근래에 국가에서 연못 파는 공사를 인하여 호구마다 돌아가며 모으고 장정들을 점검하여 모으니 비방하는 소리가 일어나고 집집마다 근심에 싸여 원망이 도로에 가득하기에 신이 참으로 이 일이 백성들을 고달프게 할 것을 이미 의심하였습니다. 지금 백성들의 힘이 이미 공사에 피폐해지지 않은 때에 음기가 극성하여 막히고 맹추위가 매섭게 맺히니 불쌍한 우리 백성들이 누가 있어 의지하겠으며 가련한 저 백성들이 누가 있어

---

464) 백성들을 제때에 부린다는 훈계 : "공자께서 말씀하셨다. "천승(千乘)의 나라를 다스리되 일을 공경히 하고 믿게 하며 재용을 절약하고 사람을 아끼며 백성을 부리기를 제때에 하여야한다."(子曰: "道千乘之國, 敬事而信, 節用而愛人, 使民以時.")"라는 말이 『논어(論語)』 「학이(學而)」편에 보인다.

465) 자신이 싫어하는 것을 베풀지 말라 : "중궁(仲弓)이 인(仁)에 대하여 묻자 공자께서 대답하셨다. "문을 나갈 적에 큰 손님을 보듯이 하고 백성을 부릴 적에 큰 제사를 받들듯이 하며 자신이 하고자 하지 않는 일을 남에게 베풀지 말지니 나라에서 원망이 없고 집안에서 원망이 없을 것이다."(仲弓問仁. 子曰: "出門如見大賓, 使民如承大祭. 己所不欲, 勿施於人. 在邦無怨, 在家無怨.")"라는 말이 『논어(論語)』 「안연(顏淵)」편에 보인다.

보호받겠습니까? 다리가 얼고 갈라지며 피부가 함께 찢어지고 진흙이 얼굴에 가득하여 마치 돼지가 진흙을 뒤집어쓴 것과 같으니 그 몰골의 처량함과 기색의 참혹함이 단지 신만이 그들을 위해 오열할 뿐이 아니요 나라 사람들이 공히 다 그렇게 여겨 상심하는 바입니다.

토목공사는 원래 다스림의 급선무가 아니요 한겨울은 백성을 부리는 시절이 아닌데 맹추위의 원망하는 소리가 여기에까지 이른 것을 유념하지 않으십니까? 깊은 궁중 가운데 곰가죽 자리 위에서 여우 갖옷으로 만든 옷을 껴입고 숯불 든 화로를 끼고서 화기가 항상 덥혀주어 추위가 들어오지 않기에 백성들이 눈비를 무릅쓰고서 손을 불어 추위를 달래는 노고를 깨닫지 못하고 있는 것은 아닙니까? 만약 이와 같다면 내 배가 불러 남의 굶주림을 알지 못하고 내가 실컷 먹어서 남의 시장기를 깨닫지 못하는 것에 가깝지 않겠습니까? 게다가 우리나라가 총탄이 날아다니는 지경에 있고 전국(戰國)의 세상에 처하여 급급하게 오직 농사를 급선무로 삼고 맹렬하게 낡은 재갈로 말을 몰더라도 오히려 스스로 보존하고 편안해질 수 없는데 마음의 욕심과 유흥의 도구에 정신이 팔려 스스로 백성들을 버리고 나라를 다스릴 수 있겠습니까?

당장 낮에 띠를 얹고 밤에 새끼 꼬아 다급하게 지붕을 이어 다가오는 봄의 파종 때를 기다리는 것도 무사하다고 할 수 없습니다. 그런데 겨우 하늘을 막고 벽에 흙손질하여 번데기 집에 사는 것과 흡사한 부류들을 매서운 추위 속으로 내몰아 굳게 얼어붙은 흙에 힘이 소진되고 추위의 위세에 기운이 꺾여 부모로 여겨 내달아 오는 즐거움[466]은 없고 원수로

466) 부모로 여겨 내달아 오는 즐거움 : "『시경(詩經)』에 말하였다. '영대를 처음으로 경영하여 이것을 헤아리고 도모하시니, 서민들이 와서 일하는지라 하루가 못되어 완성되었도다. 경시하기를 급히 하지 말라고 하셨으나 서민들은 아들이 아버지 일에 달려오듯이 하는도다. 왕이 영유에 계시니 사슴들이 그 곳에 가만히 엎드려 있도다. 사슴들은 깨끗하거늘 백조는 희디 희도다. 왕이 영소에 계시니 아! 연못에 가득히 고기들이 뛰논다.'(詩云, '經始

보는 원망만이 있으니 옛 성왕들이 백성들을 마치 상한 듯이 보던 인에 비교할 때 멀지 않겠습니까? 『서경(書經)』에서 허물을 고치는 데 인색하지 않음[467]을 귀하게 여기고 『주역(周易)』에서 멀리 가지 않고서 돌아오는 것[468]을 드러냈으니 성인들이 보여주신 깊을 뜻을 알 수 있습니다. 이것이 신이 가슴을 치며 혼자 탄식하고서 임금님의 위세를 무릅쓰고 번거롭게 하는 혐의를 피하지 않는 이유입니다. 신이 만약 다만 스스로 마음에 그르다고 여기고 끝내 입으로 말하지 않는다면 이것은 신이 국가를 저버리고 국가가 백성을 잃음이 더욱 심해져서 끝내 돌아올 줄을 알지 못하는 것입니다. 그래서 삼가 죽음을 무릅쓰고 아룁니다.

## 〈본리민인등재상서 대작(本里民人等灾上書 代作)〉

### 〈본리의 백성들이 흉년을 당하여 올리는 편지. 대신하여 짓다〉

삼가 아룁니다. 흉년에 근심어린 백성이 애처롭고 슬퍼해서 편안히 머무는 마음이 없습니다. 백성을 사랑으로 다스리는 은혜로운 정사를 간절

---

靈臺, 經之營之, 庶民攻之, 不日成之. 經始勿亟, 庶民子來. 王在靈囿, 麀鹿攸伏, 麀鹿濯濯, 白鳥鶴鶴. 王在靈沼, 於牣魚躍.')"라는 말이 『맹자(孟子)』, 「양혜왕(梁惠王) 상」에 보이는데 여기서 인용된 시는 「대아(大雅) · 영대(靈臺)」편이다.

467) 허물을 고치는 데 인색하지 않음 : 『서경(書經)』, 「중훼지고(仲虺之誥)」에 탕(湯)임금이 하(夏)나라의 폭군 걸(桀)을 쫓아냈을 때 그의 신하 중훼((仲虺)가 탕임금께 고하는 말 가운데 보인다. "사람을 등용할 때 자신을 돌아보고 허물을 고치는 데 인색하지 말며 관대하고 인자하여 백성들에게 신의를 펼치십시오.(用人惟己, 改過不吝, 克寬克仁, 彰信兆民.)"

468) 멀리 가지 않고서 돌아오는 것 : 『주역(周易)』, 「복괘(復卦)」의 초구효(初九爻)에 보인다. "초구(初九)는 멀리 가지 않아서 돌아오는지라 뉘우침에 이르지 않으니 원(元)하고 길(吉)하다.(初九, 不遠復, 无祇悔, 元吉.)"

히 바라는 것이 어찌 어린아이가 자애로운 어머니가 젖을 먹여주기를 기다리는 것과 다르겠습니까? 근래에 관가에서 휴가를 고하고 서쪽으로 돌아가는 날에 민간의 근심스럽고 원통한 탄식을 하소연할 곳이 없어 날마다 길에서 미친 듯이 내달려 하늘에 부르짖으며 제정신이 없었는데 이는 마치 노를 잡고 바다에 들어감에 물결이 드넓어 아득하게 끝이 없어서 문득 뱃사공을 잃고 어찌할 줄 모르는 자와 같았습니다. 그렇다면 오늘 민심이 관가의 행차를 고대하는 것이 1분이 한 달 같을 것입니다. 이에 감히 바삐 내달려 서로 이끌어 곧장 아직 계시는 날에 아뢰오니 합하(閤下)께서는 이 일에 대하여 그 실상을 알고 나서 과연 마음을 움직이셨는지 모르겠습니다.

아! 『맹자(孟子)』에 말하지 않았습니까?

“어찌 인인(仁人)이 높은 지위에 있으면서 백성을 그물질하는 짓을 할 수 있단 말인가.”

합하께서도 예전에 이 말을 익숙하게 듣고 반드시 마음에 개탄스러움이 있었을 것입니다. 오늘 상사(上司)가 흉년을 구원하는 정사가 범범하게 하는 마음에서 나온 듯합니다. 그런데 합하께서 만약 민간의 애처롭고 가련한 실상을 굳게 잡고서 힘써 쟁론하지 않고 또 범범하게 상사의 명령을 받드는 것을 정사의 관례로 삼을 뿐이라면 합하도 백성을 그물질하는 데로 귀착됨을 면치 못할 것입니다. 어찌 인한 사람이 사랑으로 다스리는 임무를 맡고서 이러한 일들을 무심히 볼 수 있겠습니까? 이것이 저희들이 이러한 간절한 하소연을 하며 스스로 그만둘 줄 모르는 까닭입니다. 합하께서 따로 긍휼히 여기시고 살펴 주십시오.

옛사람이 이른바 애처롭게 여기는 것도 천명이고 애처롭게 여기지 않는 것도 천명이라는 것이 바로 오늘의 저희들을 위해 하는 말입니다. 저희들은 바로 치소(治所) 아래쪽 선도리(船道里) 사람입니다. 저희 고을의 땅이 척박하고 백성들이 빈곤한 것이 경내에서 으뜸이 되는데 이러한 큰 흉년을 만나 피해가 다른 고을보다 더욱 심한 것은 본디 물줄기 근원이 있는 밭이 없고 또한 물을 댈 길이 없기 때문입니다. 여름 가뭄이 너무 지나쳐서 추수철이 갑자기 이르니 들판을 쭉 둘러봄에 형편이 근심스럽고 참담합니다. 벼는 자랐으나 이삭을 맺지 못한 것이 있고 이삭은 맺었으나 뻗어 나오지 못한 것이 있고 이삭은 뻗어 나왔으나 영글지 못한 것이 있습니다. 게다가 모든 이삭이 병충해를 입은 것도 있습니다. 만약 이렇다면 백성들이 먹을 수 있는 것이 얼마나 되겠습니까? 이 사이 모든 이삭이 비어있는 와중에 혹 몇몇 영근 듯한 것이 없지 않으나 수개월 동안 조석으로 내려오는 명령이 오직 이것을 믿고 있습니다. 한 장정이 메고 질 수 있는 것이 겨우 한 되, 한 말의 곡식에 지나지 않으니 낫으로 베서 가져갈 수 있는 양을 미루어 알 수 있는데 재앙을 내리는 아전들이 또 낫으로 베어 가져가는 것을 죄로 여겨 손을 휘두르며 경감시켜 주지 않습니다. 이렇다면 그나마 남은 백성들이 맨 땅에서 세금 거두어가는 걱정을 면하지 못할 것이니 또 어찌 보존할 수 있겠습니까?

대체로 올해의 흉작이 비록 원근이 다 같다고 말하지만 본주(本州) 소속의 마흔에 달하는 고을 가운데 또한 혹 지난해보다 조금 나은 곳이 있고 혹 지난해와 다름이 없는 곳이 있으며 혹 범범하게 피해를 본 곳이 있고 혹 더 심한 곳이 있으며 혹 심한 곳보다 더 심한 곳이 있으니 저희 고을 또한 심한 곳 가운데 더 심한 곳입니다. 이것은 저희들의 사사로운 말이 아니라 바로 경내의 공공연한 말이니 오직 정직하고 현명하신 합하께서 몸소 유념하시고 힘을 씀이 어떠하냐에 달려 있습니다. 만약 친히 살피고 자세히 조사하여 그 피해의 경중을 구분하여 상사에 나열하여 논한다면 또한 어찌 완전히 편의대로 변통하는 방법이 없다고 혼동하여 억지로 이처럼 하겠습니까? 환곡(還穀)과 부역 등 제반 업무에 있어서는 또한 그 피해의 경중을 따라 등급을 나누고 가감하여 조절하고 대응하는 방법으로 삼는다면 불쌍한 우리 하소연할 데 없는 백성들이 보존할 수 있는 가망이 있을 것입니다. 우리 합하께서 인(仁)을 행하고 서(恕)를 미루어 백성들이 보존될 수 있는 은혜를 베풀고 평소 범범하게 하소연하는 자의 경우로 보지 않으시기를 간절히 절하고 읍하며 바랍니다.

## 전(箋)

### <성상사십년하전 대제(聖上四十年賀箋 代製)>

<성상(聖上)의 40세 생신을 하례하는 전(箋). 대신하여 짓다>

성인이 나신 지 오백 년, 이미 받들고자하는 정성이 깊고 즉위하신 지 사십 년, 감히 경사에 걸맞은 예를 폅니다. 성상의 은택을 노래하고 남산에 절하며 헌수합니다. 공손히 생각건대 주상 전하께서는 덕이 인륜을 빛내시고 도가 대의를 밝히십니다. 자손 번성하고 훌륭함은 화(華) 지방의 봉인(封人)이 성인을 축원한 노래[469]에 합하고 학과 거북 같이 장수함은 요임금이 나이 들어 정무를 힘들어하는 때를 바라봅니다. 이에 존귀하게 임하시는 4기(紀)의 때를 만나니 아름다운 만복의 편안함에 더욱 부응합니다. 삼가 생각건대 신은 자취가 지방에 가로막혀 있지만 마음은 조정에 닿아 있습니다. 조신(朝臣)이 달려가려 하지만 멀리 반열이 낮아 축원하지 못하고 문자로 형용하지만 함부로 해를 그리는 것에 돌아갈 뿐입니다.

### <책봉세제하전 대제(冊封世弟賀箋 代製)>

<세자 책봉을 하례하는 전(箋). 대신하여 짓다>

하늘을 알고 사람을 아시니 항상 임금님의 사려 깊음에 탄식하고 자식에 주지 않고 아우에게 주시니 모두 성덕(盛德)의 위대함을 우러릅니다.

---

469) 화(華) 지방의 봉인(封人)이 성인을 축원한 노래 : 요(堯)임금 때 화(華) 지방의 봉인(封人 : 국경을 지키는 벼슬아치)이 요임금을 위해서 수(壽), 부(富), 다남자(多男子)를 축원한 일을 말한다.

오직 성인이 인륜을 극진히 하여 하늘에서 명이 내립니다. 삼가 생각건대 주상전하는 우리 임금의 아드님으로 대통을 이어 왕이 되셨습니다. 간절히 현자를 구하라고 부탁하신 것은 실로 사직을 보존하는 바탕이고 온화한 우애의 지덕(至德)은 더군다나 떳떳한 천성이십니다. 이에 세제(世弟)의 휘호(徽號)를 올려 저위(儲位)의 막중한 전례를 갖춥니다. 엎드려 생각건대 신은 다행히 아름다운 시운을 만나 성대한 시절을 볼 수 있습니다. 다만 신하로서의 정성이 간절해서 공손히 한 분의 경사를 축원하고 멀리서 보잘 것 없는 신하의 축원을 펴서 온나라와 함께 기뻐할 것을 생각합니다.

## <의제안영사청가지류체유이장파대대지역전(擬齊晏嬰謝聽歌止流涕諭以將罷大臺之役箋)>

### <제(齊)나라 안영(晏嬰)[470]이 노래를 듣고서 흐르는 눈물을 멈추고 장차 큰 누대를 짓는 노역을 파할 것을 아뢴 것에 의작(擬作)한 전(箋)>

이 노래 들음에 생각이 일어 눈물 훔치는 가르침을 주네. 하소연할 데 없는 우리 백성 불쌍히 여겨 특별히 부역 파하는 은혜 내리시네. 신이 무슨 힘을 썼겠습니까? 임금께서 명을 내리신 것입니다.

삼가 생각건대 국가에서 백성을 구제하는 방도는 반드시 우(禹)와 직(稷)이 자신의 굶주림 보듯 한 것처럼 해야 하네. 문왕은 백성들 상한 듯이 여기는 인을 다하시어 측은히 백성들 힘을 소진할까 염려하였고 강숙(康叔)은 적자(赤子)를 보호하듯이 하는 은혜[471]를 품고서 불쌍히 백성

---

470) 안영(晏嬰) : 안자(晏子)라고 높여 부르기도 함. 춘추시대 제(齊)나라의 어진 재상이었는데, 검소한 생활의 본보기로 한 벌의 갖옷을 30년 동안 입었다고 한다. 어떠한 권력에도 굴하지 않고 충간을 한 것으로 유명하다.

들 마음 잃을까 근심하였네. 백성들 보존하는 방법이 마땅히 이러해야 할 뿐이 아니라 또한 정사의 근본이 여기에 있네. 토목 공사를 일으키는 것은 군덕(君德)이 종국에 어그러짐을 부르기 쉽다네. 지붕에 띠를 얹고 흙으로 계단 만듦에 강구(康衢)의 백성들 요임금 받듦을 볼 수 있고 담벼락 꾸미고 기둥 높이 세움에 하나라 백성들의 저주가 일어나네. 이 때문에 옛날 인군(仁君)들은 공사하는 것을 생각하지 않았으니 그런 뒤에야 나라의 백성들이 소란스러워지는 근심을 면할 수 있네.

근래 큰 누대 만드는 공사를 하게 되니 백성들의 원망을 불러오리라. 공사를 점진적으로 하지 않으면 임금 마음 방자해짐이 걱정스럽고 공사를 제때에 하지 않으면 인하여 추운 시절 만나게 되네. 손이 갈라지고 피부가 얼어 생기 없으니 진나라 병졸 입을 옷 없음이 심히 한스럽고 핏기 없고 손가락으로 잡지 못하니 초나라 병사들 솜옷 껴입었던 바람이 끊어지네. 모두 머리를 아파하고 이마를 찌푸리니 수고로이 힘씀이 어찌 다만 마음 쓰는 것과 비교할 수 있겠으며 모두 눈을 치켜뜨며 애통해하니 흙을 쌓는 것이 바로 원한을 쌓는 것이라네. 차마 볼 수 없는 것은 하민(下民)을 가엾게 여기는 인을 의지할 수 없음이니 또한 어찌 편안히 있을 수 있겠는가? 윗사람 받드는 의를 저버린다네. 실로 신의 변변치 못함으로 인해 임금이 잘못을 쌓았다네.

이렇게 주연(酒宴)에서 모신 날에 다남 스스로 길게 읊조린다네. 애처로운 노래 한곡 연주하니 추위에 떨고 배고픈 이들을 어찌할까나? 몇 줄기 눈물 흘리니 이 때문에 한숨 쉬며 탄식한다네. 이들을 기쁘게 할 생각

---

471) 강숙(康叔)은 적자(赤子)를 보호하듯이 하는 은혜 : 강숙은 문왕의 아들이자 무왕(武王)의 아우이다. 성왕(成王)이 즉위함에 주공(周公)이 섭정을 하였다. 성왕은 강숙을 위후(衛侯)에 봉하면서 강고(康誥)를 지어 훈계하였는데 이 글에 '약보적자(若保赤子)'라는 말이 보인다.

하지 않으니 임금님 마음을 헤아려보네. 갑자기 측연한 마음이 일어나니 온화한 목소리에 감동하네. 그대는 어찌하여 눈물을 흘리는가? 누대를 쌓는 공사 때문입니다. 내가 다시 성대한 은덕을 내리리니 백성들 위로하는 방법을 시행하리라. 피폐한 백성들 다 조금 휴식하게 되기를 원하니 너희들은 모두 높은 누대에서 돌아가라. 어찌 홀로 즐거워하겠는가? 내 우선 멈추겠노라. 이미 지나간 백성들의 노고를 깨달으니 멀리 가지 않고서 돌아옴이요, 그 고침에 미쳐 사람들 우러러보니 오직 행하는 데 달려 있네. 우레소리 같은 환호성 진동하니 수심어린 얼굴빛 눈녹듯 사라지고 온화한 덕택을 펴니 기쁨어린 기운이 한기를 몰아내네. 일찍이 어찌 족히 원망할 게 있겠나? 이로써 이러한 영예가 있다네.

생각건대 임금이 잘못 있을까 염려하면 신하된 이 충성이 그치네. 조정에 있을 때 나머지는 족히 볼 것이 없고 간절히 백성 사랑하는 마음을 볼 것이요, 이 임금을 섬길 때 아첨하고 기쁘게 할 것이 아니라 굳세게 나라를 근심하는 충심을 볼 것이네. 감히 공을 기약할 수 있겠다 말하겠나? 참으로 내 재주 미치지 못함을 안다네. 하물며 이 눈물 섞인 노래가 또한 방자한 행동에서 나와 망령됨에 있어서이겠는가? 임금님 도량으로 포용하여 신의 행동 죄있다고 하시지 않네. 임금님 은혜 넉넉하여 백성들의 간절한 마음 다 보시네. 누대를 어디에 쓰겠나? 족히 말할 게 있나? 과실 고치는 데 인색하지 않고 선을 따르기를 물 흐르듯 하심을 만났네. 신이 전혀 다른 마음이 없고 평소 근심하고 사랑하는 마음 품고 있음을 아시고 신이 자잘한 예에 구애받지 않고 넌지시 간언하는 진실함이 있다 하시네. 드디어 눈물 삼키는 무리들로 하여금 두터운 임금님 은혜를 입게 하셨네. 그 임금 드러내지 못해 저렇게 공이 비루하네. 백성들에게 불편한 일이 있어 들어가 임금께 고하네. 정사 가운데 혹 나라에 보탬이 있을까 하여 앞에서 말씀드리고자 합니다.

# 서(序)

## 〈시문형범초서(時文型範抄序)〉

〈『시문형범초(時文型範抄)』의 서문〉

내가 일찍이 묵소자(默所子)가 지은 문장의 조어가 긴요하고 사리(詞理)가 정밀함을 애호하였으니 이것은 참으로 오늘날의 훌륭한 문자이다. 깊이 음미하며 풍영(諷詠)함에 자못 깨닫고 계발되는 곳이 있어서 오래도록 보배롭게 여겨서 손수 10여 편을 베껴서 과거 공부를 폐한 자제들에게 주어서 강습하는 자료로 삼게 하였으니 이것은 고원하고 심후하여 용이하게 득력(得力)하기 어려운 고문에 비할 바가 아니다. 편질(編帙)이 간략하여 암송하는 수고가 많이 절약되어 국량이 얕은 이도 모의(模擬)의 효험을 쉽게 볼 수 있을 것이니 만약 아침저녁의 여가에 조금씩 음미하고 사색하는 공부를 하면 과장(科場)의 질문에 답할 적에 넉넉하게 할 수 있는 경지에 이를 것이다.

아! 내가 노쇠한 나이에 이르러 이미 자제들을 훈도하는 도리가 없어서 옛사람의 드넓은 문장에 크게 힘을 쓰게 하지 못하여 단지 이렇게 부득이한 말단적인 도모를 하여 함부로 변변찮은 작은 뜻을 부치니 아! 이 심정이 또한 개탄스럽다. 그러나 만약 나이가 젊고 재주가 넉넉한 자가 곁에서 엿보고 대뜸 빨리 이루려는 뜻을 내고서 또한 여기에 종사하려고 하면 도리어 원대한 뜻을 이루는 도정에 막힘이 있을 것이다. 세도(世道)를 위하는 자가 나를 능력도 되지 않으면서 함부로 행동한다[472]는 혐의

---

472) 능력도 되지 않으면서 함부로 행동한다 : 재주가 충분하지 않은데 전문가를 대신해서 감당키 어려운 일을 해 나가는 것을 말한다. 『노자(老子)』 74장에 "거장(巨匠) 대신

를 주어 깊이 죄주지는 않겠는가? 뒤에 부록한 변무주(辨誣奏)[473]는 그 규모와 법도가 비록 앞의 문장들과 조금 다르지만 글뜻이 명백하고 문채가 화려해서 그 원천이 끊임없이 흘러 다하지 않으니 메마른 사상을 적시려고 하는 자들에게 보탬이 있을 것이다. 이에 감히 아울러 부록하고 가난한 아이가 갑자기 부유하게 된 방법[474]을 시험해 보고자 한다.

---

칼을 휘두를 경우 손을 다치지 않는 때가 거의 없다.(夫代大匠斲, 希有不傷其手矣)"라고 하였다.

473) 변무주(辨誣奏) : 정확하지는 않으나 문맥으로 볼 때 월사(月沙) 이정귀(李廷龜)가 지은 「변무주(辨誣奏)」를 가리키는 것으로 보인다. 이 글은 『월사집(月沙集)』에 전한다.

474) 가난한 아이가 갑자기 부유하게 된 방법 : 소식(蘇軾)의 「답정전부추관(答程全父推官)」의 다섯 번 째 편지에 다음과 같은 말이 보인다. "우리 아이가 근래 『당서(唐書)』 한 부를 베끼고, 또 『전한서(前漢書)』를 빌려다 베끼려고 하니, 만약 이 두 책을 다 베끼면 바로 가난한 아이가 갑자기 부자가 되는 것입니다. 껄껄!(兒子比抄得唐書一部, 又借得前漢欲抄, 若了此二書, 便是窮兒暴富也, 呵呵!)"

# 기(記)

## 〈취성와기(醉醒窩記)〉

나에게 종유(從遊)한 사람, 오씨(吳氏) 재창(再昌)이 장년에 아들을 잃으니 애통해하고 상심함이 지나쳐 슬피 마음을 가누지 못하고 세상을 버리려고 했으나 그러지 못했다. 이에 취성(醉醒)으로 자신의 집에 편액하고 나에게 그 뜻을 펴서 기문을 지어줄 것을 청하였다. 그러나 내 마음 또한 오생과 같다. 일찍이 동야(東夜)의 한[475]을 품어 옛날 자하가 자식 잃은 슬픔으로 실명한 것에 가까우니 차마 입을 놀려 오생을 위로할 수 있겠는가? 또 무슨 말로 꾸밀 수 있겠는가? 그러나 오생이 슬픔을 씻어 내고자 하는 것은 내가 순리대로 슬픔을 삭이는 방법과 매우 다르고 게다가 내 뜻과 합치하는 부분이 있다. 그래서 나는 군더더기 말이나마 하지 않을 수 없다.

무릇 사람이 되어 화합하게 하는 것은 술의 덕이고 만사를 잊어버리는 것도 술보다 더한 것이 없으니 이 뜻을 나는 일찍이 취향(醉鄕)에 사는 사람에게서 들었다. 오생이 집안에서 술에 취하여 맘껏 소리치며 의기양양할 적에 그 성정을 가다듬고 그 심기를 화평하게 하여 무하유(無何有)의 고을에 들어가고 어두컴컴한 곳으로 도망가면 저 가슴 바다에 우뚝 솟아 있는 근심의 성(城)이 순식간에 환백(歡伯)의 바람에 함락된다. 이

---

475) 동야(東夜)의 한 : 맹동야(孟東野)는 한유(韓愈)의 벗 맹교(孟郊)로 동야가 세 아들을 연달아 낳았는데 며칠이 지나지 않아 번번히 죽었다. 늘그막에 후사가 없음을 생각하고 슬퍼하자 한유는 그가 상심함을 염려해서 하늘을 미루어 천명을 빌려 위로해주는 시를 지었다. 그 시의 제목은 「맹동야실자(孟東野失子)」이다.

때 예전의 오장육부를 마디마디 끊어내는 애끓는 사랑으로 인한 아픔이 하루아침에 말끔히 사라져서 화로(火爐) 가운데 떨어진 한 점 눈과 같은 일이 일어난다. 사생을 하나로 여기고 팽조(彭祖)의 장수와 어린이의 요절을 똑같이 여겨 꽉 막힌 응어리를 시원하게 풀어주는 효험이 『남화경(南華經)』의 허무맹랑함을 필요로 할 것 없이 대번에 술상에서 담소하는 사이에 나타난다. 그러하니 여기에서 노래하고 읊조리고 실컷 먹어 인간 세상일을 모두 잊어버린다. 이것이 술 안의 홍취를 깊이 얻었다고 할 만한 것이다. 이것이 바로 오생이 취할 적에 여유롭고 느긋하게 슬픔과 즐거움이 침입하지 못하게 할 수 있는 까닭이다.

그러나 이 술이 이미 신선이 빚은 방법과 천일 동안의 취함이 아니니 백년, 삼만 육천 일 동안 또한 어찌 깨어있는 때가 없겠는가? 지금 이미 깨어있는 때가 없을 수 없으면 그 양지(良知)의 이치와 자애(慈愛)의 천성이 또 어찌 영원히 잊어 끝내 사라지는 데 이르겠는가? 하물며 슬퍼하다가 느끼고 느끼다가 상심하고 상심하다가 그리워하는 마음이 습관이 되어 반드시 어렷한 듯 삼삼하게 때때로 마음에 왕래하는 것은 인정상 그만 둘 수 없는 것이다. 달을 보고 가슴 속이 상쾌해짐을 생각하고 꽃을 보고 아름다운 문장을 상기하는 것 같은 경우는 또한 억지로 없게 할 수 없는 것이다. 더군다나 한 몸에서 나뉘어 호흡이 반드시 통하는데 오랫동안 취하여 영원히 잊어버려 이처럼 무심할 수 있다면 외로운 자식의 혼령이 또한 깃드는 곳마다 잘못되지 않는 곳이 없어 아득한 곳에서 원모(怨慕)하고 한스러워하는 것에 있어서이겠는가? 이것이 또 오생이 깨어있는 때가 있어 마치 보는 듯한 마음을 위로하는 까닭이니 차마 오랫동안 취하여 영원히 잊을 수 없는 것일 것이다.

아! 깨서 생각이 지나치면 슬퍼지고 슬퍼하다가 상심함이 지나치면 또 취하여 잊으니 취하다가 깨고 깨다가 취하여 깨면 취하기를 생각하고 취하면 깨는 것을 잊어 취하다가 깨기를 한 달에 한 번이나 하는 것은 오생의 일상이다. 이것을 가지고 그 집을 명명한 것이 그 뜻을 매우 잘 볼 수 있으니 그 정이 또한 아! 개탄스럽다.

나는 술을 잘 마시지 못해 생각이 많아 한가로이 거처하며 일이 없으면 날이면 날마다 항상 자식을 잃은 탄식을 하면서 죽을 날에 이르러 간다. 이것이 다 오생이 깨어 있을 때와 같아 막 한 번 취하면 잊으니 나도 그가 부럽다. 오생은 옛날 방외(方外)에서 노닐던 부류와 비슷한데 시속에 뜻을 굽혀 문장을 좋아하여 그 마음을 다스리고 지식이 많아 그 행실을 검속하니 세상일이 가슴 속에서 어지러이 일어나는 일 같은 것은 취하고 깨는 사이를 기다리지 않고 잊은 지 이미 오래다. 집에 편액을 건 뜻이 여기에는 잊지 않은 듯하기에 나는 우선 여기에 대해서는 말하기를 생략한다.

## 〈대학장구집주강어부후서(大學章句集註講語附後敍)〉

앞의 대학경전장구(大學經傳章句) 주부자(朱夫子)의 집주(集註) 외에 장마다 한 글자를 내려서 쓴 것은 바로 월사(月沙) 이정귀(李廷龜)의 강어(講語)이다. 옛날 만력(萬曆) 계사년(癸巳年, 1593년)에 명나라의 학사(學士) 동강(桐江) 송응창(宋應昌)이 경략(經略)으로 만상(灣上)에서 군대를 다스리고 있었는데 이때 월사가 뽑혀 서연(書筵) 강관(講官)이 되어 그 막하에 들어가 더불어 『대학(大學)』의 오묘한 뜻을 토론하고 인하여 그 강론한 바의 말을 기록하였으니 지금 『월사집(月沙集)』 가운데 보인다.

내가 보니 그 문장이 부려(富麗)하면서 명백하고 언어가 평이하면서

개절(剴切)하여 비록 사색을 해본 적이 없는 몽학들이라도 문득 임하여 한 번 보면 꿰뚫어서 막히는 것이 없게 될 것이니 또한 주자(朱子) 집전의 간략하고 심오함에 대한 주석이 되기에 족하였다. 비록 그렇지만 나의 주제넘은 뜻은 또한 감히 이것이 경학 공부에 보탬이 있을 수 있다고 말하려는 것은 아니다. 그 조어(造語)와 구사(構辭)가 흉중에서 흘러 나와 붓 끝에 혀가 있다고 할 만하고 게다가 그 정밀하고 간약한 말과 긴요한 뜻이 과장(科場)에서 논난하는 문장의 모범이 될 만하다. 그래서 『대학(大學)』 본전(本傳) 중에 필요 없는 글자들과 옛글로 잘못 들어가 있는 따위의 말들과 제가(諸家)의 집주 가운데 사장(詞章)을 배우는 데 보탬이 없는 것 모두를 제거하고 강어(講語)를 올려 섞어 기록하였다. 그러하니 어찌 털끝만큼이라도 경전을 어지럽히는 뜻이 있겠는가? 단지 과거 공부하는 선비들의 시속(時俗) 문체를 위해 한 것이니 이 뜻과 일을 사람들 가운데 혹 그 비루함을 비웃을지도 모르겠다.

그러나 근래에 내가 손수 쓴 세 권의 책이 과거 문장에 조금이나마 보탬이 없지는 않다고 생각하여 이러한 변변찮은 소망을 부친 것이다. 그러니 먼저 이 강어(講語)를 읽어 대략 사물의 이치를 살핀 뒤에 송나라 대가들에게 넘어가 고인의 문장 제작의 조화(造化)를 엿보고 『시문형범(時文型範)』에 돌아가 당세의 작법의 묘법을 다한다면 분량이 많은 다른 책을 기다리지 않고 오직 이 세 책이 또한 제술(製述) 공부에 충분할 것이다. 게다가 대국에서 정사하는 때에 미쳐 합격자 명부에 명성을 날릴 수 있을 것이니 대충 헛되이 세월을 보내며 생을 마치는 것과 비교해 볼 때 어떠한가? 이것이 바로 우리 집안의 자제들 가운데 총기 있는 자들을 권계하는 것이고 다른 이들에게 감히 보이지 않는 까닭이니 이것을 보는 이들은 용서하기 바란다.

# 명(銘)

## 〈농고당명(聾瞽堂銘)〉

너의 귀밝음을 거두고 너의 눈밝음을 닫아 보지도 듣지도 말아라.
외면을 제재하여 내면을 편안히 하면 이 즐거움이 가장 좋다.
사귐을 그치고 노님을 끊으니 무엇을 구하겠는가?
내 밭 갈아 먹고 내 샘물 떠서 먹으며 천명(天命)을 보존하네.[476]

斂而聽, 閉而明, 勿視聽.
制於外, 安於內, 此樂最.
息其交, 絶其遊, 夫何求.
食吾田, 飮吾泉, 保天年.

---

476) 천명(天命)을 보존하네 : 천수(天壽)를 누리고 사는 것을 가리키는 말이다.

# 발(跋)

## 〈시문형범초발(時文型範抄跋)〉

### 〈『시문형범초』 발문〉

서계(書契)가 지어져 인문이 점점 열려지자 문체(文體)의 고하(高下)가 시대를 따라 오르고 내려 시대마다 같지 않았다. 그래서 오늘날 지금의 관점에서 볼 때 옛것이 있을 뿐만이 아니라 옛날에도 나름의 옛것이 있다. 그렇다면 옛것을 사모하여 고문사(古文辭) 짓기를 배우는 문장가들은 비단 지금에서 볼 때의 옛것에 연연해 할 뿐만이 아닐 것이다. 어찌 옛날의 입장에서의 더 옛것에 마음 쓰고자 하지 않겠는가? 그러나 『주역(周易)』의 기이하면서도 법도에 맞음과 『시경(詩經)』의 바르면서도 아름다움과 『서경(書經)』의 드넓음과 『춘추(春秋)』의 근엄함[477], 이것들이 어찌 옛날의 입장에서의 더 옛것이 아니겠는가? 깊고 넓은 바탕과 광명하고 정대한 문장이니 참으로 보잘 것 없는 학문 능력으로는 그 그림자나 메아리도 얻을 수 있는 것이 아니다.

선진(先秦)의 제자서와 한(漢), 당(唐), 송(宋)의 문장가들의 문장 같은 것은 또한 이른바 지금의 관점에서의 옛날이지만 그 신묘한 문사와 뛰어난 문예는 홀로 천기(天機)를 잡아 우주에 우뚝 서서 높이 천고를

477) 『주역(周易)』의 기이하면서도 ~ 『춘추(春秋)』의 근엄함 : 당나라 한유(韓愈)의 「진학해(進學解)」에 다음과 같은 말이 보인다. "……上規姚姒渾渾無涯, 周誥殷盤, 佶屈聱牙, 春秋謹嚴, 左氏浮誇, 易奇而法, 詩正而葩,……" 또 양웅(揚雄)의 『법언(法言)』, 「문신(問神)」에 다음과 같은 말이 보인다. "우하(虞夏)의 글은 혼혼(渾渾)하고, 상(商)나라의 글은 호호(灝灝)하고, 주(周)나라의 글은 악악(噩噩)하다.(虞夏之書渾渾爾, 商書灝灝爾, 周書噩噩爾.)"

바라본다. 그래서 비록 후대의 학자들이 그 꽃 같은 문장을 씹어보고 그 윤택함에 젖어들어 힘을 다해 모사해서 그 경지에 도달하고자 하지만 그 경계를 밟거나 엿보아 정수를 얻는 이가 드물다. 그러하니 오늘날의 고문을 배우는 자들이 이렇게 하는 것이 또한 어렵지 않겠는가? 스스로 지극하다고 여기는 자들도 오히려 비슷하게조차 하기 힘든데 하물며 지극하지 않은 자들이야 무에 말할 것이 있겠는가? 기껏 몇 권의 옛 책을 읽고 대뜸 충분하다고 여겨 한 국자의 물을 많다 여기고 하잘 것 없는 재주로 떠벌리다가 붓을 잡고 종이를 대함에 어두운 길을 더듬거리며 어슴푸레하게 가는 곳이 어느 방향인지조차 알지 못한다. 이것은 참으로 실소를 금치 못할 일이요 개탄스러운 일이다.

그렇다면 조롱박을 그리는 공력[478]을 허비하여 끝내 옛사람의 찌꺼기조차 얻지 못하기보다는 차라리 뜻을 조금 낮추어 우선 세상에서 필요로 하는 오늘날의 문장에 나아가 종사하는 것이 더 낫을 것이다. 더군다나 자제들 가운데 포기하는 자들은 대체로 서적의 두서없음을 의심하다가 효과를 봄이 더디고 어렵다고 하여 태만한 마음이 더욱 따라 일어난다. 그러하니 어찌 약간의 오늘날의 문장 곧 자잘한 말들로 사람들이 용이하게 볼 수 있도록 하는 것을 가져다 흥기할 수 있도록 하는 것만 하겠는가? 더구나 그 규모가 작아서 역량이 미칠 수 있고 법도가 단순해서 방법을 찾기 쉬워 절실한 말과 긴요한 뜻이 더욱 지금 사람들이 다투어 숭상하는 것임에랴? 이것이 내가 이 책을 편집한 뜻이니 또한 차선책[479]으로

---

478) 조롱박을 그리는 공력: 송태조(宋太祖)가 한림학사(韓林學士) 도곡(陶穀)을 조롱하기를, "듣건대 한림학사는 제서(制書)를 초할 때 옛사람의 작품을 베껴 가며 조금씩 말만 바꾸었을 뿐이다. 이는 바로 세속에서 이른 바 '조롱박 모양만을 본떠서 그려 낸다.(此乃俗所謂依樣畫葫蘆耳)'는 것일 따름이니, 힘쓴 것이 뭐가 있다고 하겠는가." 한 데서 온 말이다. 『동헌필록(東軒筆錄)』 권1에 이 고사가 보인다.

479) 차선책 : "공자께서 말씀하시기를 '종일토록 배부르게 먹으면서 마음 쓰는 데가 없으

생각한 것이다.

만약 뜻을 굽혀 나아가 시간을 들여 공부한다면 한 척을 얻는 것도 내가 얻는 것이고 한 치를 얻는 것도 내가 얻는 것이다. 크게는 책론(策論), 작게는 의의(疑義)에 이르기까지 시원스럽게 내 뜻대로 되지 않음이 없을 것이고 이 이외에도 또한 충분히 일상생활에서 주고받는 글이 될 수 있을 것이다. 그러하니 고문을 배우다가 얻지 못하고 미혹되어 길을 잃어버린 자들과 비교해 볼 때 절실하고 긴요한 이익이 어떻겠는가? 그래서 내가 억지로 흐릿한 눈을 비벼가며 정신을 쏟으며 작업을 마쳐서 총기 있는 자제들에게 주어 뜻을 이룰 수 있도록 하고 노력하게 한 것이다. 또 이것이 인하여 발문을 짓고 권면하는 뜻을 부친 이유이다.

## 〈변송대가초후발(汴宋大家抄後跋)〉

### 〈『변송대가초』의 발문〉

근세 문단의 대가들은 '송(宋) 이하 금문(今文)'이라는 말을 많이 한다. 그러나 내가 송나라의 문장을 보건대 금문보다 예스러움이 또한 현격하다. 비록 그 기간(奇簡)하고 심박(深博)함이 간혹 당(唐), 한(漢), 선진(先秦) 등의 여러 책들에 미치지는 못하겠지만 그 그윽한 빛과 꾸밈없는 색이 여전히 근고(近古)의 문장이 되기에 손색이 없다. 그러하니 어찌 억눌러 근세의 문장이라고 폄하하여 쉽게 따질 수 있겠는가?

나는 문인들의 기질이 대체로 평소 과시하는 병폐가 있음을 비웃어왔

면 구제불능이다. 박혁(博奕 : 장기와 바둑)이 있지 않는가? 이것을 하는 것이 그래도 낫다.'(子曰: "飽食終日, 無所用心, 難矣哉! 不有博奕者乎? 爲之, 猶賢乎已.")"라는 말이 보인다.

다. 그들이 고문을 읽고 고문사 짓기를 배울 적에 스스로 『좌전(左傳)』과 『국어(國語)』를 제어하고 사마천(司馬遷)과 반고(班固)를 뛰어넘어 한유(韓愈)와 유종원(柳宗元)을 굽어본다. 그러나 종국에 성취한 것에 미치면 한유, 유종원, 사마천, 반고, 『좌전』, 『국어』가 됨은 볼 수 없고 단지 평범한 금문이 되는 데 그칠 뿐이다. 그러하니 송나라의 문장들과 비교해 본다면 그 경지에 미치지 못함이 하늘과 땅 차이일 뿐만이 아니다. 그렇다면 어디에 '송 이하 금문'이라는 말이 있을 수 있겠는가? 행실이 말을 따르지 못함은 참으로 옛것을 사모하며 큰소리치는 자들의 병폐이다. 그 진취적인 뜻은 참으로 크지만 정말로 알고 실천하는 공부에 있어서 나는 과연 이처럼 해가지고 괜찮은지 모르겠다.

옛날 송나라가 개국할 때에 문운(文運)이 크게 열려 문장가들이 다투어 나와서 문장으로 국가의 성대함을 드날린 자들이 손가락을 꼽을 수 없을 정도로 많았지만 오직 구양수(歐陽脩)와 소씨(蘇氏) 부자(父子) 등이 가장 뛰어난 자들이었다. 이들은 말이 비근(卑近)하면서도 뜻은 원대하고 글이 간약(簡約)하면서도 뜻이 심후해서 내면에 많이 축적하고 조금씩 내어놓아 성대하게 볼 만하니 이 두 문장가들은 참으로 천고에 남을 문단의 표준이다.

그런데도 우주가 돌고 앞에 몇 시대를 거쳐 와서 송나라조차도 말세였다. 그러나 송나라에서 지금까지 이미 칠팔백여 년이 지나 시대와 함께 오르내리는 문장의 고하가 이미 옛사람의 정해진 논의가 있으니 사람들이 송나라 문장을 억지로 금문이라고 부르는 것이 이들 몇 군자들의 문장에 있어서 또한 어찌 족히 큰 병통이 되겠는가? 단지 뜻이 크고 큰소리치는 자들의 잘못이다. 또한 비단 뜻이 크고 큰소리치는 자들의 잘못일 뿐만이 아니라 식견이 비뚤어지고 취사가 분명하지 않은 자들의 잘못이다.

한 번 논해보자면 문(文)이라는 것은 기(氣)일 뿐이다. 기국(器局)의 크고 작음과 재분(才分)의 깊고 얕음은 이미 태어날 때에 받는 것이니 지금 변화시킬 수 있는 것이 아니며 배워서 할 수 있는 것도 아니다. 오직 옛 문장가의 흐릿한 자취만 기록할 수 있어서 볼 수 있는 것은 단지 규모와 법도일 뿐이다. 그러하니 당나라와 한나라 이상의 여러 문장가들은 심후하고 노건(老健)한 기운으로 기굴(奇崛)하고 험벽(險僻)한 말들을 발하였으니 천 길 암벽이 뻗어있는 기세와 우뚝 솟고 깎아지른 듯한 모양이 기이하기는 기이하지만 지금 습속의 숭상에 부합되지 못함은 어찌할 것인가? 더구나 천박한 선비가 용이하게 손을 대어 그 그림자나 메아리에도 비슷하게 할 수 있는 것이 아님에 있어서이겠는가? 그렇다면 근고(近古)에 마음을 써서 이것을 준칙으로 삼아 조금이라도 비슷하게 되기를 바라는 것만 못할 것이다. 그러나 각각 그 유약하고 나태한 습관이 남아서 책을 묶어두고 보지 않는 폐단을 이루고 말았으니 안타까움을 이루 다하겠는가?

내가 이것을 병폐로 여겨서 다만 구양수(歐陽脩)와 소씨 등 몇몇 사람의 문장을 가져다 선별하고 간략히 하여 고금의 문장을 널리 배우려는 이들에게 아침저녁으로 강습하는 자료로 삼게 한다. 이는 비단 이 문장들이 오늘날에 적당하여 반드시 배워야만 하기 때문만이 아니다. 소씨 부자는 일찍이 구양수의 문하에서 가르침을 받아 법도와 자취가 마치 하나의 근원에서 나온 것 같아서이다. 오직 이들을 전공하여야 배움의 지름길을 또한 쉽게 찾을 수 있을 것이니 약간 편의 문장이 또 공부하는 데 있어 무슨 어려움이 있겠는가? 낮 동안 기억하고 외더라도 시간이 남을 것이요 밤 동안 복습하고 사색해보더라도 시간이 남을 것이니 힘씀이 적은데도 효험이 크다는 것을 옛 교훈에서 증험할 수 있을 것이다. 아! 내 뜻을 같이하는 선비들아! 부디 힘쓸지어다.

# 잡저(雜著)

## <주곡거사만필해(舟谷居士漫筆解)>

### <『주곡거사만필』에 쓴 해(解)>

주곡(舟谷)은 거사(居士)가 거처하는 곳이고 거사는 선비된 자의 거업(居業)[480]의 명칭이다. 만필(漫筆)이라는 것은 한만(閑漫)하여 필요로 하는 곳이 없는 붓이다. 만(漫)에는 또 길다는 뜻이 있으니 또한 길이 이런 일을 할 뿐이라는 것이다. 크게는 나라를 경영하고 후세에 드리우는 문장을 짓지 못하고 작게는 끝내 과거에서 1, 2등으로 합격해서 이름을 날리지 못하면 비록 다시 고심하며 글을 짓더라도 다만 제멋대로 회포를 풀어보는 수단일 뿐이다. 더욱이 과체(科體)의 모의작들의 경우는 어찌 스스로 과거를 포기한 사람의 한가한 말들이 아니겠는가? 또한 수레에서 내려 팔뚝을 휘두른다는 혐의[481]에 가깝지 않겠는가? 게다가 때때로 하지 말아야 하는데도 하지 않을 수 없는 감개하고 격분하며 기괴스러운 말들의 경우는 또한 다만 한만함으로 귀결될 뿐이니 과연 어디다 쓰겠는

---

480) 선비된 자의 거업(居業) : 『주역(周易)』, 「건괘(乾卦)」에 다음과 같은 말이 보인다. "언사를 가다듬어 진실함을 세우는 것은 업에 거하는 방법이다.(脩辭立其誠, 所以居業也.)"

481) 수레에서 내려 팔뚝을 휘두른다는 혐의 : "진(晉)나라 사람 풍부(馮婦)는 범을 잘 잡았었는데 맨손으로 범을 잡는 것이 무모한 일임을 깨닫고서 마침내 착한 선비가 되었으나 그 뒤 들판을 지날 적에 범을 쫓던 사람들이 찾아와서 잡아 달라고 부탁하자 다시 팔뚝을 걷어붙이고 수레에서 내려오니, 식견 있는 선비들이 그의 행실을 비웃었다.(晉人有馮婦者, 善搏虎, 卒爲善士. 則之野, 有衆逐虎. 虎負嵎, 莫之敢攖. 望見馮婦, 趨而迎之. 馮婦攘臂下車. 衆皆悅之, 其爲士者笑之.)" 『맹자(孟子)』 「진심(盡心) 하(下)」에 보인는데 여기서는 예전에 해오던 일의 잘못을 깨닫고 그만 두었다가 습기(習氣)를 버리지 못해 결국 다시 하게 되는 잘못을 가리킨다.

가? 비록 그렇지만 일생동안의 본업이 오직 여기에 있어서 지금처럼 노쇠한 때에 이것이 아니면 할 일이 없으니 또한 어찌 할 만한 다른 일이 있겠는가? 그렇다면 붓을 잡고 길게 읊조리면서 "이와 같을 뿐이다."라고 말할 뿐이다. 옛사람이 말하기를 "군자는 평소 거처할 적에 비록 마음 쓰는 데가 없더라도 그 마음을 쓰지 않으면 안 된다."라고 하였으니 이것이 주곡거사가 만필을 지은 까닭이다.

## 〈잡설(雜說)〉

옛말에 "세상이 기나긴 밤에 들었다."라는 말이 있는데 어둡고 캄캄하여 보는 것도 아는 것도 없다는 뜻이다. 무슨 방법으로 하늘이 밝게 열리는 때를 볼 수 있겠는가?

기나긴 밤을 말미암기 때문에 무지하고 무지하기 때문에 징험할 수 없고 징험할 수 없기 때문에 믿지 못하고 믿지 못하기 때문에 채택하지 않고 채택하지 않기 때문에 사람들이 귀하게 여기지 않으니 옛날 초(楚)나라 변화(卞和)가 보옥을 알아주지 않는데도 그칠 줄 몰랐던 것이 슬프다.

문장은 작은 기예이지만 뜻의 전아함과 기의 심후함과 성운(聲韻)의 웅장함과 작법의 엄정함과 기변(奇變)・이합(離合)의 오묘함 같은 것들은 평범한 사람과 논할 수 없다. 하물며 이보다 더 큰 것들을 또한 어찌 족히 알 수 있겠는가? 참으로 개탄스럽다.

## 〈농고당해(聾瞽堂解)〉

광산(光山) 치소의 서쪽 화반산(花盤山) 서쪽 기슭 개산(介山) 아래에 농고옹(聾瞽翁)이라고 자호(自號)한 사람이 있다. 옹이 말하기를 "『이아(爾雅)』에 '듣지 못하는 것을 농(聾)이라고 하고 보는 것이 없는 것을 고(瞽)라고 한다'라고 하는데 모든 나쁜 질병 가운데 사람들이 모두 꺼리고 싫어하는 것이 이 병만 한 것이 없다."라고 하였다. 옹이 홀로 여기에서 기쁘게 취해다가 인용하여 호로 삼고 자신의 집에 편액으로 걸었으니 무슨 마음에서인가?

옹은 평소에 성품이 매우 소탈하고 나태해서 욕심을 좇아 이리저리 다니는 것을 즐기지 않아 시비와 이해득실에 대해서 본래 연연해하는 마음이 없었다. 게다가 사는 곳이 외지고 누추해서 찾아오는 손님이 매우 드물어 모든 세간의 소식들을 얻어 들을 수가 없었으니 더군다나 볼 수가 있었겠는가? 또 평소 마음이 아예 보려고 하지도 않고 들으려고 하지도 않는 사람임에 있어서이겠는가? 이 뜻을 미루어 보면 비록 귀머거리, 장님은 아니더라도 농고(聾瞽)로 자호한 것이 정말 맹랑한 말은 아닐 것이다.

옹은 어려서부터 병에 잘 걸렸는데 중간에 독서를 지나치게 하고 초상에 슬퍼하여 마음을 상해서 정신이 시들고 정채가 팍 꺾여서 눈에는 잔상이 어른거리고 귀로는 이명(耳鳴)이 들려서 평상시에 사람의 얼굴을 분간하지 못하고 사람들이 조그만 목소리로 말할 때 역시 알아듣지를 못하니 이와 같다면 농고(聾瞽)라는 호를 비록 없애려고 해도 할 수 없는 것이다. 만약 세상의 이른바 총명한 사람들이 이 말을 듣고 본다면 어떻게 생각할까?

## <원시려삼어부(遠時癘三語符)>

<시려(時癘)를 멀리하는 세 가지의 어부(語符)>

정신(精神)과 기백(氣魄)은 마음의 견고함을 지키기에 족하다.

운심(運心-마음씀)과 처행(處行-실천)은 요사한 모독(冒瀆)을 멀리하기에 족하다.

문장과 지식은 족히 귀신의 정상(情狀)을 밝히기에 족하다.

이 세 마디 부절을 받들어 준수하여 잘못되지 않는 것이 바로 평소의 업이었는데 마침 환난을 만나 자제들에게 보여주노니 지금 이후에야 나는 책임을 면할 수 있음을 알겠다.

## <농고당찬(聾瞽堂贊)>

듣지 못하는 것을 농(聾)이라고 하고 보지 못하는 것을 고(瞽)라고 하니, 『이아(爾雅)』의 뜻풀이는 질병으로 말한 것이다.

보아도 보지 못하고 들어도 듣지 못하는 것을 또한 농고라고 일컬으니, 병을 칭탁함을 말한 것이다.

내가 이것으로 집을 명명하니 질병인가, 칭탁인가? 사람들이 반드시 분별할 수 있을 것이니 실로 속임수가 아니라네.

세상이 기나긴 밤에 들어 눈을 감고 자고, 사람들이 다투어 소리침에 귀를 막고 달린다.

귀는 먹고 눈은 멀었는데 하물며 늙음을 만났음에 있어서이겠는가? 귀밝지 못하고 눈밝지 못하여 어둡고 캄캄하노라.

이 두 글자 부절(符節)을 받들어 아무 말도 하지 않고 적멸(寂滅)하리라.[482]

## <경작문자소설(警作文者小說)>

작문의 체제에는 육언(六言)과 육폐(六弊)가 있다. 문사(文辭)를 깊게 하려는 것과 문기(文氣)를 후하게 하려는 것과 문리(文理)를 정밀하게 하려는 것과 문법(文法)을 넓게 하려는 것과 문세(文勢)를 순하게 하려는 것과 문맥(文脈)을 생동하게 하려는 것, 이 육언은 작문의 법도인데 한편으로 각각에 폐단이 또한 여섯 가지가 있다. 문사가 깊지 못하면 천박해지니 그 폐단은 속됨이고 문기가 후하지 못하면 짧아지니 그 폐단은 촉급(促急)함이고 문리가 정밀하지 못하면 잡박해지니 그 폐단은 공허한 말만 늘어놓음이고 문법이 넓지 못하면 협소해지니 그 폐단은 비루함이고 문세가 순하지 못하면 급박해지니 그 폐단은 국한됨이고 문맥이 생동하지 못하면 끊기게 되니 그 폐단은 생기를 잃어버림이다.

오직 심후하고 정박하며 순하고 생동하여 낳고 낳아 끊이지 않는 것은 다 조물주의 오묘함에서 비롯하는 것이다. 작문하는 사람이 여기에 근거하여 구한다면 거의 그 이치에 가까울 것이다. 지금부터 넉넉하게 읊조려서 날로 완미하고 사색하는 공부를 하여 두 번 다시 딴 생각을 마음에 두지 말아야 할 것이다.

---

482) 아무 말도 하지 않고 적멸하리라 : 현묵(玄默)은 노자의 도이고 적멸(寂滅)은 부처의 도.

## <불원복잠(不遠復箴)>

팔월 만에 흉함이 있으니[483] 재앙이 박상(剝床)에 가까움이라.[484] 순음(純陰)으로 일을 하니 양이 없을까 의심된다.

칠일 만에 이르니 지금 문득 도리어 양강(陽剛)이라. 이것을 일러 불원(不遠-멀지 않다)이라 하니 이치는 변치 않음이 있다.

사람이 이 이치를 얻어 어떤 이는 성인이 되고 어떤 이는 광인(狂人)이 되니, 악한 생각이 사라짐에 선한 마음이 막 싹튼다.

길 잃음이 아직 멀지 않음에 바른 길을 마땅히 걸어야 하니, 빨리 고쳐 선을 따르기에 뉘우침이 없다.

우러러 하늘의 성상(星狀)을 관찰하니 일양(一陽)이 비로소 생겼다. 막힘이 얼마나 되었던가? 통태(通泰)할 운이 막 형통하다.

굽어 내 마음을 살펴보니 이치가 모두 다 사라지지 않았다. 낮 동안에 억눌려있던 것이 밤이 되자 맑아진다.

음이 극에 이르면 양으로 돌아가고 허물을 고치면 착해진다. 만약 이 도를 따르면 하늘에 빛이 있으리라.

---

483) 팔월 만에 흉함이 있으니 : 『주역(周易)』, 복괘(復卦) "反復其道, 七日來復, 利有攸往." 라는 괘사(卦辭)의 정전(程傳)을 보면 다음과 같은 말이 있다. "소장(消長)의 도가 반복하고 번갈아 이르러 양(陽)이 사그러짐이 이레에 이르러 돌아와 회복한다. 구괘(姤卦)는 양이 처음 사그러짐이니 일곱 번 변해서 복괘를 이룬다. 그래서 이레라고 말한 것이니 일곱 번 변함을 이른다. 임괘(臨卦)에 이르기를 '팔월만에 흉함이 있다'라고 하니 양의 성대함이 음의 성대함에 이르름이 팔개월을 거침을 말한 것이다.(謂消長之道, 反復迭至, 陽之消, 至七日而來復, 姤, 陽之始消也. 七變而成復, 故云七日, 謂七更也. 臨云八月有凶, 謂陽長至于陰長, 歷八月也.)"

484) 재앙이 박상(剝床)에 가까움이라. : 『주역(周易)』, 「박괘(剝卦)」 효사(爻辭)에 "剝床以足, 剝床以辨, 剝床以膚"라는 말이 있는데, 박괘는 상구효만이 양효이고 나머지는 모두 음효로 9월을 나타낸다. 임괘[12월을 나타냄]에서 팔개월이 지나면 관괘(觀卦)에 이르는데 8월을 나타낸다. 따라서 재앙이 관괘 다음인 박괘에 가깝다는 말이다.

돌아가야 할 때 돌아가고 건괘를 체인(體認)하여 자강불식하네. 안자(顔子)처럼 가슴에 새겨 잊지 않기를 바라네.

# 부록(附錄)

## <성균진사주곡행장(成均進士舟谷行狀)>

공은 경종(景宗) 임인년(1722)에 돌아가셨으니 지금 공이 돌아가신 지 이백여 년이 지났다. 공의 후손 장주(璋柱)가 와서 공의 행장을 청하기를 "우리 선조가 아직까지 행장이 없으니 비록 선대에 겨를이 없었다고 하나 그 덕행과 사적이 비단 가승(家乘)과 지지(地誌)에 밝게 실려 있을 뿐만 아니라 사람들의 입에 오르내리고 사람들의 귀를 물들여 환하게 마치 어제 일 같으니 어찌 공의 행장 짓기를 어려워할 필요가 있겠습니까?"라고 하였다.

내가 대답하기를 "행장이라는 것은 사람의 덕을 서술하는 것이니 그 사람이 만약 백대가 지나도 썩지 않을 것이 있다면 어찌 꼭 세대가 멀다는 말을 할 필요가 있겠는가? 그래서 태사공(太史公)은 소부(巢父)와 허유(許由)의 전(傳)을 지었고 한유(韓愈)는 백이(伯夷)의 송(頌)을 지었으니 오늘 공의 덕행을 서술함에 어찌 증명하기에 충분한 선철(先哲)들이 없겠는가?"라고 하였다.

다음과 같이 행장을 짓는다. "공은 휘(諱)가 치화(致和)이고 자(字)는 낙부(樂夫)이니 주곡(舟谷)은 자호이다. 선조에 영(英)이 있으니 고려의 부정(副正)을 지냈다. 이 분이 호위대장군 신(臣)을 낳으니 대대로 충주의 박씨가 있게 된 것은 이 두 공에서 비롯된다. 팔대를 내려와 소(蘇)에 이르고 조선에 들어와 진사 역(歷)은 전군사(典郡事)를 지냈으며 이조판서에 추증되었으니 증손 순(淳)의 귀현(貴顯)으로 인한 것이었다. 이 분의 아들 지흥(智興)은 세종 때 진사이니 부여(扶餘)의 훈도(訓導)를 지냈고 좌찬성에 추증되었다. 이 분이 하촌(荷村) 정(禎)을 낳으니 성종 갑진년에 성균관 생원이 되어 당대에 명망이 있었다. 점필재(佔畢齋) 김종직(金宗直)이 보고 참으로 조정에 필요한 인재라고 칭찬하였다. 그 아우 상(祥)과 우(祐)를 가르쳐 당대의 유종(儒宗)이 되었는데 효릉참봉 호손(虎孫)을 낳았다. 삼대를 지나 둔헌(遯軒) 함(涵)은 공의 조부이다. 부친은 하담(荷潭) 태현(台鉉)이니 독실하게 배우고 자신을 검속하였으며 가르치기를 게을리 하지 않아 당세의 문장가와 큰 선비들이 그 문하에서 많이 나왔다. 부인은 홍주 송씨(洪州宋氏)이고 둘째 부인은 성주 이씨(星州李氏)이니 유순하고 정숙하여 부덕(婦德)이 있었다. 효종(孝宗) 을미(乙未)년(1655년)에 광주 하동의 집에서 공을 낳았다.

공은 태어나면서 영민해서 기억을 잘해서 이가 나자마자 오경(五經)과 제자서(諸子書)를 외웠고 글을 잘 지어 사부(詞賦)의 성어들이 번번이 사람들을 놀라게 했다. 숙종(肅宗) 신유년(1681년)에 진사(進士)에 합격하였는데 이세위(李世瑋), 이주명(李柱明), 이익량(李翊良), 홍가상(洪可相), 박광오(朴光五), 조명원(趙鳴遠), 양우철(梁友轍), 성임(成任)과 함께 합격하여 방(榜) 가운데 인재를 얻음이 가장 많았으니 사람들이 용호방(龍虎榜)에 견주었다. 인하여 태학(太學)에 유학하였는데 박학(博學)과 유아(儒雅)에 있어 성균관의 제생들이 앞서는 이가 없었으니 비단 문사가 부려(富麗)할 뿐만이 아니라 도덕과 화순함을 겸하여 성명(性命)의 사이, 사물의 은미한 것들을 궁구하지 않음이 없어서 편안하게 자득의 즐거움이 있었다.

집안에 거처할 적에 다급하게 말하거나 안색을 변하는 일이 없었고 사람들을 대함에 있어도 없는 것처럼 여기고 가득해도 빈 것처럼 여기는 도량[485]이 있어 빙옥(氷玉) 같이 정결한 유림이라고 찬양하는 사람이 있었다. 손재(遜齋) 박광일(朴光一), 검암(黔巖) 박치도(朴致道), 임산(任

山) 양명주(陽命舟)와 도의(道義)로 사귀어 내왕하고 수창(酬唱)할 적에 반드시 수제치평(修齊治平)[486]으로 자임하였다. 어찌하여 학사(學舍 : 성균관)가 무리를 나누어 부황(付黃)[487]하였는가? 무슨 일로 시세와 마음이 어긋나 포부를 홀로 펴지 못했는가? 결국 벼슬길에 나아가는 데 뜻이 없어져 농고(聾瞽)로 당(堂)의 편액을 삼아 자취를 숨기고 한가롭게 노닐면서 아름다운 산수 밖으로 나가지 않고 여유롭게 즐기면서 항상 풍월을 읊으면서 은거하여 그대로 세상을 마치려는 듯하였다. 「원려삼어부(遠癘三語符)[488]」에서 도를 지키는 굳세고 바름을 볼 수 있으니 다음과 같다.

"정신(精神)과 기백(氣魄)은 마음의 견고함을 지키기에 족하다. 운심(運心 : 마음씀)과 처행(處行 : 실천)은 요사한 모독(冒瀆)을 멀리하기에 족하다. 문장과 지식은 족히 귀신의 정상(情狀)을 밝히기에 족하다."

박명(薄命)과 망미(望美) 두 사(辭) 작품에서 분수를 편안히 여기고 천명을 깨달으며, 물러나서도 임금을 잊지 못하는 지조를 볼 수 있으니 그 대략은 다음과 같다.

---

485) 있어도 없는 것처럼 여기고 가득해도 빈 것처럼 여기는 도량 : 『논어』, 「태백(泰伯)」에 다음과 같은 말이 보인다. 증자(曾子)가 말씀하였다. "능하면서 능하지 못한 이에게 물으며, 학식이 많으면서 적은 이에게 물으며, 있어도 없는 것처럼 여기고, 가득해도 빈 것처럼 여기며, 자신에게 잘못을 범하여도 따지지 하지 않는 것을, 옛적에 내 벗이 일찍이 이 일에 종사하였다.(曾子曰, 以能問於不能, 以多問於寡, 有若無, 實若虛, 犯而不校, 昔者, 吾友嘗從事於斯矣.)"

486) 수제치평(修齊治平) : '수신제가치국평천하(修身齊家治國平天下)'를 말하는 것으로 『대학(大學)』의 자신을 닦고 정치에 시행하는 유가의 도를 말함.

487) 부황(付黃) : 조선 시대에 성균관(成均館)의 유생(儒生)들이 비행(非行)이 있는 조관(朝官)의 성명을 누런 종이에 써서 북[鼓]에 붙이고 거리를 행진하면서 그 비행을 알렸던 것을 이름.

488) 앞의 「원시려삼어부(遠時癘三語符)」를 가리킴.

| | |
|---|---|
| 顧素心之不阿兮 | 돌아보건대 본마음이 아부하질 않아 |
| 故俯仰而無怍 | 짐짓 우러러보고 굽어보아도 부끄러움 없네. |
| 名連登於解額兮 | 이름은 해액(解額)[489]에서 진사 급제하였고, |
| 聲大譟于騷壘 | 명성은 문단에서 크게 시끄러웠도다. |
| 從伯氏而頡頏兮 | 백씨(伯氏)를 좇아 서로 겨루며[490] |
| 步雁塔而踵武 | 안탑(雁塔)[491]을 밟고 따라다녔네. |
| 心無倦於樂善兮 | 마음이 선행을 즐기는 데 게으름이 없었고, |
| 服忠信而制行 | 충신을 품에 두고 행실을 바르게 하였네. |
| 任經訓之菑畬兮 | 경훈(經訓)을 치여(菑畬)로 삼고,[492] |
| 怕兀兀以窮年 | 몽롱하게 늙어갈까 두려워하였네. |

[「박명사(薄命辭)」]

| | |
|---|---|
| 表獨立乎船之中兮 | 나 홀로 배의 가운데 우뚝 서서 |
| 搴芙蓉兮徒延佇 | 부용을 들고 한갓 우두커니 서있네. |
| 北極遠以雲深兮 | 북쪽 끝 멀리 구름이 깊은지라 |

489) 해액(解額) : 향시(鄕試)에 급제한 사람, 즉 거인(擧人)의 총수를 말함.

490) 이 책의 부록에 있는 「주곡선생제문(舟谷先生祭文)」에 "약관(弱冠)의 나이에 상사(上舍) 백미공(白眉公)과 과거(科擧)에서 어깨를 나란히 하여 동류들을 굴복시켜 신유년과 임술년에 아름다운 이름을 다투어 합격자 명단에 나란히 하였으니 가문의 경사가 세상에 드문 것이었습니다."라는 기록이 있다.

491) 안탑(雁塔) : 과거에 급제한 것을 말한다. 중국 당나라 때 진사과에 합격한 사람들이 자은사(慈恩寺)의 대안탑(大雁塔) 아래에다 이름을 기록해 넣은 데에서 유래한 것이다. 『당척언(唐摭言)』「자은사제명유상부영잡기(慈恩寺題名游賞賦詠雜記)」에 이 고사가 실려 있다.

492) 경훈(經訓)을 치여(菑畬)로 삼고 : 치여(菑畬)는 원래 묵은 밭을 갈아서 농사를 짓는 것을 가리키는 말인데, 중국 당나라 문인 한유(韓愈)의 「부독서성남(符讀書城南)」 시에, "문장이 어찌 귀하지 않으리오. 경서의 가르침은 바로 묵은 밭을 가는 것이로다.(文章豈不貴, 經訓乃菑畬.)"라고 한 데서 글공부의 비유로 많이 쓰이게 되었다.

| | |
|---|---|
| 恐玉顏之不可覩 | 옥 같은 얼굴 뵐 수 없을까 염려스럽네. |
| 期黃昏之已違兮 | 황혼(黃昏)의 기약은 벌써 어긋났고, |
| 惜中塗而改路 | 중도에 길을 바꾸는 것이 애석하도다.[493] |
| 顧余情其信芳兮 | 돌아보건대 내 마음은 꽃다우니[494] |
| 苟得列乎下陳 | 실로 아래사람들 이야기에 열거됨을 얻었네. |
| 水有芷兮山有桂 | 강에 지초(芝草)가 있고 산에 계수나무 있는데 |
| 懷佳人兮不可忘 | 고운 사람 생각하니 잊을 수 없도다. |

[「망미사(望美辭)」]

사람들이 이 두 작품을 「천문(天問)」, 「이소(離騷)」와 나란히 할 만하다고 말하였다. 어찌하여 평생에 쌓은 복록을 누리지 못하고 침소에서 영별하였던가? 향년 68세이니 예법대로 개월 수를 채워 광주(光州) 선도면(船道面) 주곡(舟谷)의 병향(丙向)의 언덕에 장사지냈다.

부인은 경주 정씨(慶州鄭氏)이니 수중(守中)의 딸이다. 단정(端貞)하고 화순(和順)하며 부도(婦道)를 잘 지키니 공이 수신(修身)하고 제가(齊家)한 것은 부인의 도움이 많아서였다. 선친의 무덤은 선도면 우봉(牛峰) 아래 일광동(日光洞) 손좌(巽坐)에 있다. 2남 2녀를 두었으니 2남은 재하(再夏)와 재은(再殷)이고 사위는 홍여적(洪汝迪)과 정휴동(鄭休東)이다. 재하의 아들은 양동(亮東)이고 딸은 조장운(趙長耘)에게 시집갔다. 재은은 후사가 없다. 인해(麟海)는 홍여적의 아들이고 형록(亨錄)은 정휴동의 아들이다. 양동은 아들이 둘이니 사직(思直)과 사영(思永)이고

---

493) 황혼의 기약은 ~ 애석하도다 : 굴원(屈原)의 「이소(離騷)」에 "황혼에 만나자고 기약하였건만, 중도에 길을 바꾸었네.(曰黃昏以爲期兮, 羌中道而改路.)"라고 한 구절에서 온 것이다.

494) 내 마음은 꽃다우니 : 굴원(屈原)의 「이소(離騷)」에 "날 알아주는 이 없어도 그만이니, 정녕 내 마음은 꽃답도다.(不吾知其亦已兮, 苟余情其信芳.)"라고 한 구절에서 온 것이다.

딸은 민병현(閔秉鉉)에게 시집갔다. 증손과 현손은 지금 다 기록하지 않는다.

공은 순후한 자질과 넓은 학문으로 당대에 지위가 덕에 걸맞지 않았고 자손 또한 후대에 번성하지 못했으니 하늘이 선을 하는 이에게 복을 내린다는 도리를 실로 믿기 힘들다. 그래서 이 집안의 가승(家乘)을 어루만지며 나도 모르게 크게 탄식하게 된다. 그러나 돌이켜 생각해보면 공의 후손 가운데 이름난 사람이 있고 지금 장주(璋柱) 형제들이 함께 독실하고 곧은 자질로 선조의 업을 잘 이어 받아 실추시키지 않아 세상에서 쇠미한 세상에 가문을 온전히 해왔다고 칭찬하니 공의 덕이 오래될수록 더욱 드러남을 여기에서 징험할 수 있다. 그 훌륭한 언행들이 세상에 다 전하는 것은 아니지만 다행히 사라지지 않고 남아있는 것들 가운데 우선 아름다운 자취들을 거두어 행장을 지어 후대의 훌륭한 문장가를 기다린다.

장흥(長興) 후인 고재붕(高在鵬)이 삼가 쓴다.

## 〈舟谷先生祭文〉[495] 〈주곡선생제문〉

임인년 9월 계미일 초하루와 정유일 보름에 척질(戚姪) 김광수(金光洙)는 삼가 간소한 제수를 올려 고(故) 성균진사(成均進士) 박공(朴公)의 혼령께 두 번 절하고 곡하며 아룁니다. 아! 지극한 슬픔은 글로 표현할 수 없고 지극한 정은 글로 나타낼 수 없으니 지금 소자(小子)의 무궁한 애통함으로 어떻게 지극한 정이 담긴 글을 쓸 수 있겠습니까? 그러나 영

495) 舟谷先生祭文 : 원전에는 없으나 글의 형식과 내용을 참조하여 붙인 제목임.

결(永訣)의 기일이 다만 오늘밤 뒤에 있어 산이 무너지는 애통을 부칠 데가 없으니 어떻게 침묵하기만 하고 제 슬픔을 풀어낼 한 마디 말이 없을 수 있겠습니까?

아! 삼가 생각건대 우리 공의 평소의 지행(志行)과 의범(懿範)이 우뚝하게 온 세상에서 추앙받는 바이지만, 소자가 견식이 좁아 공의 만분의 일도 형용하기가 어려워, 단지 평소에 귀와 눈으로 듣고 보아 기억나는 것들을 가져다 차마 눈물 흘리며 말하지 않을 수 없었습니다. 아! 우리 공이 어버이에게 효도하고 형제와 우애한 행실은 실로 이웃 마을과 한 고을의 본보기로 삼는바 되어 사람들이 흠을 잡을 수가 없었으니, 이것은 실로 공이 천성(天性)에서 얻은 것입니다. 온화한 공손함과 겸손한 마음가짐은 실로 덕을 기르는 근본이 되어 일찍이 한 번도 존귀하다고 해서 격식을 혹 더 차리고 비천하거나 어리다고 해서 성실함을 혹 변하지 않았으니, 이것은 무성한 덕용(德容)이 남을 접하는 데에 드러난 것입니다. 평소에 집에 거처할 적에 비록 집안사람과 부자지간이라도 급한 말과 성난 얼굴빛을 하지 않아 집안에 화락함과 공경스러움이 모두 지극하였으니, 이것은 몸을 닦고 집을 다스린 공이 일에 드러난 것입니다. 초상에 임할 때에는 항상 급급하게 경황없이 달려가는 의리를 다하였고 큰 제사를 받들 적에는 항상 양양(洋洋)하게 마치 계실 때 하는 것처럼 성실함을 지극히 하여, 가까운 데서 독실하게 하여 먼 데에 미치고 친함을 말미암아 소원함에 미쳤습니다. 그 가정에서 효우하며 남을 접할 때 화락하고 공경하는 덕이 칠십 평생을 하루 같이 하였으니, 이는 모두 공이 하늘에서 품부받아 학문(學問)의 힘과 억지로 힘쓰는 공부를 필요로 하지 않은 것입니다. 세상에서 법도로써 자처하며 자신을 다스리는 자들을 우리 공과 비교해 보면 과연 어떻습니까?

아! 공은 천자(天資)가 탁월해서 영특함이 일찍 이루어져 고금의 많은 책들을 두루 섭렵하지 않은 것이 없고, 여가에 문장을 익혀 성대하게 세상 사람들이 흠모하며 암송하는 바가 되었습니다. 약관(弱冠)의 나이에 상사(上舍) 백미공(白眉公)과 과거(科擧)에서 어깨를 나란히 하여 동류들을 굴복시켜 신유년과 임술년에 아름다운 이름을 다투어 합격자 명단에 나란히 하였으니 가문의 경사가 세상에 드문 것이었습니다. 경서공부에 각고의 노력을 하여 태학(太學)에 유학하였는데 태학의 여러 유생들 가운데 나은 이가 없었습니다. 이제 막 포부를 크게 펼쳐 당세에 이름이 드러날 것이었는데, 어찌하여 하늘은 긍휼히 여기지 아니하여 재앙이 잇따라서 형제가 죽고 부모님이 모두 돌아가셔서 봉양할 수 없는 비통함이 가슴을 휘감고 애통함이 하늘 끝까지 맺히며 끝내 아내를 잃는 탄식을 하는데 이르러 극에 달했으니, 아! 세상의 기막힌 재앙 가운데 어찌 다시 이처럼 참혹한 경우가 있겠습니까? 이때부터 공은 다시 과거 공부에 뜻이 없이 거처할 때 항상 슬픔에 빠져 마치 곤궁한 사람이 돌아갈 곳이 없는 것처럼 하였습니다.

아! 효는 백행의 근본인데도 사람들은 잘 하는 이가 드물지만 공은 홀로 행하였습니다. 집안이 본디 청빈해서 조금도 재물이 없었으나 부모 봉양하는 음식을 맛있는 것을 다 갖추었고, 앞뒤 삼년상에 애통해하는 낯이 매우 상해서 조문하는 자들이 대견스럽게 여겼습니다. 비록 무더위 가운데 지내더라도 최질(衰絰)을 벗지 않아 비록 왕연(王延)의 노인 봉양[496]과 대련(大連), 소련(小連)의 거상(居喪)[497]이라도 공보다 더할 수가 없

496) 왕연(王延)의 노인 봉양 : "왕연(王延)은 진(晉)나라 서하(西河) 사람으로 어버이를 섬길 때 기색을 잘 살펴 봉양하여 여름에는 이부자리에 부채질하였고 겨울에는 몸으로 이불을 미리 덥혀두었다. 또 한겨울 맹추위에는 자기 몸에 옷을 제대로 걸치지 못해도 어버이에게는 맛있는 음식을 극진히 마련하였다(晉西河人王延事親色養. 夏則扇枕席, 冬則以身溫被, 隆冬盛寒, 體常無全衣, 而親極滋味.)"라는 내용이 『소학(小學)』「선행(善行)」편에 이 기사가 보인다.

었으니 하늘이 내린 성품에서 얻음이 있는 자가 아니라면 이렇게 할 수가 있겠습니까?

또한 일찍이 이 세상을 개탄스럽게 여기면서 말씀하시기를 "풍속의 아름다움과 추함은 참으로 인도하기를 어떻게 하느냐에 달려있다. 그러하니 비록 나라에서 시행할 수는 없지만 그래도 한 마을에서 증험해 볼 수 있다."라고 하여 마을 사람들을 모아서 한 면의 향약(鄕約)을 만들고 모여 절하고 읍하는 예절과 선을 권장하고 악을 징계하는 도리를 한결같이 남전(藍田)의 유법(遺法)[498]을 따르고 인하여 의창(義倉)을 창립하여 약간의 재곡(財谷)을 거두어 모아 유사(有司)에게 맡겨 때를 따라 재물을 늘려 백성들 사이의 부역 의무에 대응하는 수단으로 삼으니 풍속이 이로 말미암아 점점 아름다워지고 백성들의 산업도 이를 의지하여 점점 소생해서 사람들이 오늘날에 이르기까지 그 은택을 받고 있습니다. 만약 나라 전체에 시행하였다면 풍속의 다스림에 도움이 있었을 것인데 아쉽습니다. 곤궁하게 아래에 있어 이미 그 포부를 펴지 못했는데 하늘이 원로를 세상에 남겨두지 않고[499] 또 이렇게 빨리 빼앗아 가버리니 시세(時

---

497) 대련(大連), 소련(小連)의 거상(居喪) : 대련(大連)과 소련(少連)은 효성이 지극했던 형제의 이름이다. 공자가 "소련과 대련은 거상을 잘하여 사흘을 태만하지 않고 세 달을 해이하지 않고 일 년을 슬퍼하고 삼 년을 근심했으니 동이의 자식이다.(少連大連, 善居喪, 三日不怠, 三月不解, 期悲哀, 三年憂, 東夷之子也.)"라고 칭찬하였다. 『예기(禮記)』 「잡기(雜記) 하(下)」편에 이 기사가 보인다.

498) 남전(藍田)의 유법(遺法) : 중국의 남전 여씨(藍田呂氏) 형제 네 사람이 향인(鄕人)들과 함께 맺은 여씨향약(呂氏鄕約)을 말하는 것으로 그 내용은 덕업으로 서로 권할 것[德業相勸], 과실에 서로 경계할 것[過失相規], 예속으로 서로 사귈 것[禮俗相交], 환난에 서로 도울 것[患難相恤] 등의 네 가지를 지켜야 할 덕목으로 정하였다. 여씨 형제의 장남은 대충(大忠)이고 다음은 대방(大防), 대균(大勻), 대림(大臨)이다.

499) 하늘이 원로를 세상에 남겨두지 않고 : 공자(孔子)가 죽었을 때에 노나라 애공(哀公)이 내린 조사에 "하늘이 나를 불쌍히 여기지 않는구나. 나라의 원로를 조금 더 세상에 있게 하여 나 한 사람을 도와 임금 자리에 있게 하지 않는구나.(旻天不弔, 不慭遺一老, 俾屛余一人以在位.)"라고 탄식한 구절이 있다. 『춘추좌씨전(春秋左氏傳)』 애공(哀公) 16년에

勢)입니까, 운명입니까? 아! 애통합니다.

불쌍한 우리 소자들이 운명이 기구해서 일찍 부친을 잃고 모친의 지극한 가르침을 입어 책을 들고 문하에 이른 것이 올해로 몇 해가 지났습니다. 본성이 몽매해서 배우려고 해도 잘 하지 못해서 일이 있으면 반드시 여쭙고 의심나는 것이 있으면 반드시 질문했습니다. 정으로는 숙질간이고 의로는 사생(師生)간이니 정과 의의 돈독함이 흰 머리가 나도록 한결같아서 장차 백년 동안 함께 하며 영원히 가르침을 받들기를 기약했었습니다. 어찌 평소 앓던 질병이 갑자기 심해져 열흘 사이에 사람 일이 홀연히 변해버릴 줄 생각이나 했겠습니까? 운명입니다. 운명입니다. 어찌 이를 견딜 수 있겠습니까?

세상에서 항상 선한 이에게 복을 주고 악한 이에게 화를 내려 천도가 밝다고 하는데 공의 지행과 의범으로 이미 그 몸이 곤궁하고 외로워 누추한 곳에서 궁핍했으며 게다가 이에 더하여 목숨이 백세를 넘지 못하였으니 천명을 기필할 수 있습니까? 천명은 기필할 수 없습니다. 아! 공의 자손 가운데 세상에 드러난 자는 오직 한 손자일 뿐입니다. 태어나면서 총명하여 문장과 행실이 일찍 이루어져 사람들이 모두 가문에 걸맞은 아이임을 압니다. 장성함이 멀지 않아 남은 경사가 이 아이에게 있으니 이것으로 조금 아득한 저 세상의 유혼(幽魂)을 위로합니다.

아! 공의 만년의 음영(吟詠)들을 묶어 한 권을 만든 것이 후세에 전할 만하지만 그 중에서도 「박명사(薄命詞)」 한 편이 공의 평소의 출처와 소회를 가장 잘 포괄하여 서술하고 있습니다. 그러하니 후에 이 글을 보는 자들이 또한 책을 덮고 탄식하고 애석해할 것입니다.

아! 주곡의 기운 달이 부질없이 초당을 비추네. 포도나무 빈 터에 넝쿨

---

이 기사가 보인다.

짐에 자라 무성한 풀이 되었네. 물건마다 애통함이 일어나 샘솟듯 눈물 흘리네. 아! 소자들아 끝내 누구를 의지한단 말인가? 아! 슬프다. 상여 길을 나섬에 붉은 깃발 길을 여네. 상여소리 부르다 끊기자 아침 빛깔 처량하도다. 온화한 얼굴과 의젓한 자태가 영원히 널 속으로 돌아가네. 아득한 이 한이여! 영원토록 이별하는구나. 영혼이여 잠들지 마시고 부디 이것을 흠향하소서. 아! 슬프다.

# 역자 후기

이 책은 주곡(舟谷) 박치화(朴致和 : 1655~1722) 선생의 시문집인 정초본(正草本) 『주곡유고(舟谷遺稿)』를 완역한 것이다.

현재 선생의 문집은 정초본 이외에 필사본(筆寫本) 『주곡집(舟谷集)』이 남아 전한다. 두 문집을 비교 검토해보건대 필사본이 선행본이고, 정초본(正草本)은 후에 문집의 간행을 위해 작성된 것으로 보인다. 내용을 살펴보면 필사본이 정초본에 비해 많은 수의 작품을 수록하고 있지만, 오탈자가 적지 않고 편차도 고르지 않은 단점이 있다. 이에 반해 정초본은 교정이 비교적 잘 되어 있고 편차도 고르지만, 문집 간행을 고려하여 작품이 정선(精選)된 탓에 한정된 수만이 수록되어 있는 문제가 있다. 따라서 주곡 선생의 문학과 사상을 이해하는 데에는 두 판본이 모두 필요하다고 하겠다.

이하 정초본에 부록으로 실린 고재붕(高在鵬)의 「성균진사주곡행장(成均進士舟谷行狀)」의 내용을 빌어 선생의 살아온 자취를 함께 더듬어 보고자 한다.

> 공은 휘(諱)가 치화(致和)이고, 자(字)는 낙부(樂夫)이며, 주곡(舟谷)은 자호(自號)이다. 선조에 영(英)이 있으니 고려의 부정(副正)을 지냈다. 이 분이 호위대장군 신(臣)을 낳으니 대대로 충주의 박씨가 있게 된 것은 이 두 공에서 비롯된다. 팔대를 내려와 소(蘇)에 이르고 조선

에 들어와 진사 역(歷)은 전군사(典郡事)를 지냈으며 이조판서에 추증되었으니 증손 순(淳)의 귀현(貴顯)으로 인한 것이었다. 이 분의 아들 지흥(智興)은 세종 때 진사이니 부여(扶餘)의 훈도(訓導)를 지냈고 좌찬성에 추증되었다. 이 분이 하촌(荷村) 정(禎)을 낳으니 성종 갑진년에 성균관 생원이 되어 당대에 명망이 있었다. 점필재(佔畢齋) 김종직(金宗直)이 보고 참으로 조정에 필요한 인재라고 칭찬하였다. 그 아우 상(祥)과 우(祐)를 가르쳐 당대의 유종(儒宗)이 되었는데 효릉참봉 호손(虎孫)을 낳았다.

삼대를 지나 둔헌(遯軒) 함(涵)은 공의 조부이다. 부친은 하담(荷潭) 태현(台鉉)이니 독실하게 배우고 자신을 검속하였으며 가르치기를 게을리 하지 않아 당세의 문장가와 큰 선비들이 그 문하에서 많이 나왔다. 부인은 홍주 송씨(洪州宋氏)이고 둘째 부인은 성주 이씨(星州李氏)이니 유순하고 정숙하여 부덕(婦德)이 있었다. 효종(孝宗) 을미(乙未)년(1655년)에 광주 하동의 집에서 공을 낳았다.

공은 태어나면서 영민해서 기억을 잘해서 이가 나자마자 오경(五經)과 제자서(諸子書)를 외웠고 글을 잘 지어 사부(詞賦)의 성어들이 번번이 사람들을 놀라게 했다. 숙종(肅宗) 신유년(1681년)에 진사(進士)에 합격하였는데 이세위(李世瑋), 이주명(李柱明), 이익량(李翊良), 홍가상(洪可相), 박광오(朴光五), 조명원(趙鳴遠), 양우철(梁友轍), 성임(成任)과 함께 합격하여 방(榜) 가운데 인재를 얻음이 가장 많았으니 사람들이 용호방(龍虎榜)에 견주었다.

인하여 태학(太學)에 유학하였는데 박학(博學)과 유아(儒雅)에 있어 성균관의 제생들이 앞서는 이가 없었으니 비단 문사가 부려(富麗)할 뿐만이 아니라 도덕과 화순함을 겸하여 성명(性命)의 사이, 사물의 은미한 것들을 궁구하지 않음이 없어서 편안하게 자득의 즐거움이 있었다.

집안에 거처할 적에 다급하게 말하거나 안색을 변하는 일이 없었고 사람들을 대함에 있어도 없는 것처럼 여기고 가득해도 빈 것처럼 여기는 도량이 있어 빙옥(氷玉) 같이 정결한 유림이라고 찬양하는 사람이 있었다. 손재(遜齋) 박광일(朴光一), 검암(黔巖) 박치도(朴致道), 임산(任山) 양명주(陽命舟)와 도의(道義)로 사귀어 내왕하고 수창(酬唱)할 적에 반드시 수제치평(修齊治平)으로 자임하였다.

어찌하여 학사(學舍 : 성균관)가 무리를 나누어 부황(付黃)하였는가? 무슨 일로 시세와 마음이 어긋나 포부를 홀로 펴지 못했는가? 결국 벼슬길에 나아가는 데 뜻이 없어져 농고(聾瞽)로 당(堂)의 편액을 삼아 자취를 숨기고 한가롭게 노닐면서 아름다운 산수 밖으로 나가지 않고 여유롭게 즐기면서 항상 풍월을 읊으면서 은거하여 그대로 세상을 마치려는 듯하였다. 어찌하여 평생에 쌓은 복록을 누리지 못하고 침소에서 영별하였던가? 향년 68세이니 예법대로 개월 수를 채워 광주(光州) 선도면(船道面) 주곡(舟谷)의 병향(丙向)의 언덕에 장사지냈다.

부인은 경주 정씨(慶州鄭氏)이니 수중(守中)의 딸이다. 단정(端貞)하고 화순(和順)하며 부도(婦道)를 잘 지키니 공이 수신(修身)하고 제가(齊家)한 것은 부인의 도움이 많아서였다. 선친의 무덤은 선도면 우봉(牛峰) 아래 일광동(日光洞) 손좌(巽坐)에 있다.

2남 2녀를 두었으니 2남은 재하(再夏)와 재은(再殷)이고 사위는 홍여적(洪汝迪)과 정휴동(鄭休東)이다. 재하의 아들은 양동(亮東)이고 딸은 조장운(趙長耘)에게 시집갔다. 재은은 후사가 없다. 인해(麟海)는 홍여적의 아들이고 형록(亨錄)은 정휴동의 아들이다. 양동은 아들이 둘이니 사직(思直)과 사영(思永)이고 딸은 민병현(閔秉鉉)에게 시집갔다. 증손과 현손은 지금 다 기록하지 않는다.

선생은 시부(詩賦)에 특장이 있었던 것으로 보인다. 문집에 남아 전하는 다양한 형식의 시들이 모두 선생의 뛰어난 문학성을 체현(體現)하고 있는데, 특히 「박명사(薄命辭)」와 「망미인사(望美人辭)」 두 작품은 분수를 편안히 여기고 천명을 깨달으며, 물러나서도 임금을 잊지 못하는 굳은 지조를 노래한 작품으로 당대에도 높은 평가를 받았다. 당시 문인들은 이 두 작품을 굴원(屈原)의 「천문(天問)」이나 「이소(離騷)」와 나란히 할 만하다고 서로 말하였다고 전한다. 그리고 「원려삼어부(遠癘三語符)」 같은 산문에서는 도를 지키는 굳세고 바른 선생의 삶의 태도를 가늠해 볼 수 있다. 어려운 시대를 살아가면서 돈이나 명예보다는 유자(儒者)의 의리(義理)를 지키며 살아가고자 하였던 한 선비의 초상을 통해 우리는 이 시대를 살아가는 지식인이 나아가야 할 길에 대해 다시 한번 자성(自省)하게 된다.

이 귀중한 자료가 몇몇 후손들의 노력에 의해 새로 발견되어 자칫 잊혀질 뻔했던 선생의 학문과 사상이 다시 후세에 전해질 수 있게 된 것은 참으로 다행한 일이 아닐 수 없다. 방계(傍系) 후손인 역자에게 귀한 자료를 접할 수 있는 기회를 주시고 긴 시간을 기다리며 격려하여 주신 주곡공 종중(宗中) 여러분들께 이 자리를 빌어 깊은 감사의 말씀을 드리고자 한다.

번역 작업을 마무리하는 즈음에 많은 분들의 얼굴이 아련히 떠오른다. 역자에게 따뜻한 가르침과 함께 공부하는 사람의 길을 실천으로 보여주시는 대산(對山) 이동환(李東歡) 선생님, 박성규(朴性奎) 고려대학교 문과대학 학장님 및 한문학과 선생님들, 그리고 좋은 여건에서 연구할 기회를 주신 고려대학교 민족문화연구원 김흥규(金興圭) 원장님 및 국문학과 선생님들. 너무나도 부족한 자질로 여러 선생님들께서 전해주신 크나큰 가르침에 부응하지 못하여 늘 죄송한 마음뿐이다.

그리고 언제나 애정어린 관심과 격려를 보내주시는 양가 부모님께서는 역자의 마음에 큰 위안이 되고 있다. 그럼에도 불구하고 늘 바쁘다는 이유로 제대로 모시지 못해 또한 송구한 마음을 금할 수 없다. 아울러 연구를 핑계로 집안에 소홀한 역자를 항상 이해하고 감싸주는 아내 석현애(石賢愛)와 딸 세현(世賢)은 삶의 큰 버팀목이며 힘이다. 이제 함께 이 작은 기쁨을 나누고 싶다.

끝으로 한 가지 덧붙이고 싶은 것이 있다. 이 번역 작업이 막바지에 이를 무렵 부친께서 갑자기 뇌경색으로 쓰러지셨다. 지금껏 너무나도 건강하셨던 터라 가족과 친지들의 충격은 더할 나위 없이 컸다. 이에 망연자실하여 손을 놓고 있던 역자에게 강동석 선생과 이동인 선생은 계속하여 따뜻한 격려와 도움을 주었다. 두 분의 아낌없는 협력이 없었더라면 이 책의 간행은 더욱 어려웠을 것이다. 이 자리를 빌어 고마운 마음을 전하고 싶다. 그리고 이 책이 세상에 나오게 해주신 보고사(寶庫社) 김흥국(金興國) 사장님과 편집 실무를 맡아주신 여러분들께도 깊은 감사의 뜻을 전해드리고자 한다.

천학(淺學)을 무릅쓰고 역주(譯注) 작업에 임하여 여러모로 부족한 부분이 많으리라 생각된다. 이 점 대방가(大方家)의 질정(叱正)을 삼가 머리 숙여 기다리는 바이다.

2009년 9월 안암동(安岩洞) 연구실에서

박종우(朴鍾宇)는 삼가 적는다.

# 舟谷遺稿 原文

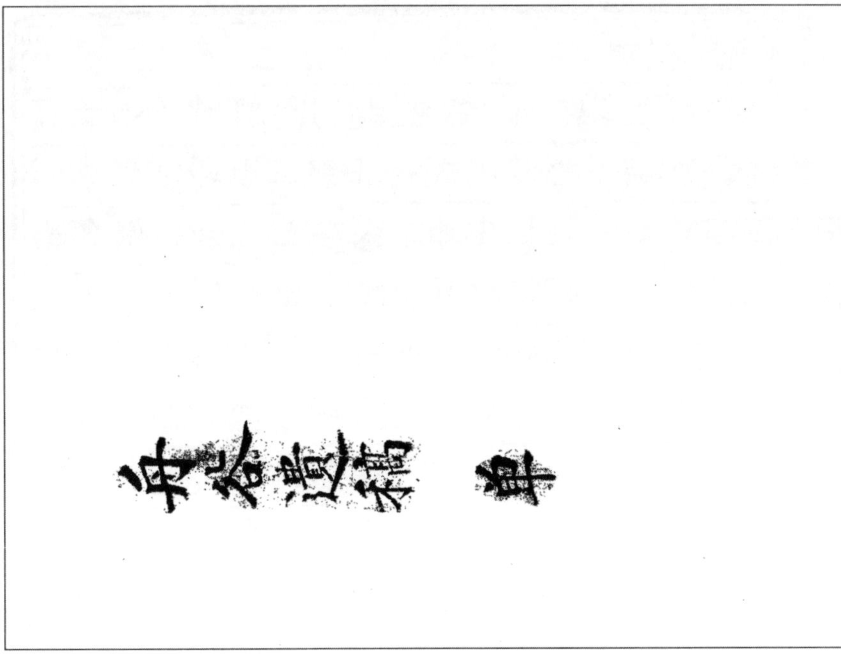
舟谷遺稿

舟谷遺稿序

夫必傳之休。必有其人然後能之。所謂其人者非謂
陵駕乎盧前王後。郊寒島瘦而謂和順之德博洽之
學。自有其本也。余於舟谷朴公遺稿。殆近之云。公後
孫璋桂。介余友高斯文在鵬。屬以弁卷之文。余觀公
二十六中進士。博學儒雅。泮中莫先。居家接人。一遵
前哲遺規。與朴遜齋光一諸公。爲道義交。性命之原
事物之微。窮索自得。至有以氷淸玉潔衣頌儒林贊
之。若是皆公居經守道之力。而若其發之爲詩文則
如薄命望美等辭。人又以爲與天問離騷可得以並
轡。淺尠惜乎其子孫。零替不能收輯而盡傳也。然公
之所以爲公則亦於乎可知矣。後之讀者必以公爲
柯則而知有德之言之爲必傳焉則其爲幸矣。但朴
氏一門而已哉。公諱致和。其先忠州人也。歲在辛未
復月葵生魄。光山金敏洙序

# 舟谷遺稿總目

# 舟谷遺稿卷之一

## 詩

### 夜吟

星斗滿青天清光不讓月沉吟行小庭人語夜深歇

### 贈桂谷柳生汝梓

白首吾無志青雲子有緣課功須努力獻賦及芳年

### 次朴士元咏菊

最憐霜下傑獨向歲寒開三嗅(嗅)馨香浥浩歌引滿盃

蕭灑閒園菊馨香霜後開最喜清夜月呼酒擧陶盃

### 過仙人洞有感

麥浪漲虗谷仙庄但舊墟青山無語立遺事問樵夫

### 嘆黨禍

予聖爲時病雌雄莫辨烏誰能醉夢覺志士但長吁

### 苦雨支離不覺詩成

簷鈴亂入耳凍雨日垂垂濕烟吹不起赤脚口還欹

### 添線

天心今乃見瑞日忽臨簷地底稱陽動宮中彩線添

揆功勤可貴量影戲還嫌故事因成俗流傳歲幾淹

### 次方丈山朴友士元 三首 附元韻

迢迢方丈洞門道幽居便積翠生簷外層陰落案邊
溪流回且抱岳勢斷還連久宿誅茅計今年又去年
寄身仙峽裏深覺靜中便水綠軒窓外山青几案
邊危峰高月小幽逕細雲連寂寞閑地琹書送
暮年

谷空跫響斷深夜虎來嘷地僻心無僻山高志又高
樵鐮時手荷臼杵亦躬操選勝雖無酒琴書可以遨
江碧蛟龍產山深熊虎嘷茅茨青幛合蘿帳白雲
高羲易先天畫回琴陋巷操避喧非避世無事事
遊遨

短短垂霜髮居然已禿翁文章吟咏裡人事是非中
未悟存心妙寧閑涉世工尋眞猶不晩前路與天通
寂寞閑園午沉吟老病翁捲簾山色裡倚枕水聲
中綠樹鸎歌滑虗簷燕語工衲僧來報我雲去洞
天通

題戚旁吳仲若容堂 二首

食實根宜溉滋蘭草欲鋤青氈詩禮在桂谷亦匡廬
百年基舊地軒砌一番新人家方有子道在豈憂貧

閑中述懷

希賢事已晩破卷舌徒細作賦無楊意爲晨學孔明

經筵講亦拙瑯顧梅方生別有閒中趣原頭活水清
金上舍聖川相拙字詩三十韻見示因敍其意
依其韻酬之
君詩本非拙長句皆韻拙肆筆而成章五言則近拙
以拙題其齋齋拙人不拙世間伏僞徒心勞而日拙
眞拙不辭拙不拙若自拙所以拙韻意隨之以爲拙
拙有好意思守分乃爲拙人避我則趨愚直終歸拙
世方競馳騖嘉靜亦云拙勿爲機心動巧者勞於拙
思古聖賢聖人道大守以拙從知本分內日用行事拙
不加毫末足萬全由此拙若以於塵途便覺吾道拙

拙猶人無及安可厭此拙怡拙且安之身世莫歎拙
吾亦好拙者元不謙君拙一生拙已多言拙行亦拙
滅跡名利塗自知進取拙恒抱朝夕念人笑謀爲拙
居然筋力衰且慶耕田拙出入還非時轉覺交遊拙
居室蓋苟完蝸亦呻吾拙拙久成吾癖行藏皆此拙
非無闡幽志未及須吾拙見君所爲詩君行獲我拙
君雖用自號未可獨專拙歲晚同出處與君共分拙
終始各努力愼勿失此拙爲君賦大之和韻三十拙
閭里感
旣衆佐山業寒儒分亦甘窮閻多死亡內食可懷甚

碧岩洞主人寄書謝相忘詩以報之
顔色猶能記德音久未忘平生傾遡意一一結中腸

遣懷
白日懸天高人間夜色逃溷清自無寐簷外嚮松濤

詠懷
冠巾緣病廢佔畢違愁多方覺無閑緒吟哦度歲華

下第還鄕途中望詩山有懷崔文昌
詩仙去後無消息千載山名但宛然秖是詞人懷古
意同時恨不問朝天

與同年諸友吟
把盃哦詩一榜同非爲文苑較才雄丁寧此日聯名
意休使他時賦谷風
題名雁塔昔年同筆力今辰果孰雄言志休論工
且拙杏壇願學古人風　李世瑋
諸君氣義自相同況復文詞富且雄不侫幸添蓮
榜會強將詩句玷高風　李柱明
良宵好會九人同把酒談詩氣且雄巻裡題名良
有意論交不愧古人風　李翊良
二百人中九箇同樽開壁水氣偏雄名題一軸詩
題後留與他時作古風　洪可相

論交只爲榜年同題軸休誇筆力雄最是樽前今
日醉勝游無讓古人風　朴光五
一夜淸游九友同醉來歸思問誰雄聯名序齒仍
相勖莫學炎凉末路風　趙鳴逵
九人樽酒好相同摠是前年入彀雄醉後題名詩
又足長懷共付古壇風　梁禹轍
白首簪纓主樹同一宵相對摠豪雄淸詩和罷仍
題軸好會猶追古代風　成仕

舟谷吟

花山北走介山高山勢逶迤水勢豪下看行舟穗檣
壯幾時風力劈波濤

有感

琪花瑤草澗邊宜蕭灑溪山只自知無限世間桃李
樹五侯門下競誇奇

閑中述懷

世間萬事無心跡歸臥山村護紫廬窄路幽懷向誰
說只從編簡耕衣食

次射會唱酬詩

腰間逢矢手發弓射法曾聞六藝中揖讓而升仍下
飮至今君子有遺風

贈碧岩洞主人

竹林深處是君家雲宿前溪石逕斜乘閑每叩山庵
客入夜笻音響月華

秋夜閑吟

商颷捲暑夜凄清雲散瑶空霽月明癡坐寒齋人語
靜懶尋詩句已忘情

在佛庵寄胤上人

驚起山禽喚友音別懷還惹靜中心庭梅落盡無人
見洞裡白雲深復深

答朴友景迪求楚辭註

子厚當年做楚聲千秋我亦寄餘情況吟未得騷人
趣待取先賢訓詁明

入山

雨餘羸馬懶翻蹄石路雲深轉覺迷行盡清溪人不
見暮鍾鳴處樹陰低

贈敏性上人

靈山遺教久迷人豪士千秋染跡頻似子英才尤可
惜況聞家世本垂紳

獨宿龜山精舍待主人

雨後春山藥苗肥主人何處久忘歸虛堂寂寞還無

疎窓外梅花點點飛

遺響

格律清奇語法新詩家獨數晩唐人晴窓一讀神飄
逸若挾飛仙出八垠

品彙

晩唐詩格各殊科可見當時作者多編簡不悉遺響
後想應餘恨在楊家

龍頭齋宮勝集

誰知好會上龍頭攷實思名意欲看半醉忽然豪興
發此身如得九天遊

內洞齋宮小集

半夜偷閑興已闌手談情話剩團欒山外只愁微羅
更時呼閭里敗人歡

秋城途中秋夕

提壺絡繹道中人一縷香烟起古原椎俗亦知追遠
意大師遺化至今存

以詩慰任友客中喪馬

悠悠獨宿來相問妙理曾聞塞上人歸者櫪下何須
歎西出光山有此身

遺懷

項王

過人才氣似非偶天意生公爲沛龍八載橫行成底事合稱漢氏一先鋒

韓信

居楚何官漢不容淮陰釣伴可相從如何緩步寒溪月誤落蕭何禍網中

張良

漢王豈是使張良合說張良用漢王已報君仇吾願畢邦家草創即尋常

諸葛孔明

輟耕只爲答三顧成敗當年已了然盡悴生前吾事畢不須祈命役蒼天

岳武穆

涅背孤忠死不渝貞操亦見却名妹南轅未北豈天意無奈君臣和字愚

關雲長

華燭達朝節已苦獨行千里勇尤雄鯨鯢未血人先死天意茫茫不可窮

屈原

菌桂胡繩世未知蕙纕蘭佩莫誇奇醉生夢死滔滔

是何不高飛學色斯。

賈誼

漢文不是楚懷昏賈誼何心學屈原長沙一賦多哀
怨憂國傷時只大言

宿習灘夢誦書史感而賦之

書能博古又通今外此曾無可用心老去精神徒春
春翠籤黃卷夢猶尋

獘箒歎

獘箒千金競欲售看他笑罵即從他希音自古無人
和巴唱多於白雪歌

郢客歎

孤吟白雪孰知音天地沉沉日欲陰獨抱靈操空帳
望正聲無古亦無今

訪桂谷書室贈柳生汝梓

絕壑喈呀護草廬石泉泱泱近階除游心千古靜觀
地不獨匡山能讀書

自嘲

依山矮屋僅容膝敗壁鋪窓豈庇風世莫我知猶不
慍一生黃卷沒頭中

清齋入定即幽禪瞪視還如泥塑然悲與來時循不

覺精神只在敲椎邊

月夜獨坐

自然羣動各從偶德必有隣本不孤最是清風迎白
月此間未可亦無吾

述懐

朝饑稀粥夕甘眠夢入羲皇渾沌天覺罷吟身猶季
世鑿耕歌曲更何年

贈洪典籍士肯入京

治民不見爲民憂何事于今作廟謨君到朝廷如問
俗試言殘户困誅求

彈冠今日向西笑滿路青雲擁馬頭洛下應多舊相
識且言蒲柳已望秋

贈別朴友士元歸方丈舊居

前生應未了塵緣暫屈仙蹤出世間欲問希同眞契
事倏然遐擧白雲邊

癸巳冬聞監賑御史過西倉

國從周制尚文具虛僞成風世欲衰反本培根惟在
賙賑民亦豈以名爲

次唐人除夕韻

非關守歲已無眠夢裡親顔亦漠然昔日春輝終未

報草心餘恨又明年

吳仲若家中作

悠悠莊蝶曉未迷 踏菜非羊果是鷄 肺氣能癒脾欲
健 不須起立費提携

到忠祠

老栢喬松襯作林 嵬然廟貌閉寒陰 江河不廢名猶
在 百世清風起懦心

讀谿谷文

黃卷平生鬢已蒼 龍蛇歲暮可深藏 回看藝苑無心
久 晩學谿翁亦太枉

七夕偶題

蓬萊弱水三千里 閶闔天門隔九重 還感鵲橋今日
會 年年尚許一番逢

過永平松亭口號 [redacted]

十里長松遠作林 稠枝密葉滿堤陰 憑誰喚做明堂
用 謾慰行人暍死心

述懷

一年強半在山中 世事浮雲過太空 快意清心還有
術 漆園虛羨御泠風

庭畔老梅

兢凌瘦骨影尤奇曾向西湖健步移臘雪總消魂欲
返芳憐獨有主人知

擬古閨思

雁獨來時客未歸掩扉秋月擣寒衣誰憐夜夜啼紅
頰閑道關山久被圍

乙未歲盡日次唐人除夕韻

萬事傷心故不眠強云守歲亦凄然傍人莫說貧身
策自斷此生幾十年

擬古宮怨

金魚深鎖滿宮埃燕蹴飛花鳥啄苔送盡三春人不
見昭陽歌吹過墻來
含嬌粉黛懶治粧聽說華筵設未央寂寂長門門獨
掩中官持勅下昭陽

擬古秋思

忽聞新雁渡江來應帶雲中尺素回顛倒出門看漸
遠数聲雪月但流哀

新雁問答

問汝南歸過月支戍樓征客寄書誰答云徑取雲中
路避繳潛來人不知

征婦怨

別後空閨歲月多暗消紅玉斷無他夢魂不道沙場
遠夜半姮娥過玉河

歎趙括

但鼓平生膠柱瑟不知兵筭變通時長平坑鬼曾何
罪無奈昏君謾被欺

歎豫讓

范家臣作智家臣曾是事讐叛主人塗厠伏橋吁已
晩盡忠何待待吾身

邯鄲賈

大賈邯鄲學種王蚌胎纔滿入嬴函六王未畢秦先
喪冥報昭昭此可監

歎閏三月

常時氓俗奏艱食。况是窮春月又加。不獨黃楊人亦
厄。三句飢事也應多。

詠葡萄

天子亦爲口腹累。遠征西國索葡萄。爭如白谷閒居
士。自占桂林風味饒。

次外峙鄭友因演成七疊賡咏酒德

但願昏冥不願醒眼無可見耳無聽醉鄕自覺乾坤
大此老於人又逕庭

日把深盃笑楚醒言從身外不須聽撥棄只有東籬
菊秋意濃濃入小庭
晝日閑情倚手醒松濤和雨滿清聽華堂客散良宵
入勸酒猶看月在庭
衆我誰能辨醉醒疾雷鳴處亦無聽熙熙皡皡歸元
古身世葛天又大庭
　士論乖激將成黨禍閒居竊歎
百世公心並日明一時浮議任人情堂堂小子休開
咲問好之言豈重輕
左右餘言皆挫逆背公死黨自斜趨心要古存還可

笑曰癡之外抛失愚
　擬古悲秋
落葉流風雁叫霜洞天憔悴栗月荒涼蕭蕭鬢髮寒如
雪龜伏泥全六用藏
　閩甌儒名呼宰相而詬厚備至可歎
無忠無敬又無憚倫薄餘風化上訕章甫青襟徒觸
號嗜名趨利使人汗
　順天命
逐貪賦役送窮文提笑退之時乎遷天命豈容人贊
力塞翁達識我曾聞

飢歲冬雷
曅曅電光虩虩雷嚴冬未必不爲灾上天屢變無人
識何處窮民告此哀

流民歎
飢色瘦容犢鼻褌手持瓢子滿村村若今畫手摸今
日到處誰非安上門

崇姪進旨酒詩以志喜
冬日翻看過夏酒勿云佳味獨非時枯容不覺回春
色寒雪樽前却斂威

有所思
渭川寒月映鬖鬆岐下時時一夢通何日風雲能感
會只看怪物卧隆中

杞憂
春無雨露秋無霜萬物何緣長又成刑政未清民不
遂古今一理可詳評

窮民怨
炊薪如桂米如玉聖代誰知有此憂民情欲訴還無
處但仰蒼蒼怨且冗

大牢祀闕里
干戈甫定祭文宣開濟規模最豁然只恨三章約法

日挾書一律尚依前
陵不如勃
勃死倘於呂氏前安劉一蹴定浡然軍門左袒還多
幸此輩負謀揔欲權

窮冬感懷

簷間黃雀凍仍饑踈翮稀毛倦不飛想見溝中多白
骨爾禽微小又何啼

警夢孫浪遊

世間何事不虛事虛事之中最浪遊到老一名終未
立蠢然奚異被衣牛

戒無心讀

人雖(誰)不學聖賢書日用酬應之所於口自咿唔心未
覺罔功奚翅漏危如

歎衰

古人事業動風聲陶鑄唐虞志半生筋力居然容易
變化兒於此太無情

擬古白石歌

擊釼高歌行路難眼前突兀起南山下多白石重重
險陡步何如百舍間

續五噫歌歎學

讀破經書早自期古人志業何能爲年年枉費精神
志學未通方嘆一噫

歎窮

觀我鬢吟落筆時長楊獻賦未應遲蓬萊弱水千
里靑鳥茫茫難一噫

歎貧

詰料文章能救飢三農食力未曾知大人之事平生
志晩學樊遲足一噫

歎老

老人遲憐病亦隨此翁白髮蓬臺鬼光陰忽忽今如
昨虛送勞年又一噫

歎世

送矣淳風不復吹出門悵望我何之栖栖未得安身
地行路難時亦一噫

飯牛歌

中夜悲歌牛口下歌聲半雜嗟芻聲世間誰是奚吾
婦此曲當年已有情

喜見兒輩張燈讀書

收拾精神夜氣淸講書詳理轉分明南山豹隱無多
日忽到槐黃已有聲

哀我民斯
誣上欺民無不爲承流宣化亦何知回瞻下邑滔滔
是哀我蒼生遠王墀

示兒輩家訓
家世中原自有法至今憐德不憐錢平生用力文章
境只取兒曹護青氊

讀訥齋集有感
文山苦節杜陵句。華使當時有衮章。山河間氣歸天
久。但把遺編仰末光。

讀烟波詩
尚記少微星動日沙湖王峀考槃時裝舟載月平生
志詩入楓宸聖主思

讀思庵集
牛栗齊名已可敬。你魁奸黨又何傷。亦知僞學能傳
道。不獨千秋一紫陽。

讀栗谷行狀
金聲玉振鳳鸞姿復見東周文在兹首陽山外石潭
上百世清風不盡吹

讀牛溪行狀
簡近於雍魯近參石潭早契子淵心愼思明辨孜孜

崇誠意開頭路已尋

謹讀退溪諡狀

沉潛理窟汲天眞 行止由吾不在人 千古斯文還有託 四聯遺業一時新

謹讀存齋往復書

陶山當日遂師席 志氣淸明見道高 講說詩書翻古處 遂言妙理析秋毫

高霽峰

學士何曾學劍術 只緣大膽激中衷 常山義氣文山節 視死如歸又見公

朴憬齋

發軔初年入德門 欲將斯道覺斯民 義膽忠肝嗟已老 含生報國得吾軒

金忠勇

復見東瀛大鵬擊 忽驚宮廟王枝生 千秋冤血至今碧 志士忠臣氣不平

鄭學烈

智謀雄勇擅前後 萬里風聲草木知 若非當日揚威武 南服應爲辮髮兒

警夢操收放心

草没神明舍內外主人遂出不曾迴何時淨掃靈臺
上整理晴窓依舊開

古鏡詞贈夢孫

塵中曾有一明鏡幾日埋光古匣塵揩出今朝磨復
拭宛然澄澈舊精神

聽夢孫讀仲虺誥有感

唐虞揖讓後見征伐事變時移未易勿評湯王慙德何須
說太古軒皇已用兵

格物致知箴勉夢孫

早識聖賢入德路却從物理做工夫一一果能尋討
去自然心事不糊塗

致知開發夢孫

已將明處照昏處萬象莫逃寶鑑中幽暗無窮千變
地一朝方寸豁然通

誠意箴勗夢孫

賢賢易色古人訓到此工夫是勿欺慥慥一心尋正
路邪思妄念豈能移

正心箴勗夢孫

无僻无偏坦蕩蕩惟精惟一執中時沛然從此誰能
御欲推去修齊次第爲

修身聳動夢孫

存諸中者發於外敬直義方可飭身粹面光輝還盎背清明志氣儼如神

戒夢孫審取舍

種學績文判作二吾寧爲彼不爲玆尋章摘句徒勞耳大筆縱横理達時

賦人字警夢孫

圓顱横目孰非人人道能行是乃人須向人中理會去到玆方信汝爲人

利慾難防

志爲惰卒氣矯即追逐交征利慾間何日天君斯赫怒義干仁檮鹵壓如山

心難安靜

半畝方塘止水盈風波日起面无平若爲淘去塵埃氣萬象姸媸莫遁形

世故惱人

雖欲无爲自有爲日来憂冗奈天爲若知苦海人能渡仰壁觀心亦可爲

病中示夢孫

貪病相仍忍又飢暮年懷緒鬓先知此間差可寛心

處執冊兒孫跪讀時

冬夜即事

風鳴簷外冷侵戶月闖雲間影射階悄悄寒廳誰與
晤擁衾中夜不成懷

民情旡路上達

朝粥其無夕粥何子輿難發石聲歌飢餓出戶雖能
未奈彼浮雲蔽日夕

大寒大雪

北風號怒凍雲凝臘月行人口產氷積雪休嫌深尺
許可占嘉瑞祝年登

讀月沙李公奏文

積謗如山誣大東血心抗疏達天聰文章小技人誰
譽能辨中興第一功

聽夢孫讀書傳盤庚篇有感

君民情義自无間言語諄諄達肺肝上世雍容好氣
像今於篇內完然看

因感四晧事

秦項紛爭視若浼有芝當日傲龍顏如何誤落韓人
術一屈仙蹤浪下山

感古引

眼底玄花鬢上逢百年事業一朝空向來銳氣消磨
盡出入騷壇似夢中

歎龍嘆

興雲作雨杳无期爛死沙泥未可知擊破滄溟如得
力疾雷驚電震天時

紫芝歌

邈邈雲山歌紫芝不知今世是何時瑤壇不罷羲皇
夢消息來從天子兒

鹿門眞隱

謾敎荊帥發戲赦盡室隱時已見幾如何獨聽阿郞
去落鳳坡頭死不歸

梁甫吟

閑時釣渭或耕莘羽扇綸巾鎭彩人梁甫吟成時不
會謾敎家守護松筠

公孫布被

欲欺世者自欺心矯飾虛名失本心公孫布被何須
說人面依然摠斷心

聽夢孫讀說命因感夢卜事

千古賢王指幾屈其間名世亦多多如何夢卜風雲
會只見殷宗不見他

聞景始輩登魚寺作文酒會可佳

手携佳妓坐山楼把酒吟詩亦勝遊老夫欲躡清塵
去物色應分一半留

夜深無寐

月蹴夜光回暗室風排雪氣鑽寒向讀書聲歇孤燈
死悄悄幽懷不可雙

歎借乘今无

有馬借乘最細事亦曾夫子嘆今无流俗但知為我
好一毛之爱摠楊朱

聽夢孫讀書傳微子篇因慨然有感

王子遺言痛至今父師行遯更悲心三仁惻怛同歸
一重爲剖丹淚欲潸

白雪楼

七子文章聳一代藝林豪氣吐崢嶸郢中遺響無人
和尚揭元龍白雪名

竹林七賢

爭把清談傲濁世啣盃高致自稱賢虛僞成風曾不
悟陸沉神器是誰愆

落花巖

嗚咽寒江亡國恨昔時紅粉已塵沙蒼苔古跡巖無

語誰飾佳名揭落花

勸學詩示夢孫

日用當行捴在書人而不學面墻如早從壯歲須勤
力經訓菑畬耐可鋤

孤蘭操贈夢孫

庭有孤蘭性則芳蓬蒿蕪穢久埋光淸風若捲塵埃
氣埶葉煌煌日吐香

天人相須之理

漆室欲明燈吐炎虛堂生白月臨簷人功天理應相
待茅塞山谿可用鐮

聽夢孫讀泰誓篇

鳴條牧野事前後春雨秋霜氣像殊不待自然黃熟
落千秋志士起長吁

聽夢孫誦堯舜典

虞夏之文卽可考風雲感會幾千年雍容氣像如親
見揄揚時時發慨然

詠懷寄山陽任友用涉 任査於庚寅春。携家眷移寓於此。丙申冬。又大
歸故。聊以四首詩寄意。

歲暮幽懷不在他。故人消息問如何。仙庄野外護回
首落日寒江生白波。

主女依倚月下逢邂然一夢共相從歸來悵悵心如
結回首雲山幾萬重
累世通家契分增妙年同榻又詩朋中間伍樂逢聲
子此日乖張說未曾
長鋏歸來食有魚對盤能記故人無吟病三冬雖喪
口只憐道味腹偏腴

丙申除夕

憶曾守夜夜無眠。遺俗依今謾愴然。闃寞偏從愁裡
積。六旬已去又三年。
世間萬事若春眠莊蝶徒死栩栩然壯行幼學渾無
[illegible]頹虛度浮生半百年
不學仙家十日眠聽話天地本依然飄花墜葉同歸
盡豈莫把大年較少年
雖逢酣眠自不眠病懷牢落更悽然亦知守夜終無
益只祝重逢此丙年

讀杜律有感

語不新奇老不休。草堂詩聖亦留愁。平生技癢猶醫
處。除卻吟哦奈百憂。

重寄山陽任友

病裡憂中豈有他一心如結奈君何何處浮生無聚

故只憐此別亦奔波

月能遍照兩鄉情人獨離愁各不平嚶嚶鳴鳥尚求
友爭耐春山伐木聲

曾說重來不語別吾容杳杳久還迷秪今恨負河梁
餞垂柳橋邊尙帶悽

病中寄山陽

仙軒更入稻魚鄉風味應知一倍長咬得菜根猶做
事況君鮮食氣能强

絶筆二絶

眼前運失勝前兒動欲狂奔靜欲痴蒼若忍於歸獨
我無生然後可無知

棄吾去者不須念天理人情奈自然九曲剛腸應寸
斷夜深無寐眼生泉

自挽 細君因致意兩兒

羨君今日脫然行知有雙兒次第迎泉臺至樂應融
洩猶勝人間泣獨哭

未知歸亦人事易宜慈良只學機平生食思緣無
盡尚看山壇流眞稀

挽朴載中允叔

平生允叔是吾友誼到江山自說師世誼重重知不

汎新交眷眷亦多私

病中望月有感

天開地闢幾多時桂䰟氷輪宛舊儀萬古風霜猶自
保廣寒免藥是良醫

題感贈夢孫

寂寂杏壇嘗獨立鯉庭誰是過而趨異時思聖能傳
道詩禮家聲此不渝

己亥除夜示孫兒

不緣除夜自無眠病裡孤懷謾愴然燈前老少團圓
會此事回頭已昔年

詠山井

山井無塵見底清下窺甃石照顏明自然天一何心
枉夏冽冬温亦世情

次主倅與羅牧試士戰藝

齊魯遺風見海東主盟文會古今同絃歌暇日爭迎
士旗鼓詞壇孰奏功白晳雍容皐比上青衿鵠蔚禮
羅中誰令太史編循吏衰世重鸞化蜀翁

寄題族弟敬仲客堂

遺眠尚保古營傍往事遙遙歲月北興廢人誰分歷
歷旺衰吾欲問蒼蒼陣雲彷彿屯前野鼓吹依俙咽

後塘擇里君能許地理來孫倘復久無忘

寄題金處士永輝草堂

隙地何年化汙萊主人爲卜野山隈容身亦好三椽
屋縱目奚求百尺臺歷琹鶯言睍風和竹暗香侵戶月
籠梅間中況有詩書癖今日因君大眼開
籬壓山腰絶點塵打頭蝸舍可安身朝昏跡與村翁
混寤寐心將逸士親潛德藏懷人見失古風生面我
知眞小園幾事渾成趣王立千字亦不貪
草屋依山下竹林深復深

題鄭千摠梅竹軒

不學門前五柳栽也將兩逕小園開晉間志士耽看
菊還怪人獨滿種新月巧裁寒艶影出微風來引暗
香來山中共保幽貞質晩節誰憐數雪體

題與陽虎山人客堂

何年鬼斧鑿山開滄海臨門地盡隈名利掉頭無俗
事烟霞滿眼得詩材風生鼓岳松疑雨潮入琴湖浪
倦雷敲枕已忘分別想倘看漁艇小如盃

追和主倅詠亭台塲

戰罷江頭鼙鼓休芳洲亭宜詩賦唱堪愁名亭不謙賺王
閣特地還如帝子洲舞影歌聲賓濟客樂滄稱白奚鷗

翁留清樽北海逢場飲更荷瓊篇烱素秋

挽宋友昌奎

我生於世亦支離闘子之歸又一噫誰與共論風樹感無緣更討鶺鴒悲詩壇好句能傳口庭下芳蘭喜守楣瀾別中間仍永訣此懷唯有彼蒼知

挽戚姪奇徵

貞武來仍代有賢陵遲中歲但清門箕裘舊業人多慕鉛槧新功子可傳世事紛雲還起滅屋梁寒月尚精神今朝強欲題哀輓暗美平生涙自懸

琴書誰護蔡邕門桂樹不生羅隱墳於子豈無哀惡意苦言恐入鯉庭看

玉壺氷

削來昆崙玉層崚貯得滄波萬頃凝月映金盤寒影射日當瑤席瑞光蒸已知眞性清如聖還恐微瑕點汚蠅倘可此心依本色瀅澄何羨彼壺氷

遣懷

髫齡抱得汗牛簡讀罷千言萬語奇心與臯夔游太古道無權術報明時行能範世誰相信文莫猶人我亦疑冉冉芳辰容易失墜花飄葉共凄其

贈克明上人乞詩

空門遺教久無說傳鉢宗風自釋迦王道凝時宜見
性一心明處可辨塵能超法界虛空界庶傚維摩其
達摩定慧圓通知有日願君精念誦彌陀

挽金壽士永輝

人多外重內還輕獨保天眞見是兄萬事蕭條能包
遣一心淸淨本無營暮年契分看針芥曠日離懷隔
死生北嶺朝朝瞻望地淇園翠色遠含情

代楚魂烏訪魚腹魂

蜀土千年怨未平鵑聲欲裂巴山嶂函秦亦有楚魂
烏短翮隨形迷所向飛飛啼近故国月咽咽湘江楓
樹上湘江之水凝不流水底忠魂尙無恙相逢之地
各悽然內記當時鴟鷺行君臣舊義已寂寞魚水新
歡今何望無知彼昏果誰尤自古賢士多讒謗忠言
虛負逆耳日不覺靑山奇禍釀無他斷斷肩髀臣忍
數江魚腹中葬無人更挽武關行任地奸謀恣欺誑
章華車轍去莫留吳檟靑山看已長羈魂飄蕩不得
歸化爲冤禽啼聲惻愴從前蔽賢已不祥此日見子寧
無讓夫差暝目亦有意到此無賴思懲創賦就離騷
子名大地因高於吾国喪凄凉故都又何懷郢樹荊
門非舊樣芳洲日暖白蘋多獨醒孤情春水漾臨江

不語但有淚謇謇餘風無好況悲辭衮衮忽飛去佛
日江關期再訪

詠介山草堂

半天仙館架崖广帝座平臨對越嚴水色近拏山影
蘸松濤遠和鶴鳴添藏書倘失匡廬合戒月還宜佛
祖衆兕秘神鏗應有待試看先入逸人探白屋青山
上。吟節盡日貫攀登苔深石逕無人到風獨來時闢
又升

閒中偶發道喪文獘

逸響風颯曠且夷其言陶寫性情焉山河日月牢籠
內霜露風雲變化時太白天然多本色建安綺麗書
浮辭正葩遺義今何見覽語瞞言捨俗詩

次方丈山朴友士元

見君詩語足清新浣我胄襟百斛塵山趣自然應不
淺民風況乃可回淳雲霞偏護壺中日松陰能藏往
外春靜裡閒閒多少興人間別有會心人
物外清光看更新蝴磔寧有着纖塵溪山處處重
雲合花竹村村古俗淳水亂紅流深萬壑峰危青
鶴屹千春角巾藜杖逍遙地便作幽閒避世人
山回曲曲曠而幽前後尋真幾箇遊崖竹巖花粧峽

戶水禽溪月護沙洲孤雲一臺南溟遠方丈千秋古
迹留稱是三神中第一何山能較此仙區
頭流山水最清幽我亦儒仙去後遊學士雲霞青
鶴洞臺翁烟月白鷗洲分明隱迹今猶在蕭散遺
詩幾句留又記少微星動日南溟頻到此靈區

酬李仲獻招隱詩

我有好言向誰說眷眷中心難可宣人間役役好事
者僅得一邊失一邊崎嶇世路易失足太行正與蜀
道倘得平正好田地此心快若登天然事有利害不
掛懷口食營爲亦可捐浮雲軒冕夢已斷況爲冗故
之所纏紛紛世態不欲觀所以昏昏終日眠我今閱
世亦已多追思五十有七年回看衆人皆已醉醉語
匆爲醒者傳每想君平棄世意君得其半我得全悵
望聊歌行路難途窮曾聞阮淚漣狂心忽欲謝時去
此路難於上青天疇昔之夜執君手同入深山盟已
堅誰知病骨尚塵土愧負前言還自憐無端喚起世
外心贈我二十六韻篇讀罷清韻爽俗耳依然夢入
仙山前隨時顯晦自古難豈云行藏能達權傷今思
古萬感集我懷悠悠如逝川區區素心豈終負早晩
相尋馬耳巔荷簑秋雨坐釣磯頁耒春坡耕石田昔

閑同庚死同歸況復人間結好緣龐公盡室此計難
恐君先着祖生鞭還憐物理自不同鳶飛于天魚在
淵芳隣好約會有時來歲山行赴秋蟬臨機遲速縱
有異我心不移陵谷遷他年握手同樂地作詩更和
春山鵑

登介山峰

劃却塵愁出物表馭風飛步躡仙蹤東西日月頭邊
近南北江山眼底通笑拍洪厓催石髓戲呼王母促
青童盃心剩乃靈丹液俯視人間晒蟣蠓

代輓人

野老吞聲淚日垂十年前後哭吾私今朝忽把挽君
筆始覺贒門運亦衰詩壇高價已傾世身外浮榮等
是空時至偶然觀化去此行猶勝喪明翁

醉醒窩

醒時思醉醉思醒。醒欲惺惺醉欲冥。醒醉醉醒醒又
醉。醉醒窩裡遣度餘齡。最難忘處是存亡。縱欲忘過不
欲忘。醉去雖忘醒更憶。醒時還較醉時強。

次柳生汝梓

陰陰后土未曾乾客寓山齋任苦酸賴有情人尋舊
誼喜看交契結新歡青年愛子詩情發白首憐吾世

味寒球重暮途須努力任他時事若波瀾
至行何須避濕乾勞心不暇辨甘酸唯應我做夙宵
苦畢竟天開雲雨歡可驗人情時貴賤亦看松節歲
溫寒丁寧務本鄒書在觀水之方必取瀾

挽柳友仲直

不獨行年校是兄妙齡文彩壓吾名向來榮落心全
死引到昏冥興欲生無奈化兒收爽氣謾留詩債買
虛聲襄陽耆舊已凋盡樑月停雲無限情

挽朴載中允叔

平生允叔是吾友語到江山自託師世誼重重知不
汎新交眷眷亦多私異時箴誨言銘骨今日哀章淚
沒頤差可寬心開眼地鎭家蘭玉舊風儀

次林學士象德贈閔水使濟章韻

函門推轂感君誠水國戎旗耀日明雄鎭近南控海
壯寸心拱北伏人各氣凌馬島蠻夷慴風壓鯨波艫
艫輕久寂轅門刁斗警洗兵館外看潮生

詞賦

若有人兮山之陽。製芰荷爲衣裳。申之以蕙纕兮。芳
菲菲其彌章。抱遺經以自疆兮。早厠迹於周庠。挹菁
莪之恩光兮。庶及時乎翺翔。胡黨人之不良兮。學舍

化爲闉場出都門而彷徨兮詠北風之其涼世並言
而目瞠兮哀我時之不當昔宣父猶被削於宋鄉兮
非余之所能周防苟余情其信芳兮雖覊厄其何妨
謇隨時而遯藏兮紛好修以爲常然長往而高尚兮
亦見笑於大方沉淪近乎自臧兮修鍊歸於荒唐豈
斯世之可忘兮時矯首而北望浮雲靉靆以掩仙闈
兮風颼吸其顛狂雷隱隱以震罔兮白露降爲嚴霜
歎松栢之蒼蒼兮或拱夭而棄殤蘭芝蕪而蕙荒兮
哀衆芳之無香曾歔欷余激昂兮愧獨處此幽篁遭
時俗之狂攘兮疇可與乎比伉望長途而倀倀兮若
臨河其無航輟雄劍兮高堂唱陽春兮中自傷余觀
夫二氣之消長兮柔既極則反剛世道紛其隱彰兮
竟人心之未亡祈皇天其悔殃兮企朝夜之復康鳴
余佩之琳琅兮庶整頓其王綱呼群龍使騰驤兮將
與爾乎頡頏唯玆願其未易償兮恐羲車之太忙悲
草木之日黃兮而余思其芒芒顧治具之在卯兮揣
摩熟於稱量心非關乎得喪兮感昔賢之遑遑冀異
辰之賓褰兮思與物而皆昌懷佳人兮心飛揚攀援
桂枝兮聊相羊

貞者事之幹

叩妙鍵於橐鑰兮賾玄機之坱圠紛相乘其互根兮
夫孰瑩其黙斡徵貞固之幹事兮悟精義之利行寔
藏器以待時兮認本立而道生叅三德以爲四兮圓
收藏之妙理由元亨之利遂兮因閉塞以靜俟歛一
氣於冲漠兮含萬有以主宰用雖微而至隱兮體則
具而昭晰兮羌凝精而聚神兮闔牝門以於穆苟無養
其化根兮幾生理之或息唯嚴凝之至德兮固潛育
之妙法故累銖而得寸兮必濡忍其乃濟收靜養之
積功兮庶由內而達外肆貞德之堅固兮幹發生之
大事亮主靜之盛業兮認胚胎之至理伊造化之所

窟兮爲萬事之根柢唯天行之至健兮君子以之不
息觀利貞之乾德兮玩其象而取則當居業之慥慥
兮幾乾乾而夕惕意不闌於憤悱兮心勿忘而勿沮
集衆理以條達兮培本原而固守俟融會以貫通兮
見凝道之大端彼紛如之事爲兮自照管乎方寸由
其身以及家兮達於國而爲政斯自強之妙功兮幹
萬化之要柄諒寂然之黙應兮感而通於天下非前
定乎牢確兮幾乃事之無緖力鑽堅以含忍兮自能
現其大業聖與天其合德兮運於上而下則雖物理
之玄遠兮叅人事而甚近故宣父之永歎兮發文言

以深賁揭貞正與貞吉兮屢示人而加勉期從事以力學兮願卒承乎遺訓

終南仕宦之捷逕

倣余慕于眞隱詠小山而延佇歎鍾岳之移文陋少室之索價徵終南之捷逕認婉辭之含譏山既嫌於近市人可愧於釣名臨清渭而屹峙作人間之別區風烟接於帝里抱闌闠以拱揖引紫陌之通衢控宦海之要津無高人之逸躅多俗士之塵蹤時好名之有客慕方外之逃空聊於馬而託跡抱高蹈之清風埒貧穎於玆地謂巢許其吾友誇清境之閑放哂煎漚之乾没嗟虛譽之易播掩浮名之驚世迨鳴騶之入谷有老鳳之蹲池蒙此日之温濩失向來之烟霞朝馳想於泉石夕渠跡於塵臼媒他時之假隱睹後辰之好爵由山樊之養望致臺省之翺翔肆南山之一區認仕宦之捷路昔山人以自高今大夫之揚揚既雲林之褊淺易塵喧之流入剘人情之善渠奈名利之煎熬若固有而無耻氣自如而得得久識者之嗤點幾掩口而心鄙斯終南之宦逕發微刺於僚友噫山扃之寂寞疇久安其沉晦或始隱而終顯亦先貞而後黷惟盧老之假步儘欺世而盜名彼所營之

菀衣近城市之山林情已盡於姝爵志豈耽夫幽僻
故形馳而魄動遂焚芝而裂荷若山溪之澄碧總出
洞而淤泥抗塵容於朝端望林巒而自詑許幽棲之
勝槃强勸人以申申宜乃僚之憤慨一言蔽以譏刺
倘有意於牢隱何所獨無好山苟嘉遯而無悔亦豈
渝於晩節演司馬之嘲諧聊申之以筆鉞

進聖主得賢臣頌

討赤漢之徵士評對策於公車公孫發其和德仲舒
究夫天人徵君臣之美頌騁子淵之諷諭幸風雲之
感會慶明良之際遇蜀之産而多聞人是邦之賢者
摎先哲之志業思得君而行道風期杳兮歲晏結幽
懐於隰苓時僵柳之復起后則聖而勵精驚赤車於
蜀道偕計吏而入國紆天眷於格汝帝有命其申申
唯聖主之得賢寔有國之大慶宜游喙而張大俾揄
揚其至意臣無命其猶承疇不若乎王休苟有實其
必彰詎無辭於稱頌念有君而有臣君既聖則臣賢
肆相得之益章混上下以矔然翼鴻毛之遇風沛巨
魚之縱壑故聚精而會神致業廣而功崇昔誼辟之
御世暨汝賢以經綸說辭築而協夢會殷宗而共貞
望投竿而入卜遷周文而同濟奚余陟而秦大吏滅

登而齊伯儘古人之已行在今時而亦然際嘉會之懽抃溢稱慶之盛意斯賛揚而須禱寓微衷於規諷諒因文而達意敢謂君之不能聊眷眷於對揚拜稽首而進之形盛德之嘉美咏聲容之沄沄噫褒也之進頌盖可見其好意方求志於華門徒蘊櫝而自珍菀兼濟之奇略庶委巷之一遇遠賓興於上國喜我逢此明時荷龍光之密邇讃慶會以應製援卑高之至義明貴賤之一體爰出八乎今古因抃擻乎盛際始歸美於往哲終勉業於今王然雲龍與風虎必有倡而迺應苟帝德之不明臣豈有此良言有是臣於是君可并美而匹休幸千載之一時大聖作於天東柚河清之慶頌願俟時乎一獻

詞賦倣離騷

台批評夫藝苑莬文人之謗嫪白遡懷於大雅愈致意於皇墳徵詞賦之倣騷㩆宗元之自好託楚纍之離憂揺澤畔之行吟粤奇文之艱深料拔莘以蜚英詞令嫺而氣鋭嘗被君之渥洽思皇猷之黼黻擬太平之藻飾天必損其滿溢皃亦忌乎盛名期黃昏兮已誤遭讒人之嫉之何昔日之榮華今直爲此憔悴遵湘潭而踽踽懷古人以嘐嘐吾誰與乎同歸楚有

臣其羅擯悲身世之迫隘悼靈脩之數化冀荃心之
庶悟咏於騷而申申唯昭質其未虧芬至今猶不沫
誦其詞而知人是以有此論世肆寄懷於尚友迺大
倣乎厥辭吾何嫌於效顰庶因此而自慰依南楚之
舊聲抒江潭之新愁演蘭澤之遺思寫覓門之羈懷
蘭芷變而芻歎荃蕙化而興喟西方遠而極目動哀
吟於陧岑遡前修而神逞攬宿莽以掩涕心壹鬱其
誰告憑文章以自宣唯其言也有思宛比興之遺義
世與我而並違混前後以一轍菀悲憤之莫暴豈今
古而或異刻詞華之簡潔若左絜之相符玆余所以

昭述託自況之深意微斯人其馬如故每言而稱之
想子亭之平生可悽愴而忉怛昔賈才於盛年展雲
衢之濶步騁文藻以震耀謂志業之立致逮南徼之
賦鵩氣沉鬱而不揚因低垂於炎癘懷悒悒其難聊
療小技以自嬉謾馳想於湘纍思追軌乎先哲期藉
此以不朽然徒慕乎愛才初不槪於擇行肆盡情於
臙仕陷伍文之私黨所君子之不取亦豈遑夫自孽
學騷人其已晚徒眷眷於末藝詞雖巧而奚用但貽
識於騷壘聊申之以筆鉞爲楚平而剗着

鬼門江答漁父夢

雲影暗於長樂雨聲愁於昭陽日暮道兮浪涉人間
世兮何許逢漁父而答夢哀異僧之懷緒頼先靈之
眷顧荷最能之急難今窮途之凜迹昔四海以爲家
啣無疆之惟恤値天下之多故遯王趾于荒野手遺
牒以剃髮王孫困於蓮勺烏鵲朝於禹會孤形入於
物色躲龘蹤而潛漏風霆迅於踵後星月怳於奔亾
忽臨河其有航彼棹歌者何人聊欣然而揖余若有
意於相待發昔夢而來語遷神人而拜之儼兒然之
偉容勤告余以申申趂明日之將夕有一僧之來過
人吾驕而命危汝可救而免之惕寤覺而寄想徒極

目而延佇驚典形之彷彿無乃子之眞是纔聞言而
激感自不覺其長吁認疇昔之夢果吾祖而高皇
心下事之欲道眼中淚兮先含顧亡人之身世何暇
論夫君臨求匹夫而不得剏可保乎妻孥瞻四方其
蹙蹙哀朕時之不當丐餘命於涸轍阽危身其濱死
故在天之皇靈來和夢於舟人悠前路之阻絕假汝
手以濟之恩雖深於冥佑功則大於引帆情偏多於
感慨豈無以乎答問嗟長語之未敢杳飛錫兮何處
想月兒之心事增志士之於邑昔飛龍之御天承祖
烈而紹統當時會之變化淵御溝而逃踪換衫衣以

雲衲託深山而窟若步思九州之博大無一片之容足
旣彌天之密網抱畏約而南走遠試身於蠻波驗異
夢於長年念聖祖之至德不但裕於開創推不泯之
神功亦旣及於善後然陟降之陰隲胡有終而無初
定氣數之變遷天不容乎其間惆窮人之無歸悼鬼
門之行色台抒遙以嚮想攬危涕於遐禩

大風三助漢

軒夢感而得后周未偃而迎日定無心之造化認有
與於人事微大風於大漢歎前後之三助天所欲而
氣從物亦效其靈異粤初起於起處由氣嘘而肇名

行天地而發號掀宇宙以揚威財因阜而解慍條不
鳴而爲瑞使吾人之得失占灾祥於家國當睢水之
怒吼御眞龍而飛揚桀尾飛之神功振大王之雄風
渙其號而正位鼓偃草之至化泊汾浦之颯颯動武
帳之蕭瑟挫雄豪之銳氣銷悔悟之一心發深省於
新曲續雲飛之高歌遺風遠而不絕嘖東南之烈氣
揚炎精於死灰燒北舡而無餘義氣發奮而風馳國於
蜀而揚聲唯赤壁之嗟吸彼汾河之披拂臨赤岸之
要扇風一脉以流通遂牢籠會而射機傚卯金之異事
胡兹風之助漢至于再而至三並號怒而揚沙書蝋

宜以敘跡及清朝之寧烈善謗衰而備述判語勢於
八人最中興之奇績然天意之有在風豈獨以爲功
彼自然之逢逢夫孰使其至此泰訶餘而禁猾民之
主而乃亂周仁義其必王天所拔而繼之數災氣之
大露好自用而剛戾貪迷途其未遠帝者顧而微諷
伊韋武之舉義名既正而言順故臥龍之精視識已
通於蒼穹謂天人之一理感應際而昭昭天然佑於
大東祈求乎子休命時風發以鼓物仰南董之敢若
止畫室
流言出於敵壘謗書入於魏筐今既有此誰詠尙安

歸乎踏破上畫室而跟止乎之意兮良若溯遺像而
激感岩厥躬而忸怩俛出入乎禁闥與日磾而周旋
臣惟謹於小心皇圖任其大事越王几之末命詔眞
門使賜畫摹無聖於繪事形貌象而視朝揭前哲之
事業勛後人之忠蓋邁遺旨以僶勉用敦倣乎孔子
逮康明之請校遺謚人之嫉之繼自許以謹愼難乎
宛於今世危襄寃而莫白待明君其知之負難容於
覆載敢肆然於廷朝故彷徨於闕外因伏槀以俟護
遂舊古壁之有畫奄目擊而思存形模憤於指點符先
朝之所賜幸吾行之到此敢指是而爲歸依前聖堂

反顧得所止而知止精神聚於纏素宛德容循隔宿
地所居而卽同職無間於前後彼嵬嵬之盛德在顚
沛其必濟雷風感於至誠終保已以貽則伊小子之
洟湣奈自速其厥辜瞻高山而仰止歎景行之莫由
刴惟昔之受盡恩實出於非偶羿平日之盡瘁負已
多於瞀春茲余所以兢惕故徘徊而顧望逖後辰余
感慨想當日之懷緖自賜圖之初載幾盡心於所事
及宵人之搆禍懇衷赤之靡貫肆寄懷於畫裏遠徃
哲而通情竟受禍於王明反致辟于上官終擁昭而
立宣爲漢家之宗臣然不學而無術禍及萌於驂乘

台志士而尚論申家鉞於短章
七十可出易傳 伊川先生嘗說頤於易傳今却已自成書但逐旋修改期以七十其書可出韓退之稱聰明不及於前時道德日負於初心信然願於易傳後來所改無幾不知如何故且更期以十年之功看如何
敘台窃慕乎桶匠兮攀十翼而叩玄哂梁丘之辨繇
兮陋佚果之數彔期七十可以出傳兮景河南之喜
易儘其理之无窮兮庶及時而卒學昔子之師茂叔
兮尋孔顔之所樂受太極之圖說兮早服膺以玩索
仍從事於韋編兮察盈虛之有數歷四聖[illegible]成書兮
理幽眇其難究摎天道其焉如兮非衆兆之所與肆

余之有志乎發揮兮思訓詁以紀之幾年覃思而專
精兮志繼往而開來雖無形其可覿兮認厥幾之昭
晰分陰陽於動靜兮判吉凶於貞悔原其始而反終
兮大衍數以示衆理何隱而莫顯兮物无微而不彰
攄前聖之未發兮闡餘蘊於遺經志幾勤於業廣兮
幸此書之告成宜傳世而牖迷兮可詔後而發蒙然
念立言之浩漫兮亦厥理之玄玄斯吾之未能信兮
羌自視以欿然赽纔覺而隨改兮庶可勉於方來冀
吾學之純熟兮擬加年以卒業俟七耋之從心兮乃
可言其功訖夫然後而出之兮庶獲免夫大過故孜
孜以待時兮混會通以決江河不知老之將至兮恐
修辭之不白磨時月以益勵兮長新意之一格旨亘
明於窮賾兮理益著於到底衆何逃於點竄兮數豈
違於範圍俟百世而不惑兮聖復起而莫易顧七旬
之猶未晩兮待後人其知之噫易理之彌綸兮亘萬
古以終始既至大而至廣兮諒无外而无內遠則充
乎宇宙兮細而至於物類肆先聖之觀象兮發玄鍵
於經文書不可以盡言兮言不可以盡意非叔子之
釋義兮夫孰瑩其幽賾年彌高而德彌卲兮勉一紀
之用力迨聰明之漸衰兮歎所改之無幾既斯文之

有賴兮道乃明於千秋留傳文以護經兮焉後學而
發蒙台生晩而嫡遺兮恨未登乎皐比抃遺傳而神
逝兮聊奮葉以興門

賜金蔗二字

露兮湛於獻歌人有心於挼瑟愴別散之舊調少歡
意於前席金以蔗夫二子嘆楚辟之賞吾彰乃臣之
哀悰盡我地之飢愧雖南氾而雖大拓冉陽之緒業
知生養而死葬能使臣而以禮客遠自於燕南聞其
風而悦之幸得賢而共國契魚水之新歡屬君臣之
同樂勤徵招於華筵獨一介之向隅縱廿五以許哀

聽謫因而知泣死別聲兮惻惻激哀心之悽然荷賜
問而自陳其悲歌而慷慨賢哉臣若二友當花王而
入國天大雪於長程勢既難於各全一生可於兩死
離宿春以飽人甘餓殍而不悔由我友之固讓得以
有此今日身雖貴於軒珪作何懷於獨存人兮艶於
青紫骨猶暴於原野辭隨淚而悽切悽左右之無歎
王聞言而感歎惜不見夫若人吾何愛乎一金不以
慰忠夫逝者指尚方之珍寶俾以禮而蔗之兮群賢之
輻湊恩飢餓於我土才天生而天閼恨未及爲吾用
刻乃友之許寃於予心爲慼慼肆窮附於樾義亦哀

傷之至意收殘骸於草莽廣大招以瘞之遂後辰余
感慨擗踴而遡逆淳風死而不還信義亡而無行爭
見識於背面多少息於體下役蠻夷之陋邦亦禮義
之美俗臣無負於良友君有誠於緇衣生旣佼於掩
骴死亦甘於瞑目爰舊藻以賛揚剩稗乘之奇說

市鬪得兄

咏棣華於周雅歎天顯之孔懷欸閱墻之歎息耻抮
臂之無義鬪於市以得兄異若人之奇遇寔本心之
闖然認至誠之先知昔與昆而肩隨遊共方而連葉
全孩提之秉彝發愛敬之良知鷩雁序之忽斷落羽
飄而分飛風塵隔於南北消息阻於涯角德音杳以
日忘風儀邈其難詳緬少小之分手及老大猶隔世
雖萍蓬之或聚無面目之可顯嗟湛樂之可違任飄
泊之栖栖糊余口於蓁貨混漁商之踪跡方日中之
交易爰側肩而入市爭錐刀之析利忽吾逢此彼怒
胡瞋目而語難反轢我而毆我我亦有夫拳勇豈無
事乎相報然膂力之忽倦自中心之已動縱僶勉以
荷杖羌不覺其自捨情慽慽以惄然忍加之以無禮
驚愧疑以粗問訝鄉里之舊名仍詳及於姓氏果與
我而同父遂抱持以大泣兄及弟兮始遇握其手而

拭淚撫乃背而傷心當壎篪之遠隔生死疑於彼此眠應若於白日夢徒勤於青草形矇矇猶未記又何方之能知嗟音容之已變雖共市而莫寀倘無問於相掎幾不免爲路人由寸心之潛靈故先感於冥寘物猶求夫同氣矧吾人之明覺唯今日之奇會天與之乎其便世一八於叔季慨倫常之已壞或逢昆其必噬亦關弓而欲射猶越視夫秦瘠昧一體以共分歎吾子之遇兄鬪之而后乃感盖式好之一念實油然於衷申因奇聞於稗家聊奮藻而興喟

式怒蛙

捬橫木余執綏玩俯憑之遺義斯崇禮於段干發撝謙於商客胡越賤之異是反加敬乎怒蛙肩乃心於賈勇鼓一世以好戰際干戈之日尋有烏喙之蠻王慕諸夏之爭霸處夷裔而屈强忘螗臂之瑣力抗大邦以爲讐嫌携李之一舋見夫椒之三北收餘兵於會稽包臣妾之深羞勤生聚以教訓待後辰其郎戒思專心於搏擊擬易俗以懻悍屬嘗膽之暇日我出車于彼牧忽臨睨夫道周駭蟈氏之咆哮爰命僑而引類儼擺陣以相持爭張頷而樹頫競翹足而鼓吻紛跳梁而刺蹙宛什伍之俱前目所視而思從㢘因

彼以喻此物雖微猶且勇人可激以勸之肆致秖於
車上屈威尊以一式靠詭術於觀瞻示嘉尚之至意
聲纔播於敬禮聽已聳於遐邇爭增氣而動心有喜
色而相告謂吾王之好勇在陋虫猶禮之矧人心之
慷慨可無感於趨風氣所存而爭奮下有甚於上好
因踴躍而用兵鼓風雨於潢池由憑軾而禮蛙終覇
越而沼吳噫長頸之自強可佼佼於庸辟激士氣以
聳動雪國耻以颱聲然戲儀而失禮非所論於君道
君子怒而亂止豈必式手彼蛙倘以禮而籲俊亦何
有於爲邦嚇斯怒以整旅聞大勇於西伯

移書大夫種

國威震於沼吳臣責塞於伯越韜掀世之勳業寄浮
海之行裝引浩然之歸思移尺素於舊友援明哲之
至義朂惠好以同行昔與爾而共貞際懸膽之艱虞
臣宜辱於主憂義固死於國危竱治兵於閫外掃國
内以屬子勸生聚於廿載積焦勞於九術追桑鳥之
記切湔臣妾之深蓄恢南國之伯業榮布衣之卿相
恩雖賁於分土志則嫌其威名惟達人之處世知止
貴於先幾瞻江海之瀰瀾可於焉而優遊秋風動於
水國沛行意之難遏才超足於世網却興思於惠我

名既齊於爾吾戒亦同於盛滿尚榮辱之與共奚出
處之獨異剏用行與舍藏宜順時而適機肆致意於
遐蹈馳遠書以相勉聊眷眷於携手報同歸之好音
顧富貴之危機羌不可乎久享雖相保於患難易生
釁於安樂必務進其遇險未有高而不殆唯坦途爲
可安盍吾黨之來歸覽四序之相代豈此行之少遲
籤規篤於交際諷意溢於言外淸風颯以襲人高躅
杳以莫攀台發歎於撫迹挹遺芬而磬折當越甲之
鳴吳紛銜能而伐功獨超然而不居子之所兮誰爭
裝舵舸以出海遵五湖而徜徉鴻冥冥以遠擧絕弋

人之所慕蘊達識之內朗洞禍機之倚伏故移書於
舊僚示嘉遯之貞吉胡文禽之昧昧卒殞身於世禍
歎時俗之日溷孰能免夫僇辱從赤松而遠遊復韓
人之娉節

命唱賈客樂

尋盟好於帶礪儼賓筵之徵角文物煥其纈眼天樂
飄以悝耳詔伶官使棹歌帝於是乎有思心無役乎
富貴曲尚記於貪賤粵天造之草昧龍未借於吹嘘
莌風雲之奇志遊四方以糊口賤多能其鄙事混漁
商之踪跡率豪情於白酒時買醉於江村憑水調以

抒愫寄跌宕於高唱連吳檣與楚柁日歌呼而嗚嗚
諒無入而不得若將終乎其身迨龍飛之御天以海
内爲臣妾因伯心之王張出南宮以置酒方天人之
高會動仙樂之要妙紛絲管之引興樂莫樂兮今夕
然帝意之顧他若周闓而興喟吾何爲而至斯撫身
世猶醉夢雖丈夫之好新亦人情之戀故昔余咏乎
水歌埒賈客以相和幾拍肩而迭唱申娛樂之無已
聲至今猶載耳自中心之眷眷肆追古以性記命樂
工使唱之依揚榜於秦淮宛扣舷於瞿塘非遺曲之
快心豈清聲之便體矧嘔哇與啁哳視雅音爲鄙俚

顧微時之慣唱所艱難之不忘曾險苦之備嘗天故
勞而後發認天位之克艱寔時命之靡常惟豐沛之
舊伴亦與席而咸在同患難之已過共安樂以爲戒
亮其歌也有心悟時義之遠矣台撫事於裀乘爲齋
后而發歎常情同於自大固喜伸而恶屈誇後辰之
龍攄諱昔日之蛇蟠唯君王之命歌獨超然於素位
憂方深於尊貴箴固在於側陋斯庸瑣之一曲故難
忘於卑微是心足以興邦有君人之大度爰作歌以
贊揚掃六朝之一王
正家而天下定

揆聖化之源參玩推行之妙用本之修而道之達家於
此則彼應天下定於家正歎寔聖之贊易說由內而
達外謂行遠之自邇男風火之著象有家人之嚴君剛
臨上而寬允裕柔處中而光明夫刑家而御下婦內助
以承貴惟父父與子子暨兄兄而弟弟咸居正而順
位各得所而安令嚴尊卑之正道洽天地之大義欽
令儀與令德儘可敬而可尚推至行於一家用綏式
于四海體禮達而分定夫孰能以違之亮此理之有
恒自衆心之淺洽哉已合於居隨化則孚於恒運斯
推己之妙功一正家而國定依人人之秉彝自我倡

以鼓之同是心而鼓風孰不感於興起道由微而並
著君果處家之至善制爲邦之法則固不出乎戶庭孝
可推於敬君悌亦移於事長伊慈愛之一心亮豈遠
於使民肆夫子之係象贊家人之卦德曾致意於齊
家丞垂訓於刑妻寔皆祖子聖言述此言之格餘存
斯卦之至義風自火而內出閑有家而悔亡在中饋
而順承雖嗃嗃之悔厲終富有之大吉交相愛而勿
恤及乎身而威如由卦才之盡善致家道之終成雖
以至於天下盖莫廣而功崇果義理之無窮能家亦本
乎一身又嘗聞諸曾論修己以安百姓

允執厥中

儆玩心於出入莞范女之識聖敬收效於走作誠底
績於存養徵厥中於帝典悟允執之有道寔精一之
極功認大本之不偏粤叅三而中立承上帝之降衷
旣和理之內積又靈竇之隨闢藏四七之妙用神發
知而惺惺所操約而及遠應萬事而無迹然形氣以
假質局知覺於方寸原於命者甚微發乎情而或殆
理無爲而不檢氣有動而易蕩惟寒衣與飢食亦恒
物之大情倘不審於斟酌終必至於濫觴纔公私以
舜跖差毫釐而千里故先覺之是懼叩兩端而節之
諒人極之所係盍於是而縷析守宜嚴於本原擇亦
謹於發用察二者以明辨勉惟精而惟一能收視以
反聽固無妄而無適循所欲而合榘混體用爲一源
豈有過而不及非所憂於偏倚肆執中之妙功致天
君之泰然不失常而遇變能制權而合經叅圓方以
同德循繩墨而不頗道已至於一貫效可推於絜矩
允大人之踐形全聖功之始終噫厥中之一字豈可
易以言哉貫群聖之嫡傳統心學之淵源道益遠而
無弊莫不賴乎此中堯得舜而不差亦命禹而無違
聖前後之一脉大可見於授受溯正派於洙泗欽七

差之從心追聖孫之憂道揭端的於一部自洛閩之
云欲識此義者今無賠養心之有闕仰吾王之家法
推繼述之至義顧用中于斯民
　　執書以泣
天疾威以震怒國有事於禱卜發金匱之神龜得三
壇之遺祝胡周成之惕然執之書而淹泣詩舊疑之
頓釋誠盛德之攸感粵幼沖之莅位有叔父之負扆
閔鞠鞠余在疚百官聽於冢宰攝流言之傳播見隱
憂之方殆繪文業之不佳致赤舃之去國方國人之
內訌復殷民之外頑咨人事之或失值天怒之不虞

雷挾風而拉舊木斯拔而禾偃人人凜其震恐罔知
天之斷命及大夫而盡弁將啟龜以稽疑仍金縢之
啟鑰觀祝冊之在此憑諸史而考信嘻公命而未言
昔負我以勤勞予沖人而莫察當寧考之弗豫求之
禱也久矣憂邦命之危殆請三王而願代獨其書之
尚在心可質於神明既無吝於沈命又何廢乎其他
淵衷赤而激感自不覺其泣然胡余心之久迷不嘗
疑而致詬由國事之顛倒致狼跋而載疐昧周圖而
自絕悔莫追於既往悖天意之誚衷忽自失其襃哀
乃今後而大覺著前日之所為惟小子之親迎亦有

宜於邦禮繳綴泣而出郊天乃雨而反風噫天人之
相與胡感應之是速霜飛夏於燕臣震擊堂於齊女
矧我公之神聖本與天而合度故精誠之上通雷發
威以彰德伊孺子之感泣夫孰使其至此矧至誠之
動天人自化於存神終膈迷而發蒙俾觀感而進德
揚文武之徽烈綿永祚於蒼籙旨撫事於周乘聊奮
藻而興歎

## 體物不遺

摻神化之默運兮賾玄機之窅冥無聲形其可尋兮
夫孰察其妙用微體物而不遺兮仰明誨於息聖亮
實理之攸在兮認厥德之靡爽粤兩在而不測兮有
鬼神之情狀紛動靜其相乘兮沕顯微之無間盈兮
圓之兩間兮任其時而屈伸本無待於聲臭兮運自
然之機緘顧玄造之於穆兮儘二氣之交感縱含默
而泯跡兮自功效之難揜因消長之變化兮見體用
之費隱至必伸其滋息兮反而歸則遊徽闡妙有之
良能兮其智足以幹事紛生生又化化兮主張是者
在此四時以之推敘兮萬物隨而出入惟風雷之鼓
發兮暨雪霜之肅殺彼蠢動之蜈翹兮與賁若之草
木率品彙以發育兮成大匋之陶鎔化既孚於生長

兮功亦著於收藏諒無處其不在兮又何往而未能
理所寓而氣從兮苟捨此則非物斯鬼神之盛德兮
體於物而罔遺咸包絡乎小大兮無或漏於毫忽登
虛暇以間斷兮認不誠則無物俾天下以肅敬兮怳
洋洋其左右氣發揚而儼臨兮感焄蒿之如在肆先
師之闡幽兮包至隱而至微揭合散之實迹兮亦發
見之昭著嗟倏忽之化形兮人與物其奚異物猶順
夫厥性兮哀橫目之殆而冥其行而汩心兮枉其天
而適初咨秉彝之本然兮體乎人而或昧撥人物而
竝觀兮發浩歎於衷世

## 薄命辭

嗟吾生之命薄兮何遭時之孔厄神天之不可知兮
塊獨守此無澤顧素心之不阿兮故俯仰而無怍逌
遂焉而抑志兮莫我知之故也昔歲次于靑羊兮月
日會於重鮀辰忽値夫玄兔兮踵瑞旭而并生蒼虬
蜿蜒於屋上兮妣散夢而考祥及匍匐而岐嶷兮從
致戲以志學惟竱心而殫力兮紛好修此姱節齒總
踰於勝冠兮已老蒼之許與菀靑霞之奇氣兮思奮
迅而高厲名連登於鮮額兮聲大譟于騷壘從伯氏
而頡頏兮步雁塔而踵武接光景於弱岭兮伃雲鵬

之矯翼何時命之大謬兮路幽昧而險阨嗟佳期之
晼晩兮老冉冉其將及百六會於鼠牛兮驚禍祟之
洊至迫荆花之未暮兮慘風雨之未華雁序斷於中
天兮春草深於鴒原歎奇釁之不已兮痛又結於終
天守故卯而泣血兮帶蘆葦之單衣孑余影而獨立
兮若窮人之無歸吾誰與以同業兮懼家聲之或隳
德音杳以日遠兮庭訓閒其莫追惟萱草爲可忘憂
兮奉慈闈而周旋賴兒孫之前兮慰桑榆之暮年童
烏之秀朗兮膺先祖之餘慶學無煩兮提誨兮嘉夔
時而就將託青氈之舊業兮可無忝於箕裘逸驥之

泛駕兮華軸折於中途霜霰之未集兮颷先敗夫庭
蘭懷沉鬱而莫洩兮抱子夏之深冤皇天之不純命
兮又重之以愆殃咨孤蒙之獲戾兮奇禍嬰於此堂
終祈死而不死兮恫巨創之重罹吾無望乎此世兮
身遑遑欲何之激風樹之餘哀兮起遠慕於永感孤
露餘而彳亍兮增滿目之悽黯攬窮閭之悲歎兮撫
流年以反顧原平生之所志兮豈專在夫章句推餘
事於藝苑兮審忠恕之妙理澡余心而潔余身兮美
紛紜而叢巳旣九畹之滋蘭兮又百畝之樹蕙纉瓊
裾與玉佩兮孰知巳而華余擊劍而歌激烈兮歲旣

旻兮誰與歸南山之峩峩兮白石兮齒齒鑿斯也其
無樂兮埒鷄兜而自喜顧祥殃之冥報兮理顛倒其
無徵彼雲衢之施紫兮曾不了此一經刎田間之潤
屋兮又何書之能讀關其之躬翱兮鈞鵬肥而持梁
賢彥之落拓兮終餓死於溝壑訖主張此機緘兮任
自然之蚌錯心涅鬱其不釋兮神恍惚其外淫命巫
陽使招魂兮指璇霄而直尋闔十二之瑤扉兮覲玉
皇之帝沸蹇翱翔而中跽兮謁杳冥而請詰曰下土
之賤臣兮夙承上帝之降衷心無倦於樂善兮服忠
信以制行羌兇猾猾而充充兮病夏畦於朱門任經訓

之菑畬兮恒兀兀以窮年饘不能以自食兮慨君子
之困窮兒呼寒於冬暖兮妻啼飢於年豊造物者之
所揶揄兮匪獨何辜而戚戚仰驕王己之悽然兮如
有思乎穆穆詔列缺使致詰兮云余命之信專惟福
善與禍淫兮豈逆志而違吉雖一理之不爽兮奈氣
數之參錯士有才而無命兮自前世而固然顧回之
屢空兮信盛德之不食相如之滕冤兮豈蹠才之或
歉若中情之信姱兮亦安用夫浮念撥名利於身外
兮盡天則於命內執於身而不發兮澤必流於後世
志則乖於流俗兮神已識其從扶子將去而樂之兮

歸而求則有餘惕寐覺而興思兮若自失於撫膺反
初服而自修兮余以天爲可徵悅玉音之諄諄兮尚
銘骨而載耳承靈訓其盧徐兮得所止而知止玆余
所以昭述兮詔吾黨之小子豎同志以胥勗兮庶不
負乎天賦亂曰兩儀之肇判兮氣候流而不齊萬物
之職職兮品貴賤之可稽人生於其間兮隨所稟以
醇漓變化之數無窮兮天地大而不免况吾人之渺
然兮固已囿於是氣之屈信所莊生之適來時兮奈
榮悴之分定不怨天而尤人兮亦嘗聞諸思聖訓諸
已而有之兮恙不疚乎內省尋常日用之間兮自有
至樂之開界由今往而狀活兮又焉用此感慨守吾
分而終吾生兮永肥遯而无悔

望美人辭

表獨立乎船之中兮搴芙蓉兮徒延佇芳酷烈其未
沫兮思以遺夫遠者浴蘭湯而沐薰兮跂予望兮天
一涯情紆軫其婉孌兮願委身以事之北極遠以雲
深兮恐玉顏之不可覩歎青雀之影斷兮瑶海闊以
路阻蹇脩之自西方兮來我謀其申申謂余佩之可
貴兮煥余飾之煒然孰求美而釋汝兮指中夏以爲
期曰勉爾之貞操兮盡以道而要之心然疑而未定

兮聊盤桓而且俟摽梅之傾筐兮懷良辰而自嬉
遂發軔於海陽兮云余造乎漢師輊千里而遠邁兮
爲靈脩之故也旣謾我以好音兮後懷私而有他衆
皆競進而求索兮各興心而嫉妬紛馳騖以追逐兮
非余心之所喜寧窮餓而畢命兮亦何忍爲此態屈
心而抑志兮又豈可以淹留回余馬而復路兮反初
服而自修悼本志之變化兮自中心之愊愊曾歔欷
余鬱邑兮哀余命之不辰瞻北辰其彌遠兮攬宿莽
以掩涕君之門不可徑入兮謇誰須兮雲際期黃昏
之已違兮惜中途而改路閽人怒而九門閉兮何不
改乎此度冀容光之畢照兮絶覆盆之幽寃顧余情
其信芳兮苟得列乎下陳手盥匜與巾櫛兮奉金箒
以周旋思奔走以先後兮警齊鷄之報晨嗟佳期之
遲暮兮徒願忠而自傷辰儵忽其易徂兮悲草木之
日零水有芷兮山有桂懷佳人兮不能忘

方丈山歌次歸去來辭韻

盍歸來兮罷公已歸君又歸我今猶爲塵土物獨悵
望而自悲彌年歲其已晩雖有悔而莫追函糞壤以
汩汩慨身討之日非嗟宿願之冉冉塵久棲於尙衣
然長徃之弗易剋吾生之靡微給蹇且病未立欲奔

夢入瑤壇身掩蓬門仙區消息賴我友存何當脫屣
花月同樽喜空谷之響跫破胡床之歡顏分華山之
一半庶此身之閑安幽事多於淨界白日長於仙關
心可捿乎淡泊理亦到於靜觀月垂釣而暮出雲採
藥而朝還邈塵世之永隔所幽人之盤桓盍歸來兮
願與子而嬉遊溺於俗者皆是夫孰知其可求神鬼
呵其不祥寧虎豹之足憂亦知代食之攸好應有樂
於田疇靈境雖深路窮漁舟維方丈之鎭南衡岳譽
則陵邱粤六鰲之骨霜踵二山而東流泰三神以鼎
峙見鴨水而郎休噫吁戲望中仙山眼中人胡不相
尋仍久留笑矣乎至今不見之高人跡復存孤雲吾
所期參芝猶能服食又何用夫耘耔挹山溪之灝氣
亦可發而爲詩倘自得之有趣願從隱者質所疑

輓尹浚哀辭

魂兮歸來不須去些九地沉沉鎖長夜些不若陽界
有至樂些我作此歌虔大招些魂兮歸來案有詩些
遂而不達神難測些長價騷壇理不昧些典刑宛然
天可徵些魂兮歸來與余好些連姻義重交有道些
評詩討文不復得些魂兮不留吟斷楚些

舟谷遺稿卷之一 終

# 舟谷遺稿卷之二

## 文

### 祭曺根夏 代作

士有才而無命兮已昔人之所悲而夫子之濩落兮
起後生之齎咨積平生之功課兮業何廣而不施懿
驪州之種學兮曁博士之通經越厥孫而趾美兮大
肆力於詞場羌泓渟以演迤兮謂大闡乎紅紙竟造
紀之厄人兮登雁塔而止耳唯神觀之內朗兮蘊精
氣以深閉必能享其期頤兮纔及耆而長逝顧渟懿
之美質兮又重之以博學令於何而復得兮恫九原
之難作悲人物之渺然兮覺詞林之踈闊昔吾祖之
逐逐兮講麗澤於鯉庭託伍聲以爲好兮挹芃葛之
深情遠先人之交遊兮埒夫君而周旋伊小子之猶
及兮荷撫頂之私恩將拜床之契分兮負平素之眷
誼恨未及乎執燭兮情又缺於臨隧唯單盃之永訣
兮亦且後於他人玆余所以操文兮詠在昔以爲言
冀尊靈之歆格兮庶鑒我之酸辛

### 祈雨瑞石山

峻極維嶽殿于南服嘘雲洩雨美利斯博抱我城邑
爲我鎭山有祈必應靈德流聞昔御王命來莅玆境

瞻掃封域兼爲會子孫之廬東西兩墓門縱有兩家之異彼此一齋舍亦好一處之岡巒自數世以來已成近代之例可以宿齋蘋蘩境僻而幽自然上兩旬風歲久而圯行路嗟惜詎無肯堂之望詢謀僉同茲有更搆之便畫此計誰也歎中閣之屢遷仍舊基如何喜今後而得返運石築土匠杵聲之陾陾聚財鳩功嘉衆力之許許林巒動色開日月於僊區洞壑增輝逗雲霞於靈境起数楹而經始請看諸執事之情勤合二姓而周旋須戒僉君子之誠盍聊歌六偉請相群工兒郎偉拋樑東翠屏深鎖靄雲中羽衣仙客

嗚余司牧適丁茲辰實慙罔德獲戾于神罪在不職祇獨何辜哀我瘴人望哺嗷嗷微顯縱異神人一理洋洋在上無物不體矧惟明神主此封疆威德無私有感必通茲奠菲薄庶幾格思速需惠澤無我斁遺

祈雨社稷壇

神人無間一理相乘詩頌奏假易著感應桑林虔祝古有是禮遺事流傳遂成恒例振古斯今靈驗徵異矧惟一邑社稷最貴左右具壇禋祀同歆佑我稼穡賛天化育今茲元旱神胡不聞嘉穀卒痒田畯煩冤靈澤久閟涸轍可待奔走赴愬靡愛牲幣初于鎮望

爰曁龍宅神不顧享角聽亦邈喟余司牧適丁玆辰
惟吏廣戢罪于其身無告彼氓亦獨何辜萬姓魚喁
霓望日孤惟神所司歲功誰成匍匐請命敢竭菲誠
冀籲帝庭仍勅雨師速霈恵澤鬼設神施

新基祭地神

維天地人叅爲三才一理感通神人相依爰擇吉地
爰契我卜爰差穀朝迺基迺築敢潔牲幣匍匐請命
八此室處報祀不忘驅去百邪呵禁不祥庶幾降格
君焄蒿肹蠁
神人之際一理感通幽明相依好悪亦同居民安寧
神所勞矣民之痌瘝亦神之耻徃歲罪人樂神之所
苟神之賜爰居爰處憑仗威靈庶或安頓俾遂其生
無灾無患中間酷罰奄延背營哀哀蚩氓獨何辜于神
一家憧憧莫保朝夕滿室嗷嗷若隕深谷或慮神明
不安厥位不思保護俾至于此神若是怒秉之如遺
罪人無告窮無攸歸敢竭鄙誠罄此衷丹牲酒兼幣
告以慰安滌舊圖新攘灾鑄祥叅始報祀感德增光
惟願聖靈洋洋在上回斡神機焄蒿悽愴因招四方
無祀諸神竝享芬苾同歸于仁

祭宗兄仁里門處士樂灘改莚文

伏以惟靈崑山落玉滄海遺珠襟懷爽朗內絕城邪
同祖貳相實我宗人每侍樽俎眞態津津序為第元
進則先後撫我誨我男自童幼炙訖門屛詩學是賴
庭蘭馥郁惟嗚暨大呼我曰叔我視之弟迭鳴騷壇
有若一體今皆已矣吾獨於此喜者賢孫能屬後事
睠彼佳城旣再卜之相地家說於法不宜肆開窆口
用驗夾患移厝他山瞻式漸遠玆奠菲薄訴此耿結
不昧者存庶歆斯謁

松鶴山齋宮上樑文

無等西麓極樂東崕龍脉蜿蜒元氣崷而不已局勢
平穩明堂濶其來涯寔先世衣履之藏松楸鬱鬱起
後孫墻羹之慕霜露悽悽追遠感時旣有報本之道
致齋潔已必備盡情之文遮雨而障風烝可廢休憩之
所燠湯而炰炙亦宜立供具之廚玆成必築之功因
有重修之擧主人新羅遠裔竹山巨門文成公大賢
之孫中原君貴戚之後詞客華出眞儒獨多類拳贄
之出居坦腹徐上舍之宅若晋士之流徙連楣芳裔
洞之鄕卜千古之壽藏見情好於所與分一半之深
塋儼阡隧於相望世代已過於鳥冒禮雖有限香火
不廢於時節情則無窮密邇佳城嘗有陳饋食之室

瞻掃封域無爲會子孫之廬東西兩墓門縱有兩家之異彼此一齋舍亦好一處之同粤自數世以來已成近代之例可以宿齋預戒境僻而幽自然上兩旬風歲久而圮行路嗟惜詎無肯堂之望詢謀僉同玆有更搆之便畫此計誰也歎中間之屢遷仍舊基如何喜今後而得返運石築土已杵聲之陝陝聚財鳩功嘉衆力之許許林巒動色開日月於僊區洞壑增輝逗雲霞於靈境起数楹而經始請看諸執事之惰勤合二姓而周旋須戒僉君子之誠否聊歌六偉請相群工兒郎偉拋樑東翠屛湙鎖靄雲中羽衣仙客應來往倘許鸞車曠遠風兒郎偉拋樑西洞門華表與雲齊天留吉地開前野哀哀長江繞遠堤兒郎偉拋樑南鳳凰晴岳起浮嵐訥翁牲石長留眼直氣千尋我拜三兒郎偉拋樑北松鶴盤天張兩翼安得此身生羽毛飛過上處豁吾目兒郎偉拋樑上幾度月來而日往長老至今皆過算洞天漠漠令人仰兒郎偉拋樑下混混源泉流日夜逝者如斯從可知後人相繼保玆舍伏願上樑之後長養丘木守護封塋雲仍篤孺慕之心因思立揚之訓春秋薦芬苾之祀無替終始之誠

訥齋先生潭陽眉巖書院合享通文

伏聞僉君子以我訥齋先生爲曾莅貴府之故而其清芬剩馥尚有感於末沫者方且議所以揭虔而欲俎豆之此誠儒林盛事也凡在瞻聆其孰不嘉尙而興嘆也哉而況生等生長於先生杖屨之鄉而薰挹餘波又不是他邑之比而已則其景行之感依歸之誠當益復如何也第惟似此好議論誠發之未易今既發矣則一時齊聲宜闘出場之報而至今寂然還有引日之歎抑或有所待於其間而然者歟曾知貴府有眉岩先生妥賢之宇此先生於我訥齋先生猶先後進之間也訥齋即己卯諸賢之一而己卯雪冤之議鮮錮之論始發於眉巖之世士類登崇之日則眉巖之周旋於其間而與有力焉者亦可知矣況訥齋之見忤於己卯之奸黨眉巖之不悅於乙巳之群小者其前後所遭亦略於同則兩先生之所同者不但同道同德而已千里而立百世而一士猶謂比肩而一士亦云隨踵而至則光潭相望之地與夫兩先生先後進之間果於千里百世其遠近何如也比肩隨踵吾恐不在於彼而在於此也同道同德之士比肩而立隨踵而至前賢後獻風聲所及亦豈無相感

於冥冥之中者哉以我兩先生之所同如是豈多而
一邑各祠亦無所據李籍并享而合祀之用副遠邇
儒林之望得先生論歸眞之地而終使儒林莫重之
舉亦無後時不及之歎惟僉君子尚亦勖之哉

疑

問子曰鬼神之德其盛矣乎其所謂德可據而
言可盛歟中庸十五章言處室家兄弟之道是
至近也十七章言舜之大孝是至顯也莫微乎
鬼神而處至近至顯之間者何歟

對造化之鬼神自有性情之德亦有功效之德而曰
往月來寒者生夏長者斯豈非德之極盛者乎噫鬼神
之一章貫前後二章之旨而兼費隱包大小則視而
不見聽而不聞者雖是鬼神之莫微而上以兼費之
小者下以兼費之大者則微而亦可近也微而亦可
顯也豈可以莫微乎鬼神疑其處至近至顯之間歟
是知宜其室家翕其兄弟者是爲費之小者而居於
鬼神章之前德爲聖人尊爲天子者是爲費之大者
而居於鬼神章之後則鬼神之一章在於兩章之間
而一以兼其至近一以兼其至顯者尙是包括底道
理也一鬼神之微而處於至近之後處於至顯之前

於冥冥之中者哉以我兩先生之所同如是豈多而
一邑各祠亦無所據幸須并享而合祀之用副遠邇
儒林之望得免士論歸責之地而終使儒林莫重之
擧亦無後時不及之歎惟僉君子尚亦勖之哉

## 疑

問子曰鬼神之德其盛矣乎其所謂德可據而
言可盛歟中庸十五章言處室家兄弟之道是
至近也十七章言舜之大孝是至顯也莫微乎
鬼神而處至近至顯之間者何歟

對造化之鬼神自有性情之德亦有功效之德而曰
徃月來春生夏長者斯豈非德之極盛者乎噫鬼神
之一章貫前後二章之旨而兼費隱包大小則視而
不見聽而不聞者雖是鬼神之莫微而上以兼費之
小者下以兼費之大者則微而亦可近也微而亦可
顯也豈可以莫微乎鬼神疑其處至近至顯之間歟
是知宜其室家翕其兄弟者是爲費之小者而居於
鬼神章之前德爲聖人尊爲天子者是爲費之大者
而居於鬼神章之後則鬼神之一章柱於兩章之間
而一以兼其至近一以兼其至顯者尚是包括底道
理也一鬼神之微而處於至近之後處於至顯之前

而文理接屬血脉貫通則奚疑其莫微之鬼神而處
於至近至顯之間也歟請申之乃言曰鬼神者天地
之功用也一屈一伸之間陰陽之合散消息之盈虛
何莫非鬼神之盛德則夫子之訓豈其偶然也哉噫
十五章之至近十七章之至顯皆應於此一章而視
不見之鬼神兼其室家之至近聽不聞之鬼神包其
大孝之至顯則此中庸所謂知遠之近又所謂夫微
之顯也言其道之體則微妙難見而言其道之用則
體物不遺之際可以見居室之至近也亦可見大孝
之至顯也然則莫微乎鬼神而處至近至顯之間者

不其瞭如乎抑又論之上已言道之至近下以言道
之至顯故鬼神之至微者兼費隱包大小而至近者
費之小者也至顯者費之大者也旣曰兼費之大小
則微之處至近至顯者章章明矣
問四書乃聖賢遺書首章乃一篇之樞紐而論
語首言學大學首言德中庸首言性孟子首言
仁義學與德與性與仁義果是一件事而僭爲
等一義歟
對吾夫子嘗曰吾道一以貫之遇以是及覆主司之
問曰學能時習而知其德之固有於我明其明德而

知其德之本具於性率其本性而知仁義之出於性
則四者果爲一件事而論孟之首言學與仁者其不
以敦仁存理之故乎庸學之首言德與性者亦不以
八德成德之故乎噫分而言之則曰學曰德曰性曰
仁而合以言之則學是德性之所習也仁亦德性之
所出也豈有不學而知其德性者乎亦豈有不仁而
尊其德性者乎好學之顔子旣入德行之科問仁之
子貢旣知性與天道則學與德與性與仁義果是一
件之事而敦仁者魯論之樞紐而學是敦仁之意也
存理者鄒書之樞紐而仁是存理之意也論孟之以
學與仁爲其第一義者不其然乎八德者大學之樞
紐而德是八德之本也成德者中庸之樞紐而性是
成德之本也則庸學之以德與性爲其第一義者不
亦宜乎請申之乃言曰夫四書者四聖相傳之心法
也夫子之以學爲首者欲其勉學而效其先覺也曾
子之以德爲首者欲其自新而明其明德也子思之
以性爲首者知其在天而率其本性也孟子之以仁
義爲首者欲其遏欲而知其仁義也然則大學之首
言德者傳其夫子之道而明其明德於學習之中也
鄒書之首言仁義傳其子思之道而亦有仁義於率

性之中也矣疑其果是一件事而儘爲第一義也歟

問孔子之論人或稱其仁而不許其禮或稱其忠而不許其仁果有仁而不禮忠不知仁乎

對人非道全德備之君子則或有仁之功而不知禮也或有忠之盛而不知仁也何則管仲之仁誠如顏子之不違仁則亦可謂知禮也而其仁也固不過利澤之及人則此夫子之所以只稱其仁而不許其禮也子文之忠苟如比干諫死之忠則亦可謂知仁也而其忠也固未必天理之渾然則此夫子之所以只稱其忠而不許其仁也既謂之仁則似疑其不知禮而管氏之三歸反坫者既僭人君之禮則此非仁而不知禮乎既謂之忠則宜疑其不知仁而今尹之三已無愠者未必全體之仁則此非忠而不仁乎其利澤也九合諸侯一匡天下則雖有仁之功而僭其諸侯之禮者既是反坫則此所謂仁而不知禮也其爲人也喜怒不形物我無間則雖有忠之盛而其於聖人之仁處既非全體則是所謂忠而不知仁也何疑其果有仁而不知禮忠而不知仁乎請申之乃言曰聖人之論人各隨其爲人之如何而可稱者稱之不可許者不許而此如權衡之稱物輕重而可重者重

之可輕若輕之則夫子之於二子或稱其仁而不許其禮或稱其忠而不許其仁者豈其偶然也哉噫管仲之所以九合一匡者仁則仁矣而樹以塞門坫以反爵者果是禮之僭也子文之所以三仕無喜三已無慍者忠則忠矣而未必當理真無私意者果非仁之道也豈可以稱仁稱忠而疑其不知禮不知仁也哉

## 書

### 上朴丞旨致道

自御者西行至今歲三變矣瞻慕益切德音愈邈匪此懷曷可勝任遠惟新元令體佚神扶萬福慰賀萬萬侍生隔歲奔汲之苦固不道而吾鄉不幸年少親友相繼而逝驚心慘目難以度日而德門兩喪尤覺痛惜想嶺外聞訃當作何如懷耶適聞遠使忽發姑此修候

### 光潭多士上巡營書 代作

伏以天下之事有直而明白無可疑者有曲而斷然無所疑者此固不待訟而可知其彼曲此直而其間或有落在曲直疑似之間者則其必待訟而後庶幾有可知其曲直之理矣今也曲而斷然無疑者雖附

之疑似之訟猶有欠於惟明克允之義況可上而越
附之於直而明白者反以爲癸當之讞議而遷係斷
案遂欲行之則亾亦近於公孫子同異之下而其違
理害義之弊亦豈淺淺也哉生等於光潭兩邑校奴
婢之無端折入於京中常漢羅克信等五人之事而
竊自慨然於曲直之莫卞而眞僞之混爲一塗也此
事已經掌隷院移關而自巡營亦旣行會於兩邑則
閤下想亦略知其顚末矣夫學宮與僕雖云賤隷所
以守護聖廟灑掃殿庭而又各有分掌俎豆書冊等
諸般名色之役則多士之視之亦何等重事也顧爲

士者之體貌固不可直訐之於隷院而上吁天閽亦
涉煩猥則多士之喁望不於閤下之庭而控訴於誰
耶閤下坐一方得專制於境内而兼之以師儒之長
則其於扶護學宮之道亦豈但恝然而已哉文移隷
院以爭其是非乃閤下之責而雖或不得於彼亦將
昭揭義理卞覈曲直狀啓以申請之亦閤下之責也
閤下試加詳察焉生等請終始究言之可乎蓋克信
等之斷稱以隱漏奴婢而陳告隷院無端受賞者皆
是本邑校奴婢等或爲聖殿守直者或爲守僕首奴
者或爲大廳直食堂直者或爲負木齋直者或爲祭

器直庫廳直者或爲尊經閣冊色書員者或爲食母菜母進排婢子等役者而數百年來子子孫孫次第任使於學宮之奴婢一朝棄而盡歸之於私門則寧未知其是何義理而其擧錯曲直之道又未知果如是而可乎哉夫所謂陳告受賞云者盖指其各司寺奴婢之不入於隷院錄案中而亦不納貢於當該各司之故仍爲漏落於中間而無故浪遊者耳豈謂學宮户屬奴婢之時方使役於學宮者而以獨不入於錄案之故勒令混同於陳告之律而濫賞也哉昔者竊聞之成均館奴婢之散處外方而太學差人之往來也兒弱之漸次丁壯者直自花名逐年收貢之類亦或有之則其有未及入錄於隷院之案勢或然也乘此際而若有人陳告於隷院則隷院視之以漏案之例而其能棄太學之奴婢以賞其陳告之人乎此則決知其不能也學宮雖有大小内外之殊若其爲聖廟則一也獨不念所重之在乎隷院若以不入錄案爲本校之罪則不過一紙關文行會州縣而使之申勅之整頓之如是足矣又奚以棄學宮任使之奴婢賞不當賞之私人而後可以合於理而宜於法也本校户奴婢之當初不入於隷院之案者盖亦有

由焉中年推刷官之行到列邑也其所究數者只是
各司奴婢之隱匿者而已至於學宮奴婢則各其學
官執任例有次知之事曾無遺漏之患故刷官亦不
甚致察於其間而學宮謂是户屬奴婢可係無虞亦
不屑於自爲理告以致隷院之漏落而遂成謬規矣
然學宮亦朝家郡縣之一公廳也奴婢文案昭然俱
在而亦復有本官之成帖者又經提督之印跡者則
只以隷院之漏案遂謂之隱伏而討以摘發而賞之
惡乎當而可跡爲法哉況聖廟守僕之輩猝然解其
中服而使之執役於常人之家者其於尊聖廟之義

何如也此事之是非曲直既明且白斷然無疑者終
未免復言誣辭轉報抵隙以至於致誤朝家之政令
則其間亦豈無奸細之徒貪緣締結醞釀以成之者
乎兩邑校奴中有數三猾賊之輩晦其錄案之漏幸
其劃給之賞而常根學宮奴僕素無訐贖之路故乘
機逞詐弄奸舞巧交通京外濟以賄賂卒成救主之
謀以爲贖出之計此則肺肝之如見而心術之難掩
者不然克信輩素無影響於光律之間兩邑校村之
數多人口渠何從而詳知以告於隷院乎校村之奸
猾而稱以魁首云云者又何得以一一盡入於克信

等賞給之中乎又況其所陳告者皆光邑之校奴而嘗功則不但劃給光邑之校奴而已潭府之校奴無端添入於其中則其同謀偵議盤奸弄巧之跡尤見其明白無疑矣此而不治而因以賞之則必不免爲獎奸誨盜之歸而幾何其不至於傷風敗俗之域哉此乃觀風者之不可不深念處也校奴等叛逆之罪揆以春秋之法果在必誅無赦之律而以先治黨與之義觀之則充信等之符同叛奴敢瞞隷院而護逆國賞之罪亦不可置而不問伏乞右文之下另加澄清之威備將事由啓達天門明正其是非快示其典宣以爲反案勿施之地則國家幸甚士林幸甚生等目擊駭憤之事不勝慨然之至而抑爲鄒學宮坐失目前任使之奴僕因有不成模樣之嘆故兩邑之士齊聲同舊茲敢相率而謹昧死以聞

擬衛苑春請罷鑿池奏

具官臣挑苑春謹奏爲請罷鑿池之役以恤民隱事臣竊惟人君之應運撫世也其大要不過曰奉天時順民心斯二者而已是以使民之道時乎可使則使之時乎不可使則不使之俾得順其心而優其力安其居而樂其業焉其見於經傳則使民以時之訓所惡勿

施之教班班乎可見古先王之所以能懷保萬民而鼓舞一世者用是道也外此而役民以自奉徭時以病民者非代天理物者之所忍恣也雖或用之於當用之地猶足以失民而招怨況可用之於不當用之地而作無益之事以害有益者哉迺者國家因鑿池之役逐戶而括之點丁而聚之謗讟興街巷愁怨盈於道路臣固已疑其病民矣及今不民力已窮告功時而玄陰閉塞沍寒嚴凝哀我蒼生誰得而衣之憐彼赤子誰得而喣之手脚凍皴而皮肉俱裂泥滓滿面而如豕負塗則其景色之矜惻氣像之慘怛非惟

臣獨爲之於邑也國人之所共畫然而傷心者土功元非治理之所急盛冬不是役民之時節而獨不念祁寒之怨咨至此乎亡其深宮之中熊席之上襲狐裘之衣園獸炭之爐而和氣之所常爕寒威之不能入故不自覺其小民之衝犯雨雪而方有呵手呼寒之勞苦也哉若是則無亦近於我飽而不知人之飢我飫而不覺人之饑者歟況我國家莅彈丸之地而處戰國之世汲汲然唯以民事爲急凜凜若朽索之馭馬猶不可以自保而自安其可役於心意之欲娛玩之具自棄其民而可以爲國哉目今晝茀宵索亟

其乘屋而以待開春之始播者亦不可謂無事而窒穹墐戶有同坏蟄之類驅而出之於凍冱之日而力疫於堅凝之土氣挫於寒凜之威無子來之樂而有仇視之怨則其於古聖王視民如傷之仁不亦遠乎哉書貴改過不吝易著不遠而復聖人開示之深意可知已此臣所以拊心竊歎而不避冒威煩瀆之嫌者也臣若徒自非之於心而終不言之於口則是臣負國家而國家之失民愈甚終不知稅駕之地矣謹昧死以奏

本里民人等灾上書 代作

伏以飢歲憂遑之民恤恤焉蹙蹙焉無所止泊之情所以惓惓於字牧之惠政者何以異於赤子待慈母之乳哺者哉頃於官家休告西還之日民間愁冤之嘆死所控訴而日日狂奔於道路呼天而遑遑者有若持舟楫入滄海風濤浩渺茫無畔岸而遽失篙師罔知攸措者然則今日民情之苦待於官行者頃刻猶時月也玆敢奔走相率而徑詣於庶車在道之日未知閤下於此真知其實狀而果能動心否乎嗚呼鄒書不云乎焉有仁人在高位罔民而可爲也閤下亦嘗習聞是言而必有慨然於懷者矣今日上司敉

荒之政似出於泣然者而閣下若不以民間可哀可
憐之實狀堅執而苦爭之又從然以奉行上司之令
爲政之體例而已則閤下亦不免爲罔民之歸且豈
有仁人當字牧之任而恝視於此等事者乎此民等
之所以有此盧彼之懇而不自知止者也閤下另加
哀憐而軫念焉古人所謂哀之命不哀之亦命者正
爲今日民等言者也民等歐治下船道里人也本里
之土瘠民貧嘗甲於一境而値此大無之年枯損特
甚於他里者蓋緣本無水根之田而亦無引水之路
故也夏旱過節秋事屢歪遍觀原野氣像愁慘而有

未而不穗者矣有穗而不吐者矣有吐穗而無實者
矣又有全穗虫損者矣若是則民之所食者其能幾
何其間全穗空殼之中或不無僅粒半粒之似實者
然數月朝夕之命惟特於此而一夫之所擔負者僅
出於斗升之穀而已則刈取之多推此可知而田邑之
行災者又以刈取爲罪揮手而不欲頃識則子遺之
民應不免亦地收稅之患而又將何以保存哉大凡
今年之事雖曰遠近同然而本州四十各里之中亦
或有稍勝於前年者或有與前年無異者或有從然
被災者或有尤甚者或有尤甚於尤甚者本里亦尤

甚之尤甚者而此非民等之私言也乃一境公共之言也惟在二天閤下軆念用力之如何耳若能親審之詳覈之等第其被灾輕重而論列於上司則亦豈全然無便宜變通之道而混同强迫之如斯而已乎至於還穀賦役諸般等事亦随其被灾輕重而分等之加減之以為操縱酬應之地則哀我無告之赤子幸有保存之望惟我閤下垂仁推恕特霈若保之恵勿視以尋常泛訴者之例千萬拜稽泣祝之至

箋

聖上四十年賀箋代製

聖作五百歲旣深願戴之誠龍飛四十春敢伸稱慶之禮歌咏聖澤拜獻南山恭惟 主上殿下德光人倫道明大義叅斯獜趾叶華封祝聖之謡鸖筭凫齡望帝尭倦勤之日玆値尊臨四紀之會益膺休嘉萬福之綏伏念臣跡滯方州心懸魏闕鵷鷺趨走遠阻呼嵩之班文字形容謾歸盡日之地

冊封世子賀箋代製

能知天而知人恒歎睿念之至矣不與子而與賢咸仰盛德之大哉惟聖盡倫自天有命恭惟 主上殿下吾君之子承統而王春眷付託之得賢宗是保社

之地融融友愛之至德況乃秉彝之天玆揭世子之
徽號以備儲位之重典伏念臣幸際嘉運獲覩昌辰
徒切狗馬之誠恭祝一人有慶遙伸燕雀之賀思與
八域同歡

擬齊晏嬰謝聽歌止流湯諭以將罷大臺之役

箋

聽其歌也有恩旣荷抆淚之敎哀我民之無告特沛
罷役之恩臣何力焉君有命矣竊惟國家軫民之道
必若禹稷猶己之飢文王殫如傷之仁凜凜然恐盡
其力康叔懷若保之惠恤恤乎憂失厥心不但保民
之術當然抑亦爲政之本在此若夫土功之經始易
致君德之罔終茅茨土階康衢之頌載可見離墻峻
宇夏民之咀呪方興是以前代仁君不用結構爲念
然後國中黎庶可免騷擾之憂頃當大臺之經營而
致小民之怨讟興作無漸或慮蕩君之心告功不時
仍値折膠之節手皴皮欲死恨極秦卒之無衣血凍
指不拈望斷楚士之挾纊擧疾首而蹙頞勞力奚但
勞心咸戴目而疚懷築土還是築怨所不忍見者無
賴恤下之仁亦安得晏然奈負奉上之義寔緣臣之
無狀而蓄君之有尤屬玆侍酒之辰只自永言而已

奏一曲之悽愴其如凍餒乎何哉泣數行之涔淫耶
以噓嘆者也此不料怳而繹之聖意遽降惻然感之
溫音爾何乃出滯乎殆緣築坮之役吾復爲盛德矣
敢綏慰民之方頗疲泯迄可少休汝等皆去有高臺
豈能獨樂予且姑停悟已往之民勞不遠而復及夫
更也人仰惟其有臨動歡呼之雷聲愁顏鮮凍布陽
和之德澤喜氣排寒曾何足爲悔尤是以有此譽處
念恐君有失爲臣止忠立於朝餘無足觀眷眷愛民
之念事是君不爲容悅謇謇憂國之忱敢云功可許
乎固知才不逮也況此和浹之歌曲亦出忩行而倡

狂聖度抱容不以臣而爲罪君恩浩蕩大見民之至
情何以臺爲有足稱者遇改過不吝從善如流知臣
斷無他腸素抱憂愛之志謂臣不拘小禮只有諷諫
之誠遂令歛泣之徒均沾渙汗之渥不以其君顯如
彼功卑事有不便于民入告于后政或可補於國願
陳於前

## 序

### 時文型範抄序

余嘗愛默所子所爲文其造語緊而要其詞理精而
密此眞今世之好文字也熟玩而諷咏之頗有覺悟

閑發之處久而竊實之乃手書十餘篇以授弟姪之廢業者而使之資其講習焉此非古文之高遠深邃而有難容易得力之比也其編帙簡略而記誦之勞最省局量淺近摹擬之效易得幸於朝夕之暇略加玩繹之功則於科場疑問之對似當有優爲之地矣嗟乎余及衰暮之年既無誨飭子弟之道而不能使之大肆力於古人宏博之詞徒爲是不得已之末策而謾寓區區之微意其情吁亦唏矣然若使年妙而才優者從傍而竊觀之遽生速成之意亦欲從事於此間則還恐有窒礙於致遠之路矣爲世道者無亦以余爲代斲之嫌而深罪乎哉所附辨誣奏其規模典則雖與上文少異然辭理明白藻華瀲灩而其源流之汩汩不窮者庶幾乎能有補於沾潤渴涸之思者歟茲敢並錄焉而以試夫貧兒暴富之術也

## 記

### 醉醒窩記

從余遊者吳氏子再昌於壯歲失才子哀傷之過戚戚然無以爲懷欲遺世而未能也於是乎以醉醒扁其窩請於余使之發其義以記之顧余情亦一吳生也。嘗飮東野之恨而子夏氏之明幾乎喪矣則忍能

游泳而閑吾生又何說以續餘之然其生之欲鬱鬱
之殊異乎余之所以理遣者而抑又有害於余意者
余故不容無贅焉夫聽人而合觀者酒之德也而被
除萬事者又無過於酒斯義也余嘗聞之野鄉人矣
方其生之酣飲於窩中嘯傲而自得也隨醺其性情
和平其心氣入於無何之鄉逃於睡寐之境而做愁
城之崢嶸於胸海者俄頃推陷於歡伯之風則如向
之割慾忍愛之痛所以寸斷九回之腸者一朝渙然
脫去而有若一點雪於洪爐之中耳一死生齊彭殤
而快解外膠之功不待南華之說長而遽然見之於

樽俎談笑之間則其歌於斯咏於斯厭飫於斯而都
忘乎人間世之事此可謂深得酒中趣矣此乃吾生
之所以有醉時而熙熙皞皞然哀樂之不能入者也
然而此酒既非仙釀之亦千日之醉則百年三萬六
千之間亦豈無喚醒之時而今既不能無醒也則其
良知之理慾愛之天又豈至於永忘而終亦泯沒也
哉況哀而感感而傷傷而成癖於思而必欲使之依
依然森森然時時來往於心目之間者則情之所不
能自已者耳至如見月而想氣宇之爽朗看花而記
儀思之鮮妍者亦自不能强而無之者也又況一體

而分呼吸必通而長醉永忘若是恝然則孤子之魂
抑亦無所依而不暇有悉慕慽恨於冥冥之中者哉
此又吾生之所以有醒時而以慰如見之懷者其亦
不忍乎長醉而永忘者歟嗟乎醒而思之過則哀哀
而傷之過則又醉而忘之醉而醒醒而醉醒則思醉
醉則忘醒醉之而日月焉者所以爲吾氏子之平生
也以之名其窩者其義大可見而其情吁亦唏矣抑
余不鮮飲而多思者閒居無事日復一日而恒抱失
掌珠之歎以至乎就木之期者盡是吾氏子之醒時
而方其醉也則忘之吾又羨於彼矣吾氏子則古之
遊方之外者也而屈意於時好文而攝其心多識而
飭其行若夫世故之膠擾糾紛者不待醉醒之間而
久已忘之矣扁窩之義似不在於是者余姑闕之也

## 大學章句集註講語附後叙

右大學經傳章句朱夫子集註外逐章下低一字書
者乃月沙李氏之講語也。昔在萬曆癸巳之歲天朝
宋學士桐江應昌以經略視師于灣上也時月沙選
爲書筵講官而入其幕下相與討論會書之妙旨而
因錄其所講之語者今見於月沙集中余觀其文章
富麗明白矣言語平易剴切矣雖使蒙學輩不曾思

業者猝然臨之一覽洞徹無所滯礙亦足爲朱傳簡
奧之註釋矣雖然余之妄意亦非敢以此爲能有補
於經學之工也其造語遣辭之際可謂流出胸中筆
端有舌而又其精約之言緊要之旨可爲範於科場
難疑之文故大學本傳中衍文字及舊文誤在等語
諸家集註之俱無益於詞章之學者皆拔去之進之
以講語而混錄之者豈有一毫淆亂經傳之意哉只
爲科儒時俗文體而發則其志趣事業人或哂其卑
瑣矣然而近間余之所手寫三卷之書意以爲未必
無少補於場屋文字而寓此區區之志顧身必須先

讀此講語而略省事物之理然後汎濫於汴宋大家
窺古人制作之造化而歸宿於時文型範盡時世粧
撰之妙法則不待他書之汗漫而惟此三書亦足於
疑科之課功矣遠大國爲政之期而可以擅聲名於
解額之列矣何如漫浪虛度以畢此生而後可哉此
乃所以勸戒我一家子弟之徒事浪浪者而不敢以
示諸他人者也人之覽之者或恕之

## 銘

### 聾瞽堂銘

欲而聰閉而明勿視聽制於外安於內此樂最息其

文範其偕夫何求食吾田飲吾泉保天年
跋

時文型範抄跋

自夫書契之作而人文之漸闢也文體之高下與時
升降代各不同今不獨有其古而古亦有古焉則凡
操觚家之慕古而學爲古文詞者不但規規於今之
古而已亦豈不欲游心於古之古者哉然而易之奇
法詩之正葩書之灝噩春秋之謹嚴玆豈非古之古
者而其崇深淵懿之質光明正大之文固非區區學
力所能得其影響也至於先秦諸書漢唐宋作者之

文亦所謂今之古者而其神藻絶藝獨秉天機卓立
宇宙高視千古雖後之學者咀嚼英華浸潤膏澤超
力摹擬欲攀步驟然鮮有涉涯涘窺藩籬而望其堂
室者今之學古文者玆不亦難乎哉其自謂至者猶
未能得其彷彿焉則況其未至者又何足道也竊讀
數部古書遽以爲足勺水自多矜字濫吹而操筆臨
紙冥行擿埴茫然不知所向之爲何方此眞不滿一
哂而亦可嘅也已然則與其枉費畫葫之功而終不
得其古人糟粕毋寧降志屈節姑就其今文之時世
所須者而從事焉之爲愈也而況乎字之累兼者華

多惶惑於黃卷没頭之中而以其食效之遲且難也
怠懶之心又從而乘之豈若如于今世之文零言碎
說能使人容易看取而庶幾因有興起之望也哉又
況其規模狹小而力量可及典則淺近而蹊逕易尋
精切之語緊要之旨尤是時人之所爭尚則此余之
所以裒是編之意而蓋亦出於猶賢乎已之義也倘
可俯而就之仍加時月之功則得尺吾尺得寸吾寸
大之爲策論小而爲疑義無不沛然從心而即其餘
事亦足以爲日用酬酢之文矣其視學古文不得而
荒惑失路者其功利之切近緊約爲何如也故余强
刮昏眄費精畢工以授穷姪之浪浪者爲可幾及而
使之孜孜焉因又爲之跋而以寓夫勸勉之義云爾

汴宋大家抄後跋

近世藝苑諸鉅公多有宋以下今文之語然以余觀
於宋世之文古於今文亦遠矣雖其奇簡深博或不
及於唐漢先秦等諸書而其淵然之光蒼然之色猶
不失爲近古之文而已豈可抑而屈之於今世之文
而容易擬議者哉余竊哂文人之習氣素多誇嫮之
病方其讀古文而學爲古文詞也自以爲駕左國軼
馬班而俯視韓柳矣及夫畢竟所成就者不見其爲

韓柳馬班左國而只爲今文之凡下而止耳覘諸宋
世之文其不逮又不翅萬萬遠越則恐在其宋以下
今文之語乎行不掩言此固慕古嘐嘐者之弊而其
進就之志則誠大矣然於眞知實踐之功則吾未知
其果如是而可也昔宋之興也文運大開而操觚之
家爭出以詞翰鳴國家之盛若指不勝屈而獨歐陽
子及眉蘇三數公最其善鳴者也言近而指遠辭約
而意深分積薄發蔚然可觀則斯兩家若誠千古詞
林之標極也然而宇宙歸來歷數前代而宋猶季世
也距茲今殆已七八百餘年而文章之高下與時升

降若已有古人之定論則人之雖謂之今文者於數
君子之文亦何足深病焉顧志大言大者之過也亦
非獨志大言大者之過也卽見識顚倒取舍不明者
之過也蓋嘗論之文者氣而已矣器局之淵狹才分
之深淺已稟於有生之初非今所能移者亦非學以
能之也唯是古作者之粗迹可記而見之者獨規模
與典則而已而唐漢以上詞翰諸公以深沉老健之
氣發爲崎嶇聱牙之語壁立千仞之勢手起斬絶之
處奇則奇矣其如不合於今俗之所尙何哉況又非
中土淺夫之所能容易下手而彷彿其影響者乎然

則不如游心於近古以爲之繩墨而蘄其近似於萬一之爲愈也哉第各因其有柔順之習故致有來書不觀之嘆可勝惜哉余以是竊病焉只將歐蘇數子之文而抄而略之俾爲博士之業者資其朝夕誦習焉不但其文之宜於今而爲必可學也蘇公父子皆出入受教於歐公之門而步驟轍迹如出一軌則唯是專門爲學蹊逕亦可易尋而如千篇文又何有於用功之勞苦也哉一日記誦而日有餘矣一夜溫繹而夜有餘矣用力少而成功多者斯可驗於古訓矣嗟我同志之士尙亦勗之哉

## 雜著

### 舟谷居士漫筆解

舟谷者居士之所居之地居士者爲士者居業之稱而漫筆則閑漫無所用之筆也漫又有長義抑亦長爲此而已大之旣不得爲經國垂世之文而小而終又不見售於科第甲乙之名則雖復苦心爲之只是漫浪暢懷之資而已至於科體之擬製尤豈非自傳者之閑言語而已亦近於下車攘臂之嫌歟而況時或有感慨憤激奇怪之辭可已而不能自已者亦徒爲閑漫之歸耳果何所用之哉雖然一生本業唯在

於此到今衰謝之境。非此則無所事。亦豈有他事之可事者哉。然則操觚長吟曰如是而已。古人云君子於平居雖無所用心亦不可不用其心此所以爲舟谷居士之漫筆也夫。

## 雜說

語曰世人長夜。謂其昏昏昧昧無所見無所識之意也。曷帋而得見天曉闢之時乎。由其長夜也無知無知無徵無徵不信不信不取不取人不貴楚和之不見售而不知止者悲夫。詞翰之小技也而若乃意之雅氣之孚聲韻之諷諷蹊逕之謦嚴與夫奇變離合之妙。此不可與俗人言。況又有大於是者。亦何足以知之。良可慨然。

## 聾瞽堂解

光山治之西花盤山西麓介山下有自號聾瞽翁者。翁自言爾雅曰不聞曰聾無見曰瞽。凡百醜疾之中。人之所共忌惡之者。莫此病若也。翁獨樂取於斯。引以爲號。扁揭其堂者。抑何心哉。翁平生性甚踈懶。不喜馳逐。而於是非利害之塗。本無揚鑣翺翔之望。且所居僻陋。人客之到來者甚稀。一切世間消息。不可得而聞。況可得而見乎。又況素心初不欲見而亦不

欲聞之者乎推此志也雖不爲聾瞽人而自號爲聾
瞽者實非孟浪語矣翁自少善病而中年看書過節
喪慽錮心以致神觀苶然精彩頓削目視昏花耳聽
沸蛙尋常間便不分人顔色人有細語而亦未能諦
採焉若是則聾瞽之號雖欲去之而亦不可得也若
使世之所謂聰明者聞見之以爲奚若

遠時癘三語符

精神氣魄足以守方寸之堅凝
運心處行足以遠妖邪之黷侮
詞藻知識足以發鬼神之情狀

奉此三語符遵而勿失是乃平生事業而適遭患
難揭示兒姪而今而後吾知免夫

聾瞽堂賛

不聞曰聾無見曰瞽爾雅所訓廢疾之故視而不見
聽而不聞亦稱聾瞽託病之云吾以名堂疾乎託乎
人必能辨實則非誣世入長夜閉眼而睡人争吽吺
帖耳而走耳食眼眚況値耆耋無聰無明混混黙黙
奉二字符玄黙寂滅

警作文者小說

凡作文之體有六言六弊文辭之欲深也文氣之欲

寫字也文理之欲精也文法之欲博也文勢之欲順也
文脉之欲動也是六言者所以作文之型範而其各
有弊者亦六焉辭不深則淺而其弊也俚氣不厚則
短而其弊也促理不精則雜而其弊也辭法不博則
狹而其弊也陋勢不順則急而其弊也局脉不動則
絶而其弊也死其惟深厚精博以順動而生生不匱
者是皆出於造化之妙手作文者由此求之庶乎其
近矣自今吟歎諸法日加玩繹之功而須使弋鴻之
思勿再存於心也

不遠復箴

八月有凶矣近剝床純陰用事疑於亡陽亡日而至
今忽反剛是謂不遠理則有常人得此理或聖或狂
惡念纔消善心方萌迷途未遠正路當行速改從善
是以悔亡仰觀天象一陽初生否塞幾何泰運將亨
俯察吾心理本全惡朝晝所梏及宿而消陰極而反
過改則臧倘率是道于天有光當復而復體乾自彊
庶幾顔氏服膺勿忘

附錄

成均進士舟谷行狀

公之歿在 景宗壬寅今去公歿將二百餘年矣公

之來孫璋柱來請公之狀曰吾祖尚今無狀雖先世未遑其德行事迹非但昭揭家乘地誌塗人之口染人之耳炳炳若昨日事何患狀公之難也余曰狀者狀人之德也人苟有百世不朽者何必以世代之曠遠爲言哉故太史公傳巢父許由韓昌黎頌伯夷則今日狀公之德行豈無往哲之足證也乃狀曰公諱致和字樂夫舟谷其自號也先有英爲高麗副正是生虎衛大將軍臣世有忠州之朴自兩公始八傳至蘊入我朝進士歷典郡事 贈吏曹判書以曾孫淳貴也其子智興 世宗朝進士爲扶餘訓導 贈左

贊成生禎荷村 成宗甲辰成均生員有當世望佔畢金宗直見之稱以眞廊廟器也教訓其胤祥祐爲世儒宗生孝陵參奉虎孫三傳涵遯軒是公之祖考也考白鉉荷潭篤學律身不倦教誨當時之文人碩儒多出其門妣洪州宋氏繼妣星州李氏順淑有婦德以 孝宗乙未生公于先州荷洞里第公生而英睿多記性纔毁齒能誦五經諸子能屬文詞賦之成語輒驚人 肅宗辛酉中進士與李世璋李柱明李翊[良]洪可相朴光五趙鳴遠梁友轍成任同榜榜中得人最多人比之龍虎榜因遊太學博學儒雅泮中諸

人莫之或先非徒文詞富麗兼以道德和順性命之
際事物之微無不窮索怡然有自得之樂居家無疾
言遽色接人有若無若虛之量有以氷淸玉潔衣頎
儒林贊之者乃與朴遯齋先一朴黔巖致道任山陽
命舟爲道義之交往來酬唱必以修齊治平自任其
何學舍分黨付黃何事時與心違抱獨無施終無意
於進取遂以聾瞽扁堂以晦其跡從容節展不出乎
佳山麗水之外優遊娛樂恒在吟風弄月之中邁軸
捿遲若將終身焉於遠厲三語符可以見守道之堅
正日精神氣䰟足以守方寸之堅凝運心處行足以
遠妖邪之黷侮詞藻知識足以發鬼神之情狀於薄
命望美二辭可以見安分知命退不忘君之志操略
曰顧素心之不阿故俯仰而無怍名連登於鮮額聲
大謀於壘壘從伯氏而頡頏步雁塔而踵武心無倦
於樂善服忠信而制行任經訓之菑畬怕兀兀以窮
年命薄表獨立於舩之中騫芙蓉芳徒延佇北極遠而
雲深恐玉顏之不可覩期黃昏之已違惜中塗而改
路顧余情其信芳苟得列乎下陳水有芷兮山有桂
懷佳人兮不可忘羌望人以爲天問離騷可得以并轡
迭馳也其何淩不斆培不食考終于外寢享年六十

八以禮月葬于光州船道面舟谷向丙之原配慶州鄭氏守中之女也端貞和順謹守壼範公之修齊多受其助焉先公歿墓在船道面牛峰下日光洞巽坐二男二女曰再夏再殷洪汝廸鄭休東其婿再夏男曰亮東女適趙長耘再殷无后麟海洪出也亨錄鄭出也亮東有二子曰思直思永一女閔秉鉉也曾玄今不盡錄公以純厚之質博洽之學位不充德於當世子孫亦不蕃昌於後代上天佇善降祥之道實所難諶故撫其家乘而不覺浩歎之發也反以思之自公之來世有聞人今璋柱諸從俱以篤實貞固之姿趾守先業而不墜世皆以衰世全門稱之公德之愈遠益彰可驗於此也其嘉言善行不盡傳於世也則幸存而未泯者且摭其先蹟之懿而爲之狀以俟後之立言君子也

長興后人高在鵬謹識

歲次壬寅九月癸未朔十五日丁酉戚姪金克洙謹以菲薄之奠再拜哭告于故成均進士朴公之靈嗚呼至哀無文至情無辭今以小子無窮之哀將何以寫出至情之辭乎然永訣之期只隔今宵山摧之痛無處可寓則烏可默而已無片言半辭之小洩吾哀

邪嗚呼伏惟我公平生志行懿範卓卓乎爲一世之
所推仰者以小子之竊啓難以形容其萬一而只就
平日耳目之所覩記者不忍不垂涕而道之嗚呼我
公孝於親友于兄弟之行實爲隣里一鄕之所儀則
而人無得以間焉則此固公之得於天性者也溫溫
之恭謙謙之牧實爲養德之基而未嘗以尊貴而禮
或加勤卑幼而誠或不摯此則藹然之德容見於接
物者也平生居室雖家人父子之間未嘗以疾言遽
色加焉閨門之內和敬備至則修身而齊家之功見
於行事者也臨有忝恒汲汲焉盡其匍匐之義承大
祭恒洋洋焉致其如在之誠篤近而及遠由親而逮
疎盖其孝友家庭和敬接物之德七十載如一日矣
此皆公之禀於天賦而不待乎學問之力强勉之功
也世之自處以繩墨律身者視我公果何如也嗚呼
公天資卓越英耆夙成古今群書無不該博餘事文
章蔚爲世人之欽誦矣弱冠與白眉上舍公聯翩禮
圍輒屈其曹偶而辛酉壬戌之歲伯仲芳名連高雁
塔門欄之慶世所罕有刻苦經工游于太學學中諸
生莫之或先方將題柱大闡顯名當世矣奈之何皇
天不吊喪禍相仍荊花一落鯉庭雙空悲纏烏哺痛

結終天竟至於叩盆之歎而極矣嗚呼世間奇禍豈
復有如是慘毒者乎自玆以後公無復有意於擧業
居常悒悒如窮人無所歸矣嗚呼孝是百行之源而
人鮮能之惟公獨行之家素清貧擔石無資而甘旨
之奉備盡滋味前後三年之喪毁顔深墨吊者大悅
雖當盛暑衰經不釋雖王延之養老大小連之居喪
未或過之非有得於天賦之性者其能然乎亦嘗慨
然於斯世日俗化美惡實由於導率之如何雖不能
行之於國猶可驗之於一洞糾合洞人設爲一面鄕
約而交會拜揖之節奬善懲惡之道一遵藍田遺法

因以剏立義倉收聚若干財谷付諸有司隨時貨殖
以爲民間徭役責應之具俗化由是而漸美民産亦
賴而稍蘇人到于今受其賜倘使施設於邦國庶幾
有補於風化之治矣惜乎窮而在下旣未能展布其
所縕天不憖遺又奪之斯速時耶命耶嗚呼痛哉痛
哉閔余小子賦命奇釁早失恃怙被慈母三遷之教
負笈而及于門下者于今幾年矣素性顓蒙穎學未
能而有事而必禀焉有疑而必質焉情則叔姪義則
師生情義之篤白首如初將期百年周旋永承鐫誨
豈意平生忌疾遽爾潛遺旬日之內人事奄忽天乎

天乎胡寧忍此世常訛福善禍淫天道昭然而以公
之志行懿範旣以窮躬獨其身空老陋巷又從以壽未
躋於期頤天可必乎天不可必也嗚呼公之子姓著
於人間者惟一兒孫而已生而岐嶷文行早成人皆
知其爲稱家之兒也成立不遂餘慶枉茲以此小慰
冥漠之幽魂也嗚呼公之暇年吟咏彙集爲一卷可傳
於後世而最其中薄命詞一篇摠述公平生出處與
耶懷者也後之覽斯篇者亦可以撫卷而嗟惜也夫
嗚呼冉谷殘月空照草堂蘭菊架塵翳爲茂草觸物
生悲流淚泉逝嗚呼小子竟將疇依嗚呼痛哉靈輀
載路冉苑啓程薤歌唱斷曉色凄凉和容懿姿永歸
窀穸悠悠此恨終天永訣靈其不昧尚此歆格嗚呼
哀哉

【역자 약력】

## 박종우(朴鍾宇)

고려대학교 문과대학 국어국문학과 졸업
고려대학교 대학원 박사 수료(문학박사, 한국한문학 전공)
현재 고려대학교 민족문화연구원 HK연구교수

**주요 논저**

논문에 「松江 鄭澈의 詩世界와 政治現實」, 「孤山 尹善道 漢詩의 一考察」, 「16세기 湖南士林 漢詩의 武人 形象」 외 다수가 있고, 역서에 『국역 고산유고(공역)』, 『요시카와 고지로의 두보강의(공역)』 등이 있다.

**국역 주곡유고(舟谷遺稿)**

2009년 9월 30일 초판 1쇄 펴냄

**지은이** 박치화
**옮긴이** 박종우
**펴낸이** 김흥국
**펴낸곳** 도서출판 보고사

**책임편집** 황효은
**표지디자인** 강문희

**등록** 1990년 12월 13일 제6-0429호
**주소** 서울특별시 성북구 보문동7가 11번지 2층
**전화** 922-5120~1(편집), 922-2246(영업)
**팩스** 922-6990
**메일** kanapub3@chol.com
http://www.bogosabooks.co.kr

ISBN 978-89-8433-786-2 93810


정가 20,000원